Jean Raspail

Sire

Zur Person des Autors:

Der Schriftsteller Jean Raspail gehört zu den führenden unabhängigen Autoren der französischen Gegenwartsliteratur, viele seiner Schriften erhielten renommierte Kritikerpreise. Zu seinen berühmtesten Werken zählen: *Le Jeu du Roi, Moi Antoine de Tounens, roi de Patagonie* (Grand Prix du roman de l'Académie française 1981), *Septentrion, Le Camp des Saints, Qui se souvient des hommes ...* (Prix Chateaubriand 1986, Prix du Livre-Inter 1987), *L'Ile bleue, Sept Cavaliers ..., Sire* (Grand Prix du roman de la Ville de Paris 1992, Prix Alfred de Vigny 1992), *L'Anneau du pêcheur* (Prix des Maisons de la Presse et Prix Prince Pierre de Monaco) und *Le Roi au-delà de la mer.*

Neben seiner publizistischen Tätigkeit leitete Raspail zwischen 1950 und 1970 zahlreiche Reisen und Expeditionen. Er ist Mitglied der *Société des Explorateurs Français* und Generalkonsul von Patagonien.

Jean Raspail

Sire

verlag nova & vetera

Aus dem Französischen von Joachim Volkmann.
Mit einer Einleitung von Josef Johannes Schmid.

Jean Raspail
Sire

Bonn, verlag nova & vetera 2013
ISBN: 978-3-936741-33-9

Rechte und Lizenzen:
Französischer Originaltitel: Sire

verlag nova & vetera
www.novaetvetera.de

Vorwort

I. Die Tradition

„France, souviens toi de ton baptême … Fille aînée de l'Eglise … es-tu fidèle … à l'alliance avec la Sagesse éternelle? – Frankreich, erinnere Dich Deiner Taufe … älteste Tochter der Kirche … bist Du treu dem Bund mit der ewigen Weisheit?"

Mit diesen – zumal für einen römischen Pontifex – erstaunlichen Worten wandte sich Papst Johannes Paul II. am 1. Juni 1980 bei seinem ersten Besuch in Frankreich an das französische Volk. Die Erinnerung an jenen fundamentalen Akt der französischen Geschichte, an das Herz- und Kernstück seiner monarchischen Tradition just von jener Stelle, welche aus offensichtlichen theologischen und kirchenpolitischen Gründen über Jahrhunderte hin der gallikanischen Lehre widersprochen hatte, konnte erstaunen. Als der Papst dann das eucharistische Opfer auch noch mit dem sog. Remigius-Kelch darbrachte, schien ein Bogen um nahezu 1500 Jahre zurück geschlagen. Damals, an jenem Weihnachtstag des Jahres 499 (die Tradition sprach vom Jahr 496, entsprechend fanden auch 1996 die großen 1500-Jahr-Feiern statt, doch scheint die Datierung auf 499 mittlerweile gesichert), schickte sich ein germanischer Heerführer an, nach erhaltenem Sieg über seine ärgsten Feinde dem neuen Gott der Christen dadurch seine Reverenz zu erweisen, daß er dessen Glauben öffentlich annahm. Sein Name war Chlodwig (Clovis), sein Stamm jener der Franken, welche soeben bei Zülpich in der Eifel (Tolbiac) die Alemannen entscheidend geschlagen hatte. Dermaßen gestärkt, vermochte es das entstehende fränkische Reich nunmehr, auf gallischer Erde die Nachfolge des niedergegangenen Imperium Romanum anzutreten. Unter dem Einfluß seiner bereits konvertierten Gattin Chlothilde und vor allem des Reimser Bischofs Remigius hatte der Stammeshäuptling sich noch vor der Schlacht zu einem typisch germanischen Transfer – modern würde man von „Deal" sprechen – hinreißen lassen.

Sollte der Christengott ihm tatsächlich diesen entscheidenden Sieg verleihen, so würde er den christlichen Glauben, dessen Überlegenheit somit im germanischen Verständnis als hinlänglich bewiesen gelten konnte, annehmen. Nun, da der Wahre Gott sein Wort gehalten hatte, mußte er auch das seine halten. Nach langen Exerzitien durch Remigius sollte an eben jenen Weihnachtstag des Jahres 499 zu Reims, der alten Hauptstadt der Belgica Secunda, die Taufe nicht nur des Königs, sondern auch all seiner Kriegsmänner stattfinden. Hier nun ereignet sich – so die monarchische Tradition – das entscheidende Wunder: als der Bischof in dem übermäßigen Gedränge nicht mehr zu jenem Ort gelangen kann, wo die Heiligen Öle aufbewahrt werden und der Taufakt somit gefährdet, beziehungsweise unmöglich erscheint, öffnet sich just in jenem bedrängten Moment der Himmel, eine Taube mit Salbgefäß(en) im Schnabel steigt herab, um diese dem Bischof zu reichen. Mit diesem Himmelsöl (*oleum cælitum*) wird der Frankenfürst nun gesalbt, seine Herrschaft gleichsam mit ihm und seinen Kriegern geheiligt, der Grundstein des christlichen Frankreich gelegt.

Die Analogien zur Taufe Jesu Christi im Jordan sind offensichtlich, die Taube als Figur der Dritten Person der Allerheiligsten Dreifaltigkeit bestätigt auch hier einen Bund, dessen bleibender Unterpfand das vom Himmel gereichte Salbgefäß, die Heilige Ampulle (*Sainte Ampoule*) darstellt. Da die Herrschaft des Fürsten über die Franken bereits zuvor existierte und auch die Monarchie – so zumal in der bis ans Ende des Ancien Régime offiziellen Lesart – durch die Genealogie zurück bis auf Pharamond, den ersten König der Franken, bereits ausgebildet war, konnte der Akt von 499 nur als bewußter Eingriff des Himmels, als Heiligung eben dieses Stammes und dieses Landes gelten, dessen Perpetuität dann als Erbe daraus an die späteren Generationen weitergegeben wurde und konnte. Wollte der fränkisch/französische Fürst und König fürderhin dessen gerecht werden, mußte sich seine Monarchiekonzeption ebenso wie der Akt seiner monarchischen Initiation in dieses traditionelle Schema einfügen.

Zwar hat vor allem die kritisch-positivistische Forschung spätestens seit der Aufklärung nichts unterlassen, die Historizität und Zuverlässigkeit der oben dargestellten Sachverhalte nicht nur zu widerlegen, sondern diese auch in antimonarchischer Propaganda und Pamphleten mit wissenschaftlichem Anspruch der Lächerlichkeit preiszugeben und in den Schmutz zu ziehen. Doch gerade das vorliegende Werk Jean Raspails belegt die Überlebenskraft dieser Idee, welche zum Grundpfeiler der französischen Tradition werden sollte.

Bereits in den 1940er und 1950er Jahren hatten Forschungen die bislang als „Totschlagargument“ verwandte These, wonach der Bericht von den Ereignissen des Jahres 499 erstmals in der zweiten Hälfte des 9. Jahrhunderts bei Hinkmar von Reims in politisch umstrittener Situation als Rechtfertigungsgrundlage des Vorrangs des Reimser erzbischöflichen Stuhles auftauchte, anhand eindeutiger liturgischer und hagiographischer Quellen zurückweisen können. Antiphone, Präfationen und Heiligenviten lassen bereits im 6. Jahrhundert eine entsprechende Überlieferung erkennen. Und erscheint es plausibel, daß Hinkmar sich eben gerade in einer prekären Lage – historisch handelte es sich um die Weihe des Karolingers Karls des Kahlen zu Metz, also außerhalb des Reimser Sprengels – eines Argumentes, einer Tradition bediente, welche ob ihrer Zweifelhaftigkeit seine Ansprüche a priori in ein schiefes Licht rückten?

Zu diesem Zeitpunkt aber war der Aspekt der sakramentalen königlichen Salbung bereits fest im monarchischen Zeremoniell verankert. Wenngleich die moderne Forschung gerne die Salbung Pippins 751 als diesbezüglichen Beginn ansetzt, so bleibt doch die Frage, warum die Quellen dann für diesen Anlaß ausdrücklich von einer Handlung „more maiorum“, also nach Art der Vorfahren, sprechen. Natürlich kann auch dies ein Scheinargument sein, doch erhebt sich auch hier der Einwand der Plausibilität, des Nutzens davon, eine „Revolution“ (die Ablösung der Merowinger durch die Karolinger) just dadurch „legitimieren“ zu wollen, daß man ein angeblich völliges Novum aus dem Hut zaubert, welches ja eo ipso die soviel bemühte „Herrschaftskontinuität“ widerlegt hätte... Liegt hier, gerade im Bemühen um „Legitimation“ nicht ein Rückgriff auf die offensichtlich damals schon weitbekannten – und anerkannten – Ereignisse von 499 näher?

Für die monarchische Tradition Frankreichs jedenfalls wurde die Taufe und Heiligung Chlodwigs zum Fundament ihres Wesens. Bemühten alle anderen Monarchien Europas toposartig die Analogie zum biblischen Königtum eines Saul, David und Salomon, so konnte sich allein Frankreich rühmen, ein reales – und wie Hinkmar betonte: bleibendes – Unterpfand eines unstreitig göttlichen Bundes zu besitzen. So wie der allmächtige Gott aus freien Stücken mit dem auserwählten Volk des Alten Bundes einen besonderen Bund (*alliance*) geschlossen hatte, so konnte er dies – eben aufgrund Seiner Allmacht – auch im Neuen tun. Frankreich wurde so das auserwählte Volk des Neuen Bundes, Träger einer neuen Verheißung und eines besonderen Bundes, eben jener *alliance*, auf die noch der polnische Papst 1980 hinweisen sollte.

Für den jeweiligen Monarchen aber galt es, diesen Bund in seiner eigenen Königsweihe jeweils zu aktualisieren. So wie 499 eine schon bestehende politische Größe in der Taufe ihres Fürsten geweiht und geheiligt (*sacratus*) worden war, so mußte die in der Idee vom Blutskönigtum angelegte und spätestens seit dem Spätmittelalter in Frankreich auch staatstheoretisch untermauerte Lehre von der sukzessiven Monarchie („Le Roy est mort – vive le Roy! – Der König ist tot – es lebe der König!") in der Person des Monarchen die jeweils spezifische Weihe erfahren. Darin liegt das letzte Geheimnis der französischen Monarchie – die sakramentale Wiederholung eines einmal gestifteten göttlichen Aktes, die Weihe, der *Sacre* des Königs. Nähe und Analogie zur Eucharistie sind evident, ab dem 16. Jahrhundert sprechen die gallischen Theologen vom König als einer Monstranz des göttlichen Willens. Der einzige und wirkliche Auftrag der Jungfrau von Domrémy sollte weder die Befreiung Orleans', noch die Vertreibung der Engländer sein. Vielmehr war sie, wie sie selbst es in ihrer einfachen, ja fast simplen Art erklärte, „gekommen, den Dauphin nach Reims zu führen" („Je suys venu pour conduire le Dauphin à Rheims"). Die englische Usurpation der heiligen französischen Tradition (1426 war der englische Kindkönig Henry VI in Notre Dame de Paris zum französischen König gekrönt worden) mußte durch die Weihe des rechtmäßigen Königs Charles (VI) am Ort der Verheißung entlarvt und beendet werden, was 1429 zu Reims geschehen sollte. Der Fall der territorialen Okkupation würde – und war es dann auch – nurmehr eine Frage der Zeit sein.

Noch im 18. Jahrhundert, zu einer Zeit also, da der Regierungsantritt des neuen Monarchen allgemein unbezweifelt auf den Moment des Todes des Vorgängers angesetzt wurde (s.o.), erfolgte die Huldigung der Provinzen und Stände erst zum Zeitpunkt des *Sacre*.

Die Folgen, welche sich aus der oben gezeigten Tradition ergaben und ergeben mußten, können in dem knappen hier zur Verfügung stehenden Raum nur angedeutet werden.

Natürlich kamen dem französischen König als Träger und Inkarnation eines sakramental-ritualen Erbes, einer Verheißung, Komponenten, Prärogativen und Wesenszüge zu, wie sie anderen Monarchien allenfalls partiell – der englisch-britischen bis heute noch am meisten – eigen waren und sind. Auf die biblische und sakramentale Konnotation wurde bereits hingewiesen; ein weiteres, vor dem Hintergrund der dargelegten Lehre nahezu unausweichliches Element mußte das priesterliche Wesen des Königs sein und dies in unmittelbarem Anspruch. Als Erbe des Bundes in Chlodwig war der

König zugleich Träger von dessen Erbe. Die Entsprechung der Taufe 499 zu jener Christi im Jordan verlieh dem König christologische Züge, machte ihn zu einem anderen Christus, der in sich eben auch die geistliche Vollgewalt trägt. In dieser Konstellation waren all die Querelen um die späteren sogenannten gallikanischen Streitigkeiten in nucleo angelegt. Wie die Taufe mit dem Himmelsöl alsbald als erste Königsweihe im spezifisch französischen Sinne gesehen wurde, so mußte dem auf ebensolche Weise geweihten Nachfolger zwangsläufig eine hohepriesterliche Stellung zukommen. War Chlodwig der Adressat eines heilsgeschichtlichen Ereignisses gewesen, so mußte dem König als lebende Inkarnation dieses Bundes im heilsgeschichtlichen Kontext eine Stellung zukommen, die nur in jene dann ab dem 14. Jahrhundert deutlich ausgeprägte Lehre vom Monarchen als „erster Bischof seines Königreiches" („premier euesque de son Royaume"), beziehungsweise als Patriarchen von Frankreich münden konnte. Ähnliches war in Byzanz geschehen, wo dem ebenfalls als ikonengleiche Aktualisierung Christi geltenden Basileus aber das Real-Dingliche, eben die Heilige Ampulle und die Tradition des *Sacre*, fehlten, zumal bis ins 13. Jahrhundert.

Für die universellen oder gar zeitlichen Ansprüche des Papstes, dem man zwar in Dingen der Lehre einen gewissen Respekt schuldete, war in diesem System kein Platz. Der Konziliarismus des 15. und der folgenden Jahrhunderte tat nur ein übriges, diese Lehre dann weiter auszubauen und bis hinein in die kirchenpolitischen Streitigkeiten im Vorfeld des Ersten Vatikanums zu konkretisieren. Nach jahrhundertelangem Streit, vom Hl. Ludwig über Avignon und Agnani bis Konstanz und Basel, sollte Leo X. 1516 dem französischen König dann auch die nahezu unumschränkte Vollmacht über die gallische Kirche im Konkordat von Bologna zugestehen.

II. Der *Sacre*

Dem priesterlich-pontifikalen Wesen des Königs entspricht auch die Liturgie des *Sacre*, welche deutliche Analogien zur Bischofsweihe aufweist. Diese reichen von der Weiheliturgie mit Allerheiligenlitanei, Gebeten und Salbungen, der Kommunion unter beiderlei Gestalten, den drei Konsekratoren, dem Altar für die „Primizmesse" auf dem Lettner neben dem (zweiten) königlichen Thron bis hin zur Gewandung des Consecrandus, zu Dalmatik und Tunicella, den Handschuhen, dem Ring und den Pontifikalschuhen, sowie dem Krönungsmantel als Variante zu Kasel und Pluviale des Bischofs.

Die Kontinuität der liturgischen Form entspricht der traditionellen Sicht der Monarchie: Raillat wies zurecht daraufhin, daß von den in den ersten erhaltenen Weiheformularen des frühen Mittelalters enthaltenen Gebeten noch mehr als 80 Prozent bei der bislang letzten Weihe zu Reims, jener Charles' X im Jahre 1825, Verwendung fanden. Seit dem Hohen Mittelalter hatte sich die Form herauskristallisiert, welche dann bis zur Weihe Louis' XVI 1775 unverändert praktiziert wurde.

Höhepunkt der Feier, welche ja im Werk Raspails anhand der Edition des Abbé Goy eine einigermaßen korrekte Darstellung erfährt, war die Salbung des Kandidaten an Haupt, Händen, Schulter, Brust und Genick. Zuvor bereits hatte der Hauptkonsekrator, in der Regel, das heißt, wenn der erzbischöfliche Stuhl nicht gerade vakant war, der Erzbischof von Reims, auf einer Patene einen Teil des Himmelsöles, welches ansonsten in der Abtei Saint Rémy zu Reims im Hochgrab des Heiligen aufbewahrt, zur Königsweihe aber in feierlicher Prozession in die Kathedrale geleitet wurde, mit üblichem Chrisam der Kirche vermischt. Diese Dreiheit bezeichnete in prägnanter Weise sowohl die christologisch-eucharistische Sicht (Patene), das unmittelbar traditionell-transzendente Erbe (Himmelsöl), wie auch die bischöflich-priesterliche Stellung (Chrisam) des Königs.

Die eigentliche Krönung mit der Traditionskrone „Charlemagne“ war im Vergleich dazu eher nebensächlich: von den insgesamt über eintausend Zeilen Text der von Jean Goy edierten Übersetzung des „Ordo“ entfallen nicht einmal ganz hundert auf Krone und Krönung (jeweils inklusive der Rubriken). Wie aufgrund der besonderen Tradition nicht anders zu erwarten, standen in Reims – im Gegensatz etwa zu Westminster – Königsweihe und -salbung eindeutig im Vordergrund.

Mit dem gottesdienstlichen Akt war der *Sacre* aber noch nicht abgeschlossen. Es folgten, meist in den Tagen darauf, ein feierliches Kapitel des 1578 gestifteten Orden vom Heiligen Geist, sowie die Wallfahrt des Königs nach Corbeny zu den Reliquien des Hl. Marcoul, wo dann auch die erste Handauflegung zur Heilung Skrufolosekranker stattfand. Beides waren Ausflüsse der königlichen Tradition: stand der Heilig-Geist-Orden für eine Zusammenfassung der monarchischen Lehre von der 499 erfolgten unmittelbaren göttlichen Einsetzung, so bezeichnete die Heilungsgewalt des Königs dessen spirituell-priesterliche Vollmacht gemäß biblischem und apostolischem Vorbild.

Im Laufe der Jahrhunderte war die äußere Ausprägung dieser Feier, welche seit dem 10. Jahrhundert fast ausschließlich in Reims und seit 1131 nurmehr in der dortigen Kathedralkirche Notre Dame stattgefunden hatten, einem zeitbedingten Wechsel unterlegen. Lediglich 1594 erfolgte eine Unterbrechung dieses Herkommens, als der einstige Protestant Henri de Navarre in Chartres vom dortigen Prälaten und ohne das Himmelsöl gesalbt worden war, vorgeblich deshalb, da Reims von den feindlichen Truppen der katholischen Liga besetzt gehalten wurde, in Wirklichkeit aber eher mit dem Hintergedanken, eine neue Traditionslinie zu stiften. Doch schon Louis XIII war 1610 nach Reims zurückgekehrt, wo sich nun in der Blüte des Ancien Régime die beeindruckendsten Zeremonien der ganzen Monarchiegeschichte abspielten: 1654 Louis XIV, nach der überwundenen Fronde, 1722 Louis XV, der vielleicht prächtigste *Sacre* der ganzen französischen Geschichte, 1775 Louis XVI, gegen die Widerstände seiner „aufgeklärten" Umgebung.

III. Diskussion und Zurückweisung – Versuch einer Standortbestimmung des Raspail'schen Werkes

Doch mußte die Öffentlichkeit nicht auf die Argumente der (Schein-)Aufklärer des 18. Jahrhunderts warten, um die Tradition von Chlodwig, *Sacre* und *Sainte Ampoule* hinterfragt zu sehen. Bereits im 17. Jahrhundert hatte, nach den ersten diesbezüglichen Auswürfen des hinlänglich bekannten Jansenius, des „Stifters" der nachmals revolutionären Sekte der Jansenisten, der flämische Kanoniker Chifflet im Auftrag der spanischen Krone und aus nur zu offensichtlich politisch motivierten Gründen heraus die gallikanische Überlieferung angegriffen und in zahlreichen Pamphleten mit hoher Auflage lächerlich zu machen versucht. Zahlreiche Verteidiger der Monarchie, darunter der Begründer der historisch-kritischen Geschichtswissenschaft, Dom Mabillot, waren in die Arena getreten, diese Angriffe aufgrund der vorliegenden Quellen zurückzuweisen. Immerhin hatte Chifflet als erster erkannt, daß wer die französische Monarchie in seiner Wurzel treffen wollte, an der Heiligen Ampulle und ihrer Botschaft nicht vorbeikam.

Auch die Heilung durch Handauflegung konnte im 18. Jahrhundert nurmehr den Spott der „philosophes" hervorrufen, während zum Beispiel britische Ärzte noch in den 1760er Jahren hoffnungslosen Patienten den Weg nach Paris und Versailles als einzig verbliebene Möglichkeit wiesen, nachdem die englischen Monarchen diese Praxis mit dem Tode Queen Annes und der Thronbesteigung des deutschen Protestanten Georgs von Hannover 1714 eingestellt hatten.

Als sich 1789 der Sturm gegen die Monarchie erhob, der König 1793 in einem Ritualmord hingeschlachtet wurde, da mußte auch – wie Raspail es ja so eindringlich beschreibt – die Heilige Ampulle eigens vernichtet werden. Nicht, daß die angeblich überlegene Geisteshaltung der neuen kritischen Zeit dieses vermeintliche Relikt des alten Aberglaubens schlicht ignorieren konnte – nein, es bedurfte eines einstigen protestantischen Pastoren deutsch-elsässischer Herkunft, der als nunmehriger Konventionär eigens nach Reims kam, die Ampulle zu vernichten. Wie in der Benennung Ludwigs XVI. und seiner Gemahlin Marie Antoinette als „Bürger und Bürgerin Capet" (nach dem Begründer der dritten Königsdynastie – „la troisième race" – Hugo Capet; so heute noch in der Opfertafel der Pariser Conciergerie) hatte die Revolution die Tradition aber vielmehr bestätigt, denn widerlegt. Das Opfer des Königs, der im Tode nun für alle sichtbar immer mehr Christus ähnlich wurde, bis hin zum Gebet für seine Verfolger und Mörder, half der königlichen Idee zu überleben und in einem im Grunde bis heute währenden gigantischen Ideenkampf dem Novus Ordo der Revolution gegenüberzutreten. Diese gedenkt nun ihrerseits – und dies sogar jährlich – der Stiftung ihres Anti-Bundes am 14. Juli, wo der Staatspräsident an just jener Stelle die Parade der Armee – von Napoleon über Foch bis De Gaulle neben der Zentralverwaltung bestimmendes Moment des modernen Frankreich – abnimmt, da der König am 21. Januar 1793 ermordet worden war.

Dabei war die Monarchie 1814/15 restauriert worden und 1825 konnte man sogar noch einmal das Schauspiel eines *Sacre* erleben, als Charles X, der König der „kleinen alten Ideen" in dem von Raillat so treffend bezeichneten *Sacre* der letzten Chance in Reims geweiht worden war. Doch vermochte das System dem Dauerbombardement von liberaler Presse und Gesellschaft nicht standzuhalten. 1830 wurde Charles X ins Exil gezwungen, vorgeblich wegen Einschränkung der von der Verfassung von 1814 garantierten Pressefreiheit, einer Pressefreiheit, die etwa in der *constitution* Napoleons überhaupt nicht, auch nicht ansatzweise vorgesehen war, ohne daß dies dem Ruf des Korsen bis heute sonderlich geschadet hätte ...

Das Bürgerkönigtum Louis Philippes, wo anstelle des *Sacre* 1830 die Farce einer parlamentarischen „Amtseinführung" mit Übergabe der Insignien getreten war, mußte seinerseits 1848 der Zweiten Republik weichen, welche nun wiederum 1852 im Zweiten Kaiserreich Napoleons III. mündete. Die Chance eines Ausgleichs der widerstreitenden Gruppierungen wurde durch den deutschen Einfall und die Niederlage von 1870/71 vereitelt. Zwar erzielten die Monarchisten in den Kammerwahlen von 1873 die Mehrheit, doch wurde die Restauration durch den Wortbruch MacMahons vereitelt. Für viele Franzosen aber blieb Henri V, der Comte de Chambord, der legitime Herrscher des Landes, ging die Thronfolge ungeachtet der äußeren Wirren ihren normalen Lauf weiter. 1795, da man sicher sein konnte, daß der Kindkönig Louis XVII im Tempel ebenfalls ermordet worden war, hatte sich der ältere der überlebenden Brüder Louis' XVI im Exil als Louis XVIII proklamiert und Botschafter bei den antirevolutionären Alliierten akkreditiert. 1824 folgte ihm der jüngste überlebende Bruder, eben Charles X, auf dem Thron nach, nach dessen Tod im Exil 1836 dessen Sohn Louis XIX. Seit 1844 war nun Henri V Träger der chlodoveischen Verheißung, er ließ sogar Münzen mit seinem Bildnis schlagen. Als er 1883 starb, teilte sich das monarchistische Lager in eine legitimistische, auf die spanische Bourbonenlinie zurückgreifende und in eine orleanistische Fraktion, welche in der Seitenlinie des Hauses Orleans (seit dem 17. Jahrhundert erblich) die rechtmäßigen Vertreter der Krone sieht. Diesen rivalisierenden Kräften gesellten sich Republikaner, Bonapartisten, Radikale, (Proto-)Kommunisten, Sozialisten, Antiklerikale und Gemäßigte hinzu, um das innenpolitische Chaos der Dritten Republik zu komplettieren. Dennoch ergaben sich neue und wegweisende Impulse: auf der einen Seite konnte die überwiegende Mehrheit der Monarchisten der legitimen Linie im Pontifikat Pius' IX. ihre alten Streitigkeiten mit dem Heiligen Stuhl beilegen und so im Vorfeld des Ersten Vatikanums Seite an Seite kämpfen (erinnern wir uns: auch Louis XIV hatte Ende des 17. Jahrhunderts auf dem Höhepunkt des Gallikanismusstreits eingelenkt, den Ausgleich mit Rom gesucht und 1713 von dort sogar die Bulle ‚Unigenitus' zur Verurteilung der zunehmend auch innenpolitisch gefährlicher werdenden Jansenisten erwirkt). Zum anderen radikalisierten sich die antiklerikalen Elemente zusehends, was 1905 mit der Kündigung des nachrevolutionären Konkordats von 1801 in der berüchtigten Trennung von Kirche und Staat gipfelte.

Zwar vermochten die Schützengräben des Ersten Weltkriegs die Nation oberflächlich zu einen, doch blieben die Grundansätze der alten Antagonismen bestehen. Der laizistische Staat tat – und tut bis heute – alles, kirchlich-monarchische Prärogativen in die Schranken zu verweisen, während das monarchistische Kampfbündnis der „Action Française" unter der Führung des Atheisten Charles Maurras in den 1920er und 1930er Jahren nachhaltig für deren Beachtung kämpfte. Dieses seltsame Bündnis, durchaus mit vereinzelten faschistischen Tendenzen, belegt, wie sehr sich zumindest der orleanistische Flügel der Monarchisten – diesen vertrat Maurras – nunmehr mit nationalen und nationalistischen Ideen verband, was dem sakralen Erbe der Monarchie natürlich vollkommen widersprach. Von daher war die Verurteilung der Action Française durch Pius XI. 1926 durchaus gerechtfertigt, wenngleich dies von vielen französischen Monarchisten – vielleicht nicht ohne Grund – ebenso als Wiederaufleben der alten römischen Skepsis gegenüber der *monarchia gallica* gedeutet wurde, wie einst der Aufruf Leos XIII., sich mit der (Dritten) Republik auszusöhnen.

Der eigentliche Angriff aber wurde von anderer, weitaus tiefergehender Richtung geführt. Nach den zahlreichen freundlichen und deutlichen Ausführungen Papst Pius X. mußte den französischen Radikalen und Antiklerikalen nach dem Ersten Weltkrieg die bevorstehende Heiligsprechung der Jungfrau von Orleans (1920) als Indikator eines ernst zu nehmenden Stimmungsumschwungs erscheinen, der eine eindeutige Widerlegung der Grundbotschaft der Monarchie erforderte. Diese kam vermeintlich 1924 in dem Buch „Die thaumaturgischen Könige" des Straßburger Historikers Marc Bloch, welches vorgeblich die Kernfrage der Monarchie, die Ereignisse von 499 und ihre Konsequenzen, darunter an vorderster Stelle die Fähigkeit der Krankenheilung, „wissenschaftlich" als Ergebnis einer säkularen Suggestion beantwortete. Zwar war die Idee nicht originell, sondern das Plagiat einer älteren Arbeit eines Reimser Freidenkers, dennoch sollte Blochs Werk und die von ihm mitinitiierte Schule der „Annales" das universitäre Bild der Monarchie und ihrer Beurteilung bis heute international prägen – dies, obwohl die Kernthesen von der nur suggestiven Heilskraft bereits in den 1920er Jahren widerlegt worden war.

Blochs Werk aber hatte in seinem Auszug, worin die These von der Heilskraft der Könige – und damit dem sakralen Anspruch der Monarchie – als einer der am wenigsten schädlichen Irrtümer einer damit angefüllten Weltgeschichte bezeichnet wird, den Blick auf die eigentliche Grundlage der Auseinandersetzung geliefert, eine Frage, die mittlerweile fast ganz aus den Publikationen und Hörsälen der Historiker verschwunden scheint: hat Geschichte überhaupt einen Sinn und eine Finalität, ist in ihr das Walten einer ordnenden Kraft erkennbar, kann, ja muß nicht Geschichte auch und zuvorderst Heilsgeschichte sein, da ein personeller Gott wohl nicht anders kann, denn sich in ihr zu offenbaren und sie damit zur Heilsgeschichte – wiewohl auch auf verschlungenen Bahnen – zu machen?

In genau dieser Grundgegenüberstellung der diametralen Gegensätze zwischen Bloch'scher und heilsgeschichtlicher Antwort liegt der Antagonismus, welcher das Buch Raspails im Tiefsten beherrscht: das Aufbrechen scheinbar akzeptierter Übereinkommen, die unmittelbare Konfrontation mit dem Einbruch des Göttlichen, die oft auch stilisierte und überzeichnete Gegenüberstellung der Lebenswelten. Wie Bloch die Auseinandersetzung mit der französischen Monarchie in der aktuellen Politik seiner Tage zum Vehikel einer weit darüberhinaus gehenden philosophischen Grundaussage machte, so hält Raspail am gleichen Beispiel der modernen Gesellschaft und ihrer drängenden Sinnfragen den Spiegel der Jahrhunderte vor: den oftmals idealisierten der christlichen Welt des Mittelalters, den sehr realistisch, wiewohl mitunter drastisch überzeichneten des modernen staatlichen und individuellen Nihilismus. Über alle historischen Freiheiten hinweg – und davon hat das Buch eine ganze Reihe aufzuweisen! – gelingt so eine subtile Abrechnung mit jenem Phänomen, das Papst Benedikt XVI. als „Diktatur des Relativismus" bezeichnete.

Vor dieser Hauptaussage treten dann wohl persönlich bedingte Sichtweisen und Vorlieben, etwa die Frage nach Gültigkeit und Sinn einer nachts und im Geheimen, also *sine populo* und *sine consensu populi*, stattfindenden Königsweihe, sowie der mitunter willkürlichen und ungerechten Beurteilung der letzten *Sacres* des Ancien Régime in ihrer Bedeutung zurück.

Vielmehr nahm Raspail durch die Idealisierung des „Mittelalters" in seinem 1990 erschienen – aber im Jahre 1999, also für den Leser in der Zukunft handelnden – Buch jene „Mittelaltermode" der Belletristik vorweg, welche bis heute die Regale unserer Buchhandlungen und die Vorstellungen des breiten Publikums bevölkert – von kriminalistischer bis hin zu eindeutig esoterischer Literatur. Hatte Bloch die erfolgversprechende Methode der „wissenschaftlichen" Aufarbeitung und ihrer Möglichkeiten gewählt, so kann der Belletrist Raspail in unserer postmodernen und nachhistorischen Zeit an ganz anderen Momenten und mit ganz anderen Mitteln ansetzen.

Der geniale Kunstgriff, eine scheinbar anachronistische Königsweihe in just jenem heute laizistischsten und antiklerikalsten Land Europas Wirklichkeit werden zu lassen, konnte nur aus diesem Lande selbst kommen, dessen Vergangenheit und Gegenwart am besten jene zwei Städte des Hl. Augustinus, beziehungsweise die zwei Banner des Hl. Ignatius versinnbildlicht. Wenngleich Raspail darin sicherlich – wiewohl in dem oben skizzierten geistigen Chaos sich jeder definitiven Einordnung entziehend – seinen Platz hat, weist das Werk letztlich aber auf das Phänomen zurück, daß, wie Robespierre es ausdrückte, jede politische Frage im Grunde eine religiöse ist.

Die Übersetzung des *Sire* möge dazu beitragen, dem Leser der in mancher Hinsicht ganz anders geprägten, in vielem aber eben doch auch – vor allem heute – sehr ähnlichen deutschen Lebenswelt diese kulturhistorische und gesellschaftspolitische Grundfrage in der Raspail eigenen Eindringlichkeit zumal vor Augen zu führen.

Josef Johannes Schmid

Literaturhinweise

I.

François BAIX, Les sources liturgiques de la Vita Remigii de Hincmar, In: Miscellanea historica in honorem Alberti de Meyer, 2 Bde., Bruxelles 1946, I, 211-227.

Bernard BASSE, La constitution de l'ancienne France, Grez-en-Bouère 1986.

François DALLAIS, Clovis ou le combat de gloire, La Roche Rigault 1996.

Frantz FUNCK-BRENTANO, Le Roi (Coll. L'ancienne France), Paris 1915.

Jean GOY, La Sainte Ampoule du Sacre des Rois de France. Histoire et Légendes, Reims 1994.

Michel ROUCHE, Clovis, Paris 1996.

II.

Jean-Pierre BAYARD, Sacres et couronnements royaux, Paris 1984.

Remy de BOURBON-PARME / Georges BERNAGE / Alexandre LOIRE, Les Sacres des Rois de France, Paris 1998.

Jean GOY, A Reims, le Sacre des Rois de France, Reims 1980.

–ders., (Ed.), Ordre pour Oindre et Couronner Le Roy de France, Reims 1987 (*NB: Es handelt sich hierbei um die moderne Edition des ersten gedruckten Weiheordos in einer französischen Übersetzung von 1575; es ist auch diese Ausgabe, auf die Raspail im Vorwort anspielt.*).

Charles MILLON, Cérémonial du Sacre des Rois de France, La Rochelle 1931.

III.

Michel Bernard CARTRON, Louis XIX – Roi sans couronne, Paris 1996.

Jean-François CHIAPPE, Le comte de Chambord, [2]Paris 1999.

–ders., La France et le Roi – de la Restauration à nos jours, 1814-1994, Paris 1994.

François HUGUENIN, A l'école de l'action française. Un siècle de vie intellectuelle, Paris 1998.

Hervé PINOTEAU, Etat présent de la Maison de Bourbon, [2]Paris 1988.

Landric RAILLAT, Charles X – ou le Sacre de la dernière chance, Paris 1991.

Robert VAN DER ELST, „Les Rois thaumaturges", in: Revue de Philosophie (Nov 1925), 652-661.

Ralph DE WARREN/Aymon DE LESTRANGE, Les prétendants au trône de France, Paris 1990.

Der Schriftsteller Jean Raspail hat zwischen 1950 und 1970 zahlreiche Reisen und Expeditionen geleitet. Er ist Mitglied der Société des Explorateurs Français und Generalkonsul von Patagonien.

Er hat zahlreiche Romane geschrieben; unter den berühmtesten sind *Le Jeu du Roi, Moi Antoine de Tounens, roi de Patagonie* (Grand Prix du roman de l'Académie française 1981), *Septentrion, Le Camp des Saints, Qui se souvient des hommes ...* (Prix Chateaubriand 1986, Prix du Livre-Inter 1987), *L'Ile bleue, Sept Cavaliers ..., Sire (Grand Prix du roman de la Ville de Paris 1992, Prix Alfred de Vigny 1992), L'Anneau du pêcheur* (Prix des Maisons de la Presse et Prix Prince Pierre de Monaco) et *Le Roi au-delà de la mer.*

Ein klärendes Wort zuvor an meine Leser

Die abgedroschene Floskel, die gewisse witzige oder vorsichtige Autoren noch bis vor gar nicht so langer Zeit ihren Romanen voranstellten („Jede Ähnlichkeit mit lebenden oder verstorbenen Persönlichkeiten wäre rein zufälliger Art …“) kann man nicht auf die Gesamtheit dieses Buches anwenden. Die historischen Persönlichkeiten darin sind selbstverständlich „echt“, ebenso die sie betreffenden Zeitumstände.

Die in unserer gegenwärtigen Epoche angesiedelten Ereignisse jedoch bedürfen einer etwas differenzierteren Betrachtung. Der junge Prinz Philippe Pharamond de Bourbon zum Beispiel, der Held dieses Buches, existiert nicht. Aber er könnte existieren. Dennoch habe ich mir ziemlich Mühe gegeben, ihn so zu „gestalten“, daß jede Verwechslung mit einem der heute lebenden Kapetingerprinzen der jungen Generation unmöglich wäre – jenen legitimen Nachfahren des Robert de Bourbon, zweiter Sohn des Hl. Ludwig und direkter Ahnherr Henri IV. Man soll ein für alle Mal eingestehen, daß Prinz Philippe Pharamond von Bourbon ein hypothetischer Bourbone ist, gewisser Weise der, der zuerst in Reims ankam. Dieses Buch malt ein Bild des königlichen Prinzips, ohne Implikation personeller oder systempolitischer Fragen.

Eine besondere Erwähnung gebührt Herrn Abbé Jean Goy, Archivar der Diözese Reims und Hüter der Heiligen Ampulle oder zumal dessen, was heute von ihr übriggeblieben ist. Ich verdanke ihm, daß er mich in die Geschichte der Heiligen Ampulle seit der Revolution, diesen ganz außergewöhnlichen Kriminalroman, eingeweiht hat. Es soll ihn also nicht erstaunen, sich an seinem Platz und in seiner Rolle in diesem Buch wiederzufinden, mit all dem Respekt und mit all der Dankbarkeit, die ich ihm und seinen Arbeiten gegenüber hege. Er möge mir all die kleinen Freiheiten, die ich mir herausgenommen habe, verzeihen, denn diese sind mit einer – wenngleich nahen – so doch uns beiden noch unbekannten Zukunft verknüpft.

Letztendlich bitte ich um Nachsicht dafür, daß ich das Zeremoniell der Königsweihe naturgemäß in der Darstellung kürzen mußte und davon nur die echten Höhepunkte festhalten konnte. Sie zur Gänze wiederzugeben, hätte für den Leser eine Stunde Lektüre mehr bedeutet. Es sei aber hier mit Nachdruck darauf hingewiesen, daß der Ritus der Salbung und Krönung des Königs von Frankreich ein liturgischer Text von frappierender Schönheit ist; von König zu König, von Jahrhundert zu Jahrhundert weitergegeben, und schon von daher voller Emotion.

J.R.

An diesem 21. Januar des Jahres 1999, des letzten Jahres dieses Jahrhunderts, blies der Wind in Böen aus West. Man hörte bis in die Kapelle hinein, wie das Meer gleich einem Rammbock gegen die kleine Mole des Hafens brach. Ein blonder junger Mann kniete auf den nackten Fliesen, mit geradem Rücken, erhobenen Hauptes, die Hände gefaltet wie ein Ritter auf einem Kirchenfenster und betete. Er war mit einer Samthose und einem dicken Seemannspullover bekleidet. Ebenfalls auf den Knien, ein wenig hinter ihm, so als müsse eine Vorrangstellung gewahrt bleiben, betete ein ebenso blondes junges Mädchen. Die Ähnlichkeit war so groß, daß sie zweifelsohne die Zwillingsschwester ihres Bruders war. Weiter hinten, von den Kerzen an der Wand nur schwach beleuchtet, konnte man ein halbes Dutzend Jungen und alte Männer ausmachen. Das Alter der Vernunft, das man „erwachsen" nennt, war in dieser seltsamen Versammlung nicht vertreten, jenes Alter, in dem man jede seiner Taten abwägt, in dem man sein Herz erstickt, in dem man seine Seele tötet, in dem man sich in jedem Augenblick selbst verrät, denn niemand kann sein Leben in diesen Zeiten, welche die unseren sind, noch auf andere Weise führen. In einem der drei Chorstühle schließlich saß ein magerer und aufrechter Greis in schwarzer Kutte. Er nickte dem jungen Mädchen zu, und ihre klare Stimme erhob sich über den Lärm des Windes in Worten, die sie auswendig zu kennen schien, denn sie bediente sich keines Buches:

„Im Namen der Allerheiligsten Dreifaltigkeit, des Vaters, des Sohnes und des Heiligen Geistes. Heute, am fünfundzwanzigsten Tag des Monats Dezember eintausendsiebenhundertzweiundneunzig, lege ich, Ludwig, der sechzehnte dieses Namens, König von Frankreich, der ich seit vier Monaten mit meiner Familie im Turm des Temple in Paris gefangen gehalten werde von jenen, die meine Untertanen waren, und jedes wie auch immer gearteten Umgangs, seit dem 11. dieses Monats sogar des Umgangs mit meiner

Familie beraubt, darüber hinaus in einen Prozeß eingebunden, dessen Ausgang mir wegen der Leidenschaften der Menschen unmöglich vorherzusehen ist und für den man weder Vorwand noch Begründung in irgendwelchem bestehenden Gesetz finden kann, mit Gott als einzigem Zeugen meiner Gedanken und als einzigem, an den ich mich wenden kann, in seiner Gegenwart meinen letzten Willen und die Gefühle dar, die mich bewegen ..."

Wenngleich nur unweit der Küste gelegen, so war die Insel doch vom Festland abgetrennt. Das Unwetter machte den Schiffsverkehr in der engen, von nur wenig aus dem Wasser herausragenden Felsen durchsetzten Fahrrinne unmöglich. An drei oder vier Tagen im Monat konnte man, bei stärkster Ebbe und schwachem Wind, wenn das Wasser nicht zurückschwappt, trockenen Fußes hinübergelangen. Ansonsten fuhren ihre Bewohner in einem kleinen Segelkutter mit Hilfsmotor zum Festland. Dort sah man sie jedoch nicht oft.

Eine natürliche Sperre aus Felsen, fast so etwas wie eine Klippe, schützte die niedrige Insel von Westen nach Norden vor dem Meer. Im Schutze dieses Schildes erhoben sich vier bescheidene einstöckige Gebäude aus dunklem Granit, gedeckt mit dicken und unregelmäßigen Schieferschindeln. Von weitem wirkten sie wie ein großer alter Bauernhof oder gar wie ein kleines Dorf, nicht zuletzt wegen der Kapelle, deren winziger, dreieckiger Turm sein Steinkreuz einen guten Meter in die Höhe reckte. Ein Teil der Insel war von Mäuerchen durchzogen, die früher wohl die Äcker geschützt hatten. Ansonsten bestand die Insel etwa einen Kilometer lang aus Wiesen und Heideland. Man sah dort einige Reitpferde in Freiheit. Es gab auch einen kleinen Wald, durch den ein Weg zu dem winzigen Hafen führte, in dem ein Segelschiff angelegt hatte und festgemacht worden war; ein Beiboot des Schiffes war auf den Kai gehoben worden.

Seit einem Jahr lebten der junge Mann und seine Schwester auf dieser Insel. Ihre Eltern kannte man nicht. Auf der Poststelle im großen Dorf gegenüber, auf dem Festland, kam ihre Post unter einem Namen an, den ihre Familie im zehnten Jahrhundert getragen hatte und der im Laufe der Zeit so ungebräuchlich geworden war, daß er keinerlei Aufmerksamkeit erregte, obwohl man einen König unter diesem Namen guillotiniert hatte. Sie hatten sich so unscheinbar verhalten, daß die braven Leute des Dorfes aufgehört hatten, sich für ihr Tun und Lassen zu interessieren. Nur die alten Hochseefischer, die nicht mehr hinausfuhren und sich auf einer Bank in der Sonne wärmten, kommentierten immer wieder ihre Geschicklichkeit, mit der sie den Segler durch die Tücken und Untiefen der Fahrrinne manövrierten.

Der Wind wurde stärker, und das junge Mädchen sprach lauter. Ihre Stimme war von vollendeter Reinheit. Wind und Meer vereinigten sich zu einem wild tönenden Geleit, das ihr den Weg durch eine feindlich gesinnte Welt zu öffnen schien. Das Mädchen hatte, während es sprach, die Augen geschlossen.

„Ich befehle meine Seele Gott, meinem Schöpfer, und ich bitte IHN, sie in seiner Barmherzigkeit anzunehmen, sie nicht nach ihren Verdiensten zu richten, sondern nach den Verdiensten unseres Herrn Jesus Christus, der sich Gott, seinem Vater, als Opfer dargebracht hat für uns Menschen, unwürdig wie wir sind, und ich als unwürdigster …"

Niemand wird jemals wissen, warum Roth sich an eben diesem 21. Januar, als der Tag sich neigte, die Akte Pharamond bringen ließ. Dem, der Pierre Roth kannte, wäre die Idee absonderlich und absurd erschienen, er könne plötzlich auch nur die kleinste Regung bei dem Gedanken an den Tod eines Königs empfinden, der auf den Tag genau vor 206 Jahren enthauptet worden war. Roth hatte den Ruf eines kalten Mannes, unerbittlich, gefährlich intelligent, ohne Prinzipien, ohne Religion, ohne Moral, ein Mann im Hintergrund, mit Ehrgeiz, voller Verachtung und mit furchterregender Kompetenz. Innenminister, Staatsminister, unabsetzbar, unberührbar: er paßte genau zu diesem Land ohne Gedächtnis und ohne schicksalshafte Zukunft. Er war auch ein Mann ohne Fehler, so wie man auch von einem „Mann ohne Blöße" spricht. Und er begann, sich zu langweilen. Vielleicht war das der einzige Grund, weshalb er Hauptkommissar Racado vom Nachrichtendienst mit der Akte Pharamond zur Place Beauvau, ins Innenministerium, bestellt hatte …

Auf dem Weg zum Ministerium, der über die Place de la Concorde führte, ließ Racado seinen Wagen kurz in Höhe der Statue der Stadt Rouen anhalten, gegenüber dem Hôtel de Crillon. Einige nostalgische Träumer hatten dort die Stelle ausgemacht, an der die Guillotine den Kopf des Königs abgeschnitten hatte. In den vergangenen Jahren hatte man dort an jedem 21. Januar ewig Gestrige mit Trauerflor und einige junge Schnösel mit schwarzer Krawatte gesehen. Jedes Jahr wurden sie weniger, die sich dort versammelten, den Rosenkranz beteten und, unter allgemeiner Nichtbeachtung, den Sockel der Statue mit Blumen schmückten.

„Nichts und niemand, Herr Kommissar", sagte lakonisch einer der beiden Kerle in Lederjacken, die sich vor dem Crillon die Füße vertraten.

Racado lächelte böse. „Wieder ein Stückchen Seele, das flötengeht", sagte er.

Die Karriere von Hyacinthe Racado, in den Dienststellen in Jacinthe umgetauft (und dieser Spitzname war auch sein Codename) hatte im Gefolge von Roth im Innenministerium begonnen. Man sagte, er sei früher Jesuit gewesen. Von seinem ersten Beruf waren ihm eine Sensibilität und ein Spürsinn geblieben, die ihn zu allen möglichen Winkelzügen fähig machten, sobald er es mit Männern der Kirche oder des Glaubens zu tun bekam. Und dazu gesellte sich ein riesiger Haß. Roth, der ihn gut kannte, hatte ihm die Abteilung des Nachrichtendienstes anvertraut, die sich speziell mit der katholischen Kultur beschäftigte, mit dem Klerus und mit allem, was in diesem Land noch so etwas wie eine religiöse Grundlage bildete. In diese Kategorie gehörte auch die Akte Pharamond. Als Roth ihn auf diesen Posten ernannte, hatte er ihm ironisch erklärt: „Da ändert sich für Sie nichts. Ich gebe Ihnen Seelen. Strengen Sie sich an, sie zu gewinnen …“

Der Empfangsbeamte meldete ihn dem Minister.

„Nun, Kommissar, was gibt's Neues auf der Place de la Concorde? Heute ist der 21. Januar.“

Racado machte eine verächtliche Geste. „Pffft. Weggeweht. Keine Blumen. Keine Ave Maria. Die Bewachung des Platzes halte ich die ganze Nacht aufrecht, aber ich mache mir keine Illusionen: da kommt niemand. Herr Minister, Sie haben mir Seelen gegeben und wohin ich auch schaue, überall nur Leere …“ Er seufzte in Erinnerung an so viele gelungene Intrigen, die zu spinnen er kürzlich das Glück hatte …

„Die Leere“, sagte Pierre Roth nachdenklich. „Und wenn diese Leere eine Gefahr darstellte?“

„Eine Gefahr?“, fragte Racado erstaunt. Komplizenhaft fügte er hinzu: „Sollte der mächtige Minister urplötzlich Angst vor der Leere haben?“

„Angst nicht, nein. Da ist etwas, das ich nicht genau definieren kann und das mir vollkommen fremd ist. Sie waren doch Priester, Jacinthe, haben Sie einen Sinn für das Heilige?“

Der ehemalige Jesuit hob die Schultern. „Alles Quatsch“, sagte er. „Ich diene dem Präsidenten und Ihnen vor allem aus dem Grund, daß nicht ein Funken Sakrales in der Macht ist, die Sie ausüben.“

„Nicht der kleinste Funken, so ist es“, sagte der Minister. „Schauen wir uns einmal die Akte Pharamond an.“

Er öffnete sie und las laut:

„Philippe Charles François Louis Henri Jean Robert Hugues Pharamond de Bourbon, geboren am 21. Januar 1981 auf Schloß …“

Das junge Mädchen hieß Marie. Sie war genauso einfach gekleidet wie ihr Bruder mit einer Samthose und einem Rollkragenpullover, beides jedoch weiß. Marie trug immer nur weiß, winters wie sommers. Das verlieh ihr eine große und stolze Anmut. Wenn man jedoch den Blick ihrer blauen Augen kreuzte, diesen offenen und entschlossenen Blick, dann wurde einem deutlich, daß der Stolz ihrer Seele entsprang und nicht etwa Hochmut oder Eitelkeit. Niemand aus ihrer Umgebung jedoch kleidete sich in ihrer Gegenwart weiß.

Es war dies das zweite Jahr, daß Marie am Tage des 21. Januars mit lauter Stimme das Testament des Märtyrerkönigs vortrug, ein Amt, das ihre Mutter zeitlebens ausgeübt hatte. Seit dem letzten Jahr hatte der Unterschied im Ton alle Anwesenden erstaunt, vor allem aber ihren Bruder, der plötzlich so etwas wie frischen Mut empfand. So sehr die arme Christine de Bourbon eher lamentierte, ganz erdrückt von der Demut der Worte, dieser Worte eines Toten, mit denen der unglückliche König sich völlig niedergeschmettert vor Gott darstellte, so sehr zeigte ihre Tochter jetzt durch die Art, in der sie die Worte erklingen ließ, einen aufrechten König: Seine Majestät, den allerchristlichsten König, der respektvoll Gott, der ihn zum König von Gottes Gnaden gemacht hatte, mahnte, ihm seine Sünden zu vergeben und ihn in seiner Hut zu empfangen, an dem Ort, der ihm zugedacht war. So begann Marie mit fast befehlender Stimme den vierten Absatz des Testaments zu lesen, und als das Wort „demütigen“ auf ihre Lippen kam, wurde es klar, daß die Demütigung eines Fürsten eben nicht die Demütigung eines gewöhnlichen Menschen war, und daß im Himmel die silbernen Trompeten aller Erzengel diese Demütigung grüßten:

„Ich bitte Gott um Verzeihung aller meiner Sünden. Ich habe gewissenhaft versucht, sie alle zu erforschen, sie zu verachten und mich in Seiner Gegenwart zu demütigen, da mir die Dienste eines katholischen Priesters nicht zur Verfügung standen. Ich bitte Gott, mein Schuldbekenntnis anzunehmen, das ich vor IHM abgelegt habe, vor allem aber die tiefe Reue darüber, daß ich Seinen Namen (obgleich gegen meinen Willen) Regierungsentscheidungen vorangestellt habe, die der Lehre und dem Glauben der katholischen Kirche, der ich im Herzen immer verbunden gewesen bin, widersprechen können. Ich bitte Gott …“

So trug sie das Testament weiter vor, Absatz um Absatz. Dem eben zitierten, folgten noch vierzehn weitere. Vier begannen mit „Ich bitte“, zwei mit „Ich verzeihe“ und fünf mit „Ich empfehle“. Von den Lippen Maries hallten sie wie Befehle, die der Lärm des Windes und des Meeres mit himmlischen

Fanfaren begleitete. In seinem Chorstuhl runzelte der Mönch die Stirn, zugleich aber glänzten seine Augen wie von einem inneren Feuer erhellt. Mit einer gewollt strengen Stimme unterbrach er die Litanei:

„Marie“, sagte er, „gebe Gott, daß Ihr Euch IHM gegenüber am Tage Eures Todes nicht in ebenso schroffer Geistesverfassung präsentiert. Die Demut König Ludwigs XVI. sollte Euch eigentlich auch zur Demut anregen.“

„Die Demut hat ihn zugrunde gerichtet“, fiel Marie ihm ins Wort. „Mein Bruder muß ganz von vorn beginnen, und da wäre Demut eher belastend. Am Ende unserer Unternehmung wird es an der Zeit sein, sich daraus ein Leichentuch zu machen. Aber erst am Ende ... Hochwürden, wir sind Sohn und Tochter des heiligen Königs Ludwig, des Königs Hugo, von Karl dem Großen, von König Chlodwig, von König Pharamond. Unsere Vorfahren ruhen in Saint-Denis, wo ihre Gräber geschändet wurden, und wir haben Ansprüche an Gott“.

„Marie!“, protestierte der Mönch.

„Hochwürden, sehen Sie uns an. Wir haben kaum zwanzig verstreute Freunde und die hier versammelten gehören, wie Ihr ehrwürdiger Vater als unser bester Freund, dazu. Für dieses Land sind wir nichts. Niemand braucht uns. Nichts ist heute mehr dem Königreich ähnlich, das unser war. Mit den meisten seiner Bewohner haben wir im Denken und Fühlen nichts mehr gemeinsam. Aber unsere Hirngespinste sind sehr lebensfähig, und König, das wird Philippe sein: König ohne Königreich, König ohne Untertanen, König von Frankreich. Gott schuldet uns das!“

„Marie! Kann es sein, daß du Gottes Willen mit dem deinen verwechselst?“ Der junge Mann hatte gesprochen, mit leicht spöttischer, aber warmer, eher fröhlicher Stimme.

„Und wenn es so wäre“, antwortete Marie schlagfertig, „glaubst du, daß dann dein Wille allein genügen wird?“

Das klang nicht wie ein Vorwurf, sondern wie eine liebevolle Herausforderung.

Der Mönch lächelte. „Weiter! Weiter! Meine Kinder“, sagte er. „Laßt uns fortfahren.“

Sie kamen nun an die Stelle des Testaments, an der unlängst die Stimme Christines von Bourbon brach, während der verstorbene Fürst, ihr Gatte, seine Seele Schweigen hieß, um so von vornherein auch jedes Urteil zu vermeiden. Es handelte sich um einen ärgerlichen Satzfetzen, den wohl die Einsamkeit des Königs und sein Wissen um seinen baldigen Tod erklärten.

Jedoch sein Stand als König, der ihm seit dem ersten König Pharamond durch Gottes Gnade übertragen worden war, verbot es ihm, die Meßlatte eines gewöhnlichen menschlichen Schicksals anzulegen. Diese kurze Textpassage konnte auf immer entmutigen. Marie sammelte sich, schließlich wagte sie es:

„Ich empfehle meinem Sohn, falls er das Unglück hätte, König zu werden …“ Marie hielt inne, dann sprach sie mit bebender Stimme weiter:

„Ich weigere mich! Auch wenn König Ludwig XVI. es mit eigener Hand geschrieben hat, in seinem Gefängnis, im Temple, getrennt von seiner Familie, verlassen; dieses Wort hätte hier niemals ausgesprochen werden dürfen. Wir dürfen es nicht mehr hören. Wir dürfen es nicht mehr beibehalten. Es muß auf immer ausgelöscht werden. Es ist kein Unglück, König von Frankreich zu werden. Es ist auch kein Glück. Vielleicht ist es eine Ehre, eine Pflicht, ein Amt, eine Mission, aber das bedeutet nichts mehr. Der König ist König, wie das Wasser Wasser, wie das Feuer Feuer ist. Der König kann sich nicht, wie irgend jemand anders, der Unordnung seiner Gefühle beugen, die ihm sein Schicksal eingeben könnte. Sein Leben ist nicht das eines gewöhnlichen Menschen, es steht ihm nicht zu, dessen Annehmlichkeiten oder Unannehmlichkeiten zu taxieren, sei es des Leibes, des Herzens oder der Seele. Er ist der König! Philippe, du bist der König. Was denkst Du?“

„Ich bete zu Gott“, antwortete der junge Mann. „Ich bin Philippe – und noch nicht Pharamond.“

Alle hatten verstanden. Es war dies eine Anspielung auf das kurze Schreiben, das der verstorbene Prinz ihnen als Letzten Willen hinterlassen hatte: „Philippe soll unter dem neunten und letzten der Taufnamen regieren, den seine Mutter und ich für ihn ausgewählt haben, in dieser einzigen Hoffnung unseres ganzen Lebens und nach dem Willen Gottes …“

„Hochwürden, habe ich recht?“, fragte Marie, die sich dem Mönch zugewandt hatte.

„Das glaube ich, Marie, aber fahrt fort, wo Ihr stehengeblieben ward.“

Maries Stimme erhob sich, eine Stimme wie Kristall, rein und gehalten, mit klarem Klang.

„Mit Erlaubnis meines Bruders wird von nun an folgendes gesagt werden: Ich empfehle meinem Sohn, wenn er König sein wird, daran zu denken, daß er sich ganz und gar dem Glück seiner Untertanen widmen muß (auch hier hatte sie ein Wort ausgetauscht; der König hatte „Mitbürger“ geschrieben), daß er allen Haß, allen Groll vergessen muß, insbesondere alles, was sich auf das Unglück und den Kummer bezieht, den ich erleide …“

Und so ging es weiter ohne Zögern, ohne Versprecher bis zum letzten Abschnitt, wo Marie schließlich von innerer Erregung erfaßt schien. Eine Träne lief über ihre Wange, ihre gefalteten Hände zitterten leicht, und sie drückte sie fester zusammen.

„Ich schließe und erkläre vor Gott, bereit, vor ihm zu erscheinen, daß ich mir keines der Verbrechen vorwerfen muß, die mir vorgeworfen werden. In doppelter Abschrift, im Turm des Temple, am 25. Dezember 1792. Ludwig."

Sie fügte hinzu: „König Ludwig XVI. starb am 21. Januar 1793 um Viertel nach zehn Uhr morgens."

Alle bekreuzigten sich, auf der Stirn, den Lippen und der Brust. Dann zelebrierte der Mönch die Messe.

Roth war schnell fertig. Die Akte war nicht sehr dick. Zunächst die Angaben zur Person: „Philippe Charles François Louis Henri Jean Robert Hugues Pharamond de Bourbon, geboren am 21. Januar 1981 auf Schloß ..., in Luxemburg, bei der Fürstin ..., seiner Großtante. Zweifellos der älteste der Kapetinger seit dem Tode seines Vaters ..."

Roth hob den Kopf: „Warum dieses ‚zweifellos'?"

Kommissar Racado hob die Schultern: „Hat das irgendeine Bedeutung?"

„Überhaupt keine, natürlich", sagte der Minister. „Kein Mensch kümmert sich darum. Es sei denn, daß ..."

Er machte eine ausweichende Bewegung und setzte seine Lektüre fort. „Vater: Prinz Robert von Bourbon, französischer Staatsangehörigkeit, wohnhaft Villa Pharamond in Pully, Kanton Waadt, Schweiz. Ohne Beruf. Verstorben am 31. März 1997, zusammen mit seiner Ehefrau, der Prinzessin Christine, bei der Katastrophe der Boing auf dem Flug Zürich – Pretoria ..."

„Was wollte er in Südafrika?", fragte Roth.

„Versuchen, einigen Landbesitz zu retten, der ihm geblieben und der Landreform entgangen war. Er war ruiniert."

„So, so", sagte der Minister, „der junge Erbe ist ohne einen Pfennig. Mir wäre es lieber gewesen, wenn er reich wäre."

„Und warum?", fragte Racado.

„Weil man reiche Leute eher mit Schmutz bewerfen kann."

Er nahm seine Lektüre wieder auf: „Mutter: Prinzessin Christine von Bourbon, geborene Komteß Christina von Pikkendorff, aus der Familie der Markgrafen von Pikkendorff, in Schwaben. Enkelin des Generals Kurt von Pikkendorff, 1944 Kommandant der 5. Panzerdivision ..."

Da sah Roth eine schicksalhafte Schwachstelle und bohrte tiefer: „Ein

Nazi! Sie waren Nazis, bei den Panzern! Damit kann man prima sudeln. Haben Sie da nachgeforscht?“

„Natürlich“, sagte Racado. „So eine Gelegenheit läßt man sich nicht entgehen. Da kann man sogar noch etwas dranhängen. Unglücklicherweise für uns wurde General von Pikkendorff am Tag nach dem Stauffenberg-Attentat von der Gestapo verhaftet, gefoltert und am 28. Juli 1944 hingerichtet. Obendrein war er nach den Aussagen seiner Freunde und Offiziere Malteserritter und tiefgläubiger Katholik. Unter der Folter soll er wie ein Engel gelächelt und immer wieder gesagt haben: „Mein Herr und mein Gott …“

„Sprechen wir nicht mehr davon, schnitt Roth ihm verärgert das Wort ab. Sollten etwa alle in dieser Familie perfekt sein?“

Der Ex-Jesuit verzog sein Gesicht: „Bei diesen Bourbonen, Herr Minister, befürchte ich das.“

Roth nahm ein anderes Blatt: „Schwester: Marie Blanche Anne Jeanne Catherine Thérèse Clotilde Antoinette de Bourbon, geboren am 21. Januar 1981 (sie sind Zwillinge) auf Schloß …, Luxemburg. Grundschulzeit an der Gemeinschaftsgrundschule Pully, dann Internatsschülerin am Sainte-Bénédicte in Sierre, im Wallis …“

Dann folgte eine Notiz über die jeweiligen Studien des Bruders und der Schwester, aus der hervorging, daß sie glänzende Schüler gewesen waren, launisch, aus Liebe zur Sache arbeitend, dem Resultat gegenüber gleichgültig, nachlässig diszipliniert, gute Kameraden, einfach, aber verschwiegen, und vor allem unzertrennlich, mit Ausnahme eines Jahres im Internat an zwei verschiedenen Schulen, als sie etwa dreizehn Jahre alt waren; Schulen, aus denen man sie herausnehmen und gemeinsam auf das Gymnasium in Lausanne gehen lassen mußte. Von dem Tag an, als sie erklärten, daß sie nichts auch nur irgendwie Nützliches zu ziehen gedächten aus ihren Studien, die sie nach den üblichen Lernweisen für beendet hielten, vertraute man sie einem Privatlehrer an. Sie ritten, segelten sommers wie winters auf dem See und verschwanden mit dem Rucksack auf dem Rücken, um lange Wanderungen durch Frankreich zu unternehmen, wo sie sich, nach dem wenigen, was man darüber weiß, von Menschenansammlungen und auch von den kleinen verbliebenen Gruppen verspäteter Monarchisten fernhielten. Eine magere Akte, keine auffallende Tatsache, die man nutzen könnte, um ihnen zu schaden …

„Und das hier?“, fragte Roth.

Es handelte sich um die Photokopie eines Briefes, der fünf Jahre zuvor vom Pater Rektor des Collège Saint-François de Sales in Sitten, im Wallis, an den Prinzen Robert de Bourbon gerichtet worden war. In respektvollem und bedauerndem Ton wurde darin mit entschiedenen Worten ausgeführt, daß man nach den Ereignissen in der Nacht des 5. April 1994, die dem guten Ruf des Hauses und dem weiteren Aufblühen einer gesunden religiösen Erziehung abträglich seien, den jungen Prinzen Philippe nicht wieder an der Schule aufzunehmen wünsche, obwohl er immer eine offene, fromme und überzeugte Haltung bewiesen habe …

Roths Augen flackerten auf:

„Kann man da nicht noch etwas daraus machen?“

Kommissar Racado seufzte: „Wieder kein Glück, Herr Minister. Doch ist es eine eigenartige Geschichte. Gegen zwei Uhr morgens waren die Schule und das Stadtviertel von durchdringenden Schreien aus dem Schlaf geschreckt worden. Auf der Straße rief ein Mädchen: ‚Philippe! Philippe!‘ und auch: ‚Pharamond! Pharamond!‘. Dabei schlug sie mit den Fäusten gegen die Eingangstür des Instituts. Es war die junge Marie de Bourbon, mit gelösten Haaren, nur im Nachthemd unter dem Mantel. Auf dem Boden lag ein Fahrrad. Sie war aus ihrem Internat Sainte-Bénédicte in Sierre entwischt und die 15 Kilometer bis Sitten gefahren. Man konnte nicht anders, man mußte ihr öffnen. Ihr Bruder Philippe war durchs Treppenhaus gestürmt, bis in die Eingangshalle, mit seinem ganzen Schlafsaal auf den Fersen, dazu die Erzieher, die Präfekten, der Pater Rektor im Schlafanzug, eine ganz unvorstellbare Unordnung. Sie warf sich ihrem Bruder in die Arme und rief, ziemlich außer sich: ‚Ich will nicht mehr, daß man uns trennt! Ich will nicht mehr, daß man uns trennt!‘

Dann beruhigte sie sich. Ihr Bruder zeichnete ihr mit dem Daumen ein Kreuz auf die Stirn, danach wandte er sich erhobenen Hauptes zum Pater Rektor und warf ihm ein knappes: ‚Rufen Sie mir ein Taxi, bitte. Wir gehen!‘ zu. Nach dem Bericht meines Informanten stammelte der Rektor: ‚So sprechen Sie doch nicht etwa mit mir?‘, was ihn nicht hinderte, sich in Richtung Telefon davonzumachen. Zehn Minuten später hatten sich Bruder und Schwester aus dem Staub gemacht, sogar ohne sich umzuziehen, Arm in Arm, so wie sie gerade waren.“

Der Minister pfiff durch die Zähne: „Na bitte, da haben wir es ja. Was wollen Sie mehr? Das war vor fünf Jahren, sagen Sie? Da waren sie dreizehn. Und seitdem hatte die Giftpflanze viel Zeit, sich zu entwickeln.“

Das Gesicht des Kommissars wurde länger: „Gott weiß (da mußte Roth lächeln), Gott weiß, Herr Minister, daß ich so etwas gewünscht hätte. Aber im Gegenteil: alles beweist, daß da nichts ist. Ein makelloses Leben. Vergessen Sie nicht: diese jungen Leute sind Zwillinge, eineiige Zwillinge sogar. Solche Zwillinge kann man nicht trennen. Man braucht nicht weiter zu suchen. Allerdings mit einer Besonderheit: die absolute, fast schon religiöse Ergebenheit, die dieses junge Mädchen gegenüber ihrem Bruder hat ... Und da gibt es noch etwas, das Sie interessieren wird."

„Noch so etwas?"

„Leider ja, Herr Minister. In gewissem Sinn ist es sogar schlimmer."

Roth kniff die Augen zusammen, sein Blick wurde bösartig. „Los", sagte er. „Lassen Sie hören."

„Das Ganze geschah zu Schuljahresbeginn, auch in der Kollegschule von Sitten. Da kam ein junger Priester, ein Jesuit, aus einer anderen Schule, um Exerzitien zum neuen Schuljahr zu predigen. Keiner der Schüler kannte ihn. In der Frühmesse sahen sie ihn zum ersten Mal. Kurz vor der Kommunion erhob sich eine Stimme aus den Reihen der Schüler, die im Befehlston sagte: „Geht nicht zur Kommunion. Diese Messe ist gotteslästerlich ..." Es war der junge Philippe. Er hatte seine Bank nicht verlassen. Alle waren wie versteinert. Der Priester hielt das Ziborium in der Hand und die erste Hostie zwischen Daumen und Zeigefinger. Da der Priester es übergehen wollte, ging Philippe nach vorn, warf ihm einen vernichtenden Blick zu und sagte: „Sie sind im Stande der Todsünde". Der Priester sagte nichts. Er packte seine Siebensachen zusammen und verdrückte sich in die Sakristei, woraufhin Philippe an seinen Platz zurückkehrte und sich schweigend niederkniete. Man konnte kein weiteres Wort darüber aus ihm herausbringen. Letztlich dürften die guten Patres von Sitten recht froh gewesen sein, ihn loszuwerden ..."

„Wollen Sie sich über mich lustig machen?", fragte Roth.

Der Minister war sichtlich nicht amüsiert. Er war um so mehr irritiert, als dieser unvergleichliche Halunke, der ihm diese sterbenslangweilige Geschichte erzählte, erwiesenermaßen gegen solches Affentheater immun war. Diesmal aber schien Racado daran zu glauben.

„Leider nein, Herr Minister. Ich habe die Geschichte von dem betreffenden Priester selbst, er hat danach den Orden verlassen. Zu jener Zeit hatte er eine Beziehung zu einem Schüler der Schule, an der er unterrichtete, und davon wußte natürlich niemand. Nach der Moral der katholischen Religion war er im Stande der Todsünde und hätte nicht die Messe lesen dürfen."

„Todsünde?" Roth konnte sich kaum beherrschen. Er gehörte zu dieser herrschenden politischen Klasse, für die das Gute und das Böse lediglich veränderbare Begriffe im Wahlkampf sind. So hatte er, was ihn selbst anbetraf, noch nie auch nur im Ansatz sein Gewissen erforscht.

„Na, na, Racado! Wenn Sie das egal wo erzählen, in einem Salon, bei einem Abendessen, in einer Sakristei, man würde sie auslachen! Glauben Sie etwa noch an die Todsünde?“

„Natürlich nicht. Es hat aber genügt, daß dieser kleine Heilige daran glaubte. Alles weitere hat er erraten. Es bleibt dabei, die Anschuldigung hat gewirkt, und schon befand sich der Priester auf der Flucht, getrieben von einem Willen, der nicht der seine war. So hat er es mir jedenfalls gesagt ...“

Der Minister hatte sein Kinn auf die gefalteten Hände gelegt und überlegte. Rein vom Verstand her (und es war nicht bekannt, daß sein Verstand je versagt hätte) vergeudete er seine Zeit mit dieser Lapalie. Das war ihm völlig bewußt, und doch hielt ihn etwas davon ab, hier aufzuhören und Jacinthe, den ehemaligen Priester, zu seinen niedrigen Machenschaften zurückzuschicken. Durch die Doppelfenster seines Büros waren Polizeisirenen zu hören. Die Meute kehrte in den Zwinger zurück. Das Diensttelefon klingelte. Der Premierminister, eine zweite Garnitur, ein Apparatschik, wollte ihn sprechen. Seine Stimme verkündete: „Die Gewerkschaften haben unterschrieben.“ Roth zuckte mit den Schultern: „Die Gewerkschaften unterschreiben immer, Herr Premierminister ...“

„Zurück zu unserem weißen Schaf“, sagte er zu Racado. „Haben Sie eine Erklärung, Kommissar?“

Der Ex-Jesuit schien schlecht gelaunt. „Ich habe keine Erklärung“, antwortete er, „und ich will auch keine haben. Ich erkenne die Existenz Gottes nicht an.“

Einen Augenblick schwiegen beide.

„Nun, dann erkennen Sie sie an.“

Racado sprang auf: „Was soll ich anerkennen?“

„Die Existenz Gottes, Herrgott noch mal nein! Ich erwarte nicht, daß Sie daran glauben, aber für fünf Minuten, nur für fünf Minuten sollen Sie sie anerkennen, damit Bewegung in die Sache kommt. Machen Sie nicht so ein Gesicht, Jacinthe, wühlen Sie in Ihren pfarrherrlichen Erinnerungen, da werden Sie sicher wenigstens den Ansatz einer Antwort finden.“

Nach dem vor Anstrengung verkniffenen Gesichtsausdruck des Kommissars zu urteilen, hatte die Antwort es schwer, sich einen Weg zu bahnen. Gott weiß, aus welcher Kloake sie sich bis zum Licht emporkämpfte. Aber es konnte wohl keine angenehme Antwort sein, wenn sie den Ex-Jesuiten in die Ängste einer Verzögerungsschlacht stürzte, die man an seinen Augen ablesen konnte, als ob er von innen her gehetzt und getrieben würde. Endlich gab er auf.

„Als ich noch Priester war und mit Jungen zu tun hatte, kannte ich einige solche junge Musterbeispiele an Vollkommenheit: unangreifbar, erfüllt von hoher Gesinnung, von angsteinflößender Unbeflecktheit der Seele, aber in diesem Ausmaß – niemals! Ich glaube, ich weiß, was er ist … Er ist rein!"

Wie um sich von Schleim zu befreien, der ihn am Atmen hinderte, spuckte er jedes Wort aus und wiederholte: „Er ist rein. Genau das ist er: rein."

„Rein", echote der Minister, aber leise, vorsichtig, wie um den Gehalt des Wortes zu prüfen, weil er eine verborgene Gefahr witterte …

Die intellektuelle Maschinerie in Pierre Roths Hirn, die ihm Herz und Seele ersetzte, begann zu arbeiten. Wo auf dem Schachbrett sollte er diesen unerwarteten königlichen Abkömmling plazieren, dessen Umrisse sich weit an den Grenzen der Geschichte und des Vergessens abzeichneten? Wäre er den anderen Mitgliedern seiner weitläufigen Familie ähnlich, in der es so wenige wirkliche Prinzen gab, dann hätte man ihn ignorieren können, seine Existenz wäre unerheblich gewesen … Aber dieser war nicht einer der unbedeutenden Bourbonen. Aufmerksam betrachtete Roth das vor einem Jahr aufgenommene Photo in der Anlage zur Akte. Philippe Pharamond de Bourbon hatte lange, blonde Haare, um die Ohren und im Nacken leicht gelockt, und eine Locke fiel ihm in die Stirn wie bei einem König auf einem Kirchenfenster. Er erinnerte eher an den heiligen König Ludwig als an Heinrich IV. oder Ludwig XIV. Das lag auch an seinem Blick, und obwohl es nur ein Photo war, mußte Roth die Augen senken, als er versuchte, diesen Blick zu ermessen, seine tiefe Eigenart zu ergründen. Er senkte nicht nur den Blick, wie wenn er selbst durchschaut worden wäre, sondern er mußte sich auch eingestehen, daß er vor diesem blauen und reinen Blick gar nicht anders konnte, als die Augen zu senken. Da war das Wort wieder: rein. Was bedeutete, fragte sich Roth, was bedeutete diese Reinheit, die sich auf ein Universum aus Dreck hinbewegte? Zweifellos würde sie sich sehr schnell, erstickt, wieder zurückziehen …

„Wenn ich dieser junge Mann wäre, fuhr er laut fort, würde ich ruckzuck auf mein weißes Schlachtroß steigen, mir die Nase zuhalten und mit verhängtem Zaumzeug, ohne zurückzuschauen, nach Aigues-Mortes galoppieren. Ich würde auf das erste Schiff Richtung Damiette springen, und dann würde ich vor Tunis sterben, diesmal endgültig, um endlich, endlich auf immer zu verschwinden … [1]

Wo ist er jetzt eigentlich? Sie berichten vom Tod der Eltern, von der Untersuchung der Unglücksumstände und schließlich von der Abreise des Privatlehrers und der Ankunft eines bejahrten Mönches, dessen Namen Sie nicht einmal erwähnen. Alles das ist ein Jahr her. Und seitdem?"

Der Ex-Jesuit zögerte, wirkte unangenehm berührt. „Die Villa Pharamond ist unbewohnt, Herr Minister."

„Wie? Unbewohnt ... Und das sagen Sie mir erst jetzt?"

„Muß ich Sie daran erinnern, Herr Minister, protestierte Racado, daß nach dem Tod des Prinzen und der Prinzessin beschlossen wurde, die Überwachung vorläufig zu unterbrechen. Warum sollte man Kinder überwachen?"

„Schwachkopf! Bei dem, was sich da abzeichnet, sind genau die Kinder die Gefahr! Und sie sind noch nicht einmal ganz erwachsen ... Wo sind sie?"

„Wir wissen es nicht, Herr Minister. Als Sie heute morgen die Akte verlangten, habe ich eine Eilnachforschung durch unseren Verbindungsmann in der französischen Botschaft in Bern veranlaßt. Die Villa Pharamond ist seit einem Jahr unbewohnt, die steuerlichen Abgaben und die Unterhaltskosten werden von einem Notar bezahlt, der erklärt, nichts vom neuen Wohnsitz der Zwillinge zu wissen und der wohl auch die Wahrheit sagt. Aber wenn sie in Frankreich sind, wird es nicht lange dauern. Ich finde sie. Ich lasse in allen unseren Abteilungen in den Départements Photos verteilen, die Gendarmerien und Polizeikommissariate alarmieren ..."

Der Minister unterbrach ihn mit einer Handbewegung. „Nicht gerade sehr subtil. So kommen wir zu nichts. Mit Ochsen sucht man keine Trüffel. Polizisten sind nicht gerade darauf trainiert, den Ruch der Heiligkeit zu wittern. Und was wollen Sie antworten, wenn man Sie nach dem Grund für diese ganze Aufregung fragt? Daß Sie die Rückkehr eines Sinnes für das Sakrale fürchten, personifiziert in einem jungen Mann, der von Chlodwig und vom heiligen Ludwig abstammt? In den Dienststellen werden sie sich vor Lachen auf die Schenkel klopfen. Weder haben wir einen Vorwand, noch wissen wir etwas von dem Terrain, auf dem das Spiel stattfinden wird. Warten wir noch ein wenig ab, Kommissar. Vielleicht gibt es ja noch ein zweites Zeichen ..."

„Welches war denn das erste Zeichen?", fragte Racado überrascht.

Roth schloß die Augen und massierte sich die Stirn mit den Fingerspitzen. „Mir gefällt das nicht, Jacinthe. Mir gefällt das ganz und gar nicht. Das ist mir so gar nicht ähnlich. Als ich heute morgen aufwachte, war mein erster Gedanke, daß wir den 21. Januar haben, den Todestag Ludwigs XVI., ein Detail, das ich völlig aus dem Blickwinkel verloren hatte, und das mir und dem ganzen Land völlig schnurz ist. Es gab überhaupt keinen Grund, daß es mir wieder ins Gedächtnis kam, und das mit – hören Sie mir gut zu,

Jacinthe, das ist der Gipfel! – mit so etwas wie einer Spur von Gefühl. Ja, und so habe ich meinen Tag begonnen!"

Dann, wieder ganz er selbst, ruhig und kalt, fügte er hinzu: „Wollen Sie wissen, was ich glaube, Racado? Am 21. Januar 1793 ist ganze Arbeit geleistet worden. Das Gottesgnadentum rollte in den Weidenkorb, zusammen mit dem Kopf des Königs, und doch ... Es scheint, als habe man es versäumt, einige zusätzliche Sicherheitsmaßnahmen einzuleiten."

„Welche?", fragte der Kommissar.

„Genau das frage ich mich. Das müssen wir genauer untersuchen ..."

Als Racado nach Hause fuhr, machte er routinemäßig einen Umweg über die Place de la Concorde. In Höhe der Statue der Stadt Rouen bremste er so abrupt, daß man hinter ihm das Geräusch sich ineinanderschiebenden Blechs hörte, begleitet von lauten Flüchen. Seine beiden Inspektoren eilten herbei. Er achtete nicht auf den Verkehrsstau, der sich bildete, auch nicht auf das wütende Hupkonzert, und bellte: „Was ist denn das da? Herrgott nochmal!"

Ein fast mannshoher Kranz lehnte am Sockel der Statue. Er war aus einer Überfülle von wunderschönen weißen Lilien zusammengestellt, so frisch, daß man meinen könnte, sie seien gerade erst vor einer Stunde geschnitten worden. Den Kranz umschlang ein breites, azurblaues, mit Königslilien verziertes Band, auf dem in silbernen Buchstaben stand:

PHILIPPE PHARAMOND DE BOURBON

„Genau, Herr Hauptkommissar", stammelte einer der diensthabenden jungen Strolche, der eine bestürzte Mine aufgesetzt hatte. „Genau deswegen wollten wir Sie gerade anrufen."

Der Kommissar schnüffelte. Die Lilien verströmten Balsamduft. Der Geruch der Abfalleimer und die Auspuffgase hatten sich in die Rue Royale zurückgezogen, in die Avenue Gabriel, zum Obelisken und auf die Champs-Elysées, wie verjagt aus dem Umkreis, in dem sich das Opfer vollzogen hatte.

„Seit wann ist dieses ... dieses Ding da?", fragte der Kommissar böse.

„Fünf Minuten. Eher weniger."

„Und wie ist es dahingekommen?"

„Das wissen wir nicht."

Racado wurde rot vor Zorn. „Wie! Das wißt ihr nicht ... Sagt doch gleich, daß ihr beide euch ein Glas eingekippt habt, schön im Warmen."

„Wir schwören Ihnen – Herr Hauptkommissar – wir waren die ganze Zeit hier – kein Auto hat gehalten. Niemand ist gekommen. Wir haben nichts gesehen."

Er hatte schnell gesprochen, ohne Luft zu holen, ohne Punkt und Komma, aus lauter Angst, brutal unterbrochen zu werden. So unwahrscheinlich erschien das, was er sagte.

Racado atmete tief ein, um sich zu beruhigen.

„Wiederholen Sie mir das bitte. Und langsam."

Der andere tat es widerwillig. Er machte einen ernsthaften Eindruck und fügte hinzu:

„Dieses Ding war nicht da, das schwören wir. Dann, einen Moment später, war es einfach da. Wir haben nichts gesehen. Vielleicht waren wir einen kleinen Moment abgelenkt. Diese Typen müssen ganz schön schnell galoppiert sein."

„Diese Typen? Welche Typen?"

„Wir wissen es nicht. Aber irgendwie muß ihn ja jemand hergebracht haben, diesen Kranz. Und nicht allein. Haben Sie gesehen, wie groß der ist?"

Jacinthe ließ niemals locker. Wenn er jemanden verhörte, dann zählte jedes Wort, das man ihm antwortete. Er untersuchte jedes einzelne genau, preßte die beiden aus wie eine Zitrone.

„Galoppieren, sagt ihr?", begann er wieder. „Soll das heißen, daß sie schnell rannten? Habt ihr sie vielleicht gehört?"

Die beiden Inspektoren tauschten einen fragenden Blick aus. Schließlich gab sich der, der bereits gesprochen hatte, einen Ruck.

„Wir haben etwas gehört, ja. Nun ja, nicht die Geräusche von Schritten. Die waren nicht zu Fuß, nein."

Er zögerte sichtlich.

„Los, spuckt es aus!", wurde der Kommissar ungeduldig.

„Wir haben Pferde im Galopp gehört, die sich entfernten, das ist es. Wir können uns unmöglich getäuscht haben. Wir haben sie beide gehört, mein Kollege und ich. Wir versuchten sie zu orten, da waren sie schon wieder weg."

Racado schlug sich an die Stirn.

„Pferde im Galopp. Mitten in diesem Durcheinander von Blechkisten! Und ihr habt sie nur gehört. Ihr wart zu blöde, sie zu sehen. Reiter auf der Place de la Concorde, mitten in der Nacht, die zwischen den Autos herumgaloppieren, und niemand soll sie bemerkt haben? Glaubt ihr, daß ich das schlucke? Was haltet ihr denn davon?"

Sie machten sich darüber keine Gedanken.

Der Kommissar bemerkte ihre dummen Gesichter mit dem arbeitsscheuen Gesichtsausdruck, ihre niedrige Stirn, unter der ganz offensichtlich der Platz fehlte, als daß sich überraschenderweise auch nur der kleinste Funken Vorstellungskraft dort einschleichen könnte, und er hob die Schultern.

„Haut ab!“, sagte er, „und bringt mir das ins Labor. Und sofort morgen macht ihr die Runde bei allen Blumenhändlern, die so ein Ding herstellen können, noch dazu mit Lilien. Und was eure Geschichte mit den Pferden anbelangt, die will ich nicht im Bericht sehen. Und kein Wort! Zu niemandem!“

Racado stieg wieder ins Auto, hob sein abhörsicheres Telefon ab und rief Roth an.

Der Minister hörte schweigend zu. Zum Schluß sagte er nur: „Das kam schneller, als ich dachte.“

„Ich verstehe nicht, Herr Minister. Was kam schneller?“

„Das zweite Zeichen … Racado, schicken Sie Ihre beiden Inspektoren mit dem nächsten Flugzeug nach Mayotte oder Futuna. Das bringt sie auf andere Gedanken. Lassen Sie die Suche nach dem Blumenhändler sein, das bringt nichts. Das ist nicht die richtige Methode, das habe ich Ihnen schon einmal gesagt. Vergessen Sie das alles für den Moment. Wenn es soweit ist, rufe ich Sie an …“

Nach der Messe sattelte man die Pferde. Marie liebte diese nächtlichen Ausritte bei starkem Wind, über die Heide, wo die Reiter in gestrecktem Galopp lossprengten, bis hin zum Meer, wo schaumgekrönte Schwadronen grüner Wellen wie in einer Schlacht zum Gegenangriff übergingen. Die Pferde bäumten sich auf. Die Reiter lachten vor Glück.

Sie waren zu fünft, Marie, ihr Bruder Philippe und drei Jungen etwa gleichen Alters, die jetzt kurz vorgestellt werden sollen, wenigstens soweit das möglich ist. Der erste hieß Odon de Batz. Ohne Zweifel stammte er von jenem Ritter von Batz ab, der am 21. Januar 1793 mit einem Dutzend junger Leute, den Degen in der Hand, an der Porte Saint-Martin den König, den man zum Schafott führte, zu befreien versuchte. Ein großer, breitschultriger Rotschopf war er, mit buschigen Augenbrauen und vorspringendem Kinn. Sein ergebenes und einfaches Herz versteckte er hinter seiner höchst anmaßenden Art.

Der zweite hörte auf den Vornamen Josselin. Braunhaarig, untersetzt und stämmig, war er der Sohn eines Schuhmachers aus der Gegend, der seinerseits aus einer langen Reihe von Köhlern stammte, bis in die Zeit zurück, als es noch große Wälder gab, mit Hütten auf den Lichtungen, in denen diese rauhen und wilden Menschen lebten. Alle diese Köhler waren natürlich königstreue Chouans [2] gewesen, hatten ihr Blut vergossen und Fürsten gedient, die es nicht verdienten. Philippe mochte Josselin sehr. Die Umstände unter denen die beiden sich kennengelernt hatten, erklären die starken Bande, die sie einten. Als er eines Morgens im Dorf von seinem Boot sprang, sah sich Philippe diesem Jungen gegenüber, den er nie zuvor gesehen hatte und der ihn zu erwarten schien. Der andere hatte ihn lange gemustert, mit einem ruhigen und festen Blick, und dann, zufrieden mit dem Ergebnis seiner Musterung, hatte er gesagt: „Ich weiß, wer Du bist. Du brauchst mich. Ich bin das Volk. Dieses Mal werden wir einen langen Weg gemeinsam gehen …". Dann hatte er das Knie bis zur Erde gebeugt, Philippe hatte ihn wieder aufgehoben und gesagt: „Niemals wieder diese Geste zwischen uns!" Und Josselin hatte geantwortet: „Außer, wenn der Augenblick gekommen sein wird …". Diese zumal überraschende Szene hatte sich vor Zeugen abgespielt, vor Fischern, die ihre Netze reparierten, vor anderen, die in der Kneipe ein Glas tranken und aus den Fenstern schauten, vor einem Busfahrer und seinen Fahrgästen, vor zwei Gendarmen, die von ihrer Streife kamen, vor den Fischhändlerinnen an ihrer Auslage … Niemand aber schien etwas gesehen zu haben. Keine Spur davon im Dorfklatsch, dem doch sonst die kleinen Tagesereignisse nicht entgehen. Man sah die beiden Jungen vorbeigehen, die wie gute Freunde miteinander sprachen; aber niemand behielt das erstaunliche Bild im Kopf, wie der eine einige Sekunden zuvor das Knie vor dem anderen gebeugt hatte; mit Ausnahme eines klapprigen alten Männchens mit einer speckigen Seemannsmütze, der in seinen Bart grinste, wegging und pfiff: „Ich habe den König gesehen!" – „J'ai vu le roi!" Er sprach es: „le roué" aus, mit gerolltem „r-", und weil er senil war, hörte ihm wie immer niemand zu …

Der dritte hieß mit Vornamen Monclar. Er war bei weitem der intelligenteste von den dreien; sogar von den fünfen, wenn man Philippe und Marie mit einbezog. Gedächtnis, Kultur, Intuition – er war mit allen diesen Gaben ausgestattet, machte aber sehr diskret davon Gebrauch. Er war zurückhaltend, wenn nicht gar bescheiden. Aus seiner geistlichen Berufung, die er seit frühester Kindheit hatte, machte er kein Geheimnis. In früheren Zeiten hätte Monclar Purpur und Kardinalshut mit dreißig Jahren bekommen, und in seinem Alter – er war achtzehn Jahre alt – zweifelte er nicht einen Augenblick daran, daß dies sein ihm vorbezeichnetes Schicksal war. Er trug ein kleines Kreuz an einer Kette um den Hals. Diese Beschreibung wäre nicht vollständig, nicht angemessen, wenn man unerwähnt ließe, daß Monclar ein Junge war, der betete und der abends lächelnd einschlief, nachdem er seine Seele Gott anvertraut hatte. Seine Berufung war nicht etwa nur eine Äußerlichkeit … Über diese Gefährten hatte Philippe eines Tages gut gelaunt folgende Bemerkung gemacht: „Adel, Klerus, Dritter Stand …"

Am Abend dieses 21. Januar waren die fünf jungen Leute bis ans Meer geritten und stiegen ab. Über das Wasser schienen einige Lichter herüber, die Lichter des Dorfes, dann, weiter entfernt, hinter einem beruhigend dunklen Wald, der weite, schmutzig-weiße Lichtschein, der eine große Ortschaft anzeigte. Das Königreich Frankreich …

Philippe kniete sich auf den feuchten Sand, in Richtung Festland, Marie und die drei anderen Jungen taten es ihm gleich. Die Pferde scharrten mit ihren Hufen und tänzelten. Helles Wiehern wie Trompetenstöße weckten von Provinz zu Provinz, in einigen Städten und Dörfern einige Schläfer, die gerade von schicksalhaften Reitern geträumt hatten, welche ebenso schnell verschwanden, wie sie aufgetaucht waren, und dann schliefen die Menschen friedvoll wieder ein, unerklärlich glücklich …

Der Mond leuchtete. Der Himmel war eine Sternenkathedrale.

„Mein Herr und Gott", sagte Philippe und faltete die Hände, „ich bin achtzehn Jahre alt. Wir werden nicht mehr warten. Hilf mir, das zu vollenden, wofür Du mich ins Leben gerufen hast, in dieser Zeit, die nicht die meine ist, aber auf dem Platz, der der meine ist und um den sich niemand hier unten mehr Gedanken macht. Ich bitte Dich demütig, Herr, …"

Er begegnete dem Blick seiner Schwester und korrigierte: „Ich verlange demütig von Dir, Herr, durch die Wahl, die Du einst mit Chlodwig und mit dem ersten König Pharamond, dem Vater aller Könige von Frankreich, getroffen hast, ich verlange … (erneuter Blick auf seine Schwester, und das Wort *demütig* verschwand), ich verlange Deinen göttlichen Schutz bis Reims. Beschütze meine Schwester Marie, Prinzessin von Frankreich. Beschütze meine Gefährten auf dem Weg nach Saint-Benoît-sur-Loire, nach Saint-Denis, nach Reims. Danach wird alles vollbracht sein …"

Dann erhob sich Maries Stimme wie eine kristallklare, durchsichtige Quelle. Wir werden nur den ersten Vers dieses Liedes wiedergeben, das tief in den Herzen all jener eingeschrieben war, die es in diesem Land früher hörten: „Gedenke, gütigste Jungfrau Maria: man hat es noch niemals gehört, daß jemand, der zu dir seine Zuflucht nahm, deine Hilfe anrief, um deine Fürsprache flehte, von dir verlassen worden sei …" Eine unvergleichliche

Melodie … ein zutiefst marianischer Gesang … Noch vor etwas mehr als vierzig Jahren vernahm man ihn in Frankreich. Mittelmäßige Stimmen oder Stimmen ohne Glauben brachen daran. Die anderen, seltenen erhoben sich zu ungekannten Höhen der Hingabe …

Pierre Roth wachte noch in der Stille seines Büros am Place Beauvau. Er zuckte zusammen. Ein kleiner Stich ins Herz … Zum zweiten Mal an diesem Tag öffnete sich für einen kleinen Augenblick eine bislang geheime und unbekannte Tür zu den Irrgärten seines Unterbewußtseins, ließ fast unmerklich so etwas wie eine stumme, nicht faßbare, schnell unvollendete Sinfonie hinausschlüpfen, etwas wie einen neuen Klang, der schwer wahrzunehmen und außerordentlich erstaunlich war bei einem so gefühllosen Mann, und den er mit Schrecken als wohltuend empfand.

„Nein, nein, nicht ich!", rief er mit lauter Stimme, auf sich selbst wütend.

Er arbeitete seit Jahren zuviel, schlief kaum und das Gehirn war immer aktiv. Auf Dauer konnte das Aussetzer hervorrufen. Diese Erklärung strich er. Macht auszuüben, hatte ihn nie ermüdet, im Gegenteil. Er fühlte sich nie besser, als wenn er an seinen Schreibtisch gefesselt war, mitten in seinem Spinnennetz, die Regierungsmitglieder ängstlich an seinem Telefon hängend, wenn Zehntausende auf seine Befehle horchten und er Feinde wie Freunde mit derselben bösartigen Munterkeit in die Falle lockte. Wurde er alt? Politische Vampire altern nicht. Mit jedem Opfer werden sie jünger. Um sie loszuwerden, muß man sie abschlachten, und das würde ihm nicht so bald geschehen … Was also?

Und dieser Pharamond? Den ganzen Tag lang hatte es ihn am meisten gewundert, welche Bedeutung er, Roth, der allmächtige Innenminister, diesem jungen Mann zumaß, der nichts und niemand war, nicht einmal die Erinnerung eines Volkes, das diese seit langem verloren hatte. Er fischte das Photo von Philippe aus der Akte und legte es vor sich auf den Schreibtisch.

„Du beeindruckst mich nicht", murmelte er.

Das war nun ganz das Gegenteil der Wahrheit, er wußte es, aber diesmal senkte er seinen Blick nicht, als er in die Augen Pharamonds auf dem Photo schaute. Im Gegenteil, er empfand diesen Blick wie ein helles Flakkern, so etwas wie ein Blitzlicht, das augenblicklich erlosch und ihn von Erstaunen gepackt zurückließ.

„Der fängt an, mich anzuko…!", sagte er. Ein Ausdruck der Verärgerung, der ihm entschlüpfte, der seiner nicht würdig war und der zu nichts führte. Er machte sich deswegen Vorwürfe. Wie er zu Racado gesagt hatte, das war nicht die richtige Methode. Ein Seitenwechsel war nötig, ein hypothetischer Seitenwechsel, in Gedanken, wie ein Spion, der sich geistig mit dem Feind identifiziert oder wie ein Mörder, der sein Opfer liebt, damit das Verbrechen perfekt werde. A priori mußte er das Unfaßbare eingestehen. Dieser reine und blaue Blick und die jugendliche Majestät dieses Gesichtes drückten es aus: die Sicherheit, ohne Hochmut und in göttlichem Auftrag eine offensichtlich ewige und ungeteilte Macht zu verkörpern. In den Augen von Philippe Pharamond de Bourbon hatte es keinerlei Bedeutung, diese Macht auszuüben oder sie nicht auszuüben. Es zählte einzig und allein das geheiligte Symbol und daß dieses Symbol in die eisgefrorene Seele der Nation getragen wurde. Das hatte Pierre Roth verstanden. Das war seine Annahme. Ob Gott existierte oder nicht, das hatte gar keine Bedeutung für Roths Überlegungen. Er hatte nie an Gott geglaubt, auch nicht an die Bequemlichkeit, an Gott zu glauben, um eine scheinbare und offenbare Ordnung in sich selbst und in dieser niedrigen Welt zu errichten. Aber dieser junge Bourbone – er glaubte daran. Roth mußte sich Gewalt antun, aber er mußte es wohl als gegeben hinnehmen, daß Pharamond sich durch seinen Glauben an Gott und mit Gottes Willen auf seinen Weg gemacht hatte und seine Spuren seit Pully verwischt hatte … Wo war er jetzt? Wohin lenkte er seine Schritte? Und warum? Indem er die Dinge auf diese Weise betrachtete, gewahrte Roth Ahnungen möglicher Antworten auf diese Fragen.

„Du bist also", sagte er wieder aufgeheitert zu dem Photo, „du bist also der König? Spiele deine Rolle. Ich töte keine Symbole in der Eierschale, das wäre zu leicht. Und außerdem möchte ich trotzdem gerne wissen, wie weit du zu gehen imstande bist, ob du solches Gottvertrauen hast. Wir werden dich finden. Wir werden dir folgen. Und am Ende werden wir dich zerquetschen."

Er schloß die Akte, schob sie in eine Schublade, dann wählte er die Telefonnummer von Racado.

„Jacinthe, ich habe morgen einen dringenden Auftrag für Sie. Ich will eine Liste von allen Königen von Frankreich, die in der Basilika Saint-Denis bestattet sind."

Das Absonderliche dieses Auftrags weckte den Kommissar augenblicklich. „Aber die sind total durcheinandergewürfelt", sagte er.

Vielleicht war der Ausdruck nicht sehr glücklich gewählt, aber er entsprach der Wirklichkeit. Mit Ausnahme der sterblichen Hülle Ludwigs XVIII. und der identifizierten Überreste des unglücklichen Ludwig XVI., die beide in der Krypta unter anonymen schwarzen Marmorplatten begraben waren, hatte man alle anderen in fünf Särge gehäuft und hinten in der ehemaligen Krypta eingemauert – zumindest die schrecklichen Überbleibsel, die man im Durcheinander wiedergefunden hatte nach der Schändung der Gräber im Oktober 1793 und nach den fürchterlichen Szenen in deren Folge. Die Republik hatte sie dann aller äußeren Zeichen von Respekt, jeglicher Aufforderung zur inneren Sammlung beraubt. Ihre eingravierten Namen verblaßten langsam, und, im übrigen, wer erinnerte sich überhaupt noch daran?

„Ich weiß es", sagte Roth und hob die Schultern. „Na und? Ich erwarte nicht, daß Sie dahin gehen und jeden einzeln begrüßen. Nur die Liste. Die, die dort sind und vor allem die, die nicht dort sind und die sich dann logischerweise anderswo befinden müssen. Bringen Sie mir das morgen abend ..."

Alle fünf waren sie achtzehn Jahre alt. Philippe und Marie an diesem 21. Januar. Odon de Batz vierzehn Tage früher, Josselin zwei Monate zuvor und Monclar, der älteste, schon seit vier Monaten. Sie lachten vor Glück und bliesen alle zusammen die achtzehn Kerzen auf dem eher kompakten Napfkuchen aus, den Marie gefertigt hatte. Josselin entkorkte eine Flasche Champagner. Sie erhoben ihre Sektkelche schweigend in Richtung Philippe, der ganz einfach „danke" erwiderte. Als der Kuchen aufgegessen war, sagte er:

„Übermorgen in der Nacht geht es los. Der Wind scheint nur schwach zu wehen, und wir werden eine starke Ebbe haben. Wir können durch die seichte Stelle auf das Festland reiten."

„Habt ihr keine Angst, Aufmerksamkeit zu erregen?", fragte der alte Mönch, dem wir nun seinen Namen geben: Dom Felix. „Euer Ritt wird nicht unbemerkt bleiben, und die Straßen sind nicht mehr so sicher wie unter dem heiligen König Ludwig."

„Es ist Winter, Hochwürden. Niemand ist auf dem Lande. Und wir ziehen über Land. Durch bewohnte Orte reiten wir nachts. Gott wird den Übelwollenden Augen und Ohren verschließen. Ansonsten folgen wir dem Lauf des Flusses; in acht Tagen sind wir in Saint-Benoît."

Es folgte ein kurzer Bericht von Josselin über Verpflegung und Proviant, beides war auf das Wichtigste beschränkt. Odon de Batz erklärte die vorgesehenen Etappen, und Monclar sprach darüber, wie es möglich sei, den Kontakt mit der Insel zu halten.

„Gut. Und die anderen?", fragte Philippe. „Gibt es Neues?"

Er hatte sich an einen bejahrten, diskreten und bescheidenen Herrn gewandt, dessen Gesichtsausdruck jedoch wach und lebhaft war. Es war niemand anders als der Eigentümer der Insel, eigentlich ein Ire von jakobitischer Überzeugung. Er hieß Faragutt. Man sah ihn fast nie, außer bei der Messe und bei den Mahlzeiten. Er bildete gewissermaßen eine Brücke zwischen dem Königreich und der Welt. In so etwas wie einer Werkstatt eingeschlossen, die eines der vier niedrigen Häuser des Gehöftes belegte, hörte er Tag und Nacht die ganze Erde und die Satelliten mit Hilfe leistungsfähiger Geräte ab. Der Polizeifunk auf dem Festland hatte vor ihm keine Geheimnisse. Auch das Telefon konnte er abhören.

„Bohémond hat auf der Place de la Concorde in Paris getan, was getan werden mußte", sagte er. „Er stößt in Saint-Denis zu euch, wo Tibérien euch führen wird. Bruder Ulrich erwartet euch in Saint-Benoît-sur-Loire. Ihr müßt vorsichtig sein. Noch etwas: Amaury hat in Reims die Spur von Ruhl wiedergefunden."

Der Nationalkonventsabgeordnete Ruhl. Alle verstanden sofort. Das war die Figur, die auf dem Schachbrett noch fehlte ...

„Wir sind soweit", schloß Philippe. „Und Sie, Hochwürden?"

„Mit Verlaub, Monseigneur ..."

Das war das erste Mal, daß Dom Felix ihn so nannte. Philippe errötete etwas, dann neigte er leicht den Kopf, um zu zeigen, daß er die ehrende Anrede akzeptierte. Maries Gesicht strahlte. Sie verschlang ihren Bruder mit den Augen. Ihre Lippen bewegten sich lautlos, während sie innerlich wiederholte: „Monseigneur, Monseigneur, Sire, mein Bruder ..."

„Mit Verlaub, Monseigneur, begann Dom Felix von neuem, was mich anbetrifft, so werde ich in diesem Jahrhundert reisen, mit dem Zug. Leider paßt dies besser zu meinem Alter. In Saint-Benoît brauchen Sie mich nicht. In Saint-Denis auch nicht. In Reims hingegen werde ich dann schon einiges erreicht haben. Sie wissen schon, wo ich Sie erwarten werde."

„Hochwürden, was raten Sie mir bis dahin?"

„Achten Sie, daß Sie im Stand der Gnade bleiben, Monseigneur. Sire, seien Sie der König ohne Sünde. Etwas anderes können Sie nicht erhoffen ..."

Am 4. September 1792 begannen die ersten Plünderungen in der Basilika Saint-Denis, die nach den Bestimmungen des Gesetzes achtzehn Tage später republikanisch werden sollte. Am 9. September feierten die Benediktiner den letzten Gottesdienst in der Kirche, deren Herren sie elf Jahrhunderte hindurch gewesen waren. Er wurde von Dom Verneuil, dem Vater Abt, der die Mitra auf dem Kopf und den Hirtenstab in der Hand trug, zelebriert. Da fehlten weder Mut noch Prunk. Sie sangen: „In manus tuas, Domine, commendo spiritum meum ..."

Am 14. September zerstreuten sich die Mönche, verjagt, mit dem Tode bedroht, ohne Hoffnung auf Wiederkehr. Es begann der Todeskampf der königlichen Nekropole.

Zunächst nahm man das Dach in Angriff. Es wurde abgedeckt, der Dachstuhl wurde den Unbilden des Wetters ausgeliefert, das Blei wurde heruntergerissen und im Kirchenschiff in wüster Unordnung zwischen den Grabmalen gelagert. Am 6. August 1793 wimmelte es in der Kirche plötzlich von Soldaten mit roten Mützen und von mit Spitzhacken, Vorschlaghämmern und Brecheisen bewaffneten Arbeitern. Die Menge feuerte sie an. Durch eine seltsame Fügung des Schicksals stürzten sie sich zuerst auf die Kapelle Dagoberts I., des Gründers der Abtei, dessen liegende Grabfigur zerschlagen wurde. Einige Grabmale wurden nach einem Dekret des Nationalkonvents ausgespart, insbesondere die der Valois, „wegen ihres außerordentlichen künstlerischen Wertes". Die anderen wurden mit dem Vorschlaghammer zertrümmert, verwüstet, und aus ihnen errichtete man am Ortseingang von Franciade, vormals Saint-Denis, auf der Place d'Armes einen allegorischen Ruinenberg. Am Fuß dieses Berges wurde eine Grotte eingerichtet, zur Erinnerung an Marat und Peletier de Saint-Fargeau, die zu Märtyrern der Revolution erhoben wurden. Die in Stein gehauenen Köpfe unserer Könige, mit zerbrochener Krone, zerschlagener Nase, zerstochenen Augen, schmückten die Pfeiler und die Giebel der Grotte.

Im September hämmerte und meißelte man in der geschändeten Klosterkirche die letzten Embleme des Königtums weg, die der republikanischen Raserei bis dahin noch entgangen waren, insbesondere am Orgelprospekt. Vernichtet wurden die letzten Kreuze längs des Weges, den in Saint-Denis die Trauerzüge der Könige von Frankreich nahmen. Dann waren die Glocken an der Reihe. Sie litten wie Märtyrer, die auf das Rad geflochten wurden. Sie wurden mit Eisenstäben zerschlagen, und das Echo ihrer schauerlichen Klagerufe hallte im Inneren der Basilika wider.

Dann erschienen „diese Grabräuber, diese abscheulichen Menschen, die auf den Gedanken kamen, die Zufluchtsstätte der Toten zu schänden und deren Asche in alle vier Winde zu zerstreuen, um die Erinnerung an die Vergangenheit auszulöschen". [3] Dies geschah am 12. Oktober 1793.

Inmitten einer hysterischen Menschenmenge, die die Erdarbeiter mit Worten und Gesten anfeuerte, begann man, unmittelbar neben der Basilika zwei quadratische Gruben auszuheben, drei Meter lang und drei Meter tief. Die erste sollte die Gebeine der Bourbonen aufnehmen, die zweite die der Valois und der ersten Kapetinger, sowie die Überreste der Könige der beiden ersten Herschergeschlechter, so man solche finden sollte. Nicht weit davon entfernt richtete man in einem Barackenbau eilig eine Schmelzerei ein, in der die Bleisärge der Tyrannen sich in republikanische Gewehrkugeln verwandeln sollten. Dann erbrach man mit einem Rammbock die Türen zu den Grüften.

Der erste „Tyrann", dem in seiner ewigen Grabesruhe Gewalt angetan wurde, war der gute König Heinrich IV. Als man den Deckel seines Eichensarges mit Hammerschlägen und einer Brechstange aufgesprengt, dann seinen Bleisarg mit einem Steinbohrer geöffnet hatte – und so in der Gruft der Bourbonen einen entsetzlichen Lärm veranstaltete –, wurde sein, in ein weißes Leintuch gewickelter und beinahe unversehrter Leib sichtbar. Man wikkelte den Kopf aus, und in der stickigen Luft verbreitete sich ein starker, aromatischer Duft. Er roch gut, dieser König. Bei den anderen war das nicht der Fall. Nach einhundertdreiundzwanzig Jahren im Grab war sein Gesicht wunderbar erhalten, der Bart war fast weiß, mit heiteren Gesichtszügen und kaum entstellt. Die Leiche wurde aufgerichtet und wie eine Gliederpuppe an einen Pfeiler gelehnt. Die Menge, die um ihn herumsteht, hält einen Augenblick in ihrem Haß inne. Vielleicht ist sie sogar ein wenig bewegt bei dem Anblick dieses großen Königs, der dort steht, aufrecht, in seinem Leichentuch. Und wenn sie jetzt auf die Knie fielen, als Zeugnis eines althergebrachten Respekts? Aber das Gesetz, das Menschenmengen leitet, duldet keine Ausnahmen. Immer ist es das Niederträchtigste und Gemeinste, das obsiegt, und das Niederträchtigste und Gemeinste zeigt sich so: ein Soldat, nicht einmal betrunken, was wenigstens eine Entschuldigung gewesen wäre, drängt sich nach vorne, spielt sich groß auf, dieser Soldat, dieser mutige Sohn des Volkes, zieht seinen Säbel und schneidet eine große Locke aus dem weißen Bart. Daraus macht er sich einen falschen Schnurrbart, und die Menge lacht und applaudiert. Nun ist es entschieden, die Menge wird barbarisch sein. Eine Megäre schwingt die Faust unter der Nase des guten Königs Heinrich, und dann, rundheraus, ohrfeigt sie ihn mit aller Kraft, so stark, daß der Leib zu Boden fällt. Das geschah am Samstag, dem 12. Oktober 1793, abends. Die Gräberstürmer gingen nach Hause, um sich am Sonntag im Familienkreis auszuruhen und befolgten so im Vorgriff eine gewerkschaftliche Ruhepause, so daß der gute König Heinrich bis zum Montag, dem 14. Oktober, den Schmähungen des Pöbels ausgesetzt blieb. Man weiß nicht, in welchem Zustand er dann vorgefunden wurde, denn am Morgen wurde er ohne irgendwelche Umstände als erster in die Grube der Bourbonen geworfen.

Nach diesem ersten Ausbruch beschleunigte man das Arbeitstempo. Ludwig XIII. wurde gar ohne die milde Gabe einer Beleidigung in die Grube befördert. Er stank nämlich. Bei Ludwig XIV. bewahrte man jedoch die republikanischen Umgangsformen. Einer der Erdarbeiter, noch so ein mutiger Sohn des Volkes, zog sein Messer mit einer langen Klinge hervor, und mit einem entschlossenen Streich schlitzte er den König auf. Eine Menge Werg kam hervor, das anstelle der Eingeweide das Fleisch in Form hielt. Ganz zu recht glaubte er wohl, über die fleischliche Realität der königlichen Überreste getäuscht worden zu sein, die unbeweglich wie eine ausgestopfte Puppe waren. Da nahm der Schlitzer sein Messer und öffnete mit Gewalt den Mund des Königs, dessen Kiefer seit achtundsiebzig langen Jahren fest geschlossen waren. Eine harte Arbeit. Aber er schaffte es, grüßte in die Runde wie ein Gladiator, und die Menge jubelte ihm zu. König Ludwig XIV., der zu seiner Lebenszeit entsetzlich aus dem Mund gestunken hatte, stieß einen letzten Seufzer aus, der die letzten Fliegen tötete, die in der Gruft überlebt hatten. Der Sohn des Volkes entnahm dem königlichen Kiefer einen einzelstehenden Zahn, einen schwarzen und verfaulten Stumpf, den er dem Volk wie eine Trophäe zeigte. Das Volk applaudierte und brüllte vor Begeisterung.

Dann trug man die sterbliche Hülle Maria Theresias d'Austria herbei, Tochter Philipps IV. von Spanien, Gemahlin Ludwigs XIV., Königin von

Frankreich, liebevoll, bescheiden und alleingelassen. Die ziemlich gut erhaltene Leiche erstaunte durch ihre Kleinheit und die Feinheit ihrer Füße. Die Megären kreischten vor Wut. Sie waren von einer ungerechten Natur mit unförmigen und verkrusteten Gehwerkzeugen ausgestattet, und so stimmten sie per Akklamation für „Tod". Man stieß die Königin Maria Theresia in die Grube, worin sie mit völlig verdrehtem Kopf versank, ihre Beine gen Himmel gereckt, sie, die so tugendhaft gewesen war, und das fand man sehr spaßig ... Mit Maria von Medici wurde nicht besser umgegangen. Abgesehen von den Ringen, die sie trug und die nun zum Volk zurückkehrten, zerlief sie wie ein alter Käse. Einige Haare schwammen wie Ziegenhaar auf dieser Fäulnis. Die Patrioten stritten sich darum. Anna von Österreich, die stolze Anna, die Mantel-und-Degen-Königin, wurde sehr hastig in die Grube geschwungen. Ihre Glieder hielten nicht mehr an ihrem Körper. Man machte sich nicht einmal die Mühe, dem in Saint-Denis anwesenden souveränen Volk mitzuteilen, um wen es sich in diesem Fall handelte. Das haßvergiftete Volk rund um die Grube verdrehte die Augen und begann, sich die Nase zuzuhalten.

Meinen Sie, das Volk sei dann nach Hause gegangen, gerächt, befriedigt, wenigstens aufgeschreckt durch dieses Grauen, in dem Könige und Bauernlümmel sich gegenüberstanden, von Angesicht zu Angesicht und elendiglich gleich vor Gott? Nun denn: nein. Es weigerte sich. Je mehr die Grüfte stanken, was einen häufigen Wechsel der Erdarbeiter erforderlich machte, die sich von Grab zu Grab im zitternden Rauch der Kerzen vorarbeiteten, die ihrerseits zu ersticken drohten, desto mehr klumpte sich die Menge um diese pestdünstenden Öffnungen. In die Grube der Bourbonen schichtete man Kronprinzen, grands dauphins, petits dauphins, Mademoiselles, Grandes Mademoiselles und Monsieur, den unheilvollen Orléans, Herzöge von Burgund, von Anjou, von Aquitanien, der Bretagne, von Montpensier, totgeborene Prinzen, denen die Megären applaudierten, weil „diese da wenigstens nicht gelebt haben", eine verirrte Stuart, Herzoginnen von Parma, von Artois, von Angoulême, von Berry, die Pfälzerin und Turenne und den Großen Condé und so viele filles de France, die Marie hießen: Marie Zéphirine, Marie-Adélaide, Louise-Marie, Marie-Elisabeth, Marie-Anne. Sie alle zerflossen wie Totenbrunnen unten in ihren Bleisärgen. Man verbrachte sie in die Grube der Bourbonen. Oh Marie, zarte Marie ... eine Kloake. In der Basilika konnte man nicht mehr atmen, aber das Volk schnupperte leidenschaftlich. Die, welche erstickt umfielen, wurden wie Helden gefeiert.

Und da entdeckte man Ludwig XV.

Weiß Gott, auf ihn hatte man gewartet, um ihm zu zeigen, wie man sich seiner erinnerte, wie sehr man ihn gehaßt hatte, als er starb, der Viel-Geliebte! Was hatte man doch über ihn geredet; er sei an der Syphilis gestorben, bei lebendigem Leibe verfault, daß man sich ihm am Ende seines Lebens nicht nähern konnte, ohne daß einem der Atem stillstand, daß man die Pest bekam, wenn man dieselbe Luft wie er einatmete, daß man ihn nicht einbalsamiert hatte, weil die Einbalsamierer starben, als sie ihn kaum berührt hatten ... Er enttäuschte. Seinem Sarg entströmte keinerlei üble Ausdünstung. Zwanzig Jahre nach der Bestattung fand man ihn noch recht gut erhalten, seine weiße Haut war noch so frisch, als sei er gerade eben beerdigt worden. Seine Nase jedoch war violett, und sein Hintern war rot wie der eines neugeborenen Kindes. Er sah aus, als nehme er ein Bad, denn er schwamm in reichlich Wasser, entstanden durch die Zersetzung des Meersalzes, mit dem man seinen Leichnahm bedeckt hatte. Die Flüche blieben in den Kehlen stecken. Aber sobald das Wasser ausgeleert war, geschah etwas Grauenhaftes: die augenblickliche Verwesung setzte ein. Der Körper des Viel-Geliebten machte seltsame Bewegungen, schien sich selbst zu verdauen, bis er nur noch ein fast flacher Hautfilm war, wie ein Abdruck auf dem Boden des Sarges, von dem sich eine Wolke schrecklichen Gestanks ausbreitete und den man schnellstens in die Grube stürzte. Entsetzt floh das Volk. Unmengen Pulver brannte man ab, schoß gar Salven in die Luft in der Hoffnung, die Luft reinigen zu können. So wurde dem König Ludwig XV. Salut geschossen. Das geschah am 16. Oktober 1793, zwischen neun und elf Uhr morgens, zu der Stunde, in der die Königin Marie-Antoinette auf einem gewöhnlichen Henkerskarren zum Schafott gefahren wurde, die Hände auf dem Rücken zusammengebunden und mit vor Angst zu Berge stehenden Haaren ...

Am Nachmittag kam man natürlich in hellen Scharen zurück. Die Grube der Bourbonen war jetzt voll, man ging also zu den Valois über.

Als erster wurde der Sarg Karls V., des Weisen, geöffnet, der 1380 gestorben war. Das Skelett war recht gut erhalten, aber was die Grabschänder so richtig anstachelte und sie ihre Anstrengungen verdoppeln ließ, war, daß – anders als die Bourbonen – dieser Valois mit allen königlichen Insignien bestattet worden war. Man würde sich nicht vergeblich schinden, da unten in den Grüften. Von Karl V. fand man die Krone, die „main de justice“ [4], das fünf Fuß lange, von Akanthusblättern aus vergoldetem Silber überkrönte Szepter, sowie eine einfache Haselnußgerte und, im Grab seiner Gemahlin Johanna von Bourbon, eine hölzerne Spindel als Symbol der Demut, beides ein Brauch, der auf Pharamond und die heidnischen Könige zurückging.

Es bedurfte mehrerer hartnäckiger Probebohrungen und eines maulwurfartigen Vorstoßens, um den Eingang zum Grab Franz I. auszumachen. Darin entdeckte man sechs Bleisärge, welche man alsbald in die Schmelzerei beförderte, die vom Morgengrauen bis in die Nacht brummte. Der Gründer des Collège de France [5] lag dort mit seiner ganzen Familie, mit seiner Mutter, Königin Louise, mit Claude de France, seiner Frau, und mit dreien ihrer Kinder. Beim Kontakt mit der Luft verwandelten sie sich in eine schmutzige und übelriechende Brühe, die man wie Exkremente mit Eimern in die Grube der Valois entleerte. Die Gebeine folgten. Es war der letzte Herrscher, der stank, und viele bedauerten das, denn dieser Gestank schürte den Haß, der langsam abflaute. Ein Arbeiter schätzte mit dem Auge den Füllstand der Grube, der regelmäßig anstieg, und machte darauf aufmerksam, daß wohl nicht genug Platz für alle wäre.

In der Abfolge der Grabschändungen hier nun „alle“: Karl VI., Isabella von Bayern, Karl VII., Bianca von Navarra, Franz II., die Königin Margot, Karl VIII., Heinrich II., Katharina von Medici, Karl IX., Heinrich III., Ludwig XII., der Vater des Volkes, Ludwig X. der Zänker, Philippe August, der noch mehr enttäuschte als Ludwig XV., weil sein Sarkophag leer war und weil deshalb die Verwünschungen wieder hinuntergeschluckt werden mußten, Ludwig VIII. der Löwe, Marguerite de Provence, die Gemahlin des Heiligen Ludwig, von der man nur zwei kleine Knochen und eine Kniescheibe vorfand, die dann, wie ein Spiel, von Hand zu Hand gingen, bevor sie in der schleimigen Grube versanken, Karl IV., der letzte der Kapetinger in direkter Linie, Philippe der Schöne, dessen Schädel eine mit Edelsteinen besetzte Krone aus vergoldetem Silber trug, Johann II. der Gute, Philippe III. der Kühne. Und das waren nur die gekrönten Häupter; mit ihnen zusammen warf man eine ganze Welt von Prinzen, Ministern, Äbten, von Oberstallmeistern, Kammerherren, von Grafen von Poitiers, von Boulogne, den Seneschall Pierre de Beaucaire, Louis de Sancerre, den Sieger von Roosebeke unter Karl VI., den Ritter von Barbazan, den großen Suger, Abt von Saint-Denis, und Matthieu von Vendôme, auch er Abt, dessen Bischofsstab später für einen Mummenschanz genutzt wurde, Bertrand Duguesclin und Léon de Lusignan, letzter fränkischer König von Armenien und erster einer immer noch offenen Reihe christlicher Flüchtlinge in Frankreich und so viele andere noch, bis die Grabschänder zu jener obskuren unterirdischen Kapelle kamen, genannt Kapelle des Aussätzigen. Von ihr nahmen sie an, der Name sei lediglich aus List gewählt worde, um einen Schatz zu schützen. Sie schlugen sie wütend in Stücke, entdeckten aber dann doch nichts weiter als die Gebeine der bescheidenen Dame Sédille de Sainte-Croix, die weder Königin noch Prinzessin gewesen war, und welche die anwesenden Megären ausführlich beschimpften, aus einer eigenartigen Neigung zur Eifersucht heraus, weil sie sich auf diese Weise über die allgemeinen Verhältnisse erhöht hatte …

Der heilige König Ludwig, auch in Saint-Denis beerdigt, wurde nie wiedergefunden. Man kann sich leicht vorstellen, mit welcher Hartnäckigkeit man ihn suchte, ihn, den als König und als Heiligen doppelt Verhaßten, den man vergeblich von einem Grab zum nächsten verfolgte. Denn sein großer Schatten liegt schützend über der alten, belagerten Basilika.

Was die anderen anbetrifft … Weil die Bleisärge bereits aus dem 16. Jahrhundert stammten, war das Fleisch „all dieser Leute“ schon zu Staub zerfallen. Einige waren gekocht worden, um das Fleisch von den Knochen zu trennen und es in Ledersäcke zu verpacken. An festen Teilen waren dann nur die Gebeine und die Schädel, deren Menge die Suppe von undefinierbarer Farbe merklich verdickten, die, gemischt mit Löschkalk, beinahe den Rand der Grube erreicht hatte und so etwas wie ein Konzentrat, eine Quintessenz unserer Könige war. Die Vertreter des Volkes spuckten hinein. Die Ausbeute an wertvollen Objekten hatte nicht ganz ihren Erwartungen entsprochen. Unsere Fürsten hatten sich meistens in einem Hemd ins Grab gelegt, ohne Schmuck, ohne königliche Attribute, als Zeichen christlicher Demut. Das Ergebnis der Sammelaktion waren elf Kronen aus vergoldetem Silber oder Kupfer, mit Edelsteinen und Kristallen verziert, elf Szepter oder Teile von Szeptern aus dem gleichen Metall, vier silberne mains de justice, drei Ringe, ein einziger davon aus Gold, zwei rautenförmige Mantelspangen, verziert mit Edelsteinen und Kristallen, und der Rest eines Gürtels, besetzt mit Filigranen aus vergoldetem Silber, gerade eben etwas für einen Mummenschanz und für die Bereicherung der unlauteren Nationalkonventsabgeordneten, aus denen sich die Kommission zur Wiedererlangung des Besitzes der Tyrannen zusammensetzte. O, Maria …

Es war da etwas schauderhaft Heiliges – das unergründliche, volkhafte Heilige, jenes, das sich dem Göttlichen widersetzt, jenes, das an Gott zweifeln läßt – in der Verbissenheit dieser Grabschänder, sich wie Termiten in das Fundament der ersten Jahrhunderte hineinzugraben, als ob es ein neues Recht gäbe, über Leben und Sterben der Vergangenheit zu entscheiden, ein Recht, das ganz natürlicherweise aus der Erklärung der Menschen- und

Bürgerrechte hervorgegangen wäre. Erschöpft, hustend, spuckend, erstickt unternahmen es diese Leichenfresser, sich einen Weg durch die ältesten Gräberschichten der antiken Basilika zu bahnen. Das geschah nicht ohne Mühe. Am 21. Oktober 1793, nach dem Sarg Philippe-Augusts, der 1223 gestorben war, irrten sie auf unbekanntem Gelände herum, ohne Plan, ohne Orientierung, in ihren unterirdischen Galerien, die abgestützt und belüftet werden mußten. Vielleicht spürten sie langsam mit dem Gewicht der Jahrhunderte auch das Gewicht ihrer Schande. Sie waren nicht mehr sehr zahlreich, als der Augenblick kam, diesen Rubikon zu überschreiten, begraben unter Jahrhunderten französischer Erde, angehäuft und vermischt mit königlichem Fleisch. Man muß ihnen einen einzigartigen Mut zugestehen.

Der erste dieser alten Könige, den man entdeckte, war Ludwig VII. der Junge, der sechste Kapetinger. Ludwig VI. der Dicke, sein Vater, erbrachte nur einen leeren Sarkophag, worin in einer Ecke eine Handvoll leuchtenden Staubes glitzerte. Der Chef der Erdarbeiter hielt noch gerade eben ein Kreuzzeichen zurück. Er hieß Tibérien, geboren in Franciade, ehemals Saint-Denis. Seine Gefährten hatten fast alle aufgegeben, aber die, die blieben, näherten sich Gott, ohne es zu wissen, näherten sich dem ursprünglichen Bund zwischen Gott und dem Herrscherhaus. Allmählich wurden ihre Bewegungen, wurde der Gebrauch der Schaufeln, der Spitzhacken, der Hacken, der Steinbohrer geradezu respektvoll. Sie machten keine Witze mehr, sprachen nicht mehr. Ans Tageslicht gebracht und in die Grube geworfen, denn die Befehle des Nationalkonvents waren eindeutig, wurden die Gebeine Heinrichs I., Enkel von Hugo Capet, der nach Rußland gegangen war, um dort um seine Gemahlin zu werben, Königin Anne, Tochter des Wikingerkönigs von Kiew, dann die zu Staub zerfallenen Überreste von Robert II. dem Frommen, seines Vaters, des zweiten der Kapetinger, geboren im Jahre 970. Von ihm an wechselten die Grabschänder das Jahrtausend und auch die Dynastie, gleich zweimal, und unter den Fliesen des Chores der Basilika drangen sie tief in ein Gräberlabyrinth ein.

Auf engem Raum vermischten sich auf mehreren Ebenen in die Tiefe die ältesten der Kapetinger, sowie auch eine Menge Merowinger, Karolinger, mit Hugo Capet, der auch ein Karolinger war in direkter Abstammung von Karl Martell, der seinerseits in gerader Linie von Chlodio dem Behaarten abstammte, dem älteren Bruder von Merowech und Sohn des Königs Pharamond, der der erste unserer Könige war. Childerich, Childebert, Chlotar, Charibert, Chilperich, Chlodwig, Thierry und auch einige dieser schrecklichen Königinnen, die die Namen Ultrogothe, Bertrude, Batilde, Bilehilde trugen, konnten nicht identifiziert werden. Die eingravierten Inschriften waren unleserlich. Man fand Gebeine zu Haufen geordnet in Steintrögen, ihre Anonymität rettete sie nicht vor dem Versenktwerden in der Grube der Valois. Zum Ausgleich hatte man Informationen über die Lage einer Gruft in der Mitte des Chores, welche die Überreste Kaiser Karls des Kahlen enthielt, Königs von Frankreich, Unterzeichner des berühmten Vertrags von Verdun im Jahre 843, vielleicht der eigentliche Gründer des Königreichs nach der Teilung des Kaiserreichs Karls des Großen. Zweifelsohne erklärt das die Verbissenheit der Kommissare, diesen Herrscher aufzutreiben, der gleichfalls einer der großen Wohltäter der Abtei Saint-Denis gewesen war, die mit großem Pomp jedes Jahr sein Jahrgedächtnis feierte – bis zum Beginn der Revolution. Man versprach den Erdarbeitern eine Prämie. Sie wühlten sich wie Frettchen durch enge Gänge. Die Gebeine Karls des Kahlen wurden im Inneren eines kleinen Holzkästchens gefunden, das mit seinem Monogramm versehen und unerklärlicherweise intakt war und sich in einem Steintrog mit Deckel befand. Das Kästchen schwamm einige Augenblicke auf der Oberfläche der Grube, inmitten dicker ekliger Blasen, dann schwankte es wie ein kenterndes Schiff und verschwand mitten in diesem Magma, das in Wirklichkeit eine vollendet königliche Vereinigung war.

Zum Triumph für die Kommissare aber wurde die Entdeckung von Dagobert I. Endlich! Man hatte die Abtei zerstört, die Basilika verwüstet, die Nekropole vernichtet, die Gräber, und jetzt würde man auch jenen Despoten auf immer verschwinden lassen, der am Anfang all dessen gestanden hatte: den Gründer der Abtei, den, der sie in den Rang einer einzigartigen königlichen Begräbnisstätte erhoben hatte – Dagobert, den Salomon der Franken! Als sie nach erschöpfender unterirdischer Plackerei auf seinen Sarkophag stießen, stellten die Söhne des Volkes freudig überrascht fest, daß er dort nicht allein war. Die Königin Nantilde, seine Gemahlin, die er so romantisch aus einem Kloster entführt hatte, ruhte bei ihm, in einem zweigeteilten Sarg, in Form eines kleinen Knochenhaufens, der in ein Seidentuch eingeschlagen war. Zweifacher Treffer! Der Schädel der Königin fehlte, aber derjenige des Königs war elfenbeinweiß und leuchtete im Widerschein der Kerzen. Die Körper mußten wohl abgekocht worden sein. Auf dem Kasten waren zwei Inschriften mit einem Stichel angebracht worden, sie waren noch lesbar: *„Hic jacet corpus Dagoberti“* und *„Hic jacet corpus Nantildis“*. Der Triumph mäßigte sich schnell durch eine bittere Enttäuschung, denn der prunkliebendste der Merowinger, berühmt für seinen Schmuck, seine Kutschen, seine Jagdhunde, seine goldbestückte Kleidung, hatte sich beerdigen lassen wie ein Bettler. Man breitete die Gebeine auf einer Fliese aus. Nicht der kleinste Edelstein, nicht der winzigste Goldring. Mit Besen und Schaufel wurden Dagobert und Nantilde wieder vereint und dann mit Schwung in die Grube geworfen.

Die Grube der Bourbonen wurde am 16. Oktober 1793 geschlossen, jene der Valois und der anderen Herrscher am 25. desselben Monats. Das war der zweite Tod unserer Könige, der dort vollzogen wurde. Man schüttete beide Gruben zu. Man bedeckte sie mit Erde. Man trat sie sorgfältig fest. Man fuhr von Pferden gezogene Walzen darüber. Man stellte Wachen auf, um unwahrscheinliche Äußerungen volkstümlicher Ergebenheit zu verhindern. Es war eine unnötige Vorsichtsmaßnahme. Das Volk hatte sein Gedächtnis verloren. Tibérien, der Chef der Erdarbeiter, wandte sich ab und ging betrübten Herzens nach Hause. Er war Sansculotte [6], Pfaffen- und Adligenfresser, Denunziant, Sektionär und freiwilliger Leiter der Grabschändungen seit dem 12. Oktober. Aber diese dreizehn Tage der Schande und des Schreckens hatten nach und nach einen anderen Menschen aus ihm gemacht. Eine Art Gnade rührte ihn an, und er schwor ganz stillschweigend den etwa fünfzig Königen Treue, die er mit seinen eigenen Händen exhumiert hatte.

Den Kommissaren und den heldenhaften Söhnen des Volkes verblieb es nun noch, dem Nationalkonvent über den Abschluß ihrer Mission zu berichten. Es gelang ihnen, dieser Handlung eine republikanische Pracht und eine breite öffentliche Aufmerksamkeit zu verleihen und zu sichern. Das, was man in den Gräbern gefunden hatte, und darüber hinaus das, was noch übriggeblieben war nach den Plünderungen der Abtei, wurde auf sechs Karren geladen, die mit blau-weiß-roten Fahnen geschmückt waren. Reliquien und Reliquiare, Reliquienschreine und Heiligenbilder, Kerzenständer, Kelche, Monstranzen, vergoldete Silberstatuen, alles, was Großherzigkeit und Glaube seit zwölf Jahrhunderten angesammelt hatten, das goldene Kreuz des hl. Eloi, und wunderbare Altardecken, Ergebnisse lebenslanger Arbeit einiger unserer frommen Königinnen, all das nahm seinen Weg nach Paris inmitten einer jubelnden Volksmenge, die ordentlich getrunken hatte und das „Ça ira“ [7] sang. Vorneweg torkelte Pollart, Bürgermeister von Franciade, natürlich vormaliger Priester, und der erste im Distrikt, der die Soutane ausgezogen hatte, mit der Jakobinerjacke bekleidet, den Bauch mit seiner Schärpe umgürtet. Ihm folgten rittlings auf zwei Eseln, die man mehr schlecht als recht unter lautem Gelächter mit Kaseln und Stolen bekleidet hatte, die ebenso angeheiterten Gemeindevertreter von Franciade.

Einer von ihnen hatte sich eine Mitra aufgesetzt und schwenkte den Bischofsstab von Matthieu de Vendôme, Abt von Saint-Denis im 13. Jahrhundert. Mit Kaseln und Dalmatiken, die Mondgesichter ebenfalls von Mitren überragt, hatten sich die Kutscher als Bischöfe verkleidet. Die Zugpferde, Stolen um den Hals, verschwanden unter Altardecken, die ihnen um die Hufe schlugen und mit Pferdemist und Schweiß verdreckt wurden. Der Festzug verlor auf seinem Weg einige sturzbesoffene Söhne des Volkes, aber das Volk war derartig großmütig, daß es für jeden, der ausfiel, gleich zehn neue stellte. Im Nationalkonvent angekommen, hickste der Bürgermeister Pollart, Ex-Priester, eine sehr würdige Ansprache hervor:

„Bürger Volksvertreter, wir bringen euch hier all die stinkenden Reliquien und den vergoldeten Moder von Franciade. Wir bitten euch, uns ohne Aufschub davon zu befreien, damit das katholische Gepränge unsere republikanischen Augen nicht mehr verletzt".

Daraufhin rief der Präsident während er mit weit ausholender und emphatischer Geste die sechs Wagen und ihre Fracht bezeichnete:

„Oh, ihr Werkzeuge des Fanatismus, Heilige, Selige aller Art, werdet nun endlich Patrioten! Erhebt euch in Massen, marschiert los zur Rettung des Vaterlandes, begebt euch in das Münzamt, und möget ihr uns durch eure Unterstützung in dieser Welt schon so glücklich machen, wie ihr es uns für eine andere versprochen habt!"

Abgesehen von dem, was in der einen oder anderen republikanischen Tasche verschwand, wurde tatsächlich alles eingeschmolzen, bis hin zu den Gold- und Silberfäden. Dem entkam offiziell nur das Szepter Karls V., verziert mit Akanthusblättern aus vergoldetem Silber, das einem Nationalkonventsabgeordneten ins Auge fiel, dessen Fanatismus durch guten Geschmack gemäßigt wurde.

Über den Gruben in Saint-Denis wuchs das Grün, verwischte alle Spuren inmitten der Ruinen. Im Januar 1817 befahl König Ludwig XVIII. die Wiederherstellung der königlichen Grabstätten im Inneren der restaurierten Basilika, niemand jedoch wußte mehr, wo denn genau die Gruben lagen auf dieser unbebauten Fläche, die das Heiligtum umgab. Da meldete sich ein bejahrter Mann bei Monsieur de Dreux-Brézé, dem Oberzeremonienmeister, den der König mit dieser Aufgabe betraut hatte. Es war Tibérien, der Erdarbeiter.

Neben ihm stand, seine Hand haltend, ein Junge von etwa zehn Jahren.

Roth schloß das Buch wieder, nahm einen Zettel von seinem Schreibtisch und notierte: *Tibérien*. Der Autor hatte alles recht derb geschildert, aber Roth, der die menschliche Natur kannte und nicht daran zweifelte, daß man sie zum Schlechtesten bringen kann, wenn man sie nur lange genug bearbeitet, gab zu, daß die Fakten stimmten. Dann sagte er sich, daß es dafür einen Grund, eine wohldurchdachte Absicht gebe, wenn die Historische Abteilung der Nationalbibliothek auf seine Anfrage nach etwas Klarem und Präzisem über die Plünderung der Gräber in Saint-Denis das Risiko eingegangen war, ihm, dem allmächtigen Minister der Republik, bekannt und gefürchtet für seinen Fanatismus, ein so reaktionäres und royalistisches Buch zu schikken. Er bekam Lust, das Telefon zu nehmen und die Nationalbibliothek anzurufen, um die Gründe für die Wahl zu erfahren. Er verzichtete darauf. Das führte zu nichts. Den Ursprung dieses Zeichens würde man nicht erfahren. Ein Zeichen, das in einem Wort enthalten war: Tibérien. Er unterstrich es dreifach. Wieder und wieder drehte und wendete er den Zettel, auf den er den Namen geschrieben hatte, in den Händen, wurde für einen Augenblick nachdenklich und rief dann seine Sekretärin über die Sprechanlage:

„Suchen Sie mir einen Tibérien, in Saint-Denis. Adresse und Telefonnummer. Wenn Sie ihn gefunden haben, verbinden Sie mich mit ihm. Sagen Sie ihm nicht, wer ihn anruft."

Die Sekretärin im Nachbarbüro stellte über das Minitel [8] Nachforschungen an. Es existierte nur ein Louis Tibérien, rue du Colonel-Fabien.

„Hallo! Monsieur Tibérien?"

„Am Apparat", sagte eine vorsichtige Stimme.

„Bleiben Sie bitte dran, ich verbinde."

„Monsieur Tibérien, hier ist die Stadtverwaltung Saint-Denis", begann der Minister. „Es geht um eine statistische Erhebung. Sind Sie mit Ihrer Wohnung zufrieden?"

In einem Gebäude mit 14 Stockwerken, mit aufgebrochenen Briefkästen, verdreckten Fluren, niemals geputzten Treppen, nie funktionierenden Aufzügen, zu Räuberhöhlen gewordenen Kellern und mit Innenhöfen, die als Müll- und Abfallager dienten, in der Rue du Colonel-Fabien, in Saint-Denis, da war das eine Frage, die logischerweise eher eine gesalzene Antwort verdient hätte. Am anderen Ende der Leitung schien man nicht daran interessiert, im Gegenteil.

„So ziemlich. Ist das wichtig? Ich habe keinerlei Lust umzuziehen."

„Wo sind Sie geboren, Monsieur Tibérien?"

„In Saint-Denis, natürlich."

„Wieso natürlich?", fragte Roth, der neugierig geworden war.

„Weil mein Vater hier geboren ist."

Diese elementaren Auskünfte hätte der Minister auch von seinen Dienststellen bekommen können, aber er hatte die Stimme hören wollen. Roth war sehr erfahren, was Stimmen anbetraf. Er sagte, daß eine Stimme, auch eine verstellte Stimme, die wirkliche Persönlichkeit dessen offenbare, dem sie gehört, wenn man nur zu hören versteht. Er war sicher, sich nur selten getäuscht zu haben. Diese Stimme hier hatte Charakter, war zweifelsohne vorstädtisch, aber sehr inwendig, überlegt, gesetzt, deutlich, mit gewissen Tönen, bei denen sich Hoheit und Entsagung seltsam mischten.

„Was tun Sie beruflich, Monsieur Tibérien?"

„Ich hatte ein kleines Bauunternehmen in Saint-Denis, jetzt bin ich im Ruhestand."

„Verheiratet? Kinder?"

„Ich bin Witwer."

„Leben Sie allein?"

„Mit meinem Enkel."

„Wie alt ist Ihr Enkel?"

„Zehn Jahre. Er ist Waise. Ein Verkehrsunfall."

„Tut mir leid", sagte Roth mechanisch, und dabei dachte er: ein alter Maurer, ein Kind, derselbe Namen; solche Zufälle gibt es nicht.

„Ich danke Ihnen", begann die Stimme von neuem, „aber Sie sind nicht von der Stadtverwaltung von Saint-Denis, und es handelt sich auch nicht um eine Erhebung. Wer auch immer Sie sind, ich werde Ihnen trotzdem sagen, warum ich mich hier zu Hause so wohl fühle. Weil ich nämlich aus meinem Küchenfenster auf die königliche Basilika schauen kann."

„Ah, gut!", sagte Roth ertappt.

Dann hörte er ein Klicken. In Saint-Denis war aufgelegt worden. Wenig später ließ er die Nummer nochmals wählen. Diesmal antwortete eine Kinderstimme. Der Junge machte ganz und gar keinen eingeschüchterten Eindruck. Er schien auch nicht erstaunt zu sein und hatte die Antwort schon parat: „Mein Großvater ist ausgegangen. Er läßt Ihnen ausrichten, daß er zum Beten in die Krypta gegangen ist, wie jeden Tag zur gleichen Zeit, und daß Sie das an einem der nächsten Abende auch tun sollten. Mein Großvater weiß, wer Sie sind."

„Hat er es Dir gesagt?"

„Nein."

„Wie heißt Du?"

„Henri Tibérien. Auf Wiedersehen, Monsieur."

„Auf Wiedersehen", hörte Roth sich antworten, völlig überrascht von der Sympathie, die er auf einmal für diesen Buben empfand, von dem er nur eben den Klang seiner Stimme gehört hatte.

Das war ihm nicht ähnlich. Er verabscheute Kinder und konnte sich nicht daran erinnern, jemals irgendjemandem Sympathie entgegengebracht zu haben, ausgenommen einer monströsen mongolischen Kröte, die aus einer Abflußöffnung in den Gärten seines Ministeriums entschlüpft war und die er vor den Spatenschlägen eines Gärtners gerettet hatte. Irgend etwas stimmte nicht. Zum ersten Mal in seiner ganzen Laufbahn fühlte er sich nicht als Herr der Lage. Man steuerte ihn; ihn, Pierre Roth! Die Kröte ließ ihren Klageruf ertönen, das unartikulierte Quaken eines geistig behinderten Lurchtieres. „Ich weiß, ich weiß", sagte der Minister.

Er verspürte die Notwendigkeit, sich wieder in den Griff zu bekommen. Er nahm einen Stift und schrieb bedächtig. Seine Thesenpapiere waren berühmt in der Regierung. Sie waren nie länger als zehn Zeilen. In zehn Zeilen war alles brilliant zusammengefaßt: die Fakten, ihre Ursachen, ihre Konsequenzen und die Vorschläge, wie man gegensteuern könnte. Er hatte immer recht, hatte immer früher als alle anderen die Zusammenhänge erfaßt. Der Präsident der Republik lebte geradezu von diesen vertraulichen Notizen seines Innenministers, und er lebte immer besser. Dieses Vorgehen nutzte Roth auch für sich selbst: sobald eine Angelegenheit komplizierter wurde, machte er sich eine Notiz zum eigenen Gebrauch. Aber diesesmal fuhr er sich fest! Die Fakten? Ein Abkömmling der Bourbonen, der die Schweiz verlassen hatte, ein Lilienkranz auf der Place de la Concorde an einem 21. Januar, zwei höhere Polypen Opfer von Halluzinationen (Pferdegalopp durch Paris!) und ein alter Schwärmer im Ruhestand, der am Andenken der Könige hing und allem Anschein nach sich einer Aufgabe widmete, die ihm von einem Vorfahren übertragen worden war, der …

Konfuses Zeug, stellte Roth objektiv fest. Daraus konnte man nichts ziehen, was den Beginn einer Staatsaffäre darstellen könnte, nicht einmal eine simple Affäre der unteren Polizeidienststellen, die einer Notiz an die Regierung würdig wäre. Das wesentliche konnte in einer solchen Notiz nicht ausgedrückt werden. Es ging um das, was er, Pierre Roth, seit dem vergangenen Morgen viermal selbst, in Bezug auf sich und in sich selbst gespürt hatte. Wem sollte er eine solche Angelegenheit begreiflich machen? Und was würde das beweisen? Daß der allmächtige Innenminister unerklärlicherweise sein Gleichgewicht verlor? Die anderen wären dann nur zu froh, hiervon profitieren zu können. Das würde man ihm nicht verzeihen … Er hörte schon den Präsidenten wie eine Hyäne lachen, dieses Lachen, das bis heute das einzige war, das er auf der Welt fürchtete. „Und dabei“, sagte er mit halblauter Stimme, „weiß ich, daß man mich steuert! Man, man …“ Auf den Zettel schrieb er als logische Schlußfolgerung: „Man steuert mich“. Dann unterstrich er wütend das *man*. „Wer steuert Sie, mein lieber Roth?“, würde der Präsident ungläubig fragen. Was sollte er ihm antworten? Das Nicht-Eingestehbare …

Im stillen Garten stieß die Kröte ein pathetisches Geunke aus. „Sei still, Judas!“, sagte Roth. Denn in einem Anfall von Sympathie hatte er seine Kröte Judas genannt.

Der Empfangsbeamte kündigte den Hauptkommissar Racado an. Der Minister nahm den Zettel, den er gerade verfaßt hatte, steckte ihn in einen Reißwolf, der einem Mixer ähnelte, und setzte den Apparat in Gang.

„Schicken Sie ihn rein“, sagte er.

„Judas ist ganz schön aufgeregt“, bemerkte der Ex-Jesuit.

„Wir wären es schon aus geringerem Anlaß“, schnitt Roth ihm trocken das Wort ab. „Was gibt's?“

Racado vermutete, der Minister sei gereizt und es sei geraten, einen allzu vertrauten Ton zu meiden, und so nahm er den willfährigen Ton des Untergebenen an.

„Ich habe hier die beiden Listen, die Sie haben wollten, Herr Minister: die von den in Saint-Denis bestatteten Königen und die von denen, die nicht dort liegen.“

„Lesen Sie mir bitte die zweite vor.“

Racado setzte seine Brille auf: „Louis-Philippe I., begraben in Dreux …“

Roth machte ein Zeichen mit der Hand, als ob er etwas lästiges beiseitewischen wollte. „Davon würde ein junger Mann nicht gerade träumen“, sagte er. „Machen Sie weiter!“

„Karl X., bestattet im Kloster der Franziskaner von Castagnavizza in Goritz, in Jugoslawien, an der italienischen Grenze. Es wurde kurz überlegt, seine Asche nach Saint-Denis zu überführen, aber die Republik hat sich immer dagegengestemmt.“

„Da hatte sie recht“, kommentierte Roth. „Weiter?“

Der Kommissar fuhr fort in einem Ton wie bei der Verlesung der Inventarliste vor dem Ausverkauf: „Dann haben wir Ludwig XI., in Notre-Dame von Cléry.“

Der Minister schnitt eine Grimasse: „Ein plebejischer König, Demagoge, bürgerlich, gewinnsüchtig, falscher Fuffziger, pißwarm, undankbar, Lüstling, mehr bigott als Christ. Das ist nicht die Art unserer Bourbonen-Zwillinge. Den Umweg machen sie nicht. Ich war früher mal in Cléry. Der Schädel von Ludwig XI. wird dort gezeigt, auch der von seiner Frau, abgeschnitten wie Affenschädel in einem Restaurant in Peking zur großen Zeit der chinesischen Küche. Bäh! Wen haben wir sonst noch?“

„Philippe I. Er ist der letzte, 1059 in Reims gekrönt, 1108 in Melun gestorben. Beigesetzt in der Abtei Fleury, heute Saint-Benoît-sur-Loire. Urenkel von Hugo Capet. Sein Grab wurde nie geschändet, die Revolution hatte das Grab vergessen.“

„Das ist der richtige. Darauf wette ich!“

„Was wetten Sie, Herr Minister?“

Der Minister schien jetzt nicht mehr gereizt zu sein, hatte seinen inneren Schweinehund überwunden. Er ging auf und ab. Seine Augen strahlten vor Zufriedenheit. Im Garten hatte die Kröte Judas ihr dreckiges Geunke eingestellt.

„Daß dieser König Besuch bekommen wird und der andere in Saint-Benoît wieder auftauchen wird. 11. Jahrhundert, König in Rüstung, der König als Ritter ... Und ich galoppiere mit meinen Baronen, die Lanze in der Faust, das Banner entrollt ... Und ich schütze die Witwen und Waisen ... Und ich bete am Vorabend der Schlacht ... Die ganze romantische Waffensammlung ... Das wird ihm gefallen, diesem Philippe! Beide tragen denselben Namen. Der eine wird der Patron des anderen sein, auf irgendeine Weise: sein Vorbild, sein Vermittler, zumindest im Kopf dieses Bourbonen. Ich sehe das ganz klar, ganz eindeutig. Sehen Sie, nach allem, was ich von ihm weiß, und wenn ich mich an seine Stelle versetze ... Darüber lächeln Sie?“

„Öhh … „, machte der Kommissar vorsichtig.

„Wissen Sie, Jacinthe, was mir mit achtzehn Jahren alles im Kopf herumschwirrte? In dem Alter kann man so herrlich bescheuert sein …“

„Tatsächlich?“, sagte der Kommissar überrascht.

„Wenn ich an seiner Stelle wäre“, begann der Minister wieder, „dann gäbe es einen Auftritt, den zu inszenieren ich nicht auslassen würde, etwas so richtig Verrücktes und Königliches, mit höchst symbolischem Pathos: Sire, hier stehe ich vor Euch, ich bin von Eurem Blut … *To be or not to be …*”

Der Kommissar öffnete seine runden Augen: „Und was tun wir währenddessen? Sperren wir ihn diskret ein, oder lassen wir ihn spielen?“

Roth setzte sich wieder in seinen Sessel, trommelte mit den Fingern auf seinen Schreibtisch, die Augen zusammengekniffenen, die Lippen aufeinandergepreßt, so wie jedesmal, wenn er eine wichtige Entscheidung traf. „Zunächst müssen wir mehr wissen. Dann gebe ich Anweisungen.“

„Und wer wird mit dieser Aufgabe betraut?“

„Aber natürlich Sie selbst, Jacinthe. Saint-Benoît ist ein Kloster, scheint mir. Da können Sie alle Ihre Talente entfalten …“

Sie brauchten drei Nächte, um an den Flußlauf zu gelangen. Vier Reiter und eine Reiterin, die sich von den anderen nur durch ihr langes, blondes Haar unterschied; alle fünf in lange, schwarze Umhänge gehüllt, die auch die Kruppen ihrer Pferde bedeckten.

Ein sechstes Pferd folgte, beladen mit doppelseitigen Mantelsäcken, die allereinfachstes Marschgepäck enthielten. Es wurde von Josselin, der die Nachhut bildete, an der Leine mitgeführt. An der Spitze ritt Odon de Batz. Er trug einen beleuchteten Kompaß am Handgelenk, und in seiner ledernen Umhängetasche befanden sich Karten im Maßstab 1:20000, aber er schaute nie darauf. Er hatte sie so genau studiert, daß er die jeweilige Wegstrecke bei Bedarf aus seinem Gedächtnis abrufen konnte. Er irrte sich nie. Hinter ihm ritten Philippe und Marie, meistens dicht nebeneinander. Die Zwillinge atmeten die eiskalte Luft wie einen Zaubertrank und wandten sich oft ihre Gesichter zu, so als ob sie dem anderen einen Spiegel hinhielten. Monclar ritt hinter den beiden, aber diese Reitordnung war nicht unveränderlich; sie ritten als Freunde, und sie waren achtzehn Jahre alt. Wenn einer von ihnen rief: „Vorwärts! Vorwärts!“, dann leisteten sie sich einen gestrekkten Galopp, um sich zu amüsieren, um sich aufzuwärmen, damit ihnen das Herz aufging und auch, um schneller voranzukommen, denn oft ergriff sie Ungeduld. Maries lange Haare flatterten im Wind wie ein Sternenschweif. Dann lachten sie, lachten über dieses verrückte Glück zusammenzusein, in der Morgenröte ihrer Bestimmung. Und wenn man glaubt, daß es Gott gibt und daß es ihm eben nicht gleichgültig ist, wie sich die Menschen in diesem Land benehmen, das er immer noch liebt, dann lächelte Er da oben zweifellos kurz vor Zufriedenheit.

So ritten sie über kleine Nebenstraßen, über Feldwege durch das verlassene Land, über aufgelassene Eisenbahnstrecken, mit Dickicht überwachsene Waldwege, doppelspurige Karrenwege, an Hecken entlang, die nicht mehr gepflegt wurden. Früher waren dies lebendige Arterien und Venen, die das Gewebe des ländlichen Frankreich versorgten, aus dem sich das Blut heute zurückgezogen hat, um sich anderswo zu konzentrieren, hier und da, in vergifteten Hämatomen. Manchmal konnten sie unter den Hufen der Pferde alte Furchen erkennen, welche die einzige Erinnerung daran waren, daß dieses Land früher bearbeitet worden war. Dort hatten Menschen gelebt und Wegkreuze errichtet, die von Philippe und seinen Gefährten mit Kreuzzeichen gegrüßt wurden. Während dreier Nächte, die sie durchritten, zählten sie mehr als zwanzig Kapellen, die am Einstürzen waren und deren Dächer knarrten als stürben sie, mit herausgerissenen Türen und Gittern, ausgeraubt bis auf die Knochen, ausgeplündert, raubmörderisch umgebracht. Die leeren Nischen und zerborstenen Altäre zeugten von trostloser Einsamkeit. Keiner wußte mehr, welchem Heiligen oder welcher Intention diese Kapellen einst geweiht worden waren. Sie hatten keinen Namen mehr. In diesem Punkt blieben Odon de Batz' Karten stumm. Bei der schlampigen Weitergabe unter den Generationen war die Erinnerung den Händen entglitten wie eine Last, die man nicht mehr aufnimmt.

Bei einer dieser nächtlichen Pausen waren sie unter einem Sternenhimmel vor einem gähnend offenen Torbogen abgestiegen, durch den man auf alte, mannshohe Mauerstümpfe sah, und Monclar ließ sich zu einer einfachen Rede hinreißen. Er sprach von den Bittwallfahrten früherer Zeiten, von den kleinen örtlichen Gemeinschaften, die so gierig nach einfachen Vergnügungen und nach den Freuden des Glaubens waren, die alle diese Landheiligen schenkten.

„Höchst bemerkenswerte Heilige“, sagte er. „Sie hießen: heiliger Méloir, heilige Gwélone, heiliger Mamert, heiliger Pédraton, heiliger Batitien, heilige Euphémie, heiliger Volubert, heilige Palamède, heiliger Joual, heiliger Vitoch, heilige Ilmène de France, heiliger Potalain, heiliger Angol de Bretagne, heilige Gantrude. Die meisten haben nie einen Fuß ins Pantheon der Heiliggesprochenen gesetzt, und sie waren zu ihrer ewigen Ehre nur durch die Verehrung des Volkes gekommen.

„Ein Grund mehr“, schloß Philippe. „Und wer war der Patron dieses Ortes hier?“

Monclar tat, als ob er in seiner Erinnerung suchte. „Der heilige Tréhorenteuc, scheint mir. Ein bretonischer Baron der ersten Jahrhunderte, der dem Heidentum in dem Augenblick abschwor, als ein Wolfsrudel drauf und dran war, ihn zu zerreißen. Das sind die nachhaltigsten Bekehrungen. Er wurde Einsiedler.“

„Wir wollen ihn grüßen“, sprach Philippe. Dann, nach einem Augenblick der Sammlung: „Heiliger Tréhorenteuc!“

„Bitte für uns“, riefen die fünf jungen Leute im Chor.

Als sie sich gerade wieder auf den Weg machen wollten, sagte Josselin, den Fuß im Steigbügel: „Hört! Wir sind nicht allein.“

Sie schwiegen und lauschten in die Nacht, die sie umgab. Tatsächlich konnte man leise Geräusche im Unterholz und schwaches, kaum vernehmliches Murmeln im Inneren der Kapelle hören. Das hohe Unkraut, das die Kapelle erobert hatte, bewegte sich leicht hin und her.

„Natürlich sind wir nicht allein“, sagte Monclar. „Der heilige Einsiedler Théhorenteuc zog sehr viele Menschen an. Von weitem hörte man, besonders in Nächten tiefster Glaubensinbrunst, das Schreckensgeheule der Wölfe, die seine Bekehrung in die Flucht geschlagen hatte. Die guten Leute kehrten dann wieder nach Hause zurück und glaubten eher doppelt als einfach an Gott.“

Und wirklich schien es ihnen, daß aus unnennbaren Weiten das angstvolle Klagen eines Wolfsrudels durch den Wald erscholl.

„Vorwärts! Vorwärts!“, stieß Marie hervor. Sie war die ungeduldigste der fünf.

Eine Zeitlang genehmigten sie sich einen Galopp. Der Weg durchschnitt den Wald in gerader Linie, er war gepflastert, sicher eine alte Königsstraße. In den Steinritzen wuchs Unkraut, und ein leichter Moosteppich dämpfte das Hämmern der Hufe ein wenig und verwandelte es in so etwas wie ein kontinuierliches Grollen, was den Eindruck einer großen Reitertruppe hervorrief, und darauf waren sie recht stolz. Über den Pferdehals gebeugt, das Gesicht vom kalten Wind gepeitscht, gallopierten sie der Gewißheit entgegen, und ihre Herzen schlugen im Gleichklang.

Dann ritten sie durch eine kleine Stadt. Drei Uhr morgens, die Stunde des Nichts. Da sie taub und blind zu sein schien, ritten sie nicht an ihr vorbei, sondern durch die schlecht beleuchteten Straßen des Ortes. Nichts und niemand bewegte sich. Diese Stadt war schon lange verloren. Am Ortsausgang erhob sich eine Anzahl wie von Aussatz gezeichneter Gebäude mit Ausblick auf eine verwahrloste Landschaft, die in einen Park- und Abstellplatz verwandelt war, bestückt mit toten Laternen, von denen eine einzige – noch intakte – ein fahles Licht verbreitete. Es war ein düsterer Ort. Alles Leben des Umlands hatte sich hierher verlagert, aber die Heiligen waren nicht gefolgt, und die Geheimnisse des persönlichen Schicksals waren bei diesem Exodus verloren gegangen.

Philippe fröstelte. „Die armen Menschen“, sagte er.

In der vierten Etage ging ein Licht an, dann öffnete sich vorsichtig ein Fensterladen, und es erschien ein junges Mädchen, das sich aus dem Fenster lehnte. Sie war gerade aus einem Traum erwacht. Ein entfernter Laut, ein gedämpfter Galopp hatte sie in eine zugleich wonnige und erschreckende Beklommenheit gestürzt, in der das Göttliche nicht weit war. Vor ihren Augen stand noch das Bild einer edlen und hohen Reitersilhouette. Der Klang der Pferdehufe auf dem Parkplatz hatte ihren Traum abgelöst. Es waren fünf Reiter, unterhalb ihres Fensters, eingehüllt in lange, schwarze Umhänge, die auch die Kruppen der Pferde bedeckten. Einer von ihnen machte mit seinem Pferd zwei Schritte vorwärts. Es war ein junger Mann mit einem Gesicht, das von blonden Haaren eingerahmt wurde, mit blauen und wohlwollend blickenden Augen, die sie lächelnd ansahen. Sie fragte ihn nach seinem Namen.

„Pharamond“, antwortete er. „Und Sie?“

„Ich heiße Anne. Was tun Sie? Wer sind Sie?“

„Das sage ich Ihnen später.“

„Werden Sie wiederkommen?“

Philippe machte mit dem Kopf eine Bewegung, die „ja“ bedeutete.

„Ich werde nach Ihnen Ausschau halten“, sagte das junge Mädchen.

„Das wird nicht nötig sein“, erwiderte Philippe. „Wir werden wieder hier vorbeikommen, ich verspreche es Ihnen.“

Er führte die Hände zum Mund und verbeugte sich leicht, ließ sein Pferd wenden und ritt im Trab davon, gefolgt von seinen Gefährten. Anne schloß wieder Fensterladen und Fenster, löschte das Licht und legte sich zurück ins Bett, die Augen im Dunkel weit geöffnet. Noch vier Stunden, dann würde das Haus erwachen mit einem riesigen Lärm aus Wasserspülungen, Fernsehern, Radios, Müllschluckern, Schreien und schlagenden Türen, Mopedgeheul, und auch sie mußte die Bewegungen dieses Lebens mitmachen, denn hier war ihr Platz. In der Stille erreichte sie noch das erstickte Wiehern eines Pferdes, vielleicht das ferne Echo eines Galopps, und dann erreichte sie nichts mehr. In ihren Schlaf nahm sie das Lächeln dieses Reiters mit, der Pharamond hieß. Sie war nicht mehr allein.

Später stießen sie auf die Autobahn, das letzte Hindernis vor der Loire. Es kam nicht in Frage, dieses Zementband zu überqueren, wie man die Furt eines Flusses durchquert, auch nicht, eine vielbefahrene Straße zu benutzen, denn bald, in kaum einer Stunde, würde es Tag werden. Odon de Batz meldete nicht weit eine kleine Brücke, die zu einigen kleinen Weilern führte, die diese technische Überlebenshilfe dann doch nicht vor dem Tode errettet hatte. In dem Augenblick, als sie über die Brücke ritten und ihre Umrisse weit über das Brückengeländer ragten, tauchte aus dieser dunklen Wunde, die das Land durchzog, immer größer werdend, ein Lichtbündel auf. Es beleuchtete die Reiter, einen nach dem anderen, mit ihren großen Umhängen und ihren Gesichtern wie Schattenrissen. Auf seinem rot-silbernen Monster reitend, rot behelmt, war der Motorradfahrer langsamer geworden, stand schließlich still, einen Fuß auf dem Boden und war ergriffen von einer Art mystischer Verzauberung eines anderen Zeitalters. Er grüßte mit seiner behandschuhten Hand, den Arm zu den Sternen erhoben, als ob er irgend einen Gott grüßte, der dort vorüberzöge. Der blonde Reiter erwiderte den Gruß, ebenso ein sehr schönes junges Mädchen, das dem Reiter ähnelte und deren blaue Augen gebieterisch blickten. Auch der Motorradfahrer war ein junger Mann. Sie hatten Zeit genug, sich mit ihren Vornamen vorzustellen: Pharamond, Marie und er, der rote Jeannot. Erst als er ganz sicher war, daß das Leben diese Vision endgültig hinweggeweht hatte, ließ Jeannot seine Maschine aufheulen und schoß wie ein Bolide auf der zu dieser Zeit verlassenen Autobahn davon, das Tachometer bis zum Anschlag auf 260 Stundenkilometer. Das war seine ganz eigene Art, seine Fröhlichkeit auszudrücken und der Vorsehung zu danken.

So kamen Philippe und seine Gefährten von Zeit zu Zeit mit dem Jahrhundert in Kontakt, in dem sie sich fortbewegten, und mit dem Land, das ihr Land war. Wenn der Tag begann, legten sie sich schlafen, lagerten in irgendwelchen verlassenen Scheunen. Eines Abends, als sie gerade losreiten wollten, entdeckten sie einen Jungen von vielleicht zwölf Jahren. Er saß an der Böschung des Weges und zitterte vor Kälte, trotz eines dicken Mantels.

„Was tust du da?“, fragte ihn Josselin, der herausgekommen war, um Wasser aus dem Brunnen zu schöpfen und der dann im Hof der Scheune ein Feuer anzünden wollte.

„Ich habe auf euch gewartet.“ Der Junge war nicht von seiner Böschung aufgestanden, und er schien sehr müde zu sein. Josselin bemerkte, daß er beinahe kahl war. Seine Haare waren in Büscheln ausgefallen.

„Willst du kommen und dich aufwärmen?“, sagte Josselin. „Ein wenig Kaffee mit uns trinken? Hast du Hunger?“

Das Kind antwortete nicht und machte sich daran, den Weg zu überqueren. Es kam mit langsamen, ganz kleinen Schritten voran, fast ohne die Füße zu heben, wie ein Greis, ganz außer Atem. Es schien über seine Kräfte zu gehen, und Josselin griff ihm unter die Arme, half ihm, bis zum Feuer zu kommen, vor dem sich der Junge völlig erschöpft fallen ließ. Seine Magerkeit fiel schmerzlich ins Auge. Seine Hände waren fast durchscheinend und seine Fingernägel violett. Er trank einen Schluck Kaffee. Als Philippe aus der Scheune kam, gefolgt von Marie und den anderen, richtete sich der arme Junge mit einem Ruck auf, stand zitternd und schwankend auf den Beinen, und Philippe fing ihn auf, als er fiel, nahm ihn in die Arme und sprach mit trauriger Stimme: „Mein Kleiner! Mein Kleiner! Sie sind zu früh gekommen!"

Eine Träne lief die Wange des Jungen herab. Sie legten ihn in ihre Mitte und lehnten ihn bequem an einen Sattel, in eine Decke eingehüllt. Marie gab ihm einen Kuß auf die Nase, und er ergriff ihre Hand, wie ein Kind, das er ja auch war. Unter den zartfühlenden und mitleidigen Blicken der fünf lächelte er.

„Mir geht es gut", sagte er. „Tun Sie mir einen Gefallen. Sie haben Hunger. Essen Sie nun."

Durch ihre Gefühle ganz beklommen, hatten sie sich bisher noch nicht dazu entschließen können, vor dem Kind … Der Kaffee dampfte. Sie bestrichen große Schnitten mit Butter, die sie ohne große Umstände in ihre heißen Feldbecher eintauchten.

„Wie heißen Sie?", fragte Philippe.

Er duzte Kinder niemals, weil er der Ansicht war, daß ihm, gegenüber den Schwächsten, den Naivsten, den Leichtgläubigsten und den Wehrlosesten des Lebens, so etwas wie natürlicher Respekt am besten anstand.

„Jérôme Guillou, solange ich noch lebe. Danach …" Seine magere Hand hob sich mühevoll. Er machte eine Geste des Zweifels.

„Warum sagen Sie das?"

„Weil ich bald sterben werde. Ich weiß das. Die Ärzte sagen, daß es mir besser gehe, aber das ist nicht wahr. Man braucht ihnen nur in die Augen zu sehen."

„Wie sind Sie bis hierher gekommen?"

„Man hat mich gerade im Auto hergebracht. Wenn Sie fort sind, kommt man mich holen. Machen Sie sich da keine Gedanken."

Philippe drang nicht weiter in ihn. Er begann wieder: „Wer hat Ihnen den Weg gezeigt?"

„Ein Freund mit einer dicken Yamaha. Er lebt nachts, bei 200 Kilometern in der Stunde."

„Der rote Jeannot", sagte Philippe.

„Genau der", bestätigte das Kind. Und es lächelte zum zweiten Male. Philippe lächelte zurück. Das Kind schaute ihn an, voller Vertrauen. Sie hatten sich von Anfang an verstanden.

„Und Sie, Sie heißen Pharamond. Jeannot hat es mir gesagt. Das ist ein schöner Name. – Ich hatte ihn nie vorher gehört. Ich habe im Lexikon nachgeschaut." Er begann: „Pharamond, legendärer erster König der Franken ..."

Philippe bedeutete ihm, indem er den Zeigefinger auf die Lippen legte, zu schweigen.

„Später, später", sagte er. „Jetzt hören Sie mir gut zu, Jérôme. Nach einiger Zeit werde ich zurückkommen. In einem Monat, vielleicht auch eher, aber nicht später, das verspreche ich Ihnen."

Das Kind dankte ihm mit den Augen.

„Ein Monat", sagte es tapfer. „Daran klammere ich mich."

„Wenn es soweit ist", sagte Philippe, „wird man Sie wieder hierherbringen."

Der Junge saugte diese Worte förmlich auf. Philippe dachte darüber nach, daß er nur sechs Jahre älter war als dieses Kind, das so verzweifelt an ihn glaubte. Und wenn er dieses Vertrauen verraten würde? Das Kind bis an die Schwelle des Todes begleiten und es dort aufgeben müssen, wegen einer Anmaßung? Er zögerte, schloß die Augen, sammelte sich einen Moment. Gott würde bestimmen. Er sagte bedeutungsvoll: „Durch die Gnade Gottes, Jérôme, werden Sie an jenem Tag geheilt werden."

„Verzeih mir, Herr", dachte er im selben Augenblick, „aber möge ich bei meiner Rückkehr wenigstens der König dieses Kindes sein. ‚Der König berührt dich, möge Gott dich heilen!'" – So lautete tatsächlich die uralte Formel mit dieser wunderbaren Kraft, die die Könige von Frankreich nach ihrem Sacre hatten.

„Und du wirst gesund! Amen. – So ist es immer gewesen." Das hatte Monclar gesprochen, in freudigem Ton, mit heller Stimme, als sei dies ein guter Streich, den sie dem Schicksal spielen würden. Es kann nicht oft genug gesagt werden, daß sie achtzehn Jahre alt waren, alle fünf, und daß dieses Alter das Alter der Gewißheiten ist.

Die Nacht brach herein. Sie machten sich wieder auf den Weg. Am Morgen stiegen sie ins Gebiet der Loire hinab, als ob sie das gelobte Land entdeckt hätten, und errichteten ihr erstes Lager auf einer verlassenen und bewaldeten Insel, nachdem sie mehrere Furten durchquert hatten. Sommer und Herbst waren trocken gewesen, und so war der Wasserstand äußerst niedrig. Die Welt, die vor ihnen lag, war ihr Komplize. Der wilde Fluß war ihr Verbündeter geworden. Da sie nun keine Zusammentreffen befürchteten außer beim Passieren einiger Brücken, würden sie nun tagsüber reiten. Wenn sie wahrgenommen wurden, ganz von weitem, stellte sich ihretwegen niemand Fragen. Was taten sie dort? Wer waren sie? Wohin ritten sie? Niemand von denen, die sie in diesem unvergleichlichen Winterlicht durch aufspritzende Wasserfontänen galoppieren sahen, niemand von all denen suchte eine Antwort, sicherlich aus Furcht, den Traum zu zerstören, den diese flüchtige Vision hervorgerufen hatte.

Dort in der Ferne ritten sie vorbei, über den Sand, wie ein Mysterium …

Racado kam in Saint-Benoît-sur-Loire an, als es gerade zehn Uhr schlug. Es blieb ihm reichlich Zeit, sich vor der Konventsmesse noch umzusehen. Die Messe schien ihm die beste Gelegenheit, die Mönchsgemeinschaft in Augenschein zu nehmen, so wie man sich ein Bild von einem Regiment macht, indem man es beim Vorbeimarschieren beobachtet. Nachdem er die Örtlichkeiten kurz besichtigt hatte, schickte er seine beiden Inspektoren in das Hotel de la Madeleine an der Hauptstraße. In der Nähe befanden sich mehrere Bistros mit Zigarettenverkauf, Flipper, Imbiß und Fernsehen. Die beiden würden sich also wie zu Hause fühlen. Er befahl ihnen ausdrücklich, sich bei der Überwachung des Dorfes und seiner Umgebung abzulösen und gab jedem ein Foto von Philippe de Bourbon, sagte ihnen allerdings nicht, wer das sei, und warum er sich für ihn interessiere.

„Dieser Junge hat eine Zwillingsschwester", sagte er.

„Ist sie ihm ähnlich?" fragte Inspektor A.

„Wie ein Ei dem anderen."

„Wir halten die Augen offen, Herr Hauptkommissar", sagte Inspektor B.

„Halten Sie auch die Ohren offen. Wenn Sie Pferde im Galopp hören, sagen Sie mir sofort Bescheid."

„Pferde im Galopp?"

Racado hob die Schultern. „Genau das habe ich gesagt."

Er hatte sich seinerseits entschlossen, im Hotel du Labrador abzusteigen, genau gegenüber der Abtei. Er verlangte ein Zimmer nach vorn hinaus, packte schnell seine Koffer aus, versicherte sich, daß er von seinem Fenster aus das Kommen und Gehen auf dem Kirchenvorplatz sehen konnte, sowie auch die Eingangstür der Benediktiner-Buchhandlung rechts und die Pforte des Klosters im Hintergrund. Dann verließ er das Hotel, zufrieden mit dem Ergebnis der Überprüfung. Er überquerte den Platz, betrat die Kirche, ging entschlossen nach vorn und kniete nieder, die Nase auf der niedrigen

Chorschranke, welche die monastische Klausur begrenzte. Mit alberner Miene, was bei ihm immer ein schlechtes Zeichen war, sagte er sich, daß er mit ein wenig Glück diese Mönche ganz schön in Schwierigkeiten bringen könnte. Diesen frommen Gedanken bekräftigte er in guter Haltung mit einem Kreuzzeichen, das dazu dienen sollte, seine Nachbarn zu erbauen: eine Gruppe von etwa einem Dutzend Pilgern, die den Eindruck von verspäteten Waisen auf einer Adoptionsliste für schwierige Fälle machten und etwa ebenso vielen Ordensfrauen in ihrem mittlerweile tristen Erscheinungsbild: in Baumwoll-Strumpfhosen und Postbotinnen-Röcken. Die Säkularisierung ihrer Tracht ließ sie als das erscheinen, was sie in Wirklichkeit waren, nämlich arme, potthäßliche Mädchen. Nachdem er seine Gehässigkeit genossen hatte, richtete er seine Aufmerksamkeit auf die Mönche, die gerade einzogen. Es war die gesamte Gemeinschaft mit Ausnahme der Brüder, die in der Küche Dienst taten.

Auf den ersten Blick machten sie nicht den Eindruck einer klösterlichen Stoßtruppe. Der Kommissar hatte ihre Unterlagen durchgesehen, es fand sich nichts Auffälliges darin. Sie gingen friedlich durch die Wirbel, welche die Kirche von Frankreich ins Wanken brachten, schwammen mit dem Strom, fromm, gehorsam und im Hintergrund. Beim Credo war Racado mit seinem Urteil fertig. Wenn man ihre guten, ordentlichen Gesichter und die alberne Verstümmelung sah, die sie der alten benediktinischen Liturgie angetan hatten, dann konnte man sich nur schwerlich vorstellen, daß sie sich für einen gewissermaßen vom Himmel gefallenen Pharamond de Bourbon in Unannehmlichkeiten begeben würden. Der Hauptkommissar Racado, genannt Jacinthe, Ex-Jesuit, bemerkte als aufmerksamer Profi, daß sie die Tonsur aufgegeben hatten, so daß sie aussahen wie jeder andere auch und daß sie auch nicht geordnet eingezogen waren, sondern in nachlässiger Unordnung, der Zelebrant mitten unter ihnen. Es war Dom Bénézet, der Vater Abt, der an seinem Brustkreuz erkennbar war. Die Messe wurde konzelebriert, Racado zählte sechzehn Patres im Chorraum, was angesichts des allgemeinen Versiegens der Berufungen gar nicht so schlecht war. Er kicherte innerlich. Eine einzige Messe statt sechzehn: sie befanden sich auf dem richtigen Weg …

In Wirklichkeit waren Racado die neuen klösterlichen Gepflogenheiten so egal wie seine letzte Soutane, und er freute sich sogar, als er das Sakrale im Vergleich zu früher so heruntergezogen sah. Nach alledem, was er über Philippe Pharamond de Bourbon wußte und wie er diese Mönche einschätzte, würde sich keine Gemeinsamkeit zwischen ihm und all diesen Leuten ergeben. Dom Bénézet würde sich drücken. Er war kein Condottiere des Glaubens, kein souveräner Herr über seine Mönche, kein Stellvertreter Christi auf Erden. Wie also sollte er sie alle zusammen packen, in flagranti, bei einer Verschwörung? So lautete ja sein kleiner raffinierter Plan, den er gerade vorbereitete. Ganz von allein würde das nicht funktionieren. Die Sache brauchte einen Anstoß …

Nach der Messe blieb Racado noch in der leeren Kirche und suchte das Grab Philippes I. Er entdeckte aber nur die liegende steinerne Grabfigur, die sich links vom Chorraum, aber außerhalb der Schranken, unter dem Gewölbejoch befand, das zur Krypta führte. Der König war nur noch ein Museumsstück: gekrönt, in Rüstung, mit gefalteten Händen und im Übrigen wunderbar restauriert. Die Liegefigur war von ihrem Grabmal getrennt und einfach längs des Grabmals auf die Erde gelegt worden, auf zwei niedrige Stützböcke aus Stein.

Zwischen den Pfeilern tauchte ein Mönch auf und näherte sich Racado.

„Kann ich Ihnen helfen?“, fragte er.

Der Kommissar erkundigte sich, wo sich das Grab des Königs befände.

„Genau dort, vor Ihren Augen.“

„Das sehe ich, Hochwürden, aber das ist nur die Grabfigur. Wo ist der König? Ich meine: Wo ist das Grab Philippes I.?“

„Da drunter“, antwortete der Mönch recht unpräzise und deutete auf die Bodenfliesen des Chorraums.

Er war ein junger Mann, nicht älter als etwa dreißig Jahre, mit breitem Gesicht, breiten Schultern, mit entschiedenen Gesten und einem leichten deutschen Akzent. Seine Persönlichkeit hob sich stark von der der anderen Mönche ab. In weißem Mantel und mit dem Schwert in der Hand wäre er das Musterbeispiel eines Templerritters gewesen. Nun ließ er das distanzierte und lächelnde Wohlwollen fallen, das den Mönchen als Schutz dient, und fragte grob: „Sie interessieren sich für König Philippe I.? Sind Sie Tourist? Einfacher Besucher? Pilger? – das würde mich erstaunen.“

Sein Ton war hart an der unteren Grenze der Höflichkeit.

„Amateur“, antwortete Racado vorsichtig. „Ich bin Amateurhistoriker. Ich studiere die königlichen Grabstätten.“

Der Mönch hob eine Augenbraue, und sein Blick drang wie ein Pfeil in das Auge des Kommissars, der nun begriff, daß er vorsichtig zu Werke gehen mußte. Das gefiel ihm. Das Auftauchen dieses kraftvollen Mönchs, der sicher fähig war, stolz vor einem König das Knie zu beugen, vor einem Philippe, einem Pharamond, das war eher eine gute Nachricht.

„Welche Art von Forschungen?“, fragte der Mönch. „Und zunächst einmal, wer sind Sie? Wie heißen Sie?“

Das war jetzt nicht der Augenblick für Winkelzüge. Jetzt mußte er sich schnell entscheiden.

„Kann ich aufrichtig mit Ihnen sprechen, Hochwürden?“

„Ich habe nur wenig Zeit. Fassen Sie sich kurz.“

Der Kommissar schien sich einen Moment zu sammeln, um die Wichtigkeit dessen zu betonen, was nun folgen würde. „In Wirklichkeit, Hochwürden, handelt es sich nicht unbedingt um Forschungen. Ich bin aus Treue hier.“

Das war eine seiner Lieblingsnummern: Treue, Frömmigkeit, Buße, Loyalität, Dankbarkeit, Hoffnung, Gewissensbisse ... je nachdem. Bei den Männern der Kirche zog das. Die Fachsprache, man mußte nur den richtigen Ton treffen. Nur die Unwürdigsten wurden mißtrauisch. Die anderen mußten folgen. Mehr als einer war Jacinthe schon in die Falle gegangen.

Der Mönch schien nicht beeindruckt.

„Treue? Zu wem? Zu was?“

„Zum König.“

Der Mönch zuckte mit den Schultern, offensichtlich verärgert. „Zu König Philippe I.? Da kommen Sie zehn Jahrhunderte zu spät.“

Das war der richtige Moment, den Einsatz zu erhöhen wie beim Poker. „Zu König Philippe, zu allen unseren Königen.“

Und mit leiser Stimme, in aufdringlichem Tonfall fügte Kommissar Racado hinzu: „Zu unserem König!“

Im Kloster läutete eine Glocke.

„Ich muß Sie verlassen, Monsieur“, erklärte der Mönch sehr kalt. „Das Grab Philippes I. befindet sich bei den Ausgrabungen unter dem Chorraum. Man kann es nicht besichtigen, außer mit Erlaubnis des hochwürdigsten Herrn Abtes, und die wird selten gewährt. Er würde Ihr Motiv nicht verstehen. Sie können es aber trotzdem versuchen. Geben Sie mir Ihren Namen. Ich verspreche Ihnen, mit ihm darüber zu reden.“

Racado zog eine blau-weiß-rote Karte aus der Tasche: *Polizeihauptkommissar Hyacinthe Racado, Abteilung für allgemeine Ermittlungen.* Das war ein weiterer seiner Winkelzüge: sich als der vorzustellen, der er war, das wirkliche Motiv seiner Aufgabe und die Art und Weise der Ausführung offenzulegen, um sie dann aus Treue, Frömmigkeit etc. scheitern zu lassen.

Der Mönch blieb undurchdringlich. Auf die Karte warf er kaum einen Blick.

„Ich mache Ihnen keine großen Hoffnungen", sagte er, „aber kommen Sie gegen vier Uhr zur Pforte. Fragen Sie nach Bruder Ulrich. Das bin ich."

Geräuschlos glitt die schwarze Kutte über den Fliesenboden. Ein in sich gekehrter Mönch macht beim Gehen nicht mehr Geräusche als eine Katze. Man glaubt ihn noch da, und schon ist er fort. Er hatte aber eine Art unsichtbarer Gegenwart zurückgelassen. Racado fühlte sich unwohl, als er den Ort verließ.

Er ging zum Hotel de la Madeleine und scheuchte A und B auf, die sich gerade mit einem Paar Bratwürsten auseinandersetzten, deren Geruch nach Innereien ihm den Magen umdrehte.

„Arbeit für Euch", verkündete er. „Ordensname: Ulrich. Ein Meter fünfundachtzig. 28 bis 35 Jahre. Benediktiner. Geweihter Priester. Zweifelsohne Deutscher oder Österreicher. Durchsucht die Karteien. Wenn ihr nichts findet, ruft das Ordinariat in Paris an. Verlangt Père Z. Er ist mein Informant. Er wird euch Auskunft geben. Er verachtet diese Art von Kuttenträgern. Ich erwarte euren Bericht um halb vier, im Labrador. Noch immer keine Pferde weit und breit?"

Auf dem Weg zum Mittagessen ging er wieder an der Klosterkirche vorbei und trat ein zweites Mal ein. Er ging planlos in der Kirche umher, die Nase in die Luft gereckt, und mußte zugeben, daß die Kirche für ihren Zweck perfekt war. Die Proportionen, die Verteilung der Lasten, die Abfolge von Pfeilern und Bögen, der Wechsel von Licht und Schatten, die Gewölbeordnung: man war eingetaucht ins Sakrale! Eine unvergleichliche architektonische Inszenierung, in der diejenigen, die, wenn auch nur noch vage an Gott glaubten, ihn sicher wiederfanden. Den Ärger darüber schluckte der ehemalige hochwürdige Herr Pater Racado hinunter. Und dieses verdammte rote Licht, das frech in einer Ecke leuchtete … Er war versucht, eine verächtliche Geste mit dem Arm zu machen, hielt es dann aber für nutzlos. Es wäre ja doch nur ein Glaubensbekenntnis gewesen.

Im Hotel gönnte er sich ein schön dickes, innen noch blutiges Pfeffersteak. Als er seine Serviette auffaltete, schlich sich plötzlich eine Erinnerung an das „Benedicite", das Tischgebet, in seinen Kopf. Um etwas gegen diese Erinnerung zu tun, bestellte er eine Flasche Chinon, danach Kaffee, eine Zigarre und einen Cognac. Als Inspektor A kam, war er schon wieder er selbst.

„Und?" fragte er.

„Also, Herr Hauptkommissar, nicht der kleinste Ulrich in den Karteien. Im Ordinariat aber, da zappelte Père Z, ihr Informant, am Telefon, als er erfuhr, daß Sie persönlich auf dieser Spur sind. Unser Bruder Ulrich heißt im bürgerlichen Leben Ulrich von Pikkendorff, zweiunddreißig Jahre alt."

Roth hatte ins Schwarze getroffen, als er den Kommissar nach Saint-Benoît geschickt hatte. Spürsinn, das ist es, was einen guten Polypen ausmacht. Im Geiste gratulierte Racado ihm. Er kannte jetzt die Zusammenhänge. Die verstorbene Prinzessin Christine von Bourbon war selbst eine Pikkendorff, und logischerweise mußte jener Pikkendorff dort mit den Zwillingen nahe verwandt sein. Seine Anwesenheit war nicht zufällig.

„Weiter", sagte er.

Der Inspektor schaute in seine Notizen. „1995 in Rom geweiht."

„Das dachte ich mir!", rief Racado. „Jetzt kommt dieses Gesindel aus Rom. Die Jesuiten bringen es nicht mehr. Rom hat selbst die Zügel in die Hand genommen. Und weiter?"

„Dann", fuhr der Inspektor fort, „monastische Gelübde in der im Rufe strenger Gläubigkeit stehenden Benediktinerabtei Sankt Fugger, in Bayern. Ich weiß nicht recht, was das bedeutet, aber dem Père Z scheint das ganz und gar nicht zu gefallen. Dort hat sich Bruder Ulrich nicht lange aufgehalten. Rückkehr nach Rom 1996, Pensionsgast im Haus St.-Athanasius."

Der Ex-Jesuit war wie elektrisiert. Niemals war etwas darüber öffentlich geworden, aber der Episkopat fürchtete das Haus St.-Athanasius wie die Pest. Jedesmal, wenn etwas auf spiritueller, kirchenrechtlicher oder liturgischer Ebene wieder gestrafft und geordnet werden sollte, ging dem unvermeidlich die Entsendung eines halboffiziellen Gesandten des Vatikans voraus, und der kam eben aus St. Athanasius.

„Laut Ihrer Quelle, Herr Kommissar, handelt es sich um eine Agentengeschichte. Gibt es Agenten im Vatikan?"

„Möglich", sagte Racado, der sich im Geiste schon den Vatikan und diesen arroganten Papst fertigmachen sah. „Machen Sie weiter."

„Dieser Bruder Ulrich ist ganz schön weit herumgekommen: Brasilien, Nicaragua, Niederlande, Ukraine. Er besitzt einen deutschen Diplomatenpaß. Vor drei Monaten ist er in Saint-Benoît angekommen und sofort aufgenommen worden, auf Empfehlung des Generaloberen des Ordens. Der Vater Abt war darüber nicht so ganz glücklich. Bruder Ulrich ist Mitglied der Gemeinschaft und hat einen Sitz im Kapitel. Man schätzt ihn wegen seiner Frömmigkeit, aber er bleibt immer förmlich. Er redet nur selten, aber irgendwie paßt er nicht ins Haus. Man fragt sich, was er dort tut, aber da man ihm nichts genaues vorwerfen kann ... Er hat mehrfach um Ausgeherlaubnis gebeten, die ihm stets gewährt wurde. Dann kommt ein Auto, holt ihn ab und bringt ihn abends oder am nächsten Tag zurück. Am 21. Januar ist er mitten in der Nacht zurückgekommen. Das letzte Mal war vorgestern. Da war er nur drei Stunden fort. Auch einige Telefonanrufe. Immer dieselbe Stimme sagt ein gutes Dutzend Ziffern auf, und Bruder Ulrich antwortet nur „verstanden". Sonst gibt es nichts. Die Quelle Ihrer Quelle in Saint-Benoît heißt Bruder Cosmas, er ist der Pförtner. Père Z hat mich gebeten, Ihnen zu sagen, daß er gerne wüßte, was da im Gange ist. Ende."

Genau um vier Uhr begab sich Racado zur Pforte der Abtei. Das Büro des Pförtners war ein helles und einfaches Zimmer, geteilt durch einen verglasten Bürobereich, der mit einer ultramodernen Telefonanlage ausgestattet war. Die Fenster gingen auf einen Innengarten, in dem weiße Plastikgartenstühle standen, wie auf der Terrasse einer Gaststätte. Der Ex-Jesuit vergewisserte sich, daß außer ihm und dem Bruder Pförtner niemand im Raum war.

„Sie sind Bruder Cosmas?", fragte er. „Ich bin Hauptkommissar Racado. Jemand aus dem erzbischöflichen Palais hat mir von Ihnen erzählt."

Durch die Blume hieß das: wir stehen im selben Lager. Der Pförtner bestätigte mit den Augen.

„Sie kommen wegen Ulrich? Ich bin ihn also endlich los!", pfiff er durch die Zähne und warf dabei einen Blick in den Garten, um sicher zu sein, daß er nicht beobachtet würde.

Nicht die Spur benediktinischer Nächstenliebe lag in seinem Tonfall. Mit Kennerblick genoß Jacinthe eine ordentliche Portion Haß bei seinem Gegenüber.

„Sie mögen ihn anscheinend nicht sehr", bemerkte er.

Ein neuer Periskopblick von Bruder Cosmas in den Garten. Er behielt auch die Innentür im Blick, über der ein Schild leuchtete: Klausur, kein Eintritt.

„Wir waren so schön vorangekommen", sagte er. „Fast waren wir fertig mit dem Ausmisten. Aber seit er da ist, ist alles wie blockiert. Er beeindruckt unsere jungen Novizen, sie fangen schon an, sich Fragen zu stellen."

„Wir werden Ihnen helfen, Bruder", sagte der Ex-Jesuit munter. „Deswegen bin ich hier. Ich wohne gegenüber, im Labrador. Sollten Sie etwas erfah ..." Er brach mitten im Satz ab. Bruder Cosmas hatte einen Finger auf die Lippen gelegt und schaute auf die Tür, die sich geräuschlos öffnete. Bruder Ulrich trat ein, und plötzlich änderte sich die Atmosphäre in dem Raum. Bruder Cosmas war auf seinem Stuhl zusammengeschrumpft und studierte angestrengt ein Telefonbuch. Bruder Ulrich hatte keinen Blick für ihn übrig.

„Sie haben Glück, Herr Kommissar. Ich habe die Erlaubnis für Sie bekommen. Folgen Sie mir."

Die Basilika war zu dieser Stunde leer. Ihre Schritte hallten auf dem Fliesenboden des Chorraumes nach, auf einem bewundernswerten Mosaik aus Marmor und Porphyr, das seit dem 12. Jahrhundert die glasierte Terrakotta aus der Sologne ersetzte. Vor dem Hauptaltar blieben sie stehen.

„Hier ist das Grab, unter unseren Füßen", sagte Bruder Ulrich. „König Philippe I. wurde auf seinen Wunsch hin hier in Fleury beigesetzt und nicht in Saint-Denis. Das war am 12. August 1108, *inter chorum et altare*. Die Grabfigur stammt aus dem 13. Jahrhundert. Eigentlich war sie in den Fliesenbelag eingearbeitet, an demselben Platz, an dem wir gerade stehen. An hohen kirchlichen Feiertagen entzündete man bronzene Lampen, und sieben Kerzen brannten rund um die königliche Grabstätte. Der Abt beweihräucherte das Grab, bevor er zum Altar emporstieg, und Thuriferare inzensierten das Grab weiter bis zum Kyrie. An Heiligabend und in der Osternacht breitete man feierlich ein Pallium über der Figur aus, um deutlich zu machen, daß die Vollgewalt des Königs göttlicher Natur ist. Das Pallium ist eine breite Stola aus weißer Wolle, bestickt mit schwarzen Kreuzen, das nur der Papst und der jeweilige Primas tragen darf. Aber das wissen Sie, vermute ich. Waren Sie nicht früher Priester? Jesuit, glaube ich ..."

Schönen Gruß aus der Agentenschmiede St.-Athanasius. Der Kommissar schätzte gute Arbeit und nahm den Schlag schweigend hin. Übrigens war der Tonfall überhaupt nicht feindlich, sogar eher brüderlich, nur ein bekümmerter Vorwurf war kaum merklich spürbar. Bruder Ulrich wurde menschlicher.

„Im Jahre 1702, fuhr der Mönch fort, wurde die Figur aus einem unbekannten Grund, vielleicht weil sie die großen liturgischen Entfaltungen jener Zeit behinderte, zum Chorgestühl verlegt, und an ihrer Stelle brachte man eine einfache Platte mit einer Inschrift an. Das Königsgrab wurde dennoch weiterhin voller Respekt von den letzten hier in Fleury verbliebenen Mönchen verehrt, wenigstens bis zur Revolution."

„Was ist aus der Platte geworden?", fragte Racado.

„Ich komme noch darauf", sagte Bruder Ulrich. „Aber sehen Sie, wo sich die Grabfigur jetzt befindet: außerhalb des Chorraumes, im Seitenschiff, wie im Exil. Ein weiter Weg vom Chorgestühl. Man hat sie aus dem geheiligten Bezirk entfernt. Das war erst vor kurzem, und das war so gewollt. Unsere Feinde wissen, was sie wollen. Und was bedeutet schon diese Grabfigur, getrennt vom Grab und von der königlichen Hülle? Vielleicht ein ästhetisches Gefühl, wenn überhaupt. Man spricht nun davon, sie ins Skulpturenmuseum nach Orléans zu bringen. Und was den Stein mit dem eingravierten Namen Philippes I. anbetrifft: er ist vor etwa dreißig Jahren bei Restaurierungsarbeiten und bei der Anpassung des Hochaltars an die liturgischen Neuerungen des Konzils verschwunden, es gibt keine Hoffnung, ihn wiederzufinden. Da hat man zwei Fliegen mit einer Klappe geschlagen. So löscht man Spuren aus. Lobotomie nennt man so etwas."

Gute Arbeit, lobte Racado innerlich, nickte aber bedeutungsschwer mit dem Kopf.

„Wie denkt der Abt darüber?", fragte er.

„Daß das in Ordnung ist", antwortete der Mönch düster. „Wir lesen keine Messe mehr für die ewige Ruhe der Seele Philippes I. Kommen Sie mit."

Rechts vom Chorraum führte am Fuß eines Pfeilers eine dunkle Treppe hinunter, eine andere als die, welche zur Krypta führte. Der Schlüssel knirschte im Schloß, ein großer, alter, sorgfältig gearbeiteter Schlüssel, den Bruder Ulrich aus seinem Ärmel gezogen hatte. Sie machten einige Schritte vorwärts in einen kurzen Tunnel, den eine am Kabel vom Gewölbe hängende Glühbirne schwach erleuchtete. Bruder Ulrich drückte eine zweite Tür auf, die kein Schloß hatte und den Zugang zu einem schwarzen Loch freigab, aus dem es nach Keller roch.

„Einen Moment", sagte er. „Ich mache Licht. Bleiben Sie, wo sie sind; da sind Stufen."

Racado spürte etwas hinter sich. Jemand war ihnen in den Tunnel gefolgt. Er zog den Kopf ein, fürchtete einen üblen Trick, kam sich dann aber selbst lächerlich vor. Es war denn doch zu unwahrscheinlich, daß man diese Art von Methoden im Vatikan lernte, auch wenn es das St.-Athanasius-Haus war. Jenseits der Tür flimmerte ein Lichtschein. Dann ein weiterer. Und noch einer. Sieben insgesamt. Sieben Kerzen brannten vor einem Steintrog, der auf sehr altem Mauerwerk ruhte und dessen Deckplatte fast bis an die Decke reichte. Als seine Augen sich angepaßt hatten, konnte der Ex-Jesuit die Ausmaße dieses unterirdischen Bereichs ermessen. Etwa dreißig Sarkophage, planlos durcheinander aufgestellt, bildeten so etwas wie einen erstarrten Trauerzug zu Füßen des königlichen Grabes. Zwei Schatten lösten sich von der Wand. Der Mönch hatte sich verdoppelt.

„Unser Bruder Eudes", sagte Bruder Ulrich. „Sie können offen vor ihm reden. Er wird an der Tür Wache stehen. Besser ist besser."

Der Neuankömmling schien nicht älter als zwanzig Jahre zu sein. Seit seiner Einkleidung war wohl noch nicht viel Zeit verstrichen. Er war sicher kein weicher Typ, hatte breite Schultern und einen festen Blick. Er fixierte den Kommissar intensiv mit den Augen, mit einem Ausdruck, der diesem nicht gerade gefiel. Militärdienst bei den Fallschirmspringern, sagte sich Racado. Seit die Armee nichts mehr taugt, werden diese Kerle Mönche. Leutnant der Reserve, wahrscheinlich ... Es war dem Hauptkommissar Racado sehr recht, daß sie wenigstens zwei von gleichem Kaliber waren. Vielleicht gab es ja auch noch mehr davon ... Da hatte er, Jacinthe, seine Verschwörung! Und was war das für ein Theater? Diese sieben brennenden Kerzen, obwohl Glühbirnen unter der Decke hingen und ein elektrischer Schalter direkt neben der Tür angebracht war?

„Jetzt sind wir auf dem Niveau der ersten Basilika von Fleury“, fuhr Bruder Ulrich fort. „Diese Sarkophage stammen aus der Zeit vor den Merowingern. Sie sind leer. Wahrscheinlich waren sie Stammeshäuptlinge, schon längst zu Staub zerfallen, als man diese Begräbnisstätte wieder öffnete, um König Philippe beizusetzen. Ein sicherer Ort. Philippe I. war exkommuniziert worden, weil er seine erste Frau verstoßen hatte. Das Urteil wurde drei Jahre vor seinem Tod aufgehoben. Aus Reue und Demut lehnte er die königliche Bestattung in Saint-Denis ab und bat darum, einfach zwischen vier Wänden in Fleury beerdigt zu werden. Das erklärt auch die bescheidene Ausgestaltung des Grabes. Die Grabplatte zerbrach zufällig in zwei Teile, als man die Betondecke goß, auf der man den Fliesenboden des Chorraumes nach dem Zweiten Weltkrieg wiederherstellte. Man brachte das nicht unter die Leute. Davor hat der Architekt sich gehütet. Er hat aber eine Notiz hinterlassen, die in den Archiven der Abtei verwahrt wird. Die sterbliche Hülle des Königs war fast unversehrt, jedoch beim Kontakt mit der Luft zerfiel das pergamentierte Fleisch zu Staub. Erhalten sind die Gebeine, Teile der Rüstung und der Schädel im Innern eines Helms mit geöffnetem Visier. Wollen Sie ihn sehen? Der Riß in der Platte ist breit genug. Ich leuchte Ihnen.“

Der Kommissar trat auf das Mauerwerk unterhalb des Grabes und schaffte es, sich auf die Höhe der Betondecke hochzuziehen und Kopf und Schultern in den engen Zwischenraum zu zwängen, der das Grab von der Decke trennte. Das Licht drang schräg durch den Riß in der Platte, und Racado konnte deutlich zwei leere Augenhöhlen ausmachen, die ihn durch die Öffnung eines bekrönten Helms fixierten. Helm und Krone waren rostig und lösten sich stellenweise auf. In Höhe der Brust bildeten Stoffetzen von grauer Farbe und andere Stoffetzen, die ehedem rot gewesen waren, auf der Rüstung eine Art unvollständiges Puzzle, das ein Kreuz ergab. Ein Kreuzfahrer, auch das noch! Mit all dem Pathos, den so etwas mit sich bringt ... Der Kommissar stieg wieder herunter, ihm war nicht wohl. Mehr als er selbst geglaubt hätte, war er beeindruckt von diesem engen Zusammentreffen mit einem König von Frankreich, an den nicht einmal einer von hunderttausend Franzosen eine Erinnerung bewahrt hatte. Er bekreuzigte sich sichtbar vor den beiden ihn beobachtenden Mönchen, wie man es vor einem Grab tut, und er mußte zugeben, daß er es nicht nur zum Schein tat. Er wurde wütend über sich selbst, um so mehr, als der Fallschirmspringer in der schwarzen Kutte ihm deutlich und mit eiskaltem Lächeln auf den Lippen zu verstehen gab, daß er ihm nicht glaubte und daß Racado ihn nicht für einen Dummkopf halten sollte. Dann war er verschwunden, von der Dunkelheit des Tunnels verschluckt, nahe bei der Tür, wo er postiert war.

„Wir können jetzt reden", sagte Bruder Ulrich.

Racado schwieg weiter, tat, als ob er nachdachte, ließ einen nachdenklichen und gesammelten Blick über das Königsgrab schweifen, das vom flackernden Lichtschein der auf den Kerzenständern aufgereihten Kerzen beleuchtet war.

„Ich gebe zu, es ist etwas theatralisch", fuhr der Mönch fort, an die stummen Gedanken des Ex-Jesuiten wie selbstverständlich anknüpfend. „Das ist alles eine Frage des zeitlichen Abstands. Vergessen Sie das Jahrhundert, in dem wir leben. König Philippe ist gestern gestorben. Wußten Sie, daß er das Kreuz genommen hatte? Der große Kummer seines Lebens: Jerusalem war ohne ihn erobert worden. Als Exkommunizierter konnte er sich den Reihen der fränkischen Armee nicht anschließen. Eine ungeheure Energie blieb ungenutzt ... Und nun, Herr Kommissar, wollen Sie mir bitte den wirklichen Grund für Ihre Anwesenheit hier erklären. Das, was Sie mir heute morgen gesagt haben, reicht nicht, besonders bei einem Mann wie Ihnen, da werden Sie mir zustimmen. Ich will Ihnen gerne einen Vertrauensvorschuß zugestehen, da die Wege der göttlichen Vorsehung manchmal doch recht überraschend sind, aber ich warne Sie: es ist schwer, mich zu belügen, und Bruder Eudes, der uns zuhört, ist noch geiziger als ich, was sein Vertrauen angeht. Man erwischt ihn selten bei einem Fehler. Ich höre."

„Jetzt ist es soweit", dachte Racado und trieb sein Gehirn zur Höchstleistung an. Er befand sich jetzt auf seinem ureigenen Gebiet, auf dem Gebiet der vollständigen Geständnisse, der ganzen ungeschminkten Wahrheit, um in den Feind einzudringen und ihn in die Falle zu locken. Er packte alles aus, was er wußte: die Existenz der Akte Pharamond, das Verschwinden der Bourbonen-Zwillinge, das plötzliche Interesse des Innenministers an der

Flucht eines vergessenen königlichen Abkömmlings; das, was derselbe Minister ihm über die Fortdauer von Symbolen und die Gefahr einer Rückkehr des Sakralen anvertraut hatte, seine eigenen Nachforschungen in der Basilika Saint-Denis, in Ausübung seines Dienstes und wie Roth ihn Hals über Kopf nach Saint-Benoît-sur-Loire geschickt hatte; ihn, den Hauptkommissar Racado, den man nicht wegen irgendwelchen Schnickschnacks in Bewegung setzte, damit er dort den jungen Philippe Pharamond de Bourbon erwischte, der – wenn man dem Spürsinn des Ministers vertraute – gar nicht anders konnte als auf seinem Weg nach Saint-Denis genau hier wieder aufzutauchen …

„Nicht mal schlecht erfaßt", überlegte Bruder Ulrich überrascht. „Saint-Denis? Wer hat von Saint-Denis gesprochen?", fragte er.

„Roth selbst."

Etwas Unerwartetes zeichnete sich ab. Eine neue Figur auf dem Schachbrett. Weiß oder schwarz? Der Mönch zögerte. „Und dann? Nach Saint-Denis?"

Racado geriet in Verlegenheit und gab zu, daß er davon nichts wußte, daß es aber in höchstem Maße unwahrscheinlich war, daß dieser Dummejungenstreich der Bourbonenzwillinge auch nur die geringste Chance hätte, weiter als bis dahin zu kommen, eine Hypothese, die der Minister nicht einmal in Betracht gezogen hatte …

Bruder Ulrich strich dieses kleine Restchen Jesuiterei eines ehemaligen Priesters, den er mit Gottes Hilfe nach seinem Belieben hin und her manövrieren konnte, aus seinen Gedanken und dachte darüber nach, was er über Pierre Roth erfahren hatte. Es schien, daß Roth nicht an Reims gedacht hatte. Er war eine sterile, negative Seele ohne jedes religiöse Empfinden. Dabei hätte er einen Kinderglauben gebraucht, um das Unbegreifliche, das Unfaßbare ins Auge zu fassen, gewissermaßen diesen Sprung in die Ewigkeit, diesen jungen Souverän, der sich allein oder doch fast allein der Macht, der Mode und der Zeit entgegenstellte und sich auf den Weg nach Reims gemacht hatte, um sich dort salben zu lassen – und das im Jahre 1999! Aber dennoch hatte er nach Saint-Benoît die nächste Etappe, Saint-Denis, erraten, und das zeugte, bei mangelndem Glauben, von sehr jugendlicher Vorstellungskraft, was wiederum ungeahnte Perspektiven eröffnete … Das würde man später angehen. Jetzt mußte man erst einmal diesen Ex-Jesuiten loswerden … Ulrich setzte ein entgegenkommendes Gesicht auf, einen offenen, gütigen Blick, ein kleines Lächeln voll freundschaftlichen Einverständnisses. Auch ein Elitepolyp konnte darauf hereinfallen, und Racado fiel darauf herein.

„Wir sind ein wenig in Eile, Herr Kommissar“, sagte der Mönch. „Der hochwürdigste Vater Abt würdigt mich seiner Nachsichtigkeit; er kann gar nicht anders, aber das ist nur ein Grund mehr, nicht zu übertreiben. Wir erwarten tatsächlich hier Monseigneur, den Prinzen Philippe Pharamond de Bourbon, der mich gebeten hat, ihn hier zu empfangen und den Vater Abt auf seine Ankunft vorzubereiten, und das war gar nicht so einfach. Philippe ist ein Träumer, ein Phantast. In diesem Jahrhundert hat er keinen Platz, und er will auch gar keinen. Hier will er also lediglich in allergrößter Bescheidenheit am Grab König Philipps I., des vierten der Kapetinger-Könige und sechsunddreißigsten der Könige von Frankreich, seines Vorfahren, wachen und beten, bevor er sich dann nach Saint-Denis begibt, um dort – Sie haben es erraten – den Märtyrern seiner Familie seine Aufwartung zu machen. Sie sehen, Herr Kommissar, ich vertraue Ihnen, und ich habe es Ihnen gesagt, ich täusche mich nie.“

Racado schaute ihn von der Seite an. Nein, dieser Mönch meinte es ernst. In seiner Stimme lag Freundschaft.

„Ich danke Ihnen, Hochwürden“, sagte der Ex-Jesuit nüchtern. „Sie wissen, woher ich komme, wer ich war. Ich habe viele Fehler wiedergutzumachen. Einem katholischen Fürsten zu dienen, das würde mir dabei helfen. Eine heilige Sache, eine edle Sache. Ich muß alles neu lernen und zuallererst die Treue.“

Ulrich versteckte seine Abscheu unter einer mitfühlenden Maske und sah zu, wie Racado sich immer tiefer verrannte.

„Gottes Barmherzigkeit ist unermeßlich“, entgegnete er. „Ich werde Sie selbst dem Prinzen vorstellen. Ich werde zu Ihren Gunsten sprechen. Er wird entscheiden. Wir brauchen einen Mann wie Sie, um ihn vor Roth zu schützen.“

Da jubelte Racado! Er fühlte sich mittendrin in der Verschwörung. Eine Situation der Extraklasse: mit einem Geheimagenten des Vatikans, Ex-Fallschirmspringern als aufrührerischen Mönchen, einem verschwörerischen Bourbonen und seiner Schwester (da könnte man noch Andeutungen machen), Zwillingen auf der Flucht ... Die harte Tour oder die schlüpfrige Tour, das würde Roth entscheiden. Die komische Tour ... Lächerlichkeit tötet, die Herzogin von Berry hatte sich davon nie mehr erholt. Zumindest würde das Kloster auffliegen, daraus würde man ein Museum machen – eine gute Lösung ...

Es klopfte an die Tür des Tunnels. Ein zweiter Mönch trat ein, genauso jung und breitschultrig wie der erste. Er beugte sich zu Ulrichs Ohr und flüsterte ihm etwas zu, dann ging er wieder fort mit seinem weichen Gang wie bei einer Spezialtruppe im Nachteinsatz.

„Es gibt Neuigkeiten, Herr Kommissar. Bleiben Sie nach dem Abendessen im Hotel. Man wird Sie abholen. Bruder Eudes bringt Sie hinaus."

Draußen, auf dem Vorplatz angelangt, hörte Racado das Schloß quietschen, als der Schlüssel zweimal umgedreht wurde. Eine Stunde vor der Zeit, die für den Winter an der Tür des Heiligtums angegeben war, verriegelte Bruder Eudes die Basilika. Das sich links vom Eingangsturm befindliche Portal zum Innenhof, der als Garage für die Fahrzeuge der Abtei diente und normalerweise den Tag über offenstand, war verschlossen. Racado ging zur Pforte, auch verschlossen. Er läutete. Niemand ließ sich sehen. Die Benediktiner-Buchhandlung hatte auch schon die Rolläden heruntergelassen. Ein wenig weiter, vor dem Haus Notre-Dame, das als Kloster-Hotel diente, bestiegen dieselben Pilger einen Bus, die er am Morgen in der Konventsmesse gesehen hatte. Die wenigen Touristen waren fort. Kein Auto stand mehr auf dem Parkplatz. Im Labrador hing ein einziger Schlüssel am Brett, und das war seiner. Das Hotel war wie verlassen. Er ging in sein Zimmer und wählte die Nummer der Abtei. Die Stimme, die ihm antwortete, war nicht die vom Bruder Pförtner. Er legte auf. Draußen bremste ein Auto mit quietschenden Reifen. Er schob den Vorhang vom Fenster. Es war sein eigener Dienstwagen. Wie eine Rakete schoß Inspektor A aus dem Auto. Schnell ging Racado wieder hinunter.

„Die Pferde, Herr Kommissar! Wir waren auf Patrouille am Loire-Ufer. So etwas habe ich noch nie gehört. Man dachte, ein ganzes Kavallerieregiment reite am Fluß entlang. Das war sehr beeindruckend, denn man hörte es schon von weitem. Über dem Wasser liegt Nebel, man sah nichts. Plötzlich rief jemand: 'Vorwärts! Vorwärts!'. Eine junge Stimme, eine Frauenstimme. Und dann tauchten fünf Reiter auf, bis zur Brust der Pferde im Wasser, ohne Kopfbedeckung, mit großen, schwarzen Umhängen. Sie hatten eine verfluchte Geschwindigkeit drauf. Es war wie im Kino, wie ein Film, der dort gedreht wurde. Das war aber kein Film. Ein Mädchen ist bei ihnen, ich habe ihren Bruder gesehen. Das sind Ihre Zwillinge, Herr Kommissar. Ich bin sofort hierhergefahren, um Ihnen Bescheid zu geben. Der Kollege ist dageblieben."

„Los, wir haben keine Zeit zu verlieren", sagte der Kommissar. „Gehen wir. Ist es weit?"

„Ein Kilometer. Bei einem kleinen Weiler, der ‚Le Port' heißt."

Der Ort war verlassen und schien nur an schönen Tagen zum Leben zu erwachen. Nahe bei einer geschlossenen Frittenbude und einem Spielplatz mit Wippen führte ein Weg längs des Erddamms bis zu einem weißen Sandstrand, auf dem sich deutlich frische Hufspuren abzeichneten. Beinahe gegenüber, etwa fünfzig Meter entfernt, ragte eine eher flache und niedrige Insel gerade noch aus dem Nebel, fast auf der Höhe des Wassers, eine der zahllosen kurzlebigen, wandernden Inseln der Loire, die eines Tages bei Niedrigwasser auftauchen, gespickt mit Treibholz und toten Bäumen, und die dann später wieder verschwinden, wie so viele Luftschlösser und verlorene Paradiese. Der Rauch eines brennenden Feuers stieg ohne Wind gerade in den Himmel. Hinter der Frittenbude lag Inspektor B auf der Lauer, er erwartete sie und gab Racado sein Fernglas. Er schien aus einem Traum zu erwachen, mit einem seligen Lächeln auf den Lippen.

„Sie werden sehen, Herr Kommissar, sie ist so schön!“, sagte er. „Schade, daß sie verschwindet.“

„Wie, sie verschwindet? Was reden Sie?“

„Der Nebel steigt, man kann ihr Gesicht kaum noch ausmachen.“

Racado stellte das Fernglas auf seine Sehstärke ein und orientierte sich dann am Schein des Feuers. Zuerst nahm er die Pferde wahr: ungesattelt, unbeweglich am Wasser, dann die Umrisse von fünf Jugendlichen, rund um das Feuer. Die Winternacht begann hereinzubrechen. Ein klares Lachen gelangte bis zu ihm, wie eine Botschaft oder wie eine Herausforderung, während die blonde Haarpracht mit einer harmonischen Bewegung zurückgestrichen ein Jungmädchengesicht von so reiner Schönheit enthüllte, daß es ihn schmerzte. Und in der Tat verschwand das Gesicht. Der Nebel wischte es nach und nach aus, so wie durchsichtige Bühnenvorhänge sich einer nach dem anderen schließen, damit der Eindruck von Ferne entsteht. Racado hatte gerade noch Zeit, mit seinem Fernglas einen kurzen Moment das ruhige, heitere, strahlende Gesicht Philippes einzufangen. Dieses Gesicht war eine Verfluchung aller Häßlichkeit dieser Welt. In ihm spiegelte sich der Geist der Jugend, auf das strahlendste gekennzeichnet. Die drei anderen, „nicht aktenkundig“, wie man bei der Polizei sagt, gaben ihm den Rest und berührten ihn so schmerzlich, daß es ihm die Brust zerriß und sein Gefühl bald zu Haß wurde. Solche Kinder sollten nicht leben dürfen. Sie bedrohten die bestehende Ordnung …

Zur selben Zeit, als die Nacht hereinbrach, wurden die Nebelbänke immer dichter, bis sie schließlich zu einer undurchsichtigen Masse wurden, in der die Insel verschwand. Die Stimmen, das Lachen waren verstummt. Eine Flamme leuchtete noch unbestimmt, ein Pferd ließ ein unendlich weit entferntes Wiehern hören, letzte Zeichen der Wirklichkeit. Racado stolperte über einen Stein und fluchte. In dem Nebel konnte er nicht einmal mehr seine Füße sehen, kaum seine Hände. Da war keine Insel mehr, kein Weg, kein Fluß, keine Frittenbude, kein Dorf Le Port. Nichts. Sie brauchten fast eine Stunde, um heimzukehren. Inspektor A lenkte den Wagen mit einer Hand, den Kopf aus dem Seitenfenster gestreckt und mit vor Anstrengung hervorquellenden Augen, immer wieder den Straßenrand fixierend. An jeder Kreuzung verirrten sie sich, befanden sich plötzlich mitten auf Bauernhöfen, mitten im Hundegebell. An einem Baum ließen sie einen Kotflügel, einen Scheinwerfer im Hinterteil eines Traktors und zweimal fuhren sie sich fest. Es war ihre Beresina [9]. Racado wurde wütend und beschimpfte den Fahrer. Vor seinen Inspektoren konnte er unmöglich mit dem Autotelefon Roth anrufen. Er schaltete das Radio an, um sich von seiner Gereiztheit abzulenken. In der Nachrichtensendung um sieben Uhr meldete der Wetterbericht „klares Wetter nördlich einer Linie Bordeaux-Grenoble". Und tatsächlich tauchte endlich, in einer Entfernung von zehn Metern deutlich sichtbar, das Ortsschild von Saint-Benoît-sur-Loire auf. Racado warf einen Blick hinter sich. Der Nebel war verschwunden. Am Himmel strahlten die Sterne.

„Umkehren, und zwar flott!" sagte er. „Wir fahren zurück."

Eine Minute und fünf Sekunden später tauchte die Frittenbude im Licht des einzigen verbliebenen Scheinwerfers auf.

„Das Licht auf die Insel, Blödmann!"

Der Inspektor am Steuer manövrierte. Die Luft war so klar, daß die Insel wie von einem Theaterscheinwerfer beleuchtet schien.

„Keiner mehr da", sagte Inspektor A.

Mit seinem Fernglas suchte der Kommissar sorgfältig die Insel ab und ließ dabei keine auch noch so kleine Einzelheit aus. Zuerst erkannte er den abgestorbenen Baum, an dessen Äste die Reiter ihre Umhänge aufgehängt hatten, sicher, um sie trocknen zu lassen. Dann den kleinen Strand, wo die Pferde gewesen waren und den man nicht verwechseln konnte, weil in seiner Mitte ein weiterer abgestorbener Baum an ein Krokodil erinnerte; Irrtum ausgeschlossen. Es war diese Insel, obwohl sie alle sichtbaren Spuren ihrer Durchreise hatten verschwinden lassen. Sie hatten das Feuer bedeckt, kein Rauch zeugte mehr von ihm, sie hatten die Hufabdrücke im Sand verwischt, am Fuß des Erddamms, wenn nicht das Wasser zwischenzeitlich gestiegen war. Bei dieser Art des Verschwindens war es dem Ex-Jesuiten nicht wohl.

„Diese kleinen Dreckskerle!", murmelte er.

Zurück in Saint-Benoît, ließ Racado sich vor der Tür des Hotels Labrador absetzen, aus dem ein Licht schimmerte, das so ziemlich das einzige Lebenszeichen in dieser doch noch gar nicht so weit fortgeschrittenen Nachtstunde war. Als er gerade aus dem Auto stieg, wurde seine Aufmerksamkeit auf ein leises Geräusch gelenkt, ein Geräusch wie das gedämpfte Tänzeln eines Pferdes. Es kam aus dem Innenhof der Abtei, dessen Portal noch immer geschlossen war. Die Straßenbeleuchtung funktionierte nicht. Keine Menschenseele war auf dem Platz, die Straße war in Dunkel gehüllt.

„Hören Sie das?" fragte er seine Inspektoren.

„Ich höre nichts", sagte A.

„Nichts", sagte B, „dabei habe ich ein feines Gehör. Was sollen wir denn hören, Herr Hauptkommissar?"

Racado hob die Schultern und schickte die beiden Männer in ihr Hotel. Einen Moment lang verweilte er auf der Schwelle und lauschte auf eine Wiederholung des Geräuschs, aber nichts geschah. Er ging hinein. Der Wirt begrüßte ihn mürrisch.

„Ungewöhnlich, daß wir so wenige Gäste haben, selbst in dieser Jahreszeit. Wollen Sie zu Abend essen?"

Von seinem Zimmer aus rief er Roth an. Der Apparat hatte einen direkten Anschluß ans Telefonnetz.

„Ich habe sie gesehen, Herr Minister, verkündete er gleich zu Beginn: Den Bruder, die Schwester und drei Jungen mit Gesichtern wie aus vergangenen Zeiten."

„Was wollen Sie damit sagen, Jacinthe?"

„Der Blick. Bei heutigen Jugendlichen findet man zum Glück keine solchen Blicke mehr."

„Genauer, bitte."

Die Stimme war neutral und professionell, jedoch mit einer kaum merklichen Unnatürlichkeit, die dem Ex-Jesuiten entging. Im Lichtschein seiner Schreibtischlampe, in der Stille der Place Beauvau, die gerade ihren Nachtrhythmus aufgenommen hatte, lächelte der Minister, und sein Lächeln hätte jeden, der ihn kannte, vollkommen verblüfft. In diesem Lächeln lag ein wenig Glück. Roth hatte sich an diesem Tag, der allen anderen Tagen nur zu gleich war, so sehr gelangweilt, mit dieser Rinnsteinpolitik in seinem Beruf als oberster Müllwerker …

„Ich mag dieses Wort nicht, aber ich finde kein anderes, Herr Minister", sagte Racado: „Reinheit. Die drei da sind dem anderen ähnlich. Ein solch offener Blick, daß man sich auf ewig ekelt, geboren zu sein."

Roth mußte lachen. Dieser unerwartete Atemzug reiner Luft hatte ihn in gute Stimmung versetzt.

„Aber das ist nicht lustig, Herr Minister!“

„Sie haben recht, Kommissar“, sagte Roth, „das ist nicht lustig.“

Dabei öffnete er die Akte Pharamond, die er in der einzigen Schublade in der Mitte seines Schreibtisches immer griffbereit hatte. Nicht zum ersten Mal an diesem Tag befragte er das Photo mit seinem Blick. Er senkte die Augen nicht mehr. Das „Auge in Auge“ wurde vertraut. Er bekam sogar den Eindruck, daß sie beide Bekanntschaft schlossen, mit so etwas wie gegenseitigem Respekt. Ein gewisses naives Vertrauen begann sich in dem blauen Blick des jungen Mannes abzuzeichnen, und das bewegte ihn. Gegen seinen Willen hegte er diesen seltsamen kleinen Funken tief in einem abgelegenen Winkel seiner Seele, von der er geglaubt hatte, sie auf immer aufgegeben zu haben. Er wurde gesteuert, das gab er zu, aber an diesem Abend fügte er sich darein, es mißfiel ihm nicht, und das war das Neue daran. Im Garten, unterhalb seiner Fenster, ließ die Kröte wütend ihr häßliches Quaken hören.

„Ich weiß, ich weiß“, sagte er gereizt.

„Wie bitte, Herr Minister?“ wunderte sich Racado.

„Nein, es ist nichts, es ist nur Judas. Fahren Sie fort. Wo haben Sie sie gefunden?“

Racado beschrieb die Örtlichkeiten. „Sie versteckten sich noch nicht einmal“, sagte er. „Sie waren mit Pferden gekommen, in kurzem Galopp.“

„Von weit her?“

„Ich weiß es nicht. Es ist aber ziemlich sicher. Ein sechstes Pferd trug ihr Gepäck.“

„Einen Moment“, sagte der Minister, legte den Hörer ab, ohne aufzulegen. Er verspürte das Bedürfnis, in Ruhe nachzudenken. So hatte er es also richtig eingeschätzt: Erste Etappe Saint-Benoît-sur-Loire. Dort, so schien es ihm, war das Vorspiel der Reise zu Ende gegangen. Die Pferde hingegen, das erstaunte ihn. Warum hatte er nicht daran gedacht? Nicht leicht, aus der Krokodilshaut eines Übeltäters herauszuschlüpfen und sich in die Seele eines Heranwachsenden hineinzuversetzen. Er lächelte. Wenn man ein Junge von achtzehn Jahren, wenn man Erbe der Könige ist, wenn man sich entschlossen hat, sich daran zu erinnern und den Lauf der Jahrhunderte zurückzugehen, um das dritte Jahrtausend herauszufordern, allein aus dem Gottesgnadentum heraus, dann fährt man nicht mit dem Zug oder mit dem Bus. Man fährt nicht per Anhalter, wie ein Rucksacktourist. Man setzt sich nicht an das Steuer eines Autos und fährt von einer Autobahnmautstelle zur nächsten. Man gibt nicht seine Ehre auf und benutzt das heutige Geld. Und man geht auch nicht zu Fuß. Das ist keine Wallfahrt, keine Wanderung: das ist eine Eroberung. Und dann, wenn die Seele gefestigt, wenn das Herz durchdrungen ist von einem guten und langen Ritt, wenn man sicher war, anders zu sein und gegen die Ansteckungen immun, dann konnte man schließlich in dieses Jahrhundert eintauchen und seinen Weg bis zum Ende gehen. So sah Roth die Dinge. Nach Saint-Benoît-sur-Loire würden die Ereignisse sich überstürzen, und die Auflösung würde nicht auf sich warten lassen. Einen Augenblick würde man sich in Saint-Denis aufhalten, in der königlichen Basilika, aber das Ziel, natürlich, das Ziel war Reims! Es konnte nur Reims sein, sonst hätte das alles keinen Sinn. Und hatte es einen Sinn, daß dieser Philippe-Pharamond de Bourbon hinging, um sich in Reims zum König von Frankreich salben zu lassen? Und von wem, und wie, und wozu, auf welche Weise, mit welchen Mitteln, welchen Verbindungen? Für welches Schicksal? Darüber hatte Roth so seine Vorstellung – eine Vorstellung, die dem gesunden Menschenverstand so wenig entsprach wie alles andere, aber er gewöhnte sich langsam daran, nach und nach, fast glücklich, daß er, wie an die Hand genommen, dorthin geführt wurde. Vierzig Jahre politischer Manipulation ... Er dachte an den Präsidenten, der im Elysée-Palast auf ihn wartete, zu ihrer täglichen Unterredung. Vierzig Jahre des geheimen Einverständnisses ... Diesesmal würde er ihm nichts sagen ...

„Hallo! Entschuldigen Sie, Kommissar“, fuhr er am Telefon fort. „Wo sind sie jetzt? Immer noch auf ihrer Insel?“

„Nein, wahrscheinlich in der Abtei. Ich warte noch auf die Bestätigung. Wir hatten sie aus den Augen verloren, wegen des Nebels, eine richtig dicke Suppe, lokal sehr begrenzt ...“

Der Minister hörte zu, machte sich Notizen. Die Sache mit dem Nebel amüsierte ihn. Manchmal richtet es eben der Zufall. Der Ex-Jesuit erzählte von seinem Besuch im Kloster, von seinem Zusammentreffen mit Bruder Ulrich und seinem Jungmönche-Stoßtrupp und wie er diesen Weihrauch-Pikkendorff eingewickelt hatte, diesen Agenten der vatikanischen Reaktion. Er prahlte auch gerne, der Jacinthe, und er hatte sich wohl recht festgebissen, mit all dem Haß, den es brauchte, um diesen Bissen nicht wieder loszulassen.

„Perfekt, perfekt“, sagte Roth. „Und wann sehen Sie die ganze Bande?“

„Jetzt gleich. Bruder Ulrich schickt nach mir. Und dann: Routine, der Anfang allen Könnens. Ich serviere sie Ihnen heiß, auf einem Tablett.“

„Perfekt“, wiederholte Roth. „Rufen Sie mich nach elf Uhr wieder an.“

Hinter einem Bild mit einer dicklichen Nymphe, einem Bild von Boucher, war ein Wandsafe verborgen, dessen Zahlenkombination nur Roth kannte.

Er öffnete ihn und legte die Akte Pharamond hinein. Nur ein Stück Papier hielt er zurück, auf dem er einen Namen notiert hatte: Ulrich. Es kam nicht in Frage, diese Akte in einer Schreibtischschublade herumliegen zu lassen oder in der Abteilung für allgemeine Ermittlungen etwa einer Indiskretion auszusetzen. Und was Racado anbetraf …

Seine Chefsekretärin war schon nach Hause gegangen, und weil er vermeiden wollte, für irgendeinen Bürovorsteher gehalten zu werden, der sich unnötige Fragen stellte, klingelte er nach dem diensthabenden Empfangsbeamten.

„Ich brauche das Telefonbuch des Département Loiret“, sagte er, „und zwar flott.“

Als die Mönche an diesem Abend gegen zehn Uhr, nach der Vigil, schweigend in ihre Zellen gingen, um sich zur Ruhe zu begeben, legte Bruder Ulrich, das Knie vor dem Vater Abt gebeugt, zwei Finger auf den Mund zum Zeichen, daß er um Sprecherlaubnis bat. Dom Bénézet empfand heiligen Abscheu vor diesen äußerlichen Zeichen des Respekts, die bis vor kurzem in den Klöstern noch üblich gewesen waren. Er unterdrückte eine Anwandlung von übler Laune.

„Um diese Zeit! Kann das nicht bis morgen früh warten?“

Das Abendgebet fand in der Krypta statt; sie war geheizt. Danach durchquerten die Mönche den Chorraum, um zu ihren Zellen zu gelangen. An dieser Stelle war Bruder Ulrich aufgetaucht und hatte dem Vater Abt, der diesmal als letzter ging, den Weg verstellt.

„Nein, mein Vater“, antwortete Bruder Ulrich. „Es muß jetzt sein, und ohne Zeugen.“

Diese Worte waren nur mit leiser Stimme geflüstert worden, aber der Tonfall mißfiel dem Abt. Er seufzte resigniert: Dieser Bruder Ulrich, das war sein ganz persönliches Kreuz.

„Wenn Sie darauf bestehen, Bruder“, sagte er. „Gehen wir ins St.-Josef-Sprechzimmer.“

Dieses Sprechzimmer war ein kleines Büro ohne Fenster, neben der Pforte. Dort empfing der Abt seine Besucher. Als sie an der Treppe vorbeigingen, die zu den Ausgrabungen hinunterführte, bemerkte er, daß einer seiner jungen Mönche sich ebenfalls verspätet hatte und unbeweglich oben auf den Stufen stand wie eine Wache. Anstatt in tiefem Dunkel zu liegen, wie die Regel es für diese Uhrzeit vorschrieb, war die Pforte hell erleuchtet, die Vorhänge waren zugezogen, und die Fensterläden geschlossen. An der Telefonzentrale hielt sich ein anderer junger Mönch auf, der unerschütterlich seinen Rosenkranz betete.

Normalerweise ging man nach zehn Uhr nicht mehr ans Telefon. Ein Anrufbeantworter schaltete sich dann ein. Dom Bénézet rührte sich.

„Bruder Eudes, was tun Sie da? Sie sollten sich schon zurückgezogen haben."

„Entschuldigen Sie, mein Vater", antwortete Bruder Eudes gelassen und fügte rätselhaft hinzu: „Im Dienste Gottes ..."

Ulrich wartete mit gesenktem Blick, aber seine ganze Haltung zeigte, daß er die Situation beherrschte. Dom Bénézet schaute von einem zum anderen, und sein Blick verharrte dann auf ihren gleichmütigen Gesichtern.

„Bringen wir es hinter uns!", sagte er. „Treten Sie ein."

Der Abt schloß die Tür hinter sich und blieb stehen, so wie man es bei unbequemen Gästen tut, um gleich klarzumachen, daß die Unterredung nur von kurzer Dauer sein würde.

„Ich höre ... Aber nein! Keine solchen Fisimatenten!"

Bruder Ulrich war auf die Knie gefallen.

„Mein Vater", sagte er – und seine Stimme zitterte –, „ich bitte Sie, morgen können Sie mich mit der Strafe belegen, die ich verdiene, und ich werde gehorchen. Aber heute nacht bitte ich ... bitten wir um eine Messe für die ewige Ruhe der Seele König Philippes I., weil Sie der hochwürdigste Vater Abt von Notre-Dame-de-Fleury sind, weil diese Messe, die in der Kapitelsregel dieser Abtei festgeschrieben ist, seit zweihundertundacht Jahren nicht mehr zelebriert worden ist und weil besondere Umstände, die sich aus dem Bereich des Heiligen ergeben, dies zwingend und unbedingt jetzt erforderlich machen und zwar durch Sie selbst; heimlich, vor dem Grab König Philippes, in Anwesenheit seines Erben, der der Erbe aller unserer Könige ist: Prinz Philippe Pharamond de Bourbon, der mit seiner Schwester und seinen drei Gefährten auf dem Weg nach Reims ist, um sich dort zum König salben zu lassen. Seit dem Einbruch der Nacht sind sie in aller Diskretion Ihre Gäste. Nach der Messe werden Sie sie nicht wiedersehen. Lange vor Morgengrauen werden sie weit weg sein".

Er hatte ohne Unterbrechung gesprochen, weil er fürchtete, unterbrochen zu werden, und vor allem weil eine mühsam beherrschte Gemütsbewegung ihn über sich selbst hinausgehoben hatte, so sehr, daß er die Grenzen mönchischer Zurückhaltung überschritten hatte. Dom Bénézet starrte ihn völlig verblüfft an. Dann geschah etwas zwischen ihnen, so etwas wie jener Austausch unsichtbarer Zeichen zwischen Angehörigen kontemplativer Orden, und die Zurückhaltung des Abtes schwand.

„Stehen Sie auf, Bruder, kommen Sie, setzen Sie sich", sagte er und ließ sich selbst auf einen Stuhl fallen.

Einen Augenblick lang schwieg er, die Hände vor den Augen gefaltet und dachte nach.

„Ich verlange, Bruder, daß Sie mir gegenüber ehrlich sind“, fuhr er dann fort. „Was zum sakralen Bereich gehört, kann zugleich auch zum politischen gehören. So war es jedenfalls früher. Ist das hier der Fall?“

„Überhaupt nicht, Vater“, antwortete Ulrich. „Philippe Pharamond nimmt ein Recht wahr, das er von Gott bekommen hat. Er hat keineswegs die Absicht, es zu gebrauchen, sondern lediglich, es weiterzugeben, wenn er es wiederhergestellt hat. Gott allein wird über den Gebrauch entscheiden und zwar dann, wenn er den Augenblick für gekommen hält.“

Der Abt machte eine Geste, die eine abwartende Haltung ausdrückte.

„Das ist alles gut und schön, Bruder, obgleich in der Zeit, in der wir leben ...“

„Philippe kümmert sich nicht um die Zeit, in der er lebt, Vater. Dieses Zeitalter oder ein anderes, welche Bedeutung hat das? Er ist ja doch nur auf der Durchreise.“

„Noch etwas: so wie unsere Landsleute auch, könnte ich aus reiner Gleichgültigkeit keineswegs königstreu sein und Schwierigkeiten haben, Ihnen zu folgen oder Sie gar in dieser Hinsicht zu begreifen. Bin ich eigentlich königstreu? Ich glaube, nein. Diese Frage habe ich mir nie gestellt. Genügt nicht das Reich Gottes?“

„Das eine umschließt das andere, mein Vater. Das ist keine Sache des Glaubens. Das Prinzip der Monarchie beruht nicht darauf, ob man an sie glaubt oder nicht an sie glaubt. Es ist völlig unwichtig, ob man daran glaubt oder nicht daran glaubt, ob die Ungläubigen heute Legion sind, während es sie früher nicht gab. Man kann das nicht abwiegen. Gott ist Gott, und der König ist der König.“

„Und dieser junge Mann ist der König?“

„Er ist es, Vater.“

Dom Bénézet schloß die Augen. Seine Lippen bewegten sich schweigend. Er betete. Ulrich hatte seine Ruhe wiedergefunden. Er wartete, innerlich heiter.

„Wo ist dieser junge Mann?“, fragte der Abt schließlich.

„Am Grab Philippes I., mit seinen Gefährten. Er hält dort Wache.“

„Wir werden zusammen Wache halten. Bruder Ulrich, Sie werden diese Messe lesen. Ich erlaube es, und ich nehme daran teil, aus Respekt vor unserem Besucher und vor dem, was er repräsentiert. Um mehr kann man mich nicht bitten.“

„Ich bitte Sie nicht darum, Vater. Ich bitte Sie flehentlich, oder, wenn Sie es so verstehen wollen: ich verlange es."

Der Abt verzog keine Miene. Der demütige Tonfall ließ vermuten, daß etwas hinter diesem Ultimatum stand, das größer war als sie beide.

„Ich will auf Sie hören", sagte Dom Bénézet geduldig. „Aber warum soll ich gehorchen? Wer könnte mich dazu veranlassen?"

„Sie überzeugen, Vater. Sie sind der hochwürdigste Vater Abt eines Klosters, das auf die ersten merowingischen Könige zurückgeht. Ihre Klosterkirche ist ein Königsgrab. Tausende von Mönchspriestern haben im Laufe der Zeit hier gelebt, vierzehn Jahrhunderte hindurch haben sie Millionen und Abermillionen Messen gelesen und dadurch einen Kranz göttlicher Gnaden von fast spürbarer Dichte gebunden. Sie sind der Spender dieser Gnaden, wenn Sie selbst diese Messe zelebrieren und den Herrn darum bitten."

Der Abt lernte seine Lektion. Man sah die Dinge jetzt nicht mehr auf diese Weise, in der Kirche von Frankreich.

„Der junge Prinz braucht Sie, Vater", fuhr der Mönch fort. „Sie schulden ihm diese göttlichen Gnaden."

„Nun gut, so sei es denn", sagte Dom Bénézet. „Obgleich diese Kapitalisierung der Gnade … Als ob ich so etwas wie ein Bankier wäre."

„Sie halten den Schlüssel in der Hand, Vater. Mit aller Demut, ich habe ihn nicht."

„Und wenn ich mich immer noch weigern würde, hätten Sie noch ein weiteres Argument?"

„In der Tat." Bruder Ulrich erhob sich von seinem Stuhl, näherte sich dem Vater Abt, neigte sich zu seinem Ohr und flüsterte kaum wahrnehmbar einige Worte, als ob das Zimmer mit Mikrophonen gespickt wäre. Dom Bénézet sammelte sich einen Moment. Das, was er gerade gehört hatte, nahm jetzt seinen Weg zum Herzen, dann in die Seele. Und das dauerte gar nicht lange.

„Nun gut, gehen wir", sagte er würdevoll. „Haben Sie den Altar bereiten lassen?"

„Es ist alles bereit, Vater. Wir haben auch Ihre Mitra und Ihren Stab herausgelegt."

„Natürlich, Sie wußten ja, daß ich gehorchen würde."

„Ich wußte es. Verzeihen Sie mir."

An der Treppe zu den Ausgrabungen stand noch immer derselbe junge Mönch Wache. Der Abt nickte ihm im Vorbeigehen väterlich zu, um ihm zu zeigen, daß er ihm die Disziplinlosigkeit nicht nachtrug. Die fünf auf dem nackten Boden knienden jungen Leute erhoben sich, als Dom Bénézet eintrat. Einer von ihnen trat vor die anderen, allein am Fuße des Altars, seine Schwester ein wenig hinter ihm, die drei anderen dahinter, umgeben von einem halben Dutzend Mönchen, unter denen der Abt Bruder Eudes und die meisten seiner Novizen erkannte. Vielleicht war die Zeit der verlorenen Generationen nun vorbei, überlegte er. Er bemerkte auch die sieben brennenden Kerzenleuchter, das an einem Haken hängende Weihrauchfaß, das geöffnete Meßbuch auf der rechten Seite des improvisierten Altares, auf der Epistelseite, und die weiße Stola auf dem Grab des Königs, die das ehemals dort ausgebreitete Pallium darstellen sollte. Bruder Ulrich hatte eine weiße schmucklose Albe angelegt, womit er bekundete, sich auf seine Rolle als Ministrant zu beschränken. Nachdem er sich mit der gold-weißen Kasel bekleidet hatte, der Kasel für Weihnachten, Ostern, Pfingsten, Himmelfahrt, der Feste von Johanna von Orléans, des heiligen Ludwig, der heiligen Johanna von Frankreich, nachdem er die Mitra aufgesetzt, den Stab ergriffen hatte – Liturgie, Liturgie, unsagbar reiche Liturgie ... –, wandte sich der hochwürdigste Vater Abt zu der unbewegt dastehenden Gemeinde. Er neigte leicht den Kopf, um den Blick über den Rand seiner Lesebrille hinweg schweifen zu lassen, bedächtig versuchte er, in der herrschenden Stille das Gesicht des Prinzen ihm gegenüber zu befragen. Der Abt konnte Menschen mit aufrichtigem Glauben erkennen. In der Haltung des jungen Philippe war auch nicht eine Spur von Gekünsteltheit. Er hielt sich gerade, die Hände gefaltet, den Kopf erhoben, wie eine liegende königliche Grabfigur, die plötzlich aufrecht stand. Zugleich besaß er diese natürliche Einfachheit, die aus wahrer Demut und aus Vertrauen bei denen entsteht, die sich von einem Zeichen besiegelt wissen, wenn Sie vor Gott hintreten. Ein König, ohne Zweifel. Ein allerchristlichster König ... Trotz der Dicke der Mauern, trotz der schweren Betonschale der Decke, trotz der Lage des Raumes unterhalb des Chores tief in der Erde, trotz des Tunnels und seiner beiden geschlossenen Türen drangen schwach die Töne des Te Deum von Palestrina bis in den Raum der Ausgrabungen. Dort oben, in der Klosterkirche, hatte sich jemand an die Orgel begeben, und Dom Bénézet erinnerte sich, daß einer der jungen Novizen Vorbereitungen dafür getroffen hatte. Hinter der kleinen Gruppe von Mönchen, an der Schattengrenze der sieben Grableuchter und der Altarkerzen, bildeten die Sarkophage der einstigen unterirdischen Nekropole die Vorhut des christlichen Zeitalters. Der Abt begann zu sprechen. Noch lange nach diesen Ereignissen fragte er sich, wie ihm diese Worte eingefallen waren, konnte sich aber nie dazu entschließen zuzugeben, daß sie nicht von ihm selbst stammten, sondern ihm eingegeben worden waren ...

„Monseigneur, meine Brüder", sagte er, „das Gottesgnadentum ist ein andauernder Strom, der sich der Verfügungsgewalt der Menschen entzieht. Es wird ewiglich weitergegeben an die, welche Gott auserwählt hat. Dieser Strom kann nicht unterbrochen werden, er ist nie unterbrochen worden, und er wird nie unterbrochen werden. Man kann die Könige köpfen, man kann sie verjagen, sie vergessen, das Gottesgnadentum fließt immer, wie eine ungenutzte Gnade, deren Wirkungen sich anhäufen. Aber Sie sind auch ein Mensch aus Fleisch und Blut, Monseigneur.

Das Erbkönigtum beginnt dort, wo auch der Mensch beginnt: bei der leiblichen Empfängnis, ein König wird von einem König gezeugt, von der ganzen Kette der Könige vor ihm, und unter diesen ist auch jener, der seit neun Jahrhunderten hier ruht. So ist also der Leib des Königs der König. In Reims empfing er die neunfache Salbung, und so wurde seine Person geheiligt. Gehen Sie nach Reims, Monseigneur, und möge Gott Ihnen den Weg ebnen. Amen".

Die Messe nahm ihren Fortgang. Im Meßbuch waren die Texte des Propriums, der Gebete für den König, mit neuen Lesezeichen aus Seide in frischen Farben gekennzeichnet. Der Abt las das erste Gebet mit lauter Stimme; es war das Kirchengebet, welches unmittelbar vor der Lesung gesprochen wird: „*Quaesumus, omnipotens Deus: ut famulus tuus Pharamondus, rex noster, qui tua miseratione suscepit regni gubernacula* … Wir bitten Dich, allmächtiger Gott: Dein Diener, unser König Pharamond, der durch Deine Huld des Reiches Steuerruder empfing, möge auch Wachstum in allen Tugenden gewinnen, damit er in ihrem Schmuck jegliches Unwesen böser Lüste von sich weise und reich an Gnaden zu Dir zu gelangen vermöge, der Du bist der Weg, die Wahrheit und das Leben. Durch unseren Herrn Jesus Christus, Deinen Sohn … *Per Dominum nostrum Jesum Christum Filium tuum, qui tecum vivit et regnat in saecula saeculorum, amen.*"

Die beiden anderen Texte waren die Secret und die Postcommunio, ersteres vor der Präfation und letzteres am Ende der Messe, vor dem Segen. Beide richteten sich an die Gnade Gottes, „ausgegossen auf unseren König Pharamond, damit sie ihn behüte vor allen feindlichen Kräften, usw.". Noch nie war der Abt mit diesen Texten konfrontiert worden, die schon seit Ewigkeiten zwischen anderen Orationen vergraben waren, zwischen Gebeten um Regen oder um heiteres Wetter oder gegen Erdbeben oder bei einer Tierseuche, zwischen den nicht mehr gebrauchten Seiten veralteter Meßbücher, von Generationen erbitteter Bischöfe ausrangiert. Es war für ihn ein Gefühl großen Glücks, diese Texte Wort für Wort wiederzuentdecken. Man hatte alles en bloc verworfen, warum sollte man es jetzt nicht einfach en bloc wieder aufnehmen? Warum sollten die Menschen dieses Landes nicht wieder wie früher Gott bitten, ihre Häuser zu segnen, ihre Schiffe, ihre Pferde, ihre Hunde, ihre Autos, ihre Kinder, ihre schwangeren Frauen, ihre Kranken, ihre Alten, ihre Fahnen, ihre kranken Schweine gesund werden zu lassen, die Ernte vom Hagel zu verschonen, ihre Wälder vor dem Feuer zu schützen und um so mehr, ihnen wieder einen König zu geben, den sie lieben und achten könnten, der der Ordnung der Dinge einen Sinn geben würde …

Dann kam der Augenblick des Segens, der am Ende der Messe steht. Als er sich nach den letzten Gebeten zu den Anwesenden umdrehte, hatte Dom Bénézet den Eindruck, daß hinten im Raum, noch hinter den Sarkophagen, die Wand sich irgendwie verschoben hatte. Er sah im Halbdunkel weite Flächen im Nebel. Er sagte sich, daß er nicht mehr der Jüngste sei, daß die Zeremonie ihn arg mitgenommen habe zu einer Zeit, zu der er normalerweise schon schlief. Auch mußte der in diesem umschlossenen Raum reichlich verbrannte Weihrauch die Wahrnehmung von dem verändert haben, das ihn umgab. Er hob beide Arme zum Himmel.

„*Adjutorium nostrum in nomine Domini*", sprach er.

Ganz weit hinter den Mönchen, durch die Weihrauchwolken hindurch gab es eine Bewegung. Der Abt glaubte, hunderte von Stimmen zu hören, die sich unter die Stimmen der Mönche mischten, und die alle zusammen dieselben Worte murmelten:

„*Qui fecit caelum et terram.*"

Und doch war es kaum wahrnehmbar. Er fügte hinzu:

„*Benedictio Dei omnipotentis* . ."

Nach altem Brauch hält der Zelebrant hier kurz inne, und an dieser Stelle kniet man sich hin, um den Segen zu empfangen. Das taten die Mönche, der Prinz und seine Gefährten, während man ganz hinten im Saal ein entferntes Klirren und Rasseln hören konnte, ein Schrappen, ein Aneinanderreiben von Eisen, als ob eine ganze Armee sich niederkniete, in Rüstung und Kettenhemd. Das Aufgebot und die Nachhut, die Streitmacht König Philippes I. Es dauerte vielleicht eine, vielleicht zwei Minuten. Es dauert lange, bis eine Armee auf Kriegszug sich niederkniet. Das geht Reihe um Reihe, setzt sich fort wie eine Welle, man muß vom Pferd steigen und die Wimpel neigen, bis ihre Spitzen den Boden berühren, die Trompeten müssen schweigen, die Ritter müssen sich innerlich sammeln. Die Zeit war stehengeblieben. Und dann war Stille. Die akustische Vision verschwand und später in seiner Erinnerung, selbst wenn er Augenblicke des Zweifels hatte, konnte der Abt nie die Intensität seiner Empfindung vergessen, als er mit erhobener Hand, im Zeichen des Kreuzes einen Heerführer gesegnet hatte in der Gestalt dieses jungen, blonden, einfach gekleideten Mannes, der mit gesenktem Haupt vor ihm niedergekniet war.

„Patris, et Filii, et Spiritus Sancti descendat super vos, et maneat semper.“

„Amen“, antworteten die Mönche, der Prinz und seine Gefährten, aber dieses Mal waren sie allein.

Die Zeremonie endete, der hochwürdigste Vater Abt schaute erstaunt um sich. Er hatte Mühe, wieder zu sich zu finden. Als er sich von den jungen Leuten verabschiedete, stammelte er: „Sire ...“ und wurde dafür von Marie mit einem strahlenden Lächeln belohnt, das er wie eine Wegzehrung mit sich nahm, um den Strom der Jahrhunderte wieder zu durchqueren. Auf der Orgel der Basilika, noch immer durch die Entfernung gedämpft, wurde zum Auszug ein sehr schwungvoller Lobgesang gespielt. Als aber Bruder Eudes nach der ersten auch die zweite Tür öffnete, brach der Hymnus wie durch ein eigenartiges akustisches Phänomen urplötzlich ab. Als der Abt auf den obersten Treppenstufen angekommen war, warf er einen erstaunten Blick in Richtung des in der Dunkelheit unsichtbaren Orgelprospekts. Kein Licht beleuchtete den Spieltisch. Die Orgel atmete nicht mehr, das Gebläse war stumm, anstatt wie üblich nach dem Abschalten noch einige Seufzer auszustoßen. Die riesigen Orgelpfeifen, welche die mächtigen und tiefen Töne hervorbringen, vibrierten nicht mehr und ließen auch nicht jenen Nachhall, jene gewissermaßen posthumen Töne vernehmen, die noch einen Augenblick um die Orgel herumstreichen, nachdem man aus ihr Fanfaren hatte hervorschmettern lassen. Das Kirchenschiff war still und leer, eingetaucht in die Nacht. Es war kalt hier. Man fühlte sich allein. Als er den Chor durchschritt, beschleunigte der Abt seinen Schritt. Er hatte das Bedürfnis, sich in die vier Wände seiner Zelle zurückzuziehen, um Ordnung in seine Gedanken zu bringen. Drei Novizen vor und drei Novizen nach ihm bildeten eine Prozession wie eine Eskorte und beleuchteten mit Kerzen den Weg.

Er schloß die Fensterläden zum inneren Hof, der in dichtem Nebel lag. Kaum hatte er sich niedergelegt, den Rosenkranz um die Finger gelegt, da streckte der Schlaf Dom Bénézet beim zweiten „Gegrüßet seist Du, Maria“ des ersten Gesätz nieder. Er schlief wie ein Stein und wachte erst am nächsten Tag wieder auf.

Sie hatten Hunger. Schließlich waren sie keine reinen Geistwesen, sondern Menschen aus Fleisch und Blut. Die Anspannung dieses langen Tages, der keineswegs schon zu Ende war, hatte ihnen Appetit gemacht. Sie schlangen, wie man es nur mit achtzehn Jahren kann. In dem kleinen Gästerefektorium neben dem St.-Josef-Sprechzimmer hatte man ein Abendessen gerichtet. Ein Kruzifix an der Wand, zwei Bänke und ein langer Holztisch, auf dem auf Schneidebrettern eine Salami, eine Pastete, ein kaltes Hühnchen, ein großes Landbrot, das Bruder Eudes großzügig aufschnitt, sowie ein großer Krug klaren Wassers und ein weiterer mit gris meunier, einem angenehmen, durstlöschenden Tresterwein von den sandigen Weingärten am Ufer der Loire, angerichtet waren. So aßen sie mit Hingabe, schoben sich Riesenstücke in den Mund, nippten am Wein in kleinen, zufriedenen Schlucken, und tauschten glückliche Blicke aus. Ein Feuer prasselte im Kamin. Feuer ist ein Symbol der Einigkeit. Sie sprachen nicht. Diese Mahlzeit war gewissermaßen eine Fortsetzung der Messe. Man konnte das eine nicht von dem anderen trennen. Es ist schwierig, am Ende dieses materialistischen Zeitalters zu erklären, was genau sie empfanden. Zu essen und sich daran zu erfreuen, das kann unter bestimmten Umständen den Sinn für das Heilige heben. Die kontemplativen Mönche wissen das, und auch die Menschen vergangener Zeiten, die Kreuzfahrer, die schweigend vor den Mauern Jerusalems, ihr Brot brachen bevor sie angriffen, die Pilger in den Gasthäusern auf dem Weg nach Santiago de Compostella oder auch der vorgeschichtliche Jäger, der den Blick zu den Wolken erhebt, wenn er seiner ausgehungerten Sippe das Tier hinwirft, das er endlich erlegt hat.

„Danke, Ulrich", sagte Philippe und klappte die Klinge wieder in sein Messer. „Nun weiß ich es. Wir werden bis zum Ende gehen."

„Was jetzt kommt, wird anders sein. Bisher hast Du nur das Leichteste hinter Dich gebracht", sagte der Mönch.

„Glaube das nicht. Das Schwierigste war, Gottes Willen mit Sicherheit zu erkennen. Jetzt kenne ich ihn. Morgen abend will ich in Saint-Denis sein."

'Ich will', Worte eines Königs. Bruder Ulrich hatte seine Aufgabe erfüllt.

Auf dem inzwischen abgeräumten Tisch breitete Bruder Eudes eine Karte des Waldes von Orléans im Maßstab 1:50000 aus. Ulrich deutete mit dem Zeigefinger auf eine Stelle ungefähr in der Mitte des Waldes, im dichtesten Teil.

„Dort werdet ihr erwartet", sagte er, „an der Kreuzung am Maladrerie-Teich, um drei Uhr morgens", er schaute auf seine Uhr, „das heißt in zweieinhalb Stunden. Zwanzig Kilometer. Ihr reitet auf breiten geraden Alleen durch den Wald, wie für den Galopp gemacht, sogar in der Nacht. Ihr werdet keine zweieinhalb Stunden brauchen."

Odon de Batz beugte sich über die Karte und photographierte sie gewissermaßen mit den Augen. „Alles klar. Kinderleicht."

„Ein wenig weiter liegt ein großes Waldhüterhaus", fuhr Ulrich fort. „Vom Weg aus sieht man es nicht, es ist unbewohnt. Ich kenne es, ich bin schon dort gewesen. Ein Bekannter von mir hat sich den Nießbrauch am Haus übertragen lassen. Ein sehr mächtiger Mann, sehr reich und sehr verzweifelt. Man wird euch dorthin geleiten. Dort könnt ihr schlafen, euch ausruhen. Für eure Pferde wird gesorgt. Man wird sich dort während eurer Abwesenheit um sie kümmern, und bei der Rückkehr bekommt ihr sie wieder. Ihr werdet mit einem Auto nach Paris gefahren. Der Bekannte wird euch begleiten. Philippe, du wirst wohl durch dieses Jahrhundert reisen müssen. Es gibt keine andere Möglichkeit. Du wirst erstaunt sein. Du hast ihm nie ins Angesicht schauen wollen ..."

Er spielte auf die Rucksack-Wanderungen durch Frankreich an, während derer Philippe und Marie wochenlang verschwunden waren, als sie fünfzehn und sechzehn Jahre alt waren. Sie hatten die Schweiz auf Bergwegen, zu Fuß verlassen, waren in den tiefen Jura eingedrungen, durch Burgund gestriffen, durch die Auvergne, waren dem Lauf winziger Täler gefolgt oder von Bergrücken zu Bergrücken gegangen. Ihre Orientierungspunkte waren die Ruinen von Bergfrieden gewesen und einzeln gelegene Kirchtürme. Sie hatten sich in den kleinen Weilern verpflegt, und sobald sie etwas ausgemacht hatten, was schon von ferne wie eine Stadt aussah, waren sie geflohen. Sie waren sehr glücklich gewesen. Marie hatte gesagt: „Frankreich ist so schön", und Philippe fügte hinzu: „Aber ist das Frankreich?"

Der junge Mann machte keine Bemerkungen. Er war in seine Gedanken versunken. Es stimmte, daß er immer vor den Realitäten dieser Zeit geflohen war. Eine Entscheidung, mit der er sich schützte, denn er war alles andere als ahnungslos. Wenn er sich dem Treiben dieser Welt anpaßte, dann würde er am Ende sich selbst und alles, was er darstellte, zerstören. Entgegen allem äußeren Anschein bot dieses Zeitalter keine Hoffnung. Von ihm konnte man nichts erwarten. Nur den Glauben bewahren und weitergeben.

„Eine Wahl bleibt dir trotzdem", sagte der Mönch.

„Ich weiß: Tag oder Nacht. Tagsüber oder die Nacht hindurch reisen. Die Entfernungen sind nicht groß. Die Nacht kann viel Häßliches auslöschen."

„Das, mein lieber Cousin", sagte Ulrich, „das ist nicht sicher. Jetzt aber etwas anderes: Du wirst möglicherweise auf deinem Weg nach St. Denis auf jemanden stoßen, der Pierre Roth heißt."

„Wir wissen, wer das ist", sagte Monclar, der je nach Möglichkeit aus den

Telefonzellen in den Dörfern längs der Loire und auch heute abend noch von der Pforte aus (an der immer noch einer der Novizen Wache hielt) Verbindung mit der Insel gehalten hatte. „Faragutt hat uns schon gewarnt: Das ist der Innenminister, und er hat mehrfach nach Saint-Denis telefoniert."

Man wird sich des alten irischen Jakobiten erinnern, Faragutt, des Eigentümers der Insel. Er war ein genialer Amateur im Bereich der Telekommunikation, und da er noch dazu an Schlaflosigkeit litt, war er Tag und Nacht auf Empfang.

„Roth hat auch hier in der Abtei angerufen", fuhr Bruder Ulrich fort, „kurz nach eurer Ankunft. Er wollte mich persönlich sprechen. Er hat seinen Namen und seine Stellung genannt und hat mir seinen gedungenen Handlanger auf dem Silbertablett präsentiert, einen gewissen Racado, den ich schon bemerkt hatte, mit seinen großen Expriester-Schuhen, und der nun hier unter unseren Füßen wie ein Murmeltier in einem gemütlichen und geheizten Kellerraum schläft. Wir haben ihm unsere Gastfreundschaft für diese Nacht angedient, übrigens ohne ihn gefragt zu haben. Ich verstehe das Spiel von diesem Roth nicht. Einige seiner Äußerungen waren eigenartig. Von Zeit zu Zeit befahl er einem gewissen Judas, ruhig zu sein. Er sagte mir, er habe den Eindruck, daß er den Glauben wiederfinde, schwer zu glauben bei einem so gefährlichen Mann. Aber seine Stimme klang ernst, mit jugendlichen Anklängen. Er sprach auch über die königliche Basilika Saint-Denis, über den verwahrlosten Zustand des Beinhauses. Das Gespräch endete ziemlich bizarr. Er zitierte Chateaubriand: „Pharamond! Pharamond! Wir haben mit dem Schwert gekämpft ..." Und dann hat er aufgelegt. Was wollte er uns zu verstehen geben? Ich zerbreche mir den Kopf darüber: Freund oder Feind? Ich neige eigentlich zur ersten Hypothese. Nun, sei trotzdem mißtrauisch!"

Sie erhoben sich. Josselin verließ das Zimmer, um die Pferde für den Ritt vorzubereiten, und mit einer anmutigen Bewegung beider Hände löste Marie ihr langes blondes Haar. Es fiel über den Kragen des schwarzen Umhangs, den sie sich gerade über die Schultern geworfen hatte.

„Sie sind sehr schön, Madame", sagte Bruder Ulrich. Dann wandte er sich an Philippe: „Sire, wir werden uns so bald nicht wiedersehen. Man ruft mich zu anderen Aufgaben. Ich war die erste Station auf Ihrem Ritt, die, auf welche die anderen folgen. Von nun an wird nichts mehr Sie aufhalten. Es bleibt mir noch, Ihnen unter vier Augen etwas zu sagen, das man mich beauftragt hat, Ihnen mitzuteilen und das nur für Sie allein bestimmt ist. Kommen Sie."

Was Bruder Ulrich zu sagen hatte, dauerte nicht länger als eine Minute. Philippe hatte Tränen in den Augen, als sie aus dem St.-Josef-Sprechzimmer zurückkamen, wohin sie sich zurückgezogen hatten. Aber es waren Freudentränen, und das sah jeder, der ihn ansah.

„Los geht's!“, sagte er. Und er fügte hinzu: „Aufgesessen!“, wie in einem Mantel- und-Degen-Film, denn wenn er auch ganz König geworden war, so war er doch immer noch achtzehn Jahre alt, und er liebte die ritterliche Poesie dieser Worte.

Ulrich wünschte ihnen eine gute Reise, umarmte die Jungen nach Art des mönchischen Grußes und küßte Marie auf beide Wangen. „Im Wald könnt Ihr ohne Bedenken galoppieren. Ihr braucht die Pferde nicht zurückzuhalten. Der Wald ist benediktinischer Besitz, ein Lehen der Abtei, die dort viele Niederlassungen hatte. Inzwischen hatten wir zwar die Revolution, aber für Sie hat sich nichts geändert, Sire. Der Segen des hochwürdigsten Vater Abts ist Ihnen Schutz und Schirm.“

Und wirklich: es wurde ein ausgelassener Galoppritt. „Vorwärts! Vorwärts!“ rief Marie, wenn das Tempo langsamer wurde. Die Füchse schreckten in ihren Bauten hoch und stießen sich die Nase. Vögel mit roten Augen flohen in die Wipfel der Bäume und Ringeltauben durchschnitten die Luft, um in die Wolken zu flüchten. Ein Rudel Hirsche, das dort herumstrich, floh verängstigt und lief auf eine Gruppe roher Wildschlächter zu (der Abschaum der Wilderer), einen Metzger und drei Vorbestrafte, die hinter einem Kleinlaster mit eingeschalteten Scheinwerfern auf der Lauer lagen. Drei Hirsche, fünf Hirschkühe, tolle Aussicht auf ein hübsches Gemetzel. Er wollte gerade schießen, da ließ der Metzger völlig verblüfft seine Waffe sinken, während den drei Galgenvögeln die Gewehre aus den Händen fielen. Sie bedeckten ihre Gesichter mit den Unterarmen: über der Stirn des mächtigsten der Hirsche, eines edlen und alten Tieres, das zum Schutz der Seinen vorausgegangen war, glänzte ganz deutlich ein Kreuz, mitten zwischen den Geweihstangen, die wie ein Golgotha aus weiteren glühenden Kreuzen wirkten. Natürlich war es das Hubertuskreuz. Davon hatten die Wilderer noch nie gehört. Sie fanden dadurch auch nicht zum Glauben zurück, den sie sicher nie gehabt hatten, und im übrigen erstreckte sich der Segen, den der Bischof in dieser Nacht gespendet hatte, auch nicht auf sie. Weil ihre erbärmlichen, kleinen Gehirne keinerlei Erklärung fanden, weil sie wütend waren, unverrichteter Dinge heimkehren zu müssen, tranken sie sich mit sechzigprozentigem Fusel Mut an und endeten blutüberströmt und mausetot auf der Straße, ihr Auto zusammengeschoben an einem schicksalshaften Baum. Nur der

Metzger überlebte. Man schrieb es seinem Schädelbruch zu, daß er eine Geschichte von einem phosphoreszierenden Kreuz erzählte, besonders weil er hinzufügte: „Und kurz vorher hatte ich Pferde gehört. Es klang wie eine ganze Armee …"

Im Kloster wurden die beiden Flügel des Portals geschlossen, nachdem die kleine Reitertruppe das Dorf durchquert und sich entfernt hatte, und die Novizen-Eingreiftruppe widmete sich verschiedenen Beschäftigungen. Geschirr wurde gespült, es wurde aufgeräumt, Krümel wurden im Gästerefektorium zusammengefegt. Bei den Ausgrabungen ließ man Kerzenständer, Kerzen und Tragaltar verschwinden. Bruder Eudes schaltete die Zentrale ab und den Anrufbeantworter ein, der den Anrufer mit einer Daueransage informierte: „Die Mönche beten für Sie. Bitte rufen Sie morgen früh ab 8 Uhr wieder an, die Mönche beten für Sie, bitte rufen …". Das war übrigens nicht wahr. Zur allergrößten Zufriedenheit des Fürsten der Finsternis war die Matutin abgeschafft worden, und abgesehen davon schliefen die guten Mönche von St. Benoît, Bruder Ulrich und seine Novizen ausgenommen, in dieser Nacht tiefer als gewöhnlich.

Nun gingen auch die Novizen schlafen. Bruder Ulrich blieb als einziger wach, kniete in seiner Zelle vor dem Kreuz, das der einzige Wandschmuck war, und betete. Er hatte seinen Koffer gepackt, der auf der rauhen Decke seiner schmalen, mönchischen Strohmatratze lag und das Fenster weit geöffnet, um Geräusche von draußen hören zu können. Es war kalt, und deshalb hatte er die Kapuze über seinen Kopf gezogen. Gegen vier Uhr morgens hielt ein Auto an der Pforte mit einem kaum wahrnehmbaren Brummen, das nur gewisse, einzeln gefertigte Motoren hervorbringen können. Es war eine lange, schwarze Limousine mit Diplomatenzulassung. Ulrich nahm sein Kreuz ab, das ihm der Papst geschenkt hatte, steckte es in den Koffer, löschte das Licht und ging. Bruder Eudes erwartete ihn an der Pforte. Um die aufsteigende Rührung niederzukämpfen, gab Ulrich ihm statt der mönchischen Umarmung einen freundschaftlichen Rippenstoß.

„Eines Tages werden Sie wieder zu uns stoßen, Bruder, ich sorge dafür. Bis dahin: vergessen Sie, beten Sie, dienen Sie Gott."

Bruder Eudes verschloß die Pforte, und der Wagen glitt ohne Geräusch auf der Straße in Richtung Süden dahin.

Der Kaffee dampfte in der großen Tasse, daneben lagen Butterbrote, abgestellt auf einem Hocker neben dem Bett. Der Geruch des Kaffees weckte Racado. Sollte er dort geschlafen haben, völlig angezogen? Das vergitterte

Kellerfenster in Augenschein nehmend, von dem aus er in Höhe des Pflasters auf dem Platz, genau gegenüber, sein Hotel sehen konnte, bemerkte er, daß es schon Tag war. Er schaute auf seine Uhr: acht Uhr. Eine Glocke läutete. Man hatte ihn eingeschlossen. Das Schloß aber war frei, der Schlüssel lag im Raum. Er fand sofort, keine zwei Schritte entfernt, die kleine, sorgfältig gefegte Treppe, die zum Flur der Pforte führte. Er erinnerte sich daran, sie gestern Abend völlig freiwillig hinabgestiegen zu sein. Wie vereinbart, hatte man ihn etwa eine halbe Stunde nach seinem Telefonat mit Roth im Hotel abgeholt. Einer dieser jungen Mönche mit glattrasiertem Schädel, wortkarg, mit nach innen gerichtetem Blick, der den unwiderstehlichen Wunsch weckte, ihm ins Gesicht zu schlagen. Der Mönch hatte zu ihm gesagt: „Gehen Sie dort hinunter. Da sind sie besser aufgehoben, während sie warten. Es ist nicht nötig, daß man Sie an der Pforte sieht. Ich komme gleich und hole Sie. Es wird nicht lange dauern". Dann war Racado eingeschlafen, einfach so, mit den Latschen an den Füßen. Und dabei hatte er nichts getrunken, nichts gegessen, was man mit Drogen hätte vermischt haben können. Man hatte ihm auch nichts angeboten.

Bruder Cosmas war in die Telefonzentrale zurückgekehrt.

„Was sind denn das für Machenschaften?", raunzte Racado ihn sofort an.

Der Pförtner zwinkerte erstaunt mit den Augen. Es sah so aus, als untersuche er das Wort Machenschaften mit einer Pinzette: „Welche Machenschaften, Herr Kommissar?"

Der Ex-Jesuit zuckte zusammen: „Also hören Sie mal! Warum habe ich hier geschlafen, in diesem Keller?"

„Das dürfen Sie mich nicht fragen, Herr Kommissar. Und übrigens ist das kein Keller, sondern eine Zelle für Exerzitienteilnehmer. Haben Sie sich dort nicht wohlgefühlt?"

„Was ist geschehen, während ich schlief?"

„Nochmals, Herr Kommissar, ich weiß von nichts. Ich habe geschlafen wie alle Brüder. Wir gehen früh schlafen, und wir stehen früh auf."

„Und Sie haben nichts gehört?"

„Schlichtweg nichts."

Er seinerseits meinte, am frühen Morgen von seinem Keller aus Pferdegetrappel gehört zu haben, aber war das Traum oder Wirklichkeit? „War es heute nacht neblig?"

„Das wäre in dieser Jahreszeit nicht unmöglich, aber was soll ich Ihnen sagen? Ich habe Ihnen schon gesagt: ich habe geschlafen."

„Also, Sie wissen gar nichts?"

Der Pförtner hielt seinem Blick stand und blinzelte dieses Mal auch nicht mit den Augen. „Nichts, und das ist die Wahrheit."

„Irgendwo stimmt da etwas nicht, aber wo? Warum? Rufen Sie mir Bruder Ulrich, bitte."

Ein schwaches Lächeln zeichnete sich auf den Lippen des Pförtners ab, der nun wenigstens aus einem Grund zufrieden sein konnte. „Er hat uns bei Morgengrauen verlassen, ich meine, für immer. Aber die Novizen sind immer noch da."

Der Tonfall ließ keinen Zweifel aufkommen. Die letzte Feststellung schien ihn nicht zu freuen. Bruder Cosmas fügte aber nichts hinzu. Racado zog daraus die Folgerung, daß seine zweite Quelle neutralisiert worden war.

„Nun gut", sagte er. „Dann lassen Sie Bruder Eudes kommen."

„Unmöglich, Herr Kommissar."

„Und warum?"

„Für die gesamte Mönchsgemeinschaft haben heute morgen um acht Uhr die Fastenexerzitien begonnen. Die Mönche können keinen Besuch empfangen. Auch ich werde Sie verlassen müssen. Ich muß die Pforte schließen, unsere erste geistliche Übung an diesem Morgen."

Nein, Racado würde man nicht hereinlegen. Er war nicht umsonst Jesuit gewesen. „Fastenzeit? Da sind Sie zehn Tage zu früh!"

„Der hochwürdigste Vater Abt hat so entschieden."

„Und ihn kann man natürlich auch nicht sprechen?"

„So ist es. Er hat entsprechende Befehle gegeben."

„Könnte ich ihn vielleicht anrufen?"

„Es geht niemand ans Telefon. Sie können eine Nachricht hinterlassen."

„Alles klar, ich habe verstanden", sagte Racado. „Und was Sie anbetrifft: haben Sie mir wirklich nichts zu sagen?

„Wirklich nichts, Herr Kommissar."

Racado erdolchte ihn mit seinem Blick, und wer schon einmal gesehen hat, wie eine Auster blitzschnell ihre Schale verschließt, wenn man sie mit dem Messer attackiert, der kann sich eine zutreffende Vorstellung von Bruder Cosmas' Gesicht in diesem Augenblick machen. Der Kommissar schlug die Tür zu, als er ging, und sie wurde augenblicklich hinter ihm verriegelt. An der Tür war ein Anschlag, mit schönen, altertümlich colorierten Bildern, auf dem die Besucher und Freunde der Abtei informiert wurden, daß die Mönche ihre Fastenexerzitien begonnen hatten, die wie üblich bis Karsamstag um Mitternacht dauern würden.

„Die kriegen Exerzitien von mir, versprochen!"

Er war leichenblaß vor Wut. Man hatte ihn hereingelegt! Sein Polypenspürsinn täuschte ihn nicht. Aber wer hatte letztlich die Fäden gezogen? Hier tappte er völlig im Dunkeln. Er hatte sich für den Verschlagensten gehalten, und man hatte ihn völlig lächerlich gemacht. Nun denn, dann würde er eben die Methoden wechseln: er würde kurzen Prozeß machen, keine Spielchen mehr. Jetzt herrschte Krieg! Ein persönlicher Krieg. Mit Statisten würde er sich jetzt nicht mehr abgeben, nicht mit seinen, nicht mit denen des Gegners.

Von seinem Zimmer im Hotel Labrador aus versuchte er, seinen Minister zu erreichen, gelangte aber nur bis zu einem persönlichen Referenten, der ihm antwortete, der Herr Minister befände sich den ganzen Vormittag über in einer Konferenz und wolle unter keinen Umständen gestört werden. Ob man ihm eine Nachricht hinterlassen solle? „Sagen Sie ihm, daß die Zwillinge sich verdrückt haben!“, was Roth innerlich lächeln ließ, als er diese Nachricht auf einem vierfach gefalteten Zettel, mitten in einer Präfektenkonferenz erhielt, deren Teilnehmer verblüfft feststellten, daß der Minister fast liebenswürdig war, was ihm sonst niemals passierte. Und so stellten sich einige Fragen, die allerdings unbeantwortet blieben; der Präfekt des Départements Seine-Saint-Denis, der mit sofortiger Wirkung unerwartet nach Mayotte versetzt wurde, der Präfekt des Départements Marne (Hauptort: Châlons, Unterpräfektur: Reims) der zum Hohen Kommissar von Frankreich in Kanakien ernannt wurde, ein Gunsterweis …

Dann rief der Ex-Jesuit das Hotel de la Madeleine an, in dem seine beiden Spitzel hausten, denen man das Gespräch in das Bistro im Erdgeschoß legte, wo sie gerade gewissenhaft ihren Kaffee etwas alkoholisch verdünnten. „Holt den Wagen, und holt mich ab. Wir fahren zurück.“

Sie trafen ihn an der Tür des Labrador an, wo er, den Koffer in der Hand, auf sie wartete. Der Dienstwagen sah sehr mitgenommen aus, auf einem Scheinwerfer blind, ein Kotflügel zerbeult, die Räder voller Schlamm. Der Kommissar betrachtete das Desaster, und seine Laune wurde doppelt so schlecht.

„Sie sind doch gefahren?“, fragte er den Inspektor A, „Kompliment!“

Dann wandte er sich an Inspektor B: „Und Sie geben doch vor, so ein feines Gehör zu haben, nicht wahr? Na, und? Was haben Sie heute nacht gehört?“

„Gar nichts, Herr Hauptkommissar, überhaupt nichts.“

Racado bedachte beide mit einem Blick voller Abscheu. Er explodierte: „Pferde! Pferde hättet ihr hören sollen, ihr Vollidioten! Ich kann doch nicht der einzige sein, der heute nacht Pferde gehört hat! Was habt ihr denn gemacht?“

A und B warfen sich einen beunruhigten Blick zu: Ob der Kommissar vielleicht verrückt wurde?

„Wir haben geschlafen, Herr Hauptkommissar. Wir haben zweimal versucht, Runden zu drehen, aber da war ein derartiger Nebel draußen, daß man nicht einmal fünfzig Zentimeter weit sehen konnte. Und was die Pferde anbetrifft.“ Beide machten dieselbe hilflose Geste.

„Nun, das werden wir ja sehen“, sagte der ehemalige Jesuit und atmete einen großen Zug kühler Luft ein. Ihr werdet an alle Türen klopfen, ihr werdet an allen Häusern dieses Kaffs klingeln. Ihr stellt eine einzige Frage: Pferde? Wenn ja: wann? Ihr habt zwanzig Minuten, ab jetzt.“

Es ergab nichts.

„Pferde“, erklärte Inspektor A, „Pferde sehen die doch nur noch im Fernsehen. Im Ernst, hier ist in den letzten zwanzig Jahren noch nicht einmal der Schwanz eines Pferdes durchgekommen, seit der letzten, bis dahin jährlichen Segnung eines Jagdzuges von ich weiß nicht mehr welchem Baron, auf dem Kirchplatz. Heute macht man das nicht mehr. Heute machen die Pfarrer sich ein schönes Leben.“

„Ihr seid völlig unfähig“, sagte Racado.

Das war seine Art, einen Schlußstrich zu ziehen. Von jetzt ab würde er alles allein machen. Er drückte sich in die Ecke der Sitzbank im Auto und brach das Schweigen erst wieder in Höhe der Porte d'Orléans: „Dieser Nebel“, sagte er, als ob er seinen Gedankengang nun laut weiterverfolgen wollte. „Dieser Nebel ...“

Es war – aber wer weiß das schon? – der schönste Teil des Waldes, der dichteste, der tiefste, der höchste und majestätischste, der geheimste. Der französische Wald bietet nur ganz selten diesen Eindruck von Ewigkeit. Ein einziger unwürdiger Besucher genügt – und davon gibt es meistens tausende – und der Wald verliert, aufrecht, aber verraten, diesen Charakter des Heiligtums, in dem der Mensch zu den Geheimnissen der Schöpfung Zugang hat, wenn er auf seine Seele hören kann. Wie durch ein Wunder kam niemand je hierhin. Das war ihnen sofort bewußt geworden, und sie ritten im Schritt. Zu ihrer Rechten hörte man Flügel auf Wasser schlagen, und ein Zug Enten flog wie ein dunkler Pfeil durch einen Mondstrahl und verlor sich in der Weite der Nacht. Geruch von Schlamm mischte sich in den Geruch von feuchtem Moos, totem Holz und Laub.

„Der Maladrerie-Teich“, sagte Odon de Batz, „die Kreuzung kann nicht weit sein.“

Respekt ergriff sie, als sie unter dem Laubdach großer, jahrhundertealter Buchen ritten, deren hohe Äste fast unmerklich raschelten, manchmal mit einem Knacken, so wie steife Gelenke knacken. Nur Laubwälder leben wirklich. Jeden Winter müssen sie nach dem Überschwang des Frühlings und dem leuchtenden Farbenspiel des Herbstes die Entblößung ertragen, und das ist der Würde sehr zuträglich. Der Wald macht gewissermaßen eine Demutskur, zieht sich aus jeglicher Bewegung zurück, bevor dann der Triumph der Wiederauferstehung kommt. Darin ist er seinem Wesen nach göttlich.

„Ein Licht“, meldete Monclar, der an der Spitze ritt.

Zwei Männer zu Fuß erwarteten sie. Der erste hielt eine Laterne in der Hand, die er mit ausgestrecktem Arm hochhielt. Er war mit einem Anzug aus schwarzem geripptem Samt mit Kragenspiegel bekleidet, und auf dem Kopf trug er eine flache Jagdhüterkappe. Der zweite war barhäuptig und weißhaarig; er trug einen identischen Anzug, aber ohne Wappen.

„Ich bin Ihr Gastgeber“, sagte letzterer, ohne sich mit Namen vorzustellen. „Das Haus ist nicht weit. Folgen Sie mir.“

Aus Höflichkeit stiegen alle fünf von den Pferden. Der Weg folgte besonderen Vorkehrungen, nichts war dem Zufall überlassen. Mehrere Biegungen schnitten nämlich den Weg auf etwa 500 Metern Länge optisch von der Allee perfekt ab und der Weg verlor sich scheinbar so plötzlich in der Vegetation, daß man meinte, er führe nirgendwohin, als hätte man den Plan aufgegeben, ihn irgendwo enden zu lassen. Der Rest des Weges führte geradeaus, bis zu einem schmucklosen, scheinbar verlassenen Haus.

„Das ist die beste Tarnung“, sagte der alte Herr, als sie um die letzte Biegung kamen und auf das Haus zugingen. Auf den Karten gibt es diesen Ort übrigens nicht mehr, auf keiner Karte, nicht einmal auf dem Katasteramt. Ich habe dafür gesorgt. Das Waldhüterhaus ist gewissermaßen nur eine spanische Wand. Die Maladrerie, das ehemalige Aussätzigenhospiz der Benediktiner befindet sich dahinter. Dort habe ich mich eingerichtet.“

Ein zweiter Jagdhüter in schwarzem Samt empfing sie an der Schwelle und brachte die Packtaschen fort. Ein dritter brachte die Pferde in den Stall.

„Treten Sie ein“, sagte der alte Herr.

Unter der Lampe, die am Hausgiebel brannte, erschien sein Gesicht in helles Licht getaucht. Von den fünfen war Monclar derjenige, der sich am besten in den Dingen dieser Welt auskannte. Dieses Gesicht kannte er, es war das Gesicht eines der mächtigsten Industriellen Europas, des vielleicht reichsten Mannes ganz Frankreichs.

„Aber, Sie sind doch ...“, begann er. Er biß sich auf die Lippen. Ihr Gastgeber hatte seinen Namen selbst nicht genannt.

Das große Zimmer, in dem sie sich befanden, lag auf gleicher Höhe wie der gepflasterte Hof und war sehr einfach, ja nüchtern möbliert. Es hatte Wände und Decken mit weißem Rauhputz, keine Balken und kein sichtbares Mauerwerk, keine wie gemalt wirkenden Fugen oder ähnlichen Dekorateurs-Firlefanz. Es erhob keinen anderen Anspruch als seine riesigen Ausmaße, und in der Mitte der Längsseite befand sich ein hoher Kamin, in dem große Baumstämme loderten.

Der alte Herr sagte zu Mondar: „Ich bin tatsächlich der, an den sie denken. Aber lassen wir diese Identität bitte beiseite.“

Dann wandte er sich an Philippe: „Ich gehöre zur Realität, zu dem, was an dieser Realität am härtesten und am materialistischsten ist. Ich präge sie jeden Tag in ganz großem Maße. Dazu bin ich da. Aber Ihre Gegenwart hier, Monseigneur, ist von irrealer Natur, so wie Ihre Reise und Ihre Rückkehr es sind, denn sie appellieren an Gefühle spiritueller Art, die heute niemand mehr teilt. Um zu Ihnen zu stoßen, Monseigneur, und die Ehre zu haben, Ihnen dienen zu dürfen, muß ich selbst aus der Wirklichkeit entweichen. Mit all dem, was mir an ganz intimer Wahrnehmung des Geheiligten verblieben ist, glaube ich mit aller Kraft an Sie, das heißt, an das, wofür Sie stehen. Derjenige, der ich in der Realität bin, kann mir auf dieses Gebiet nicht folgen. Nehmen Sie es ihm nicht übel, Monseigneur, aber dieser Mann würde daran noch nicht einmal denken. Oder er würde, daran zweifle ich nicht, einfach mit den Schultern zucken. Vergessen wir ihn also.“

Philippe machte ein Zeichen, daß er verstanden hatte. Er hätte kein Wort sagen können, so sehr schnürte ihm die innere Bewegung die Kehle zu.

„Sie müssen müde sein, alle fünf“, sagte der alte Herr und wechselte den Ton. „Haben Sie Hunger? Haben Sie Durst?“

„Wir haben in der Abtei zu Abend gegessen. Ich glaube, am meisten brauchen wir jetzt Schlaf.“

„Eine Frage noch, Monseigneur. Was haben Sie für morgen entschieden? Wollen Sie am Tag oder in der Nacht reisen?“

Philippe zögerte nicht. „In der Nacht.“

„Sie wollen den Dingen nicht ins Angesicht sehen?“

Dieselbe Bemerkung wie Ulrich sie gemacht hatte. Philippe lächelte melancholisch: „Was würde ich gewinnen? Meinerseits mit den Schultern zucken?“

„Vergeben Sie mir", sagte der alte Herr, der plötzlich von Mitgefühl für diese so unbefangen zugegebene Schwäche ergriffen wurde. „Kommen Sie einen Augenblick ans Feuer, Monseigneur, bitte. Sehen Sie diese Kaminplatte mit dem königlichen Wappen, den drei Lilien von Frankreich? Als ich das Haus vor ungefähr zehn Jahren gekauft habe, und als dann die Restaurierung abgeschlossen war, da kannte ich Sie noch nicht, ich hatte noch nie von Ihnen gehört, ich vermutete noch nicht einmal, daß es Sie geben könnte. Ich lebe hier allein. Ich empfange niemanden, niemals, und es gefiel mir, an gewissen Abenden vor meinem Feuer zu träumen und diesem einfachen Objekt seine wirkliche, symbolische Bedeutung zurückzugeben. Sie wissen es ja nur zu gut, Monseigneur: diese Kaminplatten, die so viele französische Feuerstellen schmückten, zeugen für das uralte, heilige Prinzip: der König ist überall zu Hause."

Er fügte hinzu: „Sie sind hier zu Hause, Sire ..."

Obwohl er todmüde war, konnte Philippe in dieser Nacht schlecht einschlafen. Eines Tages, etwa drei Jahre zuvor, hatte sein Vater in der Villa Pharamond, im schweizerischen Pully am Kamin des Salons eine ähnliche Platte anbringen lassen, mit dem königlichen Wappen, und diese Platte war das einzige, was er beim Zwangsverkauf seines letzten Hauses hatte retten können, eines bescheidenen Jagdhauses, das Antoine de Bourbon, König von Navarra, im Béarn hatte bauen lassen. Dann hatte der Prinz ein Feuer angezündet und davor einen seltsamen Tanzschritt ausgeführt, so etwas wie die Karikatur eines Menuetts.

„Siehst Du, Philippe", hatte er gesagt, „der König ist überall zu Hause, und ich empfange mich gerade selbst bei mir." Der Ton war voll traurigen Humors. Robert de Bourbon machte sich oft über sich selbst lustig. Nur so gelang es ihm, nicht gänzlich zu verzweifeln. Manchmal sprach er auch ernsthaft über diese Dinge, aber das mußte man erraten, denn er zwang sich, es nicht zu zeigen, so, als ob er nur zur Hälfte daran glaube und als ob, nun ja, als ob man aus dem auswählen könnte, was er sagte: auswählen, was man annehmen und was man verwerfen wollte. Philippe und Marie mußten es selbst herausfinden. Was ihn selbst betraf, so wäre er in nichts, keinen Fußbreit, keinen Zoll vom Gottesgnadentum abgewichen, aber er hätte es nie zugegeben. An jenem Abend hatte er dann aufgehört, den Tänzer vor dem Feuer zu spielen, und nach einer letzten Pirouette hatte er mit falschem Ernst begonnen: „Mein kleiner Pharamond, setz Dich oder besser nein, bleib stehen, dort, vor mir. Ich werde mit Dir über den König sprechen, denn natürlich wirst Du König sein, in drei Jahren oder in dreitausend Jahren. Grundkurs Monarchie, fünfte Lektion: das Land …"

Augenblicklich war Philippe voller Aufmerksamkeit. Er wußte, daß in diesen Momenten in halb lustigem, halb ernstem Ton die wichtigsten Dinge gesagt wurden. Und der Prinz fuhr fort: „Noch bevor er über das Volk regiert, regiert der König über das Land. Ansonsten ist das Volk eben das Volk. Ludwig XIV. sprach von *meinen Völkern*, das hatte schon einen ganz anderen Klang. Andererseits, und merke Dir das gut, Du schreibst es mir hundertmal ab, auch wenn Du nichts davon verstehst: nur über die Bevölkerung eines Königreiches zu regieren bedeutet, auf den kosmischen Aspekt der Monarchie zu verzichten. Ich sehe, worauf Du hinauswillst, kleiner Ignorant! Ich habe *kosmisch* gesagt, nicht *komisch* …". Und dann änderte sich nach und nach der Ton. Jetzt spottete der Prinz nicht mehr. Der verarmte König lehrte seinen Sohn im Salon einer Fünf-Zimmer-Villa bei Lausanne: „Der wahre König, Philippe, höre mir zu, der wahre König weiß, daß er der König der Felder und Wälder, der Seen und Berge, der Schafe und der Wildschweine, der Hirschkühe und der Forellen ist. Der wahre König ist überall zu Hause. Das ist keine Frage des Eigentums: der König besitzt sein Land nicht wie verstreute Mobilien und Immobilien; er ist in sich selbst das Land, in umfassender Verkörperung. Die Monarchie beruht nicht auf dem Haben, sondern auf dem Sein. So, Helm ab, Ende der fünften Lektion …"

„Armer Vater", dachte Philippe, als er sich diese Szene ins Gedächtnis zurückrief. „Er mußte am Schluß immer einen Jux machen. Es war stärker als er. Es war zuviel für ihn. Und er ließ es vorsichtigerweise bei den Seen, den Bergen, den Forellen und Schafen bewenden. Das fiel schon schwer. Und was würde er an meiner Stelle sagen: die Fabriken, die Autobahnen, die Raketen, die Atombombe, die Atom-Uboote, die Wohnsilos, die Vorstädte, die Supermärkte, die … die … die … O Herr, was soll ich in all dem tun?"

Im Nachbarzimmer schlief Marie auch nicht. Das ist ein Privileg wirklicher Zwillinge: ihre Stärke. Vor Gott ergänzen sie sich und stützen sich gegenseitig. Wenn der eine leidet, wenn der eine nicht mehr kann, wenn er zweifelt – dann betet der andere.

Marie betete.

Philippe hörte klar und deutlich die Antwort auf die Frage, die er gestellt hatte. Der Herr sagte: „Meinen Willen."

Eine Sekunde später schlief Philippe.

Die Republik wurde am 21. September 1792 ausgerufen. Der Kopf des Königs fiel am 21. Januar 1793. Am 3. August desselben Jahres wurde Königin Marie Antoinette in die Conciergerie verlegt. Ihr Prozeß wurde am 13. Oktober im Justizpalast eröffnet. Am 16. Oktober um ein Viertel nach zwölf Uhr mittags besteigt sie selbst das Schafott, „leichtfüßig und geschwinde, ohne gestützt werden zu müssen, obwohl ihre Hände noch gefesselt waren", berichtet ein Zeitzeuge. Wir kennen ihre letzten Worte, mit die schönsten, die in unserer Sprache existieren. In ihrer Eile, den Tod wie einen vielgeliebten Bruder zu empfangen, war sie dem Henker auf den Fuß getreten und sagte nun zu ihm:

„Monsieur, ich bitte Sie dafür um Verzeihung."

Im Gefängnis des Temple schließlich beendet der unglückliche Ludwig XVI. seine Höllenfahrt. Die Fürsten sind fern und versprengt, die Priester werden wie Freiwild gehetzt und umgebracht, der emigrierte Adel ist machtlos. Die öffentlichen Müllkippen sind randvoll mit den Leichen Verurteilter, die dort karrenweise abgekippt werden. Das ist die Terreur, die Schreckenszeit. Abgesehen vom Haß, vom Ehrgeiz, von wütenden Eifersuchtskämpfen, die ihn ganz demokratisch zerreißen: was sollte der triumphierende Nationalkonvent denn fürchten? Nichts und niemand, allerdings mit einer Ausnahme: ein Symbol.

Dieses Symbol ist ein winziger Flacon von 42 Millimetern Länge, 29 Millimetern Breite am unteren Ende und 16 Millimetern Breite am Hals. Er ist aus Glas, aber kaum durchsichtig und gefüllt mit einer rötlichen Substanz, der Hals hingegen ist weißlich, und leer. Der Flacon ist etwa so dick wie eine Feige. Sein Verschluß ist aus rotem Taft. Der Mönch und Historiker Dom Marlot, der es im 17. Jahrhundert in der Hand gehalten hatte, berichtet, daß „es ganz nach auserlesenstem und kostbarstem Balsam duftet ...". Die Flüssigkeit, die dieser Flacon enthält, besteht aus zwei Substanzen. Die eine ist ein harzig und intensiv duftender Balsam von roter Farbe, vielleicht alchimistischen Ursprungs, und niemand weiß, wann und von wem oder womit er hergestellt wurde. Die andere, mit der man den Balsam vermischt, ist einfach Chrisam, eine Mischung aus geweihtem Olivenöl und einem anderen parfümierten Salböl. Der Gebrauch des Chrisam reicht bis auf König Saul zurück und wird auch zu Salbungen verwendet, wenn man bestimmte Sakramente spendet. Diese Ingredienzien bilden eine Art Flüssigkeit, die aber nicht mehr ganz flüssig, sondern ein wenig eingetrocknet ist. Der Erzbischof von Reims hatte als einziger das Vorrecht, mit einer goldenen Nadel etwas daraus zu entnehmen, und trotz der wiederholten Entnahmen wurde die Flüssigkeit niemals weniger. Dies berichtet Froissart [10].

Der Flacon ist in ein goldenes Reliquiar in Form einer Taube eingefaßt, mit Schnabel und Füßen aus Korallen, das auf eine mit Edelsteinen gesäumte Patene aus vergoldetem Silber aufgesetzt ist. An einer Silberkette kann man sie um den Hals tragen. Es handelt sich um die Heilige Ampulle, die seit dem 9. Jahrhundert den Mönchen der Abtei Saint-Rémy, vor den Toren von Reims, zur Aufbewahrung anvertraut ist. Die Taubenform des Reliquiars symbolisiert den wundersamen Ursprung der Heiligen Ampulle, von dem seit Chlodwig mündlich berichtet wird und von dem im 9. Jahrhundert Erzbischof Hinkmar von Reims im dritten Band seiner *Scriptores rerum Merovingicarum* schriftliches Zeugnis gibt. Laut seiner Version war der heilige Remigius, Erzbischof von Reims, bei der Taufe König Chlodwigs am Weihnachtstag 498 in große Schwierigkeiten geraten. So viele Menschen drängten sich in der Kirche und vor den Türen, daß der Geistliche, der das Salböl zum Taufbecken bringen sollte, es nicht schaffte, sich einen Weg durch die Menge zu bahnen. Da stieg eine Taube vom Himmel herab, eine Taube, weißer als der Schnee, und flog über die Köpfe hinweg. Im Schnabel hielt sie eine Ampulle, die sie in die Hand des heiligen Bischofs legte. Der liebliche Duft dieses heiligen Chrisams überlagerte den Duft der Kerzen und des Weihrauchs und erstaunte alle Anwesenden. Der Reimser *ordo*, der die Liturgie des Sacre festlegt, enthält einen Vers, der gesungen wird, während der König sich auf den Empfang der Salbung vorbereitet: *Nachdem der heilige Remigius das Salböl vom Himmel empfangen hatte, weihte er mit einer heiligen Sintflut die erlauchte französische Nation und ihren edlen König und machte sie reich mit der Fülle des Heiligen Geistes …*

Seitdem gilt: keine Heilige Ampulle, kein König. Nur bei Heinrich IV., der in Chartres gekrönt wurde, verzichtete man auf die heilige Ampulle, denn Reims und die Heilige Ampulle waren in der Hand der Liga. Hierfür war die

Zustimmung aller anwesenden Bischöfe nötig. Einhundertfünfundsechzig Jahre zuvor, in den schwärzesten Tagen des Königreiches, als zwei Könige sich zugleich zu Königen von Frankreich erklärten, nämlich Karl VII. und Heinrich VI. von England, entbrannten wütende Kämpfe im Gebiet von Reims um den Besitz der Heiligen Ampulle. Der geheiligte Gegenstand wechselte immer wieder den Besitzer bis er schließlich in den Händen der Franzosen verblieb, wofür Johanna von Orléans sorgte. Der Rest ist bekannt. Es soll noch jene Stelle beim heiligen Augustinus zitiert werden, der alle christliche Symbolik des Sacre begründet. Im 6. Kapitel des 17. Buches des *Gottesstaates* schreibt der Bischof von Hippo: *„Denn das Öl, mit dem Saul gesalbt und wonach er der Gesalbte genannt wurde, hat einen mystischen Sinn und ist als ein großes Geheimnis zu würdigen …“*

Keine Heilige Ampulle, kein König.

Und das war ihnen klar, den Königsmördern, den Priestermassakrierern, den Gottesstürzern, den Vertretern der Nation, den königsmörderischen Mitgliedern des Nationalkonvents. In den verwüsteten Kathedralen feiert man die Göttin Vernunft. Die ehrwürdigen Symbole einer vierzehn Jahrhunderte alten Ordnung werden ersäuft in Strömen von Blut. Und wir schreiben erst den September 1793. Der Haß hat noch richtig schöne Tage vor sich. Und da taucht im Nationalkonvent, der weder an Gott noch an den Teufel glaubt, die seltsame Frage auf: was ist aus der Heiligen Ampulle geworden? Bei der Vernichtung der Symbole, scheint es, hat man sie vergessen.

Und wer regt die Sache als erster an? Wer beginnt auffallend eilig, darüber zu debattieren? Wer verlangt die sofortige Einsetzung einer Untersuchungskommission mit dem Recht, über Leben und Tod zu entscheiden? Fouché, mit dem Spitznamen Maschinengewehr von Lyon. Carrier, das Monster von Nantes; Ruhl, ehemaliger protestantischer Pastor, Pfarrermörder im Elsaß; Hébert, der menschgewordene Haß, der Flücheschleuderer des Père Duchêne und jene, die man die *enragés*, die Wütigen nennt, unter ihnen Chaumette, Hanriot, Ronsin, Individuen, die ihre Opfer nach tausenden zählen und die die gewalttätigen Anstifter und Urheber der Entchristlichung des Landes waren. Und es sind ausgerechnet diese Freigeister, diese Gottlosen, die sich eigentlich auf die Schenkel schlagen müßten bei dem Gedanken, jemand könne an solch ein lächerliches Gewäsch glauben, sie sind es, die in einem verwirrenden Glaubensakt alle anderen laufenden Tätigkeiten des Nationalkonvents anhalten und dort die Zerstörung der vormals heiligen Ampulle beschließen lassen, eines *„schändlichen, aus der per-*

fiden List der Priester geschaffenen Denkmals, das dazu diente, besser den Interessen des Thrones zu dienen, etc., etc."! Tröstlich, wenn man es richtig überlegt. Ist es nicht wirklich erstaunlich, daß man gegen eine Reliquie angeht, der man jede Kraft abspricht? Wenn man alle Anstrengungen macht, sie zu zerstören, heißt das dann nicht, daß man ihre Kraft fürchtet? Die normalen Flachköpfe sind sicher nicht so feinsinnig, aber vielleicht sind sich der Expriester und der Exgeistliche, Fouché und Ruhl, dieser Anomalie bewußt. Und gerade Ruhl wird mit der Angelegenheit beauftragt.

Das Dekret des Nationalkonvents trägt das Datum des 16. September 1793. Ruhl macht sich erst in den ersten Oktobertagen auf den Weg nach Reims. Obwohl er es ganz eilig hatte, so schnell wie möglich mit dieser „heiligen Kinderrassel der Narren" Schluß zu machen, hat er sich Zeit genommen. Man weiß nichts über seine Machenschaften. Zunächst würde man sie wiederfinden müssen, diese Heilige Ampulle, und sich absichern, daß man mit der Ware weder beschwindelt noch betrogen würde und ohne daß die letzten Handlanger der Tyrannei Lunte rochen. Unter dem Klerus von Reims, der den Eid auf die Verfassung geschworen hatte, so gering an Zahl er auch war, hatten vielleicht einige Priester ohne Überzeugung geschworen, und dann genügte ein einziger, um das verhaßte Symbol der Tyrannen der gerechten Rache des Volkes zu entziehen. Es kam nicht in Frage, sich irgendeinen Schund als Heilige Ampulle andrehen zu lassen. Das souveräne Volk betrügt man nicht! Man hat dem echten König den Kopf abgeschlagen, man muß auch die echte Heilige Ampulle vernichten. Ruhl mißtraut allem und jedem. Er schickt geheime Boten nach Reims, Agenten vom Typ Racado, ausgewählt aus den lasterhaftesten Halunken im Dienst des Wohlfahrtsausschusses, an dessen Spitze er einige Monate gestanden hatte. Man verjagt die letzten Mönche aus Saint-Rèmi, die sich, ausstaffiert mit weltlicher Kleidung, in den Zwischenböden versteckt halten. Aus den Reihen des eidverweigernden Klerus sind die Überlebenden emigriert, allen voran Erzbischof und Generalvikar. Man erzwingt trotzdem den Rücktritt einiger unglücklicher Pfarrer, die nicht rechtzeitig umgeschwenkt waren. All das ganz im Verborgenen, mit Feingefühl, mit dem Versprechen, sie am Leben zu lassen oder ihnen einen Paß zu geben. Schließlich will man nicht töten, man will wissen.

Und schließlich *weiß* Ruhl. Es ist unmöglich in Erfahrung zu bringen – es gibt keine einzige Aufzeichnung darüber – was genau der Bote berichtete, der am 3. Oktober im Galopp aus Reims ankam, noch welche Folgerung Ruhl daraus zog, aber er war vollkommen zufriedengestellt. Er macht sich augenblicklich auf den Weg. Er bleibt nicht unbemerkt, gekleidet wie ein blau-weiß-roter Papagei, den Bauch von einer blau-weiß-roten Schärpe umgürtet, die ihm bis unter die Brust reicht. Er trägt einen extravaganten Hut, auf dem ein ganzer Wald von Federn weht, genauso blau-weiß-rot wie der Rest seiner Person. Glatte vierzig Zentimeter wird er größer: das ist die Uniform der Sonderbeauftragten des Nationalkonvents, in dessen Auftrag sie in den Départements unterwegs sind. Er hat in einer Kalesche platzgenommen und Vorrang an allen Poststationen. Eine Abteilung Husaren der Republik begleitet ihn, zerlumpte Teufel mit fürchterlichen Schnauzbärten, mit Edelsteinen an den Ohren, die sie aus den Schlössern der Vendée geraubt haben. Am 16. Vendémiaire des Jahres II, dem 7. Oktober 1793 prescht der Sonderbeauftragte Ruhl in schnellem Galopp mit seinem wunderlichen Troß, der dazu angetan ist, jede Vorstellungskraft auszustechen, auf die vormalige Place Royale in Reims, einen Steinwurf von der Kathedrale entfernt, inmitten einer Zusammenrottung des Pöbels, dem man seit dem Vortag ein schönes republikanisches Schauspiel versprochen hat. Es ist noch nicht übersättigt und abgestumpft, das Volk. Es schielt in Richtung der Guillotine, deren Balken ständig auf dem Platz stehen, seit Robespierre an der Macht ist. Es hofft auf Ströme von Blut. Es bekommt aber nur Ströme von Worten. Aber welch ein Theater!

An einer Seite eines leeren Sockels, deren ehemals goldgravierte Inschrift man mit Hammer und Meißel auf immer unlesbar gemacht hatte, brachte man eine Behelfstreppe an. Aber jeder in Reims weiß, daß sich auf diesem Sockel einst die Reiterstatue Ludwigs XV. befand. Die Trommeln der angetretenen Abteilungen werden gerührt. Umgeben von den Piken der ihn begleitenden Sansculotten, die nach ihren großen Mühen – denn es ist ermüdend, Verdächtige zu jagen – nun geehrt werden, teilt der Hut mit der blau-weiß-roten Auftakelung majestätisch die Menge wie ein hochwandiges Schiff. Der Name der mächtigen Persönlichkeit geht von Mund zu Mund: Ruhl! Ruhl! Die Megären in den vorderen Reihen werfen ihm liebestolle Blicke zu. Die Menge ist entsprechend organisiert. Man ruft: „Es lebe die Republik! Es lebe die Nation! Nieder mit den Tyrannen!" Aber plötzlich murren die Megären. Sie haben einen armen kleinen Greis erkannt, der mit angstvoll eingezogenem Kopf im Kielwasser des großen Mannes herschleicht. Vergeblich hat er sich abgetragene, schäbige Zivilkleidung angezogen, sein weißer Haarkranz, wie eine Tonsur, verrät ihn. Seraine! Aber das ist ja Seraine, der Pfarrer der vormaligen Basilika Saint-Rémi, der auf die Verfassung geschworen hat! Fast hatte man ihn vergessen. Nur manchmal sah man ihn noch durch seine verlassene Kirche irren. Geschworen oder nicht, was ist da der Unterschied? Er hat geschworen, um seine Haut zu retten, jawohl! Aber was hat der hier zu suchen? Provokation! Man brüllt: „Tod den Priestern! Nieder mit der Religion!“ Eine Frau spuckt ihm ins Gesicht, versucht, ihn zu ohrfeigen und ist ganz erstaunt, von einem Sansculotten der Eskorte ruhig, aber entschlossen daran gehindert zu werden, der seine Pike zwischen die Menge und das arme Männchen schiebt und laut und deutlich ruft: „Laßt den Bürger Seraine durch, Befehl des Sonderbeauftragten Bürger Ruhl!“ Ruhl wendet sich um. Er sieht, daß Seraine in Schwierigkeiten steckt und um zu zeigen, daß er unter seinem Schutz steht, nimmt er ihn an seine Seite und bedeckt seine Schulter mit seiner Schärpe. Bei dieser Geste muß man ein wenig verweilen, es ist ganz genau die Geste des Priesters, der mit seiner Stola einen unglücklichen Gejagten schützt.

Hintereinander sind sie die Holztreppe hinaufgestiegen. Auf der Plattform des Sockels, auf der König Ludwig XV., genannt der Vielgeliebte, anmutig gestanden hatte, pflanzte sich nun der Sonderbeauftragte Ruhl auf, mit geschwellter Brust, Faust in die Seite gestemmt, für die Nachwelt posierend. Demütig und ergeben war der kleine Seraine auf den letzten Stufen der Treppe stehengeblieben. Alles ist bereit für das bedeutungsträchtige Schauspiel. Unten ersterben die letzten feindlichen Rufe. Stille breitet sich aus, von einer Reihe zur nächsten, bis an die Enden des Platzes, Stille über dieser Menge, die seit dem Vormittag wartet und nun den großen Augenblick ahnt. Ein dritter Mann, mit einer bescheideneren Schärpe gegürtet, hat sich genähert. Den kennt man. Es ist der Bürger Galloteau-Chapron, Bürgermeister von Reims, ehemaliger Seminarist, der die vier niederen Weihen schon erhalten hatte, dies aber durch seinen republikanischen Eifer und durch die vielen Köpfe, die er hat rollen lassen, vergessen zu machen wußte. In dieser Art Gegen-Messe hat er die Rolle des Subdiakons inne. Ruhl neigt sich zu Seraine. Er gibt ihm ein vereinbartes Zeichen. Man hat für eine sorgfältige Inszenierung gesorgt. Seraine zieht ein Objekt aus seiner Tasche, es glänzt in der Sonne, als er es dem Abgeordneten des Nationalkonvents reicht. Dazu muß er, von dort, wo er steht, die Arme sehr hoch heben. Eine ganz und gar theatralische Geste: der Aberglaube ist bezwungen und übergibt seinen Krempel der Republik. Und nun folgt die Elevation: der Sonderbeauftragte Ruhl hält die Rassel in der Hand und zeigt sie dem Volk, das ergriffen erschauert. Niemand in Reims hatte sie seit dem Sacre Ludwigs XVI. im Jahre 1775 mehr gesehen, aber jeder hätte sie beschreiben können: eine goldene Taube, gefaßt in vergoldetem Silber und umkränzt von Edelsteinen.

Sie gehörte zur Vorstellungswelt dieser Stadt. Es war, und alle erkannten es sofort, das Reliquiar, welches die Heilige Ampulle enthält.

Ruhl macht ein Zeichen, er will sprechen. Am Fuß des Sockels hockt zusammengekrümmt, das Schreibpult auf den Knien, ein Schreiberling des Rathauses und ist geschäftig, damit auch niemand jemals die erhabenen Worte vergesse, die nun vorgetragen würden.

„Bürger von Reims! Der Nationalkonvent hat mich mit Dekret vom 16. September dieses Jahres beauftragt, in den Départements Marne und Haute-Marne die Durchführung des Gesetzes vom 23. August zu überwachen. Der erste Artikel dieses Gesetzes schreibt vor, daß die Greise sich auf die öffentlichen Plätze tragen lassen sollen, um dort Haß gegen die Könige und die Einheit der Republik zu predigen. Darum habe ich mich hierher auf die vormalige Place royale, heute Place nationale begeben, um den Haß gegen die Tyrannen zu predigen, ich, der ich selber ein Greis bin und die Könige, die Despoten und alle Feinde der Freiheit und der Gleichheit verabscheue. Und mehr noch, um das Nützliche mit dem Gebotenen, die Praxis mit der Theorie zu verbinden, werde ich in Anwesenheit der verfassungsmäßigen Obrigkeit und des zahlreich versammelten Volkes unter den wiederholten Zurufen ‚Es lebe die eine und unteilbare Republik', werde ich, wie ich sagte, das schändliche Symbol, das die Priester unter einem perfiden Vorwand geschaffen haben, um besser den Bestrebungen des Thrones dienen zu können, mit einem Wort, ich werde die Heilige Ampulle auf dem Postament Ludwigs des Taugenichts, des fünfzehnten dieses Namens, zerbrechen."

Der Subdiakon-Bürgermeister reicht ihm einen Hammer. Die Rufe ersterben. Man könnte eine Nadel fallen hören. Der Bürger Seraine senkt den Kopf, er wirkt bedrückt. Der besiegte Aberglaube neigt das Haupt vor dem Licht der Aufklärung. Ruhl hat das Reliquiar geöffnet. Er hat die Taube ausgenommen, und diesmal tobt das Volk. Er zeigt dem Volk die Ampulle. Sie hat tatsächlich eine rötliche Färbung. Die Überlieferung stimmte. Ruhl hebt seinen Hammer. Der einzige verbliebene Rest der Statue, ein Bein des königlichen Pferdes, auf Kniehöhe abgeschlagen, dient ihm als Amboß. Ein Schlag, zwei Schläge, das Fläschchen bleibt ganz. „Ah! Ah!", sagt Ruhl mit Grabesstimme, in der aller Haß dieser Welt mitschwingt, „ich war zu vorsichtig. Kein Mitleid mit den Königen!" Die Menge stöhnt auf vor Vergnügen, und der Hammer saust nieder. Die Ampulle zerbirst. Einige Stücke fallen vor den Fuß des Sockels. Der ehemalige protestantische Pfarrer arbeitet eifrig. Er zerstampft sorgfältig das zerbrochene Glas. Die Trommeln schlagen. Das Volk grölt. Und während der Bürger Bürgermeister ein kleines Häufchen

Glasstaub in ein Blatt Papier sammelt, beginnt Ruhl wie ein Kämpfer nach gewonnenem Waffengang zur Menge gewandt den Abschluß seiner Rede.

„Der Kopf des Tyrannen ist gefallen, und alle, die sich über die nun wieder frei gewordenen Franzosen erheben wollen, müssen ebenso fallen. Oh unermeßlich großes und großherziges Volk, von nun ab wirst du niemals mehr die hinterlistige Farce des Sacre eines gesegneten Schelms erleben! Alles, was in Beziehung zu diesem Sacre steht, alles, was den Fanatismus des Volkes für seine Unterdrücker unterstützte, indem es das Volk glauben machte, daß der Himmel begünstigtere Sterbliche als es selbst auserwählt habe, um es in Ketten zu legen, all das muß verschwinden. All das ist verschwunden. Es gibt keine Heilige Ampulle mehr!“

Die Menge trampelt und stampft auf den Boden. Die Pferde der Husaren bäumen sich auf, und die Reiter nutzen die Gelegenheit, um in ihren Armen Dirnen zu sich hochzuziehen, die sich voll Vergnügen mit verdrehten Augen winden; dann küssen sie sie wie wild. „Es lebe die Republik! Es lebe Ruhl! Tod den Tyrannen! Tod den Priestern!“ Mit aufbäumenden Bewegungen reißen die Megären in den ersten Reihen ihre Blusen schamlos auf und bieten dem Gott der Republik ihre wogenden Brüste dar, diesem Gott, der wie ein Hahn mit Federn gekrönt ist und der sie mit Verachtung betrachtet. Das also ist das Volk? Ruhl hatte es gewußt! Er war nicht umsonst ehemals protestantischer Pastor, Diener einer Religion des Wortes, und er wußte, daß man beim Volk alles erreichen konnte, wenn man sich nur geschickt genug des Wortes zu bedienen wußte – auch das Abstoßendste, gewiß. Haß und Liebe sind nunmehr ein und dasselbe. Dieses Fest der Republik ist ein Fest der Verwirrung. Seraine nutzte das, um zu verschwinden. Niemand hat ihn jemals wiedergesehen bis zur Rückkehr der Bourbonen. Er war fast hundert Jahre alt. Der Bürger Galloteau-Chapron, Bürgermeister von Reims, ein Heuchler vor dem Herrn, verschwand auch im Tumult, ein kleines zusammengefaltetes Päckchen in der Tasche. Zuvor hatte er noch in aller Eile das Protokoll des Sekretärs gegengezeichnet (es wird in der Nationalbibliothek aufbewahrt), in dem vorschriftsmäßig bestätigt wurde, daß das zerbrochene Glasfläschchen früher eine geruchlose und nun völlig vertrocknete Flüssigkeit enthalten habe, von der bis zu diesem Tag nichts Flüssiges erhalten geblieben sei.

Auch schenkte niemand einem kleinen, mageren, grauhaarigen, grau gekleideten und ganz unauffälligen Mann Aufmerksamkeit, der sich auf allen vieren durch die Beine der Pferde, die Piken der Soldaten und an den Röcken der Strickerinnen hindurchschlängelte, sich einen Weg bahnte bis in die erste Reihe, bis zum Sockelfuß der vormaligen Statue, und unbemerkt und behende Bruchstücke der Heiligen Ampulle, die von dem republikanischen Altar heruntergefallen waren, in die Tasche steckte. Er hieß Amaury und war von Beruf Arbeiter im Weinberg. Amaury war kein Vorname, sondern ein Familienname, wie Tibérien in Saint-Denis. Und so wie Tibérien wurde auch er von einem Kind begleitet.

Schließlich steigt Ruhl – hochmächtiger Abgeordneter des Nationalkonvents und Volksvertreter in besonderem Auftrag – die Holztreppe mit eher rätselhafter als glorioser Miene hinab, mit vom Wind und von der Begeisterung der Harpyen zerzausten Federn, die sie ihm im Vorübergehen stückchenweise abreißen, um sich Skapuliere daraus zu fertigen. Er diktiert eine Botschaft an den Nationalkonvent, die ein Husar im Eiltempo befördert: „Es gibt keine Heilige Ampulle mehr. Diese heilige Rassel der Narren, dieses in den Händen der Anhänger des Despotismus gefährliche Instrument ist verschwunden. Empfangt, Kollegen, hier die Überreste, zusammen mit dem Reliquiar, welches sie enthielt, ebenso das Protokoll, welches die völlige und endgültige Vernichtung bekundet. Gruß in Brüderlichkeit."

Anstatt in jenem demokratischen und blutigen Tumult, der den Nationalkonvent ergriff, auf das Schafott zu steigen, beging der königsmörderische Abgeordnete Ruhl am 1. Prairial des Jahres IV, 1795, Selbstmord wie ein Römer.

Er hinterließ kein Testament, nicht die geringste schriftliche Notiz, keine Nachkommenschaft in direkter Linie, nur eine innigst geliebte Nichte, die mit nach Reims gereist war, wo sie sein Zimmer teilte, denn sie ließ ihn nie allein.

So entstand das Rätsel um die Heilige Ampulle, die schließlich völlig vergessen wurde. Ein Kriminalroman …

Mit der ersten Rückkehr Ludwigs XVIII. im Herbst 1814 stellte sich die Frage des Sacre. Mit den Vorbereitungen betraute der König François Joseph Belanger, königlicher Architekt und zuständig für Feste und Zeremonien, der gewissermaßen eine tabula rasa vorfand. Von dem unermeßlichen Krönungsschatz, den die Insignien der königlichen Gewalt darstellten, bezeichnet als die *Insignien Karls des Großen* und üblicherweise von König zu König weitergegeben entweder in der Kathedrale von Reims oder in der Basilika von Saint-Denis war praktisch nichts geblieben. Die Revolution hatte ganze Arbeit geleistet. Die Krone, die man die Krone Karls des Großen nannte, und fünf weitere goldene Kronen, die bei den Königsweihen der

Bourbonen benutzt worden waren, von Heinrich IV. bis Ludwig XVI., und bei vielen anderen vor ihnen, waren zerstört, eingeschmolzen, unter durchtriebenen Halunken aufgeteilt, auf immer verschwunden! Das vergoldete Silberszepter und die *main de justice* Heinrichs IV., beide neu vergoldet für König Ludwig XVI., der sie in Reims am 18. Juni 1775 in der Hand gehalten hatte, waren eingeschmolzen wie ordinäre Metallbarren! Verflüchtigt hatte sich das Szepter Dagoberts, bei der Plünderung Saint-Denis verschont, zwei Jahre später jedoch, 1795, aus dem Museum, in das man es gebracht hatte, gestohlen, ohne daß je eine Spur davon wiedergefunden worden wäre! Die mit Lilien geschmückten Krönungsmäntel mit den Hermelinkragen waren auf den Kruppen der Esel entschwunden; Schulterschließen dieser Mäntel, auch Spangen genannt, selbst geheiligte Objekte, die Spange Dagoberts, die Spange Karls des Großen, die Spange des Heiligen Ludwig, die von Karl V., die von Heinrich II. waren verstreut, vergammelt, verramscht worden bei den Verkäufen von 1798. Eingeschmolzen, verkauft, zerbrochen, auseinander genommen, an die Ohren irgendeines Lumpenweibes gehängt oder über die Finger verbrecherischer Schurken des Direktoriums gestreift wurden die Ringe, die der Erzbischof von Reims den Königen an den Ringfinger der rechten Hand steckte, was die Vermählung Frankreichs und seines Königs symbolisierte. Vernichtet ist all diese „vergoldete Fäulnis des Königtums“, die Dalmatiken, die Handschuhe, die Tuniken, die Kamisolen und das wunderbare Kreuz, welches das Kreuz von Philippe Auguste sein soll und, so der Glauben der Zeit, einen Partikel des Wahren Kreuzes enthielt, ein Geschenk des Kaisers von Konstantinopel.

Die Liste der Dinge, die man hatte retten können, war kurz.

Zunächst ist da das böhmische Evangeliar, mit kyrillischen Buchstaben aus dem 12. Jahrhundert, Eigentum des Kardinals von Lothringen und Erzbischofs von Reims im Jahre 1547, auf das von diesem Jahr an alle unsere Könige den feierlichen Eid leisteten. Wie durch ein Wunder fand Belanger es in einer Rumpelkammer im Rathaus von Reims wieder. Es war nur noch ein verstümmeltes, gemartertes Etwas. Der Einband war mit Edelsteinen und mit vier unschätzbaren Smaragden geschmückt gewesen, welche die vier Evangelisten symbolisierten. Das alles war herausgerissen und aufgeteilt worden wie die Kleider Christi. Belanger ließ dem König augenblicklich von seiner Entdeckung Nachricht geben. Der dicke Ludwig XVIII., der nicht unbedingt als eine empfindsame Seele galt, vergoß Tränen der Rührung bei der Erinnerung an den Eid, der in seiner Anwesenheit vierzig Jahre zuvor von seinem Bruder, dem König Ludwig XVI., auf dieses Buch abgelegt worden war.

Im Jahre 1999, im Jahr dieses Berichtes, befand sich das verstümmelte Evangeliar im Tresor des Konservators der Stadtbibliothek von Reims, die es in Verwahrung und rechtmäßigem Besitz hat.

Und dann war da das Schwert, das Karl dem Großen zugeschrieben und traditionell „Iocosa spata" genannt wurde. Es gehörte zum Schatz von Saint-Denis und wurde zusammen mit den königlichen Sporen mit großer Eskorte bei jedem neuen Sacre unserer Könige nach Reims gebracht. Der Knauf besteht aus zwei goldenen Schalen mit Vogeldarstellungen und aus der Kreuzstange, die mit Rechtecken versehen ist, die ihrerseits jede eine Blume umrahmen; beides sind karolingische heraldische Elemente aus dem 10. Jahrhundert. Die beiden Enden der Kreuzstange, auch quillons genannt, in Form von geflügelten Drachen mit Augen aus Lapislazuli, stammen aus der zweiten Hälfte des 12. Jahrhunderts. Das ganze ist aus massivem Gold. Die Waffe war zur Krönung Philipp Augusts im Jahre 1179 restauriert oder zumindest aus alten Teilstücken zusammengesetzt worden. Der Rand der Scheide, aus vergoldetem Silber, ist mit Edelsteinen, die noch aus dem Originalzustand stammen, besetzt, mit einem großen, ungeschliffenen Saphir, vier Amethysten, einem Granat, einem Bergkristall und zwei Topasen aus Deutschland. Das ganze Schwert war für den Sacre Heinrichs II. neu gefaßt worden. Ravoisier, der Waffenschmied Ludwigs XVI., hatte das Schwert auseinandergenommen, um die Klinge zu schärfen und zu polieren. Das Schwert Karls des Großen, so wie es von König zu König weitergegeben wurde, wird nun im Louvre aufbewahrt – ein gefallenes Symbol, ein Museumsstück. Es ist die älteste der Kroninsignien der französischen Monarchie.

Wir wissen nicht, wie es der Begierlichkeit der Kommissare entging, welche die Plünderung von Saint-Denis leiteten. Vielleicht war es ein persönliches Eingreifen des Abbé Grégoire, der ein Abgeordneter des Nationalkonvents war, oder des Malers David, auch er ein Abgeordneter und Königsmörder, aufgrund der außerordentlichen künstlerischen Qualität des Objekts? Man kann darin auch die schützende Hand Gottes sehen, die sich über das Schwert unserer Könige legte. Das ist nicht der Augenblick, die Nase zu rümpfen oder den Freigeist zu spielen. Gerade das Wesen der in dieser Erzählung erwähnten Tatsachen sollte im Bezug darauf vielmehr zur Demut anregen. Mit einem Vorbehalt jedoch: eingeschlossen in einen gepanzerten Schaukasten, dem leeren Blick der Menge um den Preis einer Eintrittskarte ausgesetzt, ruht das Schwert Karls des Großen wie tot, entseelt, wie jene Perlen, die ihren Glanz verlieren, weil sie niemand mehr trägt. Die „iocosa" ist entweiht. Das bedeutet eigentlich, von Gott entfernt.

Auch die Sporen, die vermutlich Philippe August zu seinem Sacre trug, befinden sich im Louvre. Mit Sicherheit sind es allerdings die Sporen seines Sohnes, des Königs Ludwig VIII., des Löwen, des Vaters des heiligen Königs Ludwig. Verziert mit kleinen Drachen mit langen Hälsen, mit goldenem Blattwerk und mit Löwenköpfen auf den Schnallen, erfuhren auch sie von König zu König mehrere Umarbeitungen. Das sollte auch bei der Krönung Napoleons geschehen. Gott ließ aber nicht zu, daß sie zu dieser Gelegenheit gebraucht werden konnten, ebensowenig wie das Schwert, zu seiner Ehre.

Zuletzt auf der Liste stand der Kommunionkelch der Könige, der Kelch des Sacre, den man als den Kelch des heiligen Remigius bezeichnet. Zum ersten Male wurde er beim Sacre des heiligen Königs Ludwig in Reims benutzt, zusammen mit einer goldenen Patene, die während der Revolution zerstört wurde. Er ist mit strahlenden kleinen Bogenreihen, die mit durchscheinenden Emaillearbeiten verziert sind und mit fein gravierten Steinen und Perlen versehen, und er trägt in lateinischer Sprache folgende Aufschrift:

WER DIESEN KELCH DER KATHEDRALE VON REIMS ENTWENDET,
DER WIRD MIT DEM BANNFLUCH BELEGT.

Auch in diesem Falle hat man die Wahl zwischen dem Respekt vor einem unermeßlich wertvollen Objekt und der Kraft des Bannfluches. Beides ist miteinander unvereinbar. Der Kelch des Sacre entging dem Vandalismus, ein Ausdruck, den wir Abbé Grégoire verdanken, und nahm nach der Revolution seinen Platz im Schatz der Kathedrale wieder ein. Bei der Trennung von Kirche und Staat und dem Raub der Kirchengüter im Jahre 1906 wurde er städtisches Eigentum, und man stellte ihn im Musée du Tau aus, im ehemaligen erzbischöflichen Palast.

Nur diese vier Stücke konnte also der Architekt Joseph Belanger, der die Krönung Ludwigs XVIII. vorbereitete, auffinden und zusammenstellen: das Evangeliar, das Schwert, die Sporen und den Kelch. Zwei von ihnen waren königliche Symbole und *Insignien Karls des Großen*, nämlich das Schwert und die Sporen, geheiligt durch ihren Gebrauch und durch die Tradition. Die beiden anderen waren religiöser Natur und gehörten zur Liturgie des Sacre. Es fehlte jedoch die Heilige Ampulle.

Keine Heilige Ampulle, kein König.

Ludwig XVIII. ging ein zweites Mal ins Exil, aus dem er nach hundert Tagen, nach dem Schock von Waterloo, zurückkehrte. Die Krönung verschob er auf später. Die Lage im Inneren des Landes war für eine Krönung nicht eben günstig. Nichtsdestoweniger nahm Belanger seine Nachforschungen wieder auf. Im Jahre 1818 waren sie so wenig vorangekommen – kein einziger Zeuge hatte sich spontan gemeldet –, daß er einen ehemaligen königlichen Staatsanwalt, M. Jean-Baptiste Dessain de Chevrières, als Ermittler im Auftrag des Königs nach Reims entsandte. Dieser nun traf mit dem neuen Erzbischof zusammen, dann mit den Mönchen von Saint-Remi, soweit sie überlebt hatten, und mit den Honoratioren. Er befragte die Zeitzeugen, darunter auch jene, die ihr Mäntelchen nach dem Wind gehängt hatten, die als Republikaner noch „Tod dem Tyrannen" gebrüllt hatten an dem Tag, als Ruhl, der Abgeordnete des Nationalkonvents, die Heilige Ampulle in Stücke geschlagen hatte, und die nun „Es lebe der König" riefen.

In Stücke – aber diese hatten sich vermehrt! Und gar ganze, vollständige Ampullen oder wenigstens ihr Inhalt, sei es der echte oder ein falscher, greifbar oder zweifelhaft! Legenden hatten sich gebildet und schwirrten durch die Stadt und die Klöster. Dessain de Chevrières, der königliche Staatsanwalt, konnte es nicht fassen! Die Untersuchung dauerte mehrere Wochen. Man mußte Falsches behaupten, um aus diesem ganzen Wust die Wahrheit zu ermitteln, die Aussagen von Honoratioren streichen, die sich nur reinwaschen wollten, oder die Aussagen von Schwärmern, die Heilige Ampullen aus der Tasche zogen und Tauben um den Bürger Ruhl hatten herumflattern sehen, die in extremis irgendwelche wunderbaren Täusche vollzogen hätten. Der König in Paris wurde ungeduldig. Schließlich wurden am 25. Januar 1819 im erzbischöflichen Palais, bei der Schlußsitzung der Untersuchungskommission, nur vierzehn schriftliche Erklärungen zurückbehalten und in doppelter Ausfertigung niedergelegt.

Zunächst eine riesige Hoffnung! Laut Aussage von Louis Legoix, des Sohnes von Nicolas Legoix, des Goldschmieds der Abtei Saint-Remi, der mittlerweile verstorben war, sei dieser kurz vor der Vertreibung der Mönche herbeigerufen worden, „um die vier Schrauben zu lösen, welche die Heilige Ampulle fest mit dem Reliquiar verbanden". Dabei habe ihm der ebenfalls inzwischen verstorbene Prior von Saint-Remi, Dom Jacques Antoine Lecuyer, seinen festen Entschluß mitgeteilt, „die Heilige Ampulle aus dem Reliquiar zu entfernen und durch eine Phiole zu ersetzen, die ihr nicht gliche, doch sei es nicht möglich, in der kurzen Zeit eine Phiole zu finden, die ihr ähnlicher sei ..." Die Heilige Ampulle war gerettet worden! Leider nein. Als Ruhl den Goldschmied Nicolas Legoix auf die Place Royale vorgeladen hatte, damit dieser vor dem sakrilegischen Hammerschlag bestätige, daß das Objekt die Heilige Ampulle sei, da mußte Legoix schmerzlich erstaunt feststellen, daß es sehr wohl die Heilige Ampulle war, die sich Ruhl zu zerstören anschickte. Ein anderer Mönch, Neffe des Priors, bestätigte mit zwei Briefen und einer der Akte angefügten Erklärung, daß sein Onkel, Dom Lecuyer, „ihm gegenüber vor seinem Tod mehrfach sein Bedauern erklärt und seinen Kummer bekundet habe, daß er sein Vorhaben, die Ampulle auszutauschen, nicht mehr in die Tat habe umsetzen konnte – aus Furcht, seine in Reims versteckten Mitbrüder in Lebensgefahr zu bringen".

Keine Heilige Ampulle mehr.

Aber da gibt es auch die Aussage von Seraine, diesem Wiedergänger, dem ehemaligen konstitutionellen Pfarrer von Saint-Remi, eben jenem, der vor der Menge, die ihn schmähte, voller Angst zitterte, als er Ruhl das Reliquiar auslieferte, auf der Place Royale, am 7. Oktober 1793. Sein Zeugnis überrascht, denn absolut niemand hätte damit gerechnet: „Am 6. Oktober 1793, also am Vortag des schicksalsträchtigen Tages, kam Monsieur Philippe Hourelle, Kirchenvorsteher und städtischer Beamter, gegen 3 Uhr Nachmittag zu mir und unterrichtete mich über die am nächsten Tag bevorstehende Zerstörung der Heiligen Ampulle durch den Bürger Ruhl. Nachdem wir festgestellt hatten, daß ein Austausch der Phiole unmöglich war, beschlossen wir alle beide, soviel Salböl daraus zu entnehmen, wie es uns möglich war. Wir sind gemeinsam zur Kirche gegangen, haben die Phiole an uns genommen und haben uns in die Sakristei begeben, deren Türen wir verriegelten. Ich öffnete das Reliquiar und entnahm die Ampulle, die sich im Bauch der Taube befand. Die kleine Phiole ist aus Glas, von rötlicher Farbe und etwa anderthalb Zoll hoch. Mit der goldenen Nadel, die sich im Reliquiar befand, entnahm ich soviel Salböl wie möglich und behielt den größeren Teil für mich, den kleineren Teil übergab ich Monsieur Hourelle, in der Hoffnung auf bessere Zeiten. Ich machte ein kleines Päckchen, auf das ich den Vermerk schrieb: *Stücke oder Fragmente der Heiligen Ampulle*. Die Phiole legte ich wieder in den Bauch der Taube und verschloß diese in dem Reliquiar, welches ich am nächsten Tag, mit Tränen in den Augen, in die Hände des Bürgers Ruhl geben mußte …"

Zugleich wickelt er unter den Augen des Staatsanwalts Chevrières sein Päckchen mit dem ausgetrockneten Salböl aus. Die Kommission wird langsam mißtrauisch. Dafür hat sie gute Gründe. Seraine war 1793, auf dem Höhepunkt des Terreur, jener Terrorzeit, ein Priester, der auf die Verfassung geschworen hatte, und Hourelle war damals Beamter der Stadt Reims! Wenn nicht Republikaner aus Überzeugung, dann waren sie doch Mitläufer.

Wofür wollen sie Vergebung erlangen? Ein dritter Zeuge taucht auf, Monsieur Jean Lecomte, Richter beim Tribunal. Vor seinem Tod habe Hourelle ihm die ganze Geschichte anvertraut, sowie auch einen Teil des Salböls, der in seinem Besitz gewesen sei. Der Rest sei verloren. Die drei Söhne Hourelles entschuldigen sich deswegen recht mißvergnügt bei der Kommission. Sie bestätigen jedoch die Rolle, die ihr Vater gespielt habe, und daß die Stückchen aufbewahrt worden waren, die dann dem Richter Lecomte übergeben worden wurden.

Die Lage wird immer verworrener, trotz des Priors Baudart von der Abtei Saint-Nicaise, der im Jahre 1805 mit eigenen Augen das bei Familie Hourelle hinterlegte Salböl gesehen hat. Ist das aber auch das Salböl, das Richter Lecomte beibringt? Man wird nicht klug daraus.

Dabei spricht einiges zu Gunsten Abbé Seraines. Da haben wir Etienne Huet, Bürgermeister von Mesneux, einem Dorf in der Umgebung von Reims, dem sich Seraine im Jahre 1803 anvertraut hatte. Ein gewisser Marcel Povillon, ansonsten völlig unbekannt, hat eben jenes Päckchen gesehen, Seraine habe es ihm 1794 und dann wieder 1803 gezeigt. Monsieur Nicolas Menouville hat es ebenfalls gesehen, vor siebzehn Jahren, und auch der Mönch Gouillart, ehemaliger Benediktiner von Saint-Remi, der ziemlich altersschwach ist und sich nicht mehr erinnert, wann er es gesehen hat. Die Aussage von Abbé Bertin, im Jahre 1819 Pfarrer von Saint-Remi, überzeugt schließlich die Kommission fast völlig. Auch er hat das berühmte Päckchen gesehen und bestätigt, daß Seraine und Hourelle aufrichtig waren. Und noch ein gewisser Bouré, ehemaliger Vikar von Seraine, der aus wer weiß welcher Vorsehung auftaucht und erklärt, auch er habe von seinem Pfarrer ein wenig des Heiligen Salböls bekommen, das Jahr jedoch nicht angibt. Wenn man noch die Aussage eines alten Mannes namens Louis Champagne-Prévoteau hinzufügt, der versichert, bei der Zerstörung der Heiligen Ampulle, während der er sich neben Ruhl befand (was tat er dort? in welcher Funktion? fragte sich der königliche Staatsanwalt), seien zwei Splitter auf seinen Ärmel gefallen, die er sorgsam verwahrt habe, und dazu die Aussage eines etwa dreißigjährigen Zeugen, des Winzers Amaury, der erzählt, wie er als Kind neben seinem Vater stand, als dieser vom Fuß des Sockels blitzschnell einige Bruchstücke aufgesammelt habe, an denen noch ein wenig des roten Balsam haftete, dann kam eine erstaunliche Anzahl von Päckchen zusammen: fünf. Und immer noch eine unbeantwortete Frage. Warum hatte keiner der fünf Verwahrer, an erster Stelle Seraine, sich nicht 1815, ja schon ab 1814 (zur ersten Restauration der Monarchie) schnellstens zum König begeben, um ihn davon in Kenntnis zu setzen, daß das Salböl gerettet worden war?

Die Zeit drängte. In Paris trieb der Nachfolger des inzwischen verstorbenen Belanger als königlicher Architekt die Vorbereitungen des Sacre voran, und zwar nicht für Reims, sondern für Paris in der Kirche Sainte-Geneviève (das heutige Pantheon), denn Ludwig XVIII. war gebrechlich geworden und konnte sich kaum noch fortbewegen. Auf das Gutachten der Kommission hin entschied der Staatsanwalt Dessain de Chevrières, das von Seraine verwahrte Depositum als echt anzuerkennen, desgleichen Stücke anderer Herkunft, die Deposita Lecomte, Bouré, Champagne-Prévoteau und Amaury. Das Päckchen mit zerbrochenem Glas, welches die Kinder von Galloteau-Chapron, dem ehemaligen republikanischen Bürgermeister, herbeibrachten, hatte man abgelehnt. Sie versuchten, ihren Vater zu rehabilitieren, und dabei übertrieben sie ihren Eifer ganz erheblich. Beim Nachwiegen stellte man fest, daß es die Überreste von wenigstens vier oder fünf Phiolen von der Größe der Heiligen Ampulle waren. In der Basilika Saint-Remi zusammengekommen, legten die Verwahrer der fünf Reliquien diese feierlich am 11. Juni 1819 in die Hände des Erzbischofs; jedes Päckchen blieb von den anderen getrennt und wurde mit einem Etikett gekennzeichnet. Das Ganze wurde in ein versiegeltes Weißblechkästchen gelegt, dann befestigte man es im Grab des heiligen Remigius. Seraine, Bouré, Lecomte und Champagne-Prévoteau zeigten große Rührung, als sie sich von ihren Deposita trennten, für die sie ihr Leben riskiert hatten. Die relative Unbewegtheit Amaurys fiel auf, und als der erstaunte Erzbischof von Reims ihn darauf ansprach und die Erinnerung an seinen Vater und die von ihm eingegangenen Risiken weckte, antwortete der junge Mann ausweichend und erwähnte den Namen Ruhl, gab aber keine rechte Erklärung.

Man weiß ja, daß der Sacre Ludwigs XVIII. von Jahr zu Jahr aufgeschoben, letztlich doch nicht stattfand. Dafür gab es mehrere Gründe, etwa die Kosten einer solchen Feierlichkeit für ein von zwanzig Jahren Krieg ruiniertes Land, vor allem aber das beunruhigende Fortschreiten der Krankheit des Königs. Man hat auch von seinem voltairianischen Unglauben bezüglich der Heiligen Ampulle gesprochen. Das ist zweifelhaft. Die Portraits des Königs im Krönungsornat waren fertig. Überall im Königreich hatte man sie verbreitet. Eine letzte Erklärung ist seltener vorgebracht worden. Auch sie trägt einen Zug übergroßen Unglaubens, aber im entgegengesetzten Sinne. Vielleicht hatte der König trotz der Untersuchungsergebnisse der Kommission Dessain de Chevrières Zweifel an der Echtheit des Seraine-Depositums? Jedenfalls zögerte er weiterhin, bis dann der Tod an seiner Statt entschied.

Solche Skrupel hatte Karl X. nicht. Er ging darüber hinweg. Pfingsten 1825, am 22. Mai, wurde in der Kathedrale von Reims der Sacre vorbereitet, deshalb ließ sich Monseigneur de Latil, Erzbischof von Reims, das Kästchen in die Kapelle der Kongregation Notre-Dame bringen und öffnen, welches im Grab des heiligen Remigius eingeschlossen war. In seinem Protokoll vermerkte der Sekretär des Erzbischofs, daß „Wir aus den fünf Päckchen, in denen sie verpackt waren, die kleinen Stücke des kostbaren Salböls entnommen haben, welches der heilige Remigius beim Sacre Chlodwigs gebrauchte. Danach haben Wir die Reste desselben Öls von den Glasstücken entfernt, an denen sie hafteten, und nachdem Wir sehr vorsichtig alles pulverisiert hatten, haben Wir es sorgfältig mit Chrisam vermischt, welches am Gründonnerstag von Uns feierlich geweiht worden war; dann haben Wir es in die neue Phiole gefüllt, die Wir wiederum in das neue Reliquiar fügten, welches Seine Majestät gestiftet hat ..."

Der letzte König von Frankreich wurde am 29. Mai 1825 gesalbt. Unter den neuen königlichen Insignien, die zu diesem Anlaß gefertigt wurden und von bombastischem Prunk waren, zwischen den extravaganten Schleppenmänteln und den opernhaften Kostümierungen des Hofes befanden sich, wenigstens an diesem Tage, das Schwert Karls des Großen, „Iocosa spata", die Sporen König Ludwigs VIII., der Kelch des Sacre und das verstümmelte Evangeliar aus Böhmen. Anscheinend war das nicht ausreichend. Karl X. war ein frommer König. Er wurde kein großer König. Chateaubriand war in Reims und urteilte, daß dieser Sacre eine Darstellung desselben, jedoch kein wirkliches Sacre war. An ihm fuhren „goldene Kutschen" vorbei, „besetzt mit Höflingen, die ihren Herrn nicht zu verteidigen wußten, und dieser Pöbel fuhr in die Kirche und sang das Te Deum; ich aber habe mir eine römische Ruine angesehen und bin in einem Ulmenwäldchen spazierengegangen ... Es gibt keine Hand mehr, die tugendhaft genug wäre, die Skrofulosen zu heilen, keine Heilige Ampulle mehr, die heilsam genug wäre, die Könige unverletzlich zu machen ..." Karl X. regierte fünf Jahre. Zum dritten Mal im Laufe seines Lebens, Ende Juli 1830, im Alter von dreiundsiebzig Jahren machte sich der König auf den Weg ins Exil und ging fern von allem und jedem zum Sterben nach Goritz, an das äußerste Ende Österreichs.

Das Goldreliquiar mit der neuen Heiligen Ampulle, genannt das Reliquiar Karls X., war zu massiv und voluminös, als daß man es wieder in das Grab des heiligen Remigius hätte legen können. Es wurde also dem Schatz der

Kathedrale von Reims beigefügt, wo es nach und nach seinen Charakter veränderte und zu einem Ausstellungsstück wurde. Im Jahre 1970, bei der Eröffnung des Musée du Tau, welches in den Ruinen des ehemaligen erzbischöflichen Palastes eingerichtet wurde, der während des Krieges 1914 – 1918 bombardiert worden war, fand es seinen Platz in einer Vitrine aus Panzerglas, wo man es heute noch besichtigen kann, wenn man eine Eintrittskarte kauft. Besitzer ist der Staat.

Bei Forschungsarbeiten zu den Königsweihen bemerkte man 1978, daß es keine wie auch immer geartete Abbildung der neuen, in dem Reliquiar eingeschlossenen Heiligen Ampulle gab. Es wurde beschlossen, sie zu fotografieren; damit wurde der Archivar der Erzdiözese beauftragt, Abbé Jean Goy, und da er ein Priester von einer heute sehr seltenen Art war, nämlich mit Sinn für das Heilige, hatte er die ehrfurchtsvolle Neugier, den Verschluß der Phiole zu öffnen, um den Inhalt zu überprüfen.

Sie war leer!

Nur hier und dort hafteten einige ausgetrocknete Spuren auf dem Glas …

Die Heilige Ampulle im Reliquiar Karls X. war leer. Das Musée du Tau, wo es aufbewahrt wurde, ist kein Gnadenort. Die Erklärung dafür konnte nur natürlicher Art sein. Man nahm an, das Salböl sei vollständig und restlos ausgetrocknet, was nach einhundertdreiundfünfzig Jahren des Eingeschlossenseins in der Phiole ohne Hinzufügung neuen Chrisams nicht erstaunlich gewesen wäre, was doch sonst wenigstens zwei oder drei Mal in einem Jahrhundert bei einem Sacre unserer Könige geschehen war. Dann bekam man heraus, daß die Phiole geleert worden war. Aber wann? Durch wen? Warum? Und nun tritt Abbé Jean Goy wieder auf den Plan.

Einige Wochen nachdem Abbè Goy seine erste Entdeckung gemacht hatte, wurde er am 5. Januar 1979 in das Ordinariat nach Reims gerufen, um Schriftstücke zu inventarisieren, die man in einer seit langem nicht geöffneten Kiste gefunden hatte. In einer Ledertasche fand sich eine Reihe von Originaldokumenten, welche die Heilige Ampulle betrafen, insbesondere das Protokoll des Staatsanwalts Dessain de Chevrières, sowie auch dasjenige des Sekretärs, die Übertragung des heiligen Salböls an einen anderen Ort betreffend, die der Erzbischof von Reims, Monseigneur de Latil, 1825 vorgenommen hatte. Dem Abbé fiel auch ein jüngerer lateinischer Text in die Hände, ein Text in Zierschrift, auf einem mit der Schere hastig zurechtgeschnittenen Papier ohne Briefkopf, mit dem Siegel des Erzbischofs unten links. Hier die Übersetzung:

Im Jahre des Herrn 1906, am siebten Tage des Dezembers, am Vigiltag der Unbefleckten Empfängnis der Allerseligsten Jungfrau Maria, in der sechsten Stunde nachmittags, im Sitz des Erzbischofs, wohin die Ampulle verbracht wurde, die das heilige Salböl enthält, mit dem die Könige von Frankreich dem Brauche gemäß in der Metropolitankirche gesalbt wurden.

Der hochwürdigste Herr Louis Joseph Luçon, Erzbischof von Reims, hat mit Ehrerbietung die obengenannte Ampulle sorgsam geöffnet, um das darin enthaltene heilige Chrisam, dieses gemäß der Überlieferung vom Himmel gekommene Insignium, vor Verlust oder Profanierung zu bewahren. Er hat soviel wie möglich von dem seit langem verklumpten Öl entnommen und die Ampulle wieder in das Reliquiar eingesetzt. Die entnommenen Partikel hat er in eine andere Glasampulle übertragen, die er, nachdem er sie angemessen mit einem Wachssiegel von roter Farbe und einem Seidenband von roter Farbe verschlossen hatte, mit dem Abdruck seines Siegels versehen hat, um sie zu bewahren und in günstigeren Zeiten wiederzuerkennen.

Um dieses zu bestätigen waren anwesend und sind Zeugen: Monsieur Eustache Cauly, Generalvikar und Apostolischer Protonotar, Monsieur Henri Froment, Domherr und Erzpriester der Metropolitankirche, und Monsieur Jean Dupuit, Vikar derselben Kirche. Urkundlich dessen, etc.

Es folgen die Unterschriften.

Erst fünf Tage später, am 10. Januar 1979, wurde die Phiole nach einer gründlichen Untersuchung der Kiste entdeckt, wo sie anscheinend versteckt oder vielleicht einfach vergessen worden war, unter einem Durcheinander von alten Akten. Sie war in eine Art Beutel aus gelbem Leder gesteckt worden, der nicht zu diesem Zweck gefertigt worden war. Es war eine kleine Flasche aus mattiertem Weißglas, mit einem Korken verschlossen und etwa sechs Zentimeter groß.

Was war 1906 geschehen, daß solche Vorsichtsmaßnahmen nötig wurden?

Es war ein trauriges, schmerzliches Jahr für die Katholische Kirche in Frankreich, beschämend für viele Franzosen. Die Inventarisierung der Kirchengüter, die Vertreibung der Ordensleute, die Beschlagnahme des Kirchengutes, des gesamten Besitzes der Kirche, von Gebäuden, Schulen, Pfarrhäusern, Bischofssitzen, aller Kirchen und all dessen, was sich darin befand. Das war eine gigantische Operation, geleitet von zwei wütenden Republikanern, Waldeck-Rousseau und „Väterchen" Combes, beide entschlossen, nun endlich und ein für allemal das antichristliche Werk der Revolution zu vollenden. Etwas von Frankreich starb in diesem Jahr. Obristen zerbrachen lieber öffentlich ihre Schwerter, als auf die sich vor den Türen der kirchlichen Gebäude drängenden Katholiken loszugehen. Man sah alte Herren, junge Leute und Frauen mit bloßen Händen gegen Regimenter kämpfen, die man sorgsam aus den kirchenfeindlichsten Garnisonen zusammengestellt hatte. Nonnen wurden auf die Straße geworfen, wurden aufgefordert, sich in Zivil zu kleiden und die Haare wachsen zu lassen. In den säkularisierten Krankenhäusern ließ man eher die Kranken unversorgt, als daß man sie länger der Fürsorge der Ordensschwestern mit ihren Hauben überließ. Die Polizei zerrte Priester an Händen und Füßen fort, die sich weigerten, ihre Kirche zu übergeben. Viele waren mit Chorhemd und Stola bekleidet. Tausende von Mönchen machten sich auf den Weg ins Ausland. Man entfernte die Kreuze aus allen Gerichtssälen, aus den Krankenhäusern, aus den Klassenzimmern, man strich Gott und das Evangelium aus den Eidesleistungen, man bedrohte Küster mit der Waffe, die trotzig die Alarmglocken läuteten und so die Gläubigen zum Widerstand aufriefen. Jeder in Frankreich, der noch ein wenig Ehrgefühl hatte, wurde von ungeheurem Kummer erfaßt. Tausende von Offizieren verweigerten den Gehorsam und verließen die Armee. Richter, selbst Polizeikommissare, Präfekten legten ihre Ämter nieder, und unter ihnen waren natürlich eine große Anzahl Königstreuer. Endlich sind wir sie los! Die Freimaurerlogen jubelten. Die Arbeit erledigte sich wie von selbst. Zwei Fliegen mit einer Klappe: die christliche Religion und der König.

Schon einige Jahre zuvor hatte sich der republikanische Radikalismus recht weit vorgewagt. Die Republik begann, mißtrauisch zu werden, seit eine Ausstellung der Kronjuwelen, die man 1884 unvorsichtigerweise organisiert hatte, außerordentlich erfolgreich gewesen war. War das nicht ein Zeichen für einen fortdauernden Glauben an die Monarchie? Da hatte sie nicht unrecht, die Republik. Mit nur einer einzigen Stimme Mehrheit war die Republik im Jahre 1873 aufgrund des Änderungsantrags Wallons errichtet worden, und man kann sich durchaus fragen, wer dieser verantwortungslose Politiker der Mitte war, dieser Mann aus dem Morast, aus dem Sumpf, der, von wem auch immer dafür bezahlt, mit seiner Stimme den Tod eines gewissen Teils Frankreichs besiegelte. Die Republik ergriff also entsprechende Maßnahmen und ließ durch beide Kammern des Parlaments über das abstimmen, was man „das Gesetz über die Veräußerung“ nannte, eingebracht von Sadi Carnot und Jules Grévy.

Der Abgeordnete Meullon, Mitglied der Vierzig Unsterblichen der Academie Française, brachte mit anderen dieses Gesetz ein, und beschrieb ganz genau, in welche Richtung und gegen wen es zielte und mit welchem Zweck die Kronjuwelen versteigert werden sollten: „Diese Juwelen zu bewahren kann nur für die von Interesse sein, die darauf hoffen, sie eines Tages für einen dann zu bestimmenden Kopf verwenden zu können. Es ist hingegen die Pflicht einer selbstbewußten und zukunftsgewandten Demokratie, sich dieser Stücke zu entledigen ...“.

Der Verkauf erfolgte an drei Tagen im April und Mai 1887. Sich dagegen auszusprechen, bedeutete sogleich von radikalen Bartträgern als Monarchist und Royalist verdächtigt zu werden, und dies war schon damals unverzeihlich. Deshalb protestierte nur der Präsident der französischen Juweliersvereinigung, und er protestierte lediglich im Namen der Kunst, nicht etwa im Namen der Symbole und ihrer Bedeutung. Die Zierde Frankreichs wurde so meistbietend verkauft, verschleudert, unter Wert an irgendwelche Halunken verhökert, mit Ausnahme des „Régent“ [11] und eines Dutzends sehr seltener Stücke, die in den Louvre gelangten. Alles wurde demontiert, auseinandergerissen, gespalten, Fassungen wurden zerstört, wie man es auch mit anderen hinderlichen Zeugen getan hatte. Den Kopf des letzten der Könige hatte man damals nicht abschneiden können. So stürzte man sich nun auf seine Krone, jene Krone, die er beim Sacre getragen hatte. Diese Krone jedoch hatte – nach dem, was Chateaubriand schreibt – eine solche Ehre gar nicht verdiente – und dennoch: Die Edelsteine, die sie zierten, wurden unter anonymen Käufern verstreut, ohne daß man diesen die Herkunft der Steine mitteilte. Sie sollten niemals mehr neu zusammengebracht werden können, um damit das verhaßte Objekt, die Krone, wiederherzustellen. Ihre Fassung wurde zerbrochen, in hundert Stücke zerschlagen, und vom Ratspräsidenten höchstselbst beauftragte Kuriere gingen hin und warfen sie, in tiefer Nacht, in verschiedene Abwasserkanäle von Paris.

Unter diesen Umständen hatte Monseigneur Luçon, Kardinalerzbischof von Reims, im Jahre 1906 guten Grund, sich über das Schicksal der Heiligen Ampulle besorgt zu zeigen. Als er von den Truppen in seinem Palais du Tau belagert wurde, antwortete er, in rotem Talar und mit gesticktem Chorhemd bekleidet, den Vertretern der Staatsmacht, die gekommen waren, um ihn zu vertreiben, daß die Erzbischöfe von Reims seit dem Sacre Chlodwigs in diesem Palast zu Hause seien und daß er nur der Gewalt weiche. Er verließ den Palast zwischen zwei Gendarmen, eine Custodia mit dem Allerheiligsten, das sonst in seiner Privatkapelle ausgesetzt war, umgehängt, und er trug den Beutel mit der Heiligen Ampulle in der Tasche. Von der Schwelle des Palastes aus segnete er die riesige Menschenmenge, die ihm zujubelte. Gott und der König verließen gemeinsam das erzbischöfliche Palais.

In derselben Tasche, in der er die Unterlagen über die Heilige Ampulle gefunden hatte, entdeckt Abbé Goy wiederum im Januar 1979 ein letztes Papier, datiert vom 16. Oktober 1937. Es ist ein mit dem Wappen von Kardinal Suhard gesiegeltes Protokoll aus der Feder des Sekretärs. Es bezeugt, daß Seine Eminenz der Kardinal die Siegel der Phiole erbrochen habe, die das

Salböl der Heiligen Ampulle enthielt, das für die Salbung der Könige verwendet wurde. Einige Partikel dieses Salböls habe er entnommen und jenem Chrisam beigemischt, mit dem am übernächsten Tag der Hauptaltar der Kathedrale konsekriert worden war. Neue Siegel wurden mit dem Wappen Seiner Eminenz versehen.

1937! Mitten in der Zeit der Volksfrontregierung gab es eine solche liturgische Verwegenheit, hatte man gewissermaßen eine heilige lange Nase gedreht und hatte einen Altar mit dem geheiligten, königlichen Öl gesalbt, den Altar einer Kathedrale, die übrigens im Eigentum des Staates war und die auf ihrem Giebel, nicht weit vom lächelnden Engel entfernt, die Parole der Republik trägt. Wenn man weiß, was für ein Mann der Kardinal Suhard war, kann man nicht glauben, daß hier Ironie eine Rolle spielte. Jedenfalls war es das letzte Mal, daß in Reims wie auch in Frankreich Gott und der König Seit' an Seit' schritten.

Und seit 1937: vergessen, verschüttet, fort, aus den Erinnerungen getilgt, unter Haufen alten Krams. Tatsächlich wurde das, was vom heiligen Salböl übriggeblieben war, im Januar 1979 von Abbé Goy gänzlich zufällig gefunden, ohne daß irgend jemand danach gesucht hätte, ohne daß irgend jemand sich überhaupt daran erinnert hätte. Man steht völlig erstaunt vor dem emotionslosen Desinteresse – wovon es nur den ausgezeichneten Abbé auszunehmen gilt – vor der typisch laizistischen Gleichgültigkeit, mit der auf diesen ganz außerordentlichen Fund reagiert wurde. In der heutigen Sprache: ein Supercoup, denn wenn dies das wundersame Salböl des heiligen Remigius war, jenes der Salbungen von mehr als sechzig Königen unserer drei französischen Dynastien, wenn es sich wahrhaftig um das Salböl der Heiligen Ampulle handelte, dann müßte dies alles doch wohl zumindest eine ordentliche Dankmesse wert sein, eine Dankmesse in Anwesenheit der Häuser Bourbon, Orléans, Parma, Beider Sizilien, Sevilla, Busset, Challus, Bragrance, Luxemburg, aller dieser sehr kälteempfindlichen Schatten des ältesten königlichen Geschlechts; zum Abschluß der Zeremonie eine feierliche Übertragung der Reliquie dorthin, wo man sie vierzehn Jahrhunderte zuvor gefunden hatte, in das Grab des heiligen Remigius!

Stattdessen: große und dumpfe Teilnahmslosigkeit. Das halbleere Fläschchen wurde sofort wieder in die gelbe Lederbörse gesteckt, die Börse in eines der Kästchen, nämlich in jenes, das man nie öffnete, weil es doch nur alten Kram enthielt, für den sich niemand interessierte, so etwas wie sakraler Ausschuß, im Tresorraum des Erzbistums. Nach 1979, nach seinem letzten Lebensschimmer in den Händen von Abbé Goy, dämmerte es zwanzig

Jahre in tödlicher Vergessenheit, wie in einer plombierten Hülse, die den zweiundvierzig Jahren einer ebensolchen schrecklichen Nichtbeachtung folgten. Die Zeiten ändern sich, der Sinn für das Heilige war verlorengegangen. Seit 1937, seit der Intervention durch Kardinal Suhard waren ihm bis 1999 in Reims sechs Kardinäle gefolgt, und keiner von diesen Kirchenfürsten, von diesen Erben des heiligen Remigius hatte der kleinen versiegelten Flasche irgendwelche Aufmerksamkeit geschenkt, dieser kleinen Flasche, in der das Schicksal der Monarchie ruhte! Die einzige Ausnahme war Monseigneur Felix Amédée, der den erzbischöflichen Stuhl für nur drei Monate bestiegen hatte, die näheren Umstände dafür werden wir noch erfahren. Hätten sich diese Kirchenfürsten darum gekümmert, dann hätten sie auch ein winziges Silberreliquiar gefunden, halb so lang wie ein Finger, und in Seidenpapier eingewickelt, das in einer der Falten der gelben Börse steckte.

Abbé Goy hatte 1979 auch dieses Reliquiar entdeckt, als er etwas anderes suchte. Es enthielt ein Stück opalartigen Glases sehr alter Fertigungsart, genauso gebogen wie die erste Heilige Ampulle, und an diesem Glas befand sich etwas rötliches Salböl, eine relativ dicke und weniger eingetrocknete Schicht. In einem Protokoll vom 8. Januar 1844, das Abbè Goy gefunden hatte, bestätige Monseigneur Guerry, Generalvikar von Reims, nach eingehender Untersuchung, daß es sich um ein „authentisches Fragment“ der Phiole handele, die Ruhl 1793 zerschlagen hatte. Er fügte jedoch seltsamerweise hinzu, daß es „von unbekannter Herkunft“ sei. Abbé Goy erklärte noch, daß das Protokoll wahrscheinlich das erzbischöfliche Archiv nie verlassen habe, das kleine Silberreliquiar aber nochmals verschwunden sei und dem Erzbistum erst im Juni 1910, dieses Mal endgültig, aber immer noch ohne Nachweis seiner Herkunft zurückgegeben worden sei. Das Wachssiegel aus dem Jahre 1844 war unverletzt, und so konnte Kardinal Luçon die Echtheit bestätigen und das Reliquiar in die Börse aus gelbem Leder stecken, zu der im Jahre 1906 geretteten Heiligen Ampulle.

Dieses von einem Geheimnis umgebene Salböl war also weder beim Sacre Karls X. gebraucht, noch im Jahre 1906 umgefüllt worden …

An einem Februarnachmittag des Jahres 1999 begann der Hochgeschwindigkeitszug in Richtung Reims und Nancy zehn Minuten nach der Abfahrt zwischen Gagny und Neuilly-Plaisance, auf der betonierten Einsamkeit der Ebene von d'Avron abzubremsen. Im Erster-Klasse-Wagen Nummer 3 sagte ein die Strecke oft befahrender Reisender in resigniertem Ton zu seinem Nachbarn, daß es vermutlich wieder einmal zu einer Sabotage an der einen oder anderen Weiche auf dem Weg des Zuges hin zur Hochgeschwindigkeitsstrecke gekommen sei.

„Mindestens eine halbe Stunde Verspätung", sagte er. „Das gehört auf dieser Strecke dazu. Man muß das bei Terminen mit einrechnen. Ein- oder zwei Mal pro Woche kommt das vor. Man kann ja nicht überall Polizisten hinstellen."

„So ist es", sagte der Mönch lakonisch. Das Thema schien ihn kaum zu interessieren.

Dom Felix vertiefte sich wieder in sein Brevier. Auch er war damit im Verzug und hoffte nun, die Verspätung des Zuges werde es ihm vielleicht ermöglichen, die Vesper rechtzeitig zu beten. Jeder im Wagen hatte die große und schlanke Gestalt im Mönchsgewand bemerkt, mit der spitz zulaufenden Kapuze und dem Skapulier, das von den Schultern über die Brust und den Rücken fiel, „das große schwarze Ordensskapulier", das Huysmans so lieb und teuer war; dann den Ledergürtel und die nur mit Sandalen bekleideten Füße. Benediktiner dieses Schlags wurden in Zügen eher selten gesehen. Wie in den unsicheren Zeiten des Mittelalters verschanzten sie sich in ihren Klöstern. Dieser trug die Tonsur, trotz seines Alters hatte er noch einen vollständigen weißen Haarkranz, dicht, aber kurzgeschnitten. Dazu kam eine für einen Mönch fast schon ein wenig hoheitsvolle Haltung und ein gebieterischer Blick aus schwarzen Augen, der nicht unbedingt zur Konversation aufforderte. Jedoch als er am Gare de l'Est in den Waggon eingestiegen war, hatten einige Passagiere instinktiv mit einem Kopfnicken gegrüßt, während ein junges Mädchen, blaß vor Aufregung, eine Kniebeuge andeutete. Am rechten Ringfinger trug er einen großen Siegelring mit eingraviertem Siegel, auf das sein Nachbar schielte – der sicherlich recht verlegen gewesen wäre, wenn er den altertümlichen Kardinalshut mit Bändern und Quasten erkannt hätte. Dom Felix merkte, daß man ihn beobachtete und drehte diskret die Fassung des Siegels so, daß es im Inneren der Hand lag. Im selben Augenblick hörte man eine Reihe gewaltsamer Aufschläge. Zwei der Wagenfenster zerbarsten.

„Steinschleudern und Bolzen", erklärte der Reisende. „Gott sei Dank sind die Waggontüren blockiert, sie können nicht herein."

„So ist es", stimmte Dom Felix uninteressiert zu, ohne die Nase aus seinem Buch zu nehmen.

Im winterlichen Halbdunkel sah man draußen behelmte Gestalten mit Schilden und Visier längs des Geleises laufen. Einige dumpfe Explosionen, dann Rauchwolken, etwa dreißig Meter vom Gleis entfernt.

„Gut, gut!", sagte der Reisende. „Bereitschaftspolizei. Wird wohl eine Patrouille an Bord des Zuges gewesen sein."

„Nun, das ist ja bestens", meinte der Mönch weil er höflich sein wollte. Er nahm eine Apfelsine aus seiner Reisetasche, begann, sie zu schälen und warf keinen einzigen Blick aus dem Fenster.

Nach gut vierzig Minuten setzte der Zug seine Fahrt fort.

„Wir haben noch Glück gehabt", stellte der Reisende fest. „Letzte Woche waren es Molotowcocktails."

„Ärgerlich, in der Tat", sagte der Mönche geduldig, aber er dachte: „Warum läßt er mich nicht in Ruhe!"

„Und vor einem Monat", fuhr der Reisende jammernd fort, „vor einem Monat haben sie es geschafft, in die Wagen einzudringen. Das war ein Tag ohne Polizei (es gab polizeilose Tage auf dieser Strecke, wie es in anderen Zeiten fleischlose Tage gegeben hatte). Sie wollten noch nicht einmal unser Geld. Sie haben uns lediglich angespuckt und unser Gepäck zerfetzt. Einem alten Mann, der protestieren wollte, haben sie ins Gesicht geschlagen, so daß er blutete. Bevor sie weggingen, haben sie den Wagen mit Parolen vollgesprüht. Ich habe einen Strahl Farbe ins Gesicht bekommen und mußte mich behandeln lassen. Schauen Sie, ein Auge ist immer noch rot. Fünf Mal am Tag muß ich Tropfen ins Auge träufeln ..."

Dom Felix legte brüsk sein Brevier auf die Knie. „Und?", fragte er mit eisiger Stimme.

Der Mann mit dem roten Auge stotterte und suchte im Blick des Mönches eine Unterstützung, die jedoch offensichtlich nicht kam.

„Und … Und … Ja aber, was wird aus diesem Land?“

„Zunächst einmal“, gab Dom Felix zurück, „von welchem Land sprechen Sie?“

Das war keine Frage. Der Ton ließ keine Antwort zu, und der Reisende sagte kein Sterbenswörtchen mehr, und verirrte sich in der Leere seiner Gedanken. Dom Felix löschte seinen Gesprächspartner aus seiner Wahrnehmung und aus seinen Gedanken. Er vertiefte sich wieder in seine Lektüre, dabei bewegte er stumm seine Lippen. Als eine Durchsage die Ankunft in Reims ankündigte, zusammen mit der üblichen Entschuldigung für die Verspätung, erhob er sich, verschloß seine Reisetasche und ging mit großen Schritten in Richtung Wagentür, offensichtlich ohne wahrzunehmen, daß man ihm mit einer Ehrerbietung Platz machte, die in einem Zug durchaus ungewöhnlich ist. Das junge Mädchen von vorhin kam auf ihn zu, zusammen mit einem jungen Mann, der neben ihr gesessen hatte.

„Dürfen wir um Ihren Segen bitten, Hochwürden?“, fragte sie in ganz einfachem Ton, als ob das in einem Zug die natürlichste Sache der Welt wäre.

Beide knieten vor dem großen, schwarzgekleideten Greis nieder, während die automatischen Türen des Zuges sich öffneten.

„Haben Sie Vertrauen“, sagte der Mönch nur, und dann schlug er das Kreuz über sie.

Dom Felix’ Blick war ganz und gar nicht mehr gebieterisch, sondern im Gegenteil von Milde, von Mitgefühl und Zuneigung geprägt. Er legte ihnen nacheinander einen Augenblick lang die Hand auf den Kopf, dann schritt er die drei Stufen ohne die ihm angebotene Hilfe hinab und mischte sich unter die Menge, die auf dem Bahnsteig zum Ausgang strebte. Die Stirn ans Wagenfenster gepreßt, folgten die beiden jungen Leute ihm mit den Augen, bis er aus ihrem Blickfeld entschwand.

Am vereinbarten Ort, vor dem Taxistand, traf Dom Felix auf den, der ihn erwartete. Auch er war ein junger Mann von fünfundzwanzig oder sechsundzwanzig Jahren, von natürlicher Eleganz, sportlicher Haltung, mit entschlossenem Gesichtsausdruck und dem selbstbewußten Blick jener, deren Leben ein gerader und sicher vorgezeichneter Weg ist. Sein Name bedeutete etwas in Reims.

„Ich bin Jean-Pierre Amaury, Hochwürden. Hatten Sie eine gute Reise? Keine Zwischenfälle?“

„So das Übliche. Haben Sie sich versichert, daß der Erzbischof da ist?“

„Er erwartet mich. Ich habe unter meinen Namen einen Termin vereinbart."

„Haben Sie mit ihm über mich gesprochen?"

„Ich habe mich gehütet. Ich habe die Anweisungen buchstabengetreu befolgt."

Die Augen des Mönchs glänzten belustigt. „Er wird sehr erstaunt sein, der liebe Etienne", sagte er. „Er vermutet, daß ich mich völlig altersschwach irgendwo zuhinterst in einem Sterbeheim für Bischöfe befinde, und in Rom hat man ihm nichts verraten."

Dann wurde er wieder ernst: „Haben Sie ..." Er zögerte und schaute nach links und rechts. „Haben Sie es?"

Amaury öffnete den Kragen seines Gabardinemantels und wies auf eine kleine Ausbeulung, die seine Krawatte an einer Stelle zeigte. „Umgehängt, unter meinem Hemd. Ich habe es gerade eben aus meinem Safe in der Banque de France geholt. Ich habe gewartet, bis die Bank geschlossen war. Ich bin durch eine Geheimtür hineingegangen. Der Direktor ist ein guter Freund."

„Mir scheint", bemerkte Dom Felix, „daß sie auch ein Halfter unter der Jacke tragen. Sie sind also bewaffnet."

Der junge Mann deutete ein Ja an.

„Sind diese Vorsichtsmaßnahmen wirklich nötig?", fragte der Mönch.

„Zweifellos nicht. Aber trotzdem, es hat früher, als wir die Existenz dieses Objekts entdeckten und es in den Besitz unserer Familie kam, zwei oder drei gewaltsame Todesfälle gegeben, die nicht aufgeklärt werden konnten. Es ist schon wahr, das war in der Mitte des vergangenen Jahrhunderts, und seitdem hatten wir nur ganz normale Todesfälle, Duelle, Schlachtfelder, Verschleppung, Erschießungskommandos, Reitunfälle. Nehmen wir also an, Hochwürden, ich habe mich nur bewaffnet, um den Wert des Symbols zu unterstreichen."

Der Mönch lächelte. Diese Art jugendlichen Schwungs gefiel ihm. Amaury winkte ein Taxi herbei.

„Also gut, ein Taxi", sagte Dom Felix. „Es hätte mir gut getan, ein wenig zu laufen, und weit ist es auch nicht. Aber es ist nicht nötig, daß wir auffallen, wenn wir um sechs Uhr abends über den ganzen Place Drouet d'Erlon gehen."

Der Fahrer wußte nicht, wo der Sitz des Erzbischofs war. Diese Bezeichnung sagte ihm überhaupt nichts. Sein Autoradio plärrte eine Art Orient-Rock, und am Rückspiegel schaukelte eine Micky-Maus-Figur mit einer Keffieh, einem Palästinensertuch, um den Kopf, Modell einer kulturellen Symbiose. Jean-Louis Amaury verlor die Geduld.

„Wissen Sie, wo der Justizpalast ist? So, und der Sitz des Erzbischofs ist genau nebenan, in der Rue du Cardinal de Lorraine!“

Ludwig II. von Guise, Kardinal von Lothringen, Erzbischof von Reims, der die Stadt des Sacre und der Heiligen Ampulle für die Liga verteidigt hatte … was sollte dieser Name im dezibelzerstörten Hirn dieses vortrefflichen französischen Staatsbürgers hervorrufen, der am Steuer seines Taxis dahinraste und rhythmisch Flüche in einer unverständlichen Sprache ausstieß? Noch nicht einmal die Frage hatte er sich jemals gestellt. Dann geschah etwas erstaunliches. Zwischen zwei Hin- und Herbewegungen der Mickymaus trafen sich die Blicke des Fahrers und des schwarzgekleideten Greises im Rückspiegel. Kein Wort wurde gewechselt. Augenblicklich machte der Mann das Radio aus, mäßigte die Geschwindigkeit seines Wagens, handhabte das Lenkrad so, daß in den Kurven seine Fahrgäste nicht einer gegen den anderen geschleudert wurden, und der Rest des Weges vollzog sich wie in himmlischer Ruhe eingebettet. In der Rue du Cardinal de Lorraine, genau vor dem Sitz des Erzbischofs, sprang er als erster aus dem Taxi, ging hinten um das Taxi herum wie die Chauffeure aus gutem Hause, öffnete die Tür und hielt sie respektvoll offen, während Dom Felix ausstieg, deutete so etwas wie ein Salam an, Erbe seiner Beduinen-Vorfahren, weigerte sich, die Bezahlung für die Fahrt entgegenzunehmen, als ob man ihn damit beleidige, trug selbst die Reisetasche des Mönches bis in die Eingangshalle des erzbischöflichen Palastes und zog sich würdevoll zurück, ebenso stolz, als habe er einem hohen Herrn mit großem Zelt gedient. Das Fräulein reiferen Alters am Empfang erhob sich vor lauter Verblüffung.

„Wir haben einen Termin bei Monseigneur“, sagte Amaury.

„Wen darf ich anmelden?“

„Jean-Pierre Amaury.“

Aber es war der Mönch, den das Fräulein irritiert ansah.

„Ich gehöre zu Monsieur Amaury“, sagte er.

Einige kurze Worte am Telefon, dann fügte das Fräulein hinzu: „Monseigneur erwartet Sie. Ich begleite Sie.“

„Machen Sie sich keine Mühe“, sagte Dom Felix. „Wenn es immer noch das große Büro in der ersten Etage ist, zur Gartenseite hin, dann kenne ich den Weg.“

Der Mund des Fräuleins hatte sich noch immer nicht geschlossen, als sie schon auf der Treppe waren.

„Mein Gott! Wie ist das hier häßlich geworden", murmelte der Greis. „Wo sind denn die ganzen Portraits der Erzbischöfe geblieben? Viele von ihnen waren Kardinäle. So viel Purpur, das machte Eindruck. Wo sind wir denn jetzt?"

Auf dem Flur orientierten sie sich. Zu dieser Zeit war niemand in den Büros, die Türen standen offen. Da gab es Fotokopierer, Drucker und Haufen von Papier. Wären da nicht Kruzifixe gewesen, hätte man eher den Eindruck gehabt, in der Geschäftsstelle einer politischen Partei am Tag nach einer verlorenen Wahl zu sein. Dom Felix schaute auf eine halbgeschlossene, zweiflügelige Tür und sagte: „Da ist es."

Er klopfte.

„Treten Sie ein, Monsieur Amaury", rief eine Stimme.

Der Mönch trat ein.

Monseigneur Etienne Wurt, Erzbischof von Reims, der sich schon höflich erhoben hatte und seinem Besucher mit ausgestreckter Hand entgegenging, ließ diese sinken, stand unbeweglich da, versuchte, einige Worte hervorzubringen, würgte, schaffte es schließlich verständlich zu sprechen: „Eminenz … Eminenz … Aber was tun Sie hier? Wie ist es möglich? Man hielt Sie für … Aber wie …"

Er schaffte es nicht, seine Sätze zu vollenden. Dom Felix half ihm.

„Wie alt ich wohl bin, das ist es doch, was Sie sich fragen? Fünfundneunzig Jahre. Nächsten Monat sechsundneunzig, immer noch sehr lebendig und klar im Kopf."

Fast mechanisch löste Monseigneur Wurt seine Krawatte, er bekam kaum Luft. Ganz langsam brachte er die Silben hervor, als ob er sie aus einem tiefen Brunnen schöpfte, und er trennte sie deutlich, um sich selbst klarzumachen, welche unvorstellbare Wahrheit sie ausdrückten, und er sagte:

„Seine Eminenz, Kardinal Felix Amédée von Sav …"

Der Mönch unterbrach ihn mit einer Handbewegung.

„Lassen wir das, Monseigneur", sagte er. „Nennen Sie mich 'Hochwürden'. Ich meinerseits werde Sie, wenn Sie einverstanden sind, 'Etienne' nennen, wie damals, denn ich habe Sie zum Priester geweiht, vor, vor …"

„Vor siebenunddreißig Jahren, kurz vor dem Konzil. Drei Monate auf dem erzbischöflichen Stuhl zu Reims, und danach habe ich Sie nie wiedergesehen. Ich nicht und andere auch nicht, übrigens. Aber ich habe Sie nie vergessen. Was wollen Sie von mir?"

Er hatte sich wieder gefangen, der kleine Erzbischof. Mit seinem tristen, grauen Anzug, passend zu den Wänden seines Büros, mit seiner geschmacklosen bläulichen Krawatte – aber muß oder soll ein Bischof etwa aufgrund seiner sakralen Funktion, guten Geschmack beweisen bei der Auswahl seiner Krawatten? – ähnelte er einem Bürovorsteher bei der Post, der sich darauf vorbereitet, sein Schifflein nach den Gegebenheiten der Verwaltungsklippen zu steuern. Seine Augen verengten sich. Er war auf der Hut.

„Wollen?“, antwortete der Mönch von oben herab. „Wollen? – verlangen paßt eher.“

„Er hat sich nicht verändert!“ stöhnte der Erzbischof innerlich und versuchte, ein wenig christliche Nächstenliebe in den Strom seiner feindseligen Gedanken zu mischen. Diese löbliche Anstrengung erschöpfte ihn. Er ließ sich in seinen Chefsessel aus Kunstleder und Metall fallen. Hatte er, der unbekannte und eher arme Seminarist, die Weihe, die Weihe der Apostel, die von den Zwölfen ausgehende und immer weitergegebene Priesterweihe nicht aus den Händen von Felix Amédée, Kardinal von Reims empfangen, einem Kirchenfürsten aus altem Geblütsrecht? Dieser Umstand hatte Etienne Wurt immer in ein Gebräu aus brennender Ratlosigkeit gestürzt, das er, wenn es ihm bewußt wurde, wie eine völlig unverdauliche Mahlzeit von sich wegschob. Obwohl der Bischofspalast schlecht geheizt war, tupfte sich Wurt die Stirn mit seinem Taschentuch ab.

„Bitte setzen Sie sich, Hochwürden; setzen Sie sich, Monsieur Amaury. Sie haben mich da ein wenig überrumpelt, nicht wahr?“

Mit einer Handbewegung machte der junge Amaury klar, daß er nicht mehr der Spielführer war. Monseigneur Wurt wandte sich dem Mönch zu. Er legte seine kleinen dicken Hände zusammen und ließ seinen Blick zu der hohen schwarzen Gestalt gleiten, kniff die Augen zusammen als schaue er in die Sonne oder als sei er geblendet. Er versuchte, wieder die Oberhand zu bekommen.

„Was verlangen Sie?“, wiederholte er kläglich die Worte des Mönches.

Es ist jetzt an der Zeit, etwas über diesen seltsamen Prälaten zu sagen, über diesen Kardinal, der ein einfacher Mönch wurde, über diesen Lehrer und Spiritual von Prinzen und Fürsten. Schon sehr lange war er Kardinal, der Benjamin unter den Eminenzen, vom 258. Papst kreiert, von Pius XII., als er noch keine vierzig Jahre alt war. Wieviel Gehässiges war nicht damals in den Gemächern des Vatikans geschrieben und kolportiert worden: Salonbischof, Höfling, an den Pacelli-Clan verkauft, dem adligen Gehabe Pius XII. schmeichelnd … Verdankte er nicht seine vorzeitige Erhebung zum Kardinalspurpur, wie man es in diesen wahrhaft vorgeschichtlichen Zeiten nannte, einzig und allein seiner hohen Geburt? Wenngleich durch eine reichlich kapriziöse Grenzgeographie und noch dazu durch eine genealogische Abzweigung Franzose, war er eigentlich mit der italienischen Königsfamilie verwandt, deren Namen er trug, und er zählte zu seinen Urgroßtanten zwei tugendhafte und bescheiden zurückgezogen lebende Prinzessinnen. Beide hätten Königinnen von Frankreich werden sollen, wenn der Tod nicht dazwischengekommen wäre: Marie-Josèphe de Savoie, Gemahlin des Grafen de Provence, des späteren Ludwig XVIII., und Marie-Thérèse de Savoie, Gemahlin des Grafen d'Artois, des späteren Karl X. Da er persönlich sehr bescheiden war, machte er davon nicht viel Aufhebens. Hatte er nicht in den sechziger Jahren seinen Familiennamen definitiv abgelegt, der bei den Reformatoren Abscheu hervorrief, und sich mit seinen beiden Vornamen begnügt: Kardinal Felix Amédée. Johannes XXIII. mochte ihn nicht und hatte ihn auf den Erzbischofsstuhl von Reims abgeschoben, wo er vom Klerus schlecht empfangen wurde, der argwöhnisch auf einen so frisch gekürten Vorgesetzten reagierte und in der freiwilligen Kürzung des Namens nichts als Ehrgeiz und Berechnung sah. Er hatte es keine drei Monate ausgehalten, genauer zwei Monate und sechsundzwanzig Tage und war glücklich, daß das Konzil ihm die Möglichkeit bot zu entkommen. Während der ersten Session des 2. Vatikanischen Konzils nahm er an allen Sitzungen teil, seine Stimme wurde jedoch nicht vernommen. 1962 verschwand er und vergaß in seiner Eile sogar, sein Abdankungsschreiben vom erzbischöflichen Stuhl von Reims beim Staatssekretariat zu hinterlegen. Von irgendeinem obskuren Priorat irgendwo auf den Färöer-Inseln schickte er dem Papst eine Postkarte, versicherte ihn darauf seiner „kindlichen und respektvollen Ergebenheit" und siegelte mit seinem Kardinalssiegel. Dieses Vorgehen fand Johannes XXIII. überheblich. Kardinal Felix Amédée erschien wieder in Rom, zur vierten und letzten Session des Konzils, unter Paul VI. Er trug eine einfache schwarze Mönchskutte, was man für affektiert hielt. Einige hielten es auch für ein Anzeichen einer mentalen Störung: man erinnerte sich noch gut an seine Postkarte. Er öffnete den Mund genauso wenig wie bei der ersten Session und begnügte sich mit Zuhören, das Kinn auf die Faust oder die Stirn in die Hände gestützt. Als er dringend gebeten wurde, wenigstens einmal das Wort zu ergreifen, machte er sich davon. Am nächsten Tag hatte er seinen Koffer gepackt und war ohne den feierlichen Abschluß des Konzils abzuwarten mit dem Flugzeug Richtung Kopenhagen fortgeflogen, von wo es eine Flugverbindung zu den Färöern gab. Er wollte, daß man ihn vergaß. Man vergaß ihn. Die Kurie richtete einige Briefe an ihn, die unbeantwortet blieben. Paul VI. ging mit einem väterlichen und etwas irritierten Sendschreiben vor, allerdings ohne Erfolg. Der Vatikan schickte einen Abgesandten auf die Färöer. Aber der Kardinal hatte sich nach Schottland davongemacht, nach Iona. Man überließ ihn seinem Schicksal. Jedoch war er Kardinal, und das gedachte er zu bleiben. 1978 unternahm er zwei Reisen nach Rom, zur Wahl Johannes Pauls I., dann zur Wahl Johannes Paul II. Er stellte fest, daß man ihn nicht erwartete, und da wurde er in den Empfangsbüros des Konklave von einer ungeheuren Wut gepackt, was vielleicht der Logik entbehrte, aber nicht der Entschlossenheit. Das war der einzige Bruch des Schweigens, das er sich seit zwanzig Jahren auferlegt hatte. Er wollte abstimmen. Er stimmte ab. Er verweigerte jeden Kontakt mit anderen Gespenstern seiner Art, bat aber trotzdem – eine außergewöhnliche Angelegenheit – um eine Audienz beim polnischen Papst, der ihn auf seinen Wunsch hin mitten in der Nacht, lange und ohne Zeugen empfing, und ohne daß das Zusammentreffen im Terminkalender Seiner Heiligkeit vermerkt wurde. Dann verschwand er wieder und diesmal endgültig. Der Welt gestorben. Gestorben auch für die Kirche: er hatte die Altersgrenze erreicht und keine Möglichkeit mehr, an einer Papstwahl teilzunehmen.

Das war also der hochgewachsene Greis, Kardinal, Benediktinermönch, der nun auf die Frage antwortete, die der unglückliche Erzbischof ihm stellte, der seit fünf Minuten gegen eine unkontrolliert in ihm aufsteigende Panik ankämpfte: „Den Sacre natürlich. Und ohne Sie, mein lieber Etienne."

Ohne die verstörte Miene Monseigneur Wurts zu beachten, fuhr Dom Felix unerschütterlich fort: „Machen Sie sich bereit, vierundzwanzig Stunden Urlaub zu nehmen. Ich werde Ihnen genau sagen, wenn es soweit ist. Sie werden Reims verlassen. Während der Dauer Ihrer Abwesenheit werden Sie nicht mehr der Erzbischof sein. Die Vorsehung hat es so eingerichtet, daß ich dieses Amtes nie enthoben worden bin, selbst wenn ich aus dieser unerklärlichen Unterlassung Roms hinsichtlich meiner kirchenrechtlichen Stellung nie einen Vorteil gezogen habe. Suchen Sie sich ein Haus von Freunden außerhalb der Grenzen der Diözese oder ein Hotel; wie sie wollen. Man wird Sie diskret dort hinbringen, und genauso wieder zurückbringen. So können wir sicher sein, daß Sie die Verpflichtungen, die Sie gleich eingehen, auch einhalten werden. Wenn Sie dann zurückkommen, bin ich nicht mehr da, und Sie werden nie mehr von mir hören. Sie werden übrigens auch sonst nichts darüber hören. Weder für Sie noch für irgendjemand anderen wird etwas geschehen sein. Ich brauche lediglich zwei Dinge, die in Ihrem Besitz sind, das eine ist unerläßlich und von zeitlichem Charakter, das andere unverzichtbar und von heiligem Charakter. Das erste ist der Schlüssel der

Kathedrale. Wenn mich mein Gedächtnis nicht trügt, wird sie um halb acht abends geschlossen und um halb acht morgens wieder geöffnet. Die Zeiten haben sich nicht geändert? Sehr gut. Das zweite ist die Heilige Ampulle. Ihre Antwort, Etienne?"

Nur schwer bahnte die Antwort sich einen Weg. Monseigneur Wurt zeigte alle Anzeichen ungeordneter zerebraler Erregung. Sein Mund öffnete und schloß sich, ohne einen Laut hervorzubringen. Wäre ihm diese Rede von jemand anderem gehalten worden, wäre ihm sofort klar gewesen, daß da eine Art Verrückter geredet hätte, und dann hätte er die geeigneten Maßnahmen ergriffen. Aber gegen den Kardinal Felix Amédée konnte er nichts tun. Seine Überlegungen verloren sich. Er versuchte, Ordnung in das zu bringen, was er gehört hatte: 1. es geschah nicht mehr und nicht weniger, als daß man ihn für vierundzwanzig Stunden aus seiner Diözese jagte. 2. Nachdem man ihn entfernt hatte, würde man seine Kathedrale für die Dauer einer Nacht besetzen. 3. Man schien sich einen Dreck darum zu kümmern, was er davon hielt, und man setzte sein Einverständnis voraus für das, was man von ihm wollte. 4. Und an diesem Punkt wankte der Verstand des Erzbischofs von Reims: wenn er den Sinn all dieser Absonderlichkeiten begriffen hatte, würde all das zur Salbung eines Königs führen. Und in diesem Moment klinkte sich sein Gehirn wieder ein und er fand wieder zum Gebrauch der Sprache.

„Die Heilige Ampulle ... Die Heilige Ampulle ... Aber wo ist sie, diese Heilige Ampulle? Müßte ich das wirklich wissen? Ich habe keine blasse Ahnung."

Er lachte nervös, immer noch mitgenommen, aber froh, sich wieder im Griff zu haben und fügte hinzu: „Und warum warten Sie nicht brav, Hochwürden, bis eine Taube vom Himmel kommt und ihnen eine an ihrem zarten, kleinen Schnabel hängend bringt?"

Er begriff sofort, daß er besser den Mund gehalten hätte. Dom Felix blikkte ihn mit einem eiskalten Blick an. „Spreche ich hier mit dem hochwürdigsten Herrn Erzbischof von Reims?", fragte er.

Der andere senkte den Blick, wischte mechanisch die feuchten Hände an den Hosenbeinen ab.

„Und sollte es dem hochwürdigsten Herrn Erzbischof von Reims nicht klar sein", begann der Mönch von neuem, „daß er den Vorrang seines Erzbischofsstuhls einzig und allein dem Sacre der Könige von Frankreich verdankt und ihrer Salbung mit dem Heiligen Öl, das dem Bischof Remigius aus göttlichem Willen zukam?"

Monseigneur Wurt stammelte und versuchte verzweifelt, sich zu erinnern, ob dieses Thema jemals angesprochen worden war, seit er seinen Dienst in der Diözese Reims angetreten hatte. Er mußte sich eingestehen, daß dem nicht so war. „Ich ... ich respektiere natürlich die Tradition, Hochwürden ... Aber muß man sie auf einer Legende begründen?"

„Eine Legende? Wirklich?"

Dom Felix seufzte resigniert. Sein Blick wurde milder, seine Stimme klang geduldig. So, wie wenn man einem besonders verstockten Kind etwas ganz Offensichtliches erklären will.

„Etienne, mein Sohn, mein Bruder, können Sie mir einen Beweis für die Auferstehung des Herrn erbringen?"

„Das Zeugnis der Apostel."

„Waren sie dabei?"

Der Bischof sank in seinem Sessel aus Kunstleder und Metall zusammen. Die Situation entglitt ihm. Er hörte sich gehorsam antworten: „Nein. Sie haben das Verschwinden des Leibes festgestellt. Dann ist Christus ihnen erschienen."

„Und der Rest ist Glaube", faßte der Mönch aufgeräumt und munter zusammen. „Der Glaube der Apostel, Ihr Glaube, mein Glaube. Etienne, mein Bruder, das war nicht richtig, vorhin, daß Sie sich lustig gemacht haben. Warum nicht an die göttliche Taube glauben? Beim Sacre Chlodwigs haben zahlreiche Zeugen sie gesehen, die Heilige Ampulle an ihrem zarten, kleinen Schnabel hängend, wie Sie sagen. Und der Rest ist Glaube, ganz einfach."

Ganz einfach! So etwas zu hören! Aus dem Mund eines Kardinals – und selbst wenn er seit hundert Jahren im Ruhestand wäre! Monseigneur Wurt erlitt einen Rückfall und betrachtete mit flackerndem Blick diesen dickköpfigen, hochmütigen, in seiner Gewißheit eines anderen Zeitalters starren Greis. Der Gipfel war, daß er sich entwaffnet fühlte, schutzlos, ohne passende Argumente! Was soll man einem Gespenst antworten? Heute wurden Priester nicht mehr in diesen unnötigen Übungen unterrichtet. Wenn früher ein solcher Fall vorkam, dann ging die Kirche kraftvoll darüber hinweg, fürchtete weder Tote noch Verletzte. Aber jetzt waren die Rollen vertauscht. Der Bischof machte eine Bewegung, die sein Unvermögen zeigte und zu erkennen gab, daß er das Handtuch werfe, bereit, alles zuzulassen, wozu man ihn zwingen wollte, damit nur endlich Schluß sei.

Dom Felix hob die Augenbrauen und wechselte den Tonfall, um zu zeigen, daß jetzt keine Zeit mehr zu verlieren sei.

„Man kann mir nichts verheimlichen, Etienne. Sie haben recht, machen wir Schluß. Zum letzten Mal: wo ist die Heilige Ampulle? Ich zöge es vor, wenn Sie sie mir freiwillig übergeben würden."

„Allen Ernstes, Hochwürden, ich weiß es nicht. Im erzbischöflichen Palais, vermute ich. Man müßte die Archive durchsuchen. Mein Vorgänger hat mir keinerlei Dokumente und keinerlei Angaben diesbezüglich hinterlassen."

Und da das die Wahrheit war, wußte er nicht, was er für ein Gesicht machen sollte.

„Das wundert mich nicht bei ihm", konstatierte der Mönch trocken. „Nun gut, ich sage es Ihnen. Die Heilige Ampulle befindet sich in einer alten, gelben, kleinen Lederbörse, im unterirdischen Tresorraum, hinten in einem Safe, den ich Ihnen zeigen werde. Besorgen Sie sich bitte die Schlüssel."

„Ich muß den Kanzler benachrichtigen. Um diese Zeit sollte er zu Hause sein."

„Nun denn, dann tun Sie es. Worauf warten Sie? Aber kein Wort über die Heilige Ampulle. Erfinden Sie irgendeinen Vorwand."

Monseigneur Wurt stürzte sich auf sein Telefon. Er hatte aufgehört nachzudenken und war definitiv von der Zusammenhanglosigkeit der Situation mitgerissen. Als das Gespräch beendet war, verkündete er: „Er kommt zu uns. Eine Sache von zehn Minuten."

Dom Felix zog einen Rosenkranz unter seinem Skapulier hervor, schlug friedvoll ein erstes Kreuzzeichen und begann zu beten, seine Lippen bewegten sich stumm. Vor dieser Mauer des Schweigens tat Monseigneur Wurt so, als ob er einige Papiere auf seinem Schreibtisch ordnete. Beim dritten Gesätz des Rosenkranzes unterbrach sich Dom Felix.

„Ich weiß, was Sie denken, Etienne. Zunächst, daß ich nicht ganz bei Verstand bin, was allerdings wenig höflich Monsieur Amaury gegenüber wäre, der mir die Ehre gibt, mich zu begleiten, ohne sich diese Frage zu stellen. Das ist ein Argument, das schon früher gegen mich vorgebracht wurde. Vergessen wir es. Des weiteren fragen Sie sich, warum Sie sich so bei der Kandare nehmen lassen, obwohl nichts Sie dazu zwingt und ich doch keinerlei Recht habe, es Ihnen aufzuzwingen. Irre ich mich?"

„So in etwa, Hochwürden", gab der Bischof zu. „Aber ich hätte es Ihnen nicht auf diese Weise gesagt. Ich hatte nicht die Absicht, Ihnen wehzutun."

Da leuchtete etwas wie wahre christliche Nächstenliebe auf in den Blicken, die sie wechselten. Monseigneur Wurt war selbst verblüfft, als er das feststellte, und er wurde vorsichtig. Dom Felix ließ ihn nicht aus den Augen.

„Und mit der Unterstützung Ihres Kanzlers wollen Sie mir schließlich nach reiflicher Überlegung ihre definitive Weigerung mitteilen. Da ich Sie nicht dazu zwingen kann ..."

Der Bischof erklärte, er beabsichtige dies tatsächlich, man dürfe darin aber keinesfalls einen Mangel an kindlicher Ehrfurcht sehen, ganz im Gegenteil!

„Es reicht!", schnitt der Mönch ihm das Wort ab und richtete sich mit der Beweglichkeit eines jungen Mannes zu voller Größe auf. „Es stimmt, ich habe nichts, womit ich Sie zwingen könnte. Ich habe aber etwas Besseres. Ich werde Sie überzeugen. Kommen Sie bitte hierher."

Er zog ihn zum Fenster und öffnete es weit; kalte Nachtluft strömte herein. Auf der anderen Seite der Rue du Cardinal de Lorraine sah man sehr hohe Fenster ohne Vorhänge. Es war, als stanzten sie Löcher von tiefstem Schwarz in die vom Licht der Straßenlaternen gemilderte Dunkelheit: das Musée du Tau. Der ehemalige Palast der Erzbischöfe und das, was von den weitläufigen Galerien geblieben war, in denen einst das königliche Bankett stattfand, das feierliche liturgische Mahl der königlichen Majestät zum Abschluß des Sacre. Es war Winter. Die Stadt zog sich in sich selbst zurück. Das ständige Rauschen des Verkehrs, die Drosselung der Motoren, wenn die grünen Ampeln auf rot schalteten; das alles machte den Eindruck eines Sterbenden, der sich im Todeskampf noch hin- und herwirft. Jetzt war die Zeit der Fernsehantennen, die die Stadt von der Wahrheit abschnitten. Die Stadt war schon tot, aber kein einziger ihrer Bewohner wußte es.

Jean-Pierre Amaury saß kerzengerade auf einem Stuhl in einer Ecke des Raums und bemühte sich, nichts von dem zu verstehen, was gesagt wurde und was nicht für ihn bestimmt war. Dom Felix hatte die Hände auf die Schultern von Monseigneur Wurt gelegt, hatte sich zu seinem Ohr gebeugt und sprach zu ihm, in brüderlicher Haltung und mit sehr leiser Stimme. Dies dauerte nicht einmal eine Minute. Selbst wenn die Gefahr bestanden hätte, von Dritten gehört zu werden, hätte der Straßenlärm alles übertönt. Die große Glocke der Kathedrale schlug acht Uhr. In der riesigen, verschlossenen Kirche betete niemand. Das Allerheiligste Sakrament ruhte einsam in so etwas wie einem Speiseschrank, der andeutungsweise verziert war, abgeschoben in eine kleine Seitenkapelle. Im ganzen Königreich konnte man die Klöster, die Nachtwache hielten, an einer Hand abzählen. Monseigneur Wurt lauschte. Ungläubig ließ er sich das eben Gehörte wiederholen, dann wollte er auf die Knie fallen, aber Dom Felix richtete ihn wieder auf.

Im gleichen Augenblick öffnete sich die Tür, und der Kanzler trat ein. Der Priester war etwa vierzig Jahre alt, eine jüngere Kopie seines Erzbischofs. Er trug eine grüne Krawatte und schien äußerst erzürnt, um diese Zeit gestört zu werden, in der er normalerweise zu Hause Versammlungen von Laienverbänden abhielt, die ganz stolz waren, nach Jahrhunderten der Knechtschaft nun endlich an der geistlichen Macht teilzuhaben. Er war ein Schreibtischpriester.

„Was ist los, Etienne?“, fragte er in selbstbewußtem Tonfall.

„Nicht Etienne, Monseigneur“, gab der Erzbischof hart zurück.

Wie vom Blitz getroffen, zuckte der Abbé mit den Augen. Hier geschah tatsächlich etwas, das sich ihm entzog. Und was hatte dieser vorsintflutliche, große, unsympathische und kantige Mönch da zu suchen? Eigenmächtig ging er zu dem Fenster und schloß es wieder.

„Es ist kalt“, sagte er.

„Öffnen Sie es wieder“, befahl der Erzbischof.

Der Abbé kehrte sehr rasch wieder ans andere Ufer des Rubikon zurück, den er gerade überschritten hatte. Als es getan war, fragte Monseigneur Wurt: „Haben Sie die Schlüssel mitgebracht?“

„Hier sind sie“, sagte der Abbé, mit dem Blick eines Zirkustiers, das von seinem Dompteur mit Peitschenknallen wieder in seine Ecke gewiesen worden war. Seine Augen verrieten große Überraschung.

„Gehen wir!“, sagte der Erzbischof. „Monsieur Y., Sie gehen voran“.

Der Abbé war bis dahin noch nie von einem Bischof oder Mitbruder „Monsieur“ genannt worden. Er beugte den Kopf unter dieser Schmach. Gewöhnlicherweise benutzte man eher seinen Vornamen: Fabrice. Er hatte schöne kastanienbraune Haare, die ihm von einem seiner Kumpel, einem Friseur auf der Place Drouet d'Erlon, nach der neuesten Mode geschnitten wurden. Auf diese Weise fiel er nicht durch einen gekünstelten, schlechten Geschmack auf, der an seinen Stand erinnern könnte.

Monseigneur Wurt schloß das Fenster. Dann gingen alle vier im Gänsemarsch die Treppe hinunter, die in das Untergeschoß führte.

Der erzbischöfliche Tresorraum von Reims bezeugte anschaulich die große Armut der französischen Kirche. Da waren einige wenige wertvolle Gefäße, Kelche und Monstranzen, auf einem Regal ausgestellt; nichts, was einen Schatz dargestellt hätte. Dieser Tresorraum mußte eher vor Feuer als gegen Diebstahl geschützt werden. An einer Garderobe hingen unter Hüllen silberne und goldene Kaseln, die vor langer Zeit in Klöstern hergestellt und den großen barbarischen Ramschverkäufen der sechziger und siebziger Jahre entgangen waren. Und nun hatte man sie hier hergebracht, weil man sich ihrer nicht mehr bediente. In der Tat wäre es sehr schwer, sich Fabrice vorzustellen, herausstaffiert mit einem dieser Wunderwerke, an denen sich Dutzende von Schwestern die Augen verdorben hatten. Ansonsten enthielten zwei große, moderne Tresore die zeitgenössischen Archive, Akten, insbesondere Besitztitel der Diözesan-Assoziation, die als einzige kirchliche Institution vom Staat rechtlich anerkannt ist. Als fast der ganze Bestand vor etwa fünfzehn Jahren in die Archive des Départements Marne ausgegliedert wurde – er konnte dort besser konserviert werden – hatte man einige kirchliche Raritäten, die noch aus den alten Archiven stammten, zurückbehalten. In einer Ecke stand ein altmodischer Tresor, verstaubt, mit abgeplatzter Farbe, der nicht sehr lange den Versuchen eines Einbrechers, selbst eines Anfängers, standgehalten hätte. Dieser Tresor enthielt nur noch einigen alten Trödel, der niemanden mehr interessierte, so etwas wie sakrale Ausschußware.

Dom Felix deutete mit dem Finger darauf: „Der ist es!“

Seltsamerweise war es gerade der verfallene Zustand des Tresors, der dem Kanzler Probleme bereitete. Das Schloß war seit langem nicht geölt worden, und der Einstellmechanismus für die Kombination knirrschte fürchterlich. Wann war er zum letzten Mal geöffnet worden? Zwanzig Jahre zuvor, im Jahre 1979, anläßlich der Entdeckungen des Abbé Goy. Schließlich gab die Tür mit einem Knarren wie aus dem Jenseits nach, beim Öffnen rieselten Rostteilchen auf den Boden, wo sie zu Staub zerfielen.

„Lassen Sie uns jetzt allein, Monsieur Y.“, befahl Monseigneur Wurt. „Warten Sie im Erdgeschoß auf uns. Verstehen Sie: im Erdgeschoß, nicht im Flur des Untergeschosses! Ich rufe Sie, wenn Sie zurückkommen können.“

Dom Felix dankte dem Bischof mit einem Blick, und der arme Fabrice verschwand mit einem galligen Geschmack im Mund. Auf den drei Regalböden im Tresor lagen vergilbte Papiere, mit Fäden zusammengeschnürt. Der Mönch zögerte nicht eine Sekunde. Er suchte im mittleren Fach, schob die Papiere mit seiner knochigen Hand zur Seite und fischte zwei Objekte heraus, die er auch mit verschlossenen Augen gefunden hätte. Zum einen eine kleine lederne Tasche mit einer rissigen Klappe, in der Art, was man heute Kollegmappe nennt, dann eine zugeschnürte Börse aus gelbem Leder, wie man sie zu Beginn jenes Jahrhunderts fertigte, in dem Goldfranken und Louis-d'Or in Umlauf waren.

Dom Felix prüfte den Inhalt der Tasche. „Es ist alles da“, sagte er zu Monseigneur Wurt, „1819, 1825, 1844, 1906, 1937. Das Protokoll der Kommission Dessain de Chevrières von 1819, das von Kardinal de Latil 1825, von Monseigneur Guerry 1844, von Kardinal Luçon anläßlich der Inventur 1906 und auch das Protokoll von Kardinal Suhard 1937. Nehmen Sie sich die Zeit, sie aufmerksam zu lesen, bevor wir unser Protokoll beifügen und sie dann alle wieder wegschließen. Sie bezeugen die Beständigkeit des entscheidenden königlichen Symbols. Ich verpflichte Sie übrigens, für diese Dokumente und für den Inhalt dieser Börse einen sichereren und geheimen Ort zu finden, außerhalb der Reichweite irgendeines Kanzlers oder auch Erzbischofs, wer weiß? Wenn Ihnen so etwas nicht zur Verfügung steht, lege ich Ihnen dringend ans Herz, bei einer Ihrer nächsten Reisen nach Rom, aber ohne es an die große Glocke zu hängen, Bruder Ulrich aufzusuchen und sich auf mich zu berufen, Bruder Ulrich, im Haus St.-Athanasius.“

Der Bischof sprang auf. Diesen Namen hörte man nicht gern in den oberen Etagen der französischen Kirche.

„Die werden Sie nicht fressen“, sagte der Mönch und lächelte.

Dann wurde sein Gesicht wieder ernst, und er fügte hinzu: „Jetzt sind Sie dran, Monseigneur. Da Sie noch der Erzbischof von Reims sind, und da Sie es wieder sein werden, kommt es Ihnen zu, diese Börse zu öffnen und festzustellen, was darin ist, und dies zu bestätigen. Und unser Freund Jean-Pierre Amaury wird unser Zeuge und unser Kanzler sein und möge bitte von nun an alles aufzeichnen, was festgestellt und was getan wird.“

Monseigneur Wurt hatte die gelbe Lederbörse in die Hand genommen, dieselbe, die 1906 zuunterst in einer Tasche der purpurfarbenen Soutane des Kardinals Luçon das Palais du Tau, den Sitz des Erzbischofs, verlassen hatte. Seine Hände zitterten, als er das Band löste. Endlich gelang es ihm, mit seinen ungeschickten Fingern und kaum Herr seiner Aufregung – Etienne hatte sich sehr verändert –, das Fläschchen aus weißem, mattiertem Glas, versiegelt mit dem Wappen des Kardinals Suhard, aus der Börse herauszuziehen.

„Sie müssen es auch öffnen, Monseigneur", sagte der Mönch. „Wir werden dieses Siegel durch unsere ersetzen, und dies mit dem Protokoll bezeugen."

Stücke des erbrochenen Siegels verteilten sich auf dem Fußboden. Der Verschluß widerstand einen Augenblick. Vorsichtig hielt Monseigneur Wurt den Flaschenhals vor die Augen.

„Sie ist leer, Hochwürden! Sie ist leer", sagte er voller Verzweiflung.

Dom Felix zog eine lange Nadel aus seiner Reisetasche, die er ständig bei sich führte, und untersuchte damit minutiös das Innere der Flasche. Er holte ein bißchen Staub von rötlicher Farbe daraus hervor, einige mikroskopisch kleine Körnchen, die sich beim Kontakt mit der Luft sofort auflösten, ohne die geringste Spur zu hinterlassen. Dom Felix blieb unerschütterlich. Er schien noch nicht einmal erstaunt zu sein. Er beschränkte sich darauf zu bemerken, daß das Protokoll des Kardinals Suhard eine halbvolle Flasche erwähnte, er selbst sie bei seinem kurzen Aufenthalt in der Erzdiözese Reims im Jahre 1962 nicht geöffnet hatte und daß Abbé Goy, ein unverdächtiger Priester, über den er unterrichtet war, die Flasche im Jahre 1979 auch nicht geöffnet, sondern lediglich ihr Vorhandensein bestätigt hatte. Nichts davon schien ihn wirklich aufzuregen.

„Und jetzt", schloß er, „jetzt ist sie leer. Hatte ich gerade eben nicht recht, Monseigneur, als ich Ihnen riet, mißtrauisch zu sein? Kanzler, Generalvikar, Koadjutor, Erzbischof, es ist unwichtig für uns zu wissen, wer der Schuldige ist, wann er es getan hat; außerdem haben wir dafür keine Zeit. Ich glaube auch an keinen radikal feindlichen Akt wie die Tat Ruhls im Jahre 1793, etwas, das wenigstens von einer Art entgegengesetztem Glauben zeugen würde. Eher ein Ausdruck der Geringschätzung der alten Gebräuche und überkommenen Vorstellungen, die man für primitiven Aberglauben hält. So etwas hat es in den letzten zwanzig Jahren häufiger gegeben. Der bornierte Dummkopf, der das getan hat, hat noch nicht einmal aus Bosheit gehandelt. Er folgte dem Zeitgeist, das ist alles. So sehe ich die Angelegenheit. Er hat wohl die Heilige Ampulle in ein Waschbecken ausgeleert, ohne Gewissensbisse, so wie man sich vieler anderer geheiligter Symbole entledigt hat, aus lauter Dummheit. Wir werden nichts davon wiederfinden."

Es schien ihn nicht traurig zu stimmen. Der lebendige Blick seiner schwarzen Augen wischte jeden Anflug von Mutlosigkeit hinweg. Er korrigierte: „Jedenfalls nicht diese Ampulle. Aber sind Sie sicher, Monseigneur, daß diese Börse nicht noch etwas anderes enthält?"

„Überzeugen Sie sich selbst, Hochwürden."

Die Börse war wirklich leer.

„Suchen Sie genauer", drängte Dom Felix. „Fühlen Sie mit dem Finger in die Falten. Vielleicht ist dort etwas eingeklemmt ..."

Monseigneur Wurt fügte sich. Plötzlich nahm sein Gesicht Farbe an: „Mein Gott!", rief er. „Das muß am Leder geklebt haben!"

Und er ließ ein winziges Reliquiar aus Silber in seine Handfläche gleiten, gerade halb so lang wie ein Finger, das einem aufklappbaren Medaillon glich, aber etwas dicker war. Zwei mikroskopisch kleine Initialen waren mit einem Stichel in den Deckel eingraviert worden. Wenn man es ganz nah vor Augen hielt, konnte man lesen: ‚R.A.'

„Das ist kein Wunder", erklärte Dom Felix. „Als das Leder alterte, wurde es in den Falten klebrig, und selbst wenn man die Börse öffnet oder umdreht, bleibt dieses kleine Objekt fest darin hängen, weil es auch sehr leicht ist. Ich hatte das schon 1962 gemerkt. Deshalb ist es unserem Symbolvernichter entkommen, er hatte es zu eilig. Und jetzt sind Sie dran, Jean-Pierre."

Jean-Pierre Amaury knöpfte den Kragen seines Hemdes auf, griff mit der Hand hinein und zog eine Nylonschnur über seinen Kopf, an der ein weiteres Silberreliquiar befestigt war, dem ersten Reliquiar ganz gleich und mit den nämlichen Initialen versehen.

„R.A.", sagte er. „Raoul Amaury, mein direkter Vorfahre in der achten Generation. Als er ein Kind war, hatte er seinen Vater, den Winzer Pierre Amaury, am 7. Oktober 1793 auf die Place Royale begleitet, und er stand mit ihm direkt am Sockel der Statue Ludwigs XV., als Ruhl die Heilige Ampulle zerschlug. Er hatte ein Stück und mehrere Teilchen davon aufgesammelt. Später hat er diese beiden Reliquiare herstellen lassen."

„Aber warum zwei?", fragte der Bischof. „Und warum sind sie getrennt aufbewahrt worden?"

„Das erklären wir Ihnen", antwortete der Mönch. „Aber öffnen wir sie zuvor, Monseigneur."

Er zog eine weiße, mit seinem Kardinalswappen bestickte Stola aus seiner Reisetasche, küßte sie dem Brauch entsprechend und legte sie um den Hals. Mit Reliquien geht man nicht um wie mit gewöhnlichen dinglichen Gegenständen. In einer Ecke des Tresorraums befand sich eine zauberhafte Kredenz im Louis-XV-Stil, mit schön geformten, vergoldeten Füßen. Sie war aus der Privatkapelle des ehemaligen erzbischöflichen Palastes gerettet worden, man hatte vergessen, sie zu verkaufen und hatte sie hier abgestellt, weil sie zu dem erbärmlich elenden Oratorium der bischöflichen Verwaltungsbüros in der Rue du Cardinal de Lorraine absolut nicht gepaßt hätte. Die Reisetasche des Mönchs enthielt noch andere Schätze, insbesondere ein Altartuch mit feinster Spitzenstickerei, ein wahres Wunderwerk, das er auf der staubigen Kredenz ausbreitete. Dann legte er die beiden Reliquiare darauf, faltete die Hände und sammelte sich. Anschließend öffnete er sie, erst das eine und dann das andere. Er entnahm jedem eine opalartige, gebogene Glasscherbe, von der Dicke einer Muschelschale, in deren Krümmung sich eine recht ansehnliche Menge rötlichen Salböls befand. Mit Hilfe seiner goldenen Nadel prüfte er mit vorsichtigen Stichen die Konsistenz. Das Salböl war nicht eingetrocknet. Es hatte sich auch nicht verfestigt. Es schien seine ursprüngliche Öligkeit behalten zu haben, wie die alten Legenden es beschreiben, als ob es diese besondere Fähigkeit, sich trotz der Entnahme und der Veränderungen durch die Zeit immer wieder zu erneuern, nicht verloren habe. Schließlich nahm er in jede Hand eine Glasscherbe und betrachtete genau die Bruchstellen, als seien es Teile eines Puzzles. Zufrieden mit seiner Untersuchung, brachte er die Stücke soweit zusammen, bis sie sich berührten. Beide Stücke paßten perfekt aneinander. Zusammen bildeten sie eindeutig einen Teil eines gewölbten Glases von etwa vierzig Millimetern Länge und etwa zehn Millimetern Breite, aus dem man ganz sicher auf die Form der zerbrochenen Phiole schließen konnte, von der die Zwillingsstücke stammten.

Dom Felix legte die beiden Reliquien vorsichtig wieder auf das Altartuch, faltete erneut die Hände, dankte Gott schweigend und sagte zu Monseigneur Wurt, der an seiner Seite stand: „Die Heilige Ampulle! Etienne, mein Bruder. Die wirkliche, die echte, das Insignium: das Salböl des heiligen Remigius. Das Salböl der Sacres all unserer Könige, vom ersten an."

Er lächelte, es lag Fröhlichkeit in seinem Blick, als ob er jemandem einen guten Streich gespielt hätte. „Er hat es nicht geschafft, der Symbolvernichter ..."

Der Bischof gab keinen Kommentar ab. Er wartete auf die angekündigten Erklärungen.

„Es ist einfach und kompliziert zugleich", ergriff der Mönch wieder das Wort. „Trotz der Schlußfolgerungen der Kommission Dessain de Chevrières, die Karl X. überstürzt übernommen hatte, bestanden immer noch einige Zweifel an der Echtheit des Depositums von Abbé Seraine. Vielleicht hatte Ludwig XVIII. die richtige Eingebung gehabt, als er ihm nicht traute. Der Bericht über den Austausch des Inhaltes der Heiligen Ampulle durch Seraine am Vorabend der Ankunft Ruhls in Reims hält einer Überprüfung nur schwer stand. Der einzige angebliche Augenzeuge, Hourelle, Kirchenvorsteher der Pfarrei Saint-Remi, war lange vor der Untersuchung gestorben. Man mußte sich also mit einer Zeugenaussage aus zweiter Hand begnügen, jener seines Freundes, des Richters Lecomte; ihm soll er sich anvertraut haben. Gleiches gilt für alle, mit denen Seraine darüber gesprochen haben soll und für zwei unter diesen, denen er einige Partikel *seiner* Heiligen Ampulle übergeben haben soll. Niemand von ihnen war jedoch Zeuge bei der Entnahme des Salböls. Einzig und allein auf Grund der Aussage von Seraine also wurde sein Depositum von der Kommission Dessain de Chevrières für echt erklärt. Konstitutioneller Pfarrer, Priester mit Eid auf die Verfassung, Verräter an der Kirche, Republikaner, warum hätte Seraine solche Risiken auf sich nehmen sollen? Hatte er nicht vielleicht diese Geschichte vom Austausch erfunden, um wieder in Gnade aufgenommen zu werden, damit ihm vergeben würde, um am Ende seines Lebens eine Pfründe zu bekommen oder ganz einfach nur um sich wichtig zu machen? Die Wahrheit wird man nie erfahren, aber es gibt gute Gründe anzunehmen, daß der unglückliche Karl X. in Reims die heilige Salbung mit einem Quacksalberöl empfangen hat, was sein recht mittelmäßiges Ende erklären könnte. Man hat auch erzählt (und diese Legende ist hartnäckig, sie kam sogar dem General de Gaulle zu Ohren), das Konventsmitglied Ruhl selbst habe das Salböl vor der Zerstörung der heiligen Ampulle ausgetauscht, um es als Trumpf in den Intrigen des Konvents einsetzen zu können. Andere meinten, der irgendwo außerhalb des Temple versteckte Thronfolger habe sich die Heilige Ampulle angeeignet. In beiden Fällen handelt es sich um Legenden. Und doch verdankt man Ruhl die unverhoffte Rettung zumindest eines der beiden Partikel, die in diesen Reliquiaren enthalten sind. Aber ich hätte lieber, Monseigneur, wenn Ihnen Jean-Pierre Amaury diese Geschichte selbst erzählt. Es handelt sich ja um seine eigene Familie."

„Einen Augenblick, bitte", unterbrach Monseigneur Wurt. „Sagen Sie etwas, irgend etwas und zwar mit lauter Stimme."

Er ging hinaus, verschloß die Tür und kam zwanzig Sekunden später wieder.

„Ich habe nichts gehört. Wir können ruhig reden. Ich wollte nur sicher sein. Gott vergebe mir, aber ich habe kein Vertrauen mehr."

„Im Gegenteil, Gott wird Ihnen dafür Dank wissen", sagte Dom Felix. „Und nun, Jean-Pierre, wollen wir Sie hören."

„Es war so, wie Sie gesagt haben, Hochwürden. Es war wirklich die echte Heilige Ampulle und ihr echter Inhalt, die Ruhl 1793 zerstört hat, aber er hat es auf eine bestimmte Art und Weise getan. Zuerst ein kleiner, vorsichtiger Hammerschlag, als ob er Angst habe, sie zu pulverisieren. Die Ampulle blieb heil. Dann ein zweiter, fester Schlag, der die Phiole säuberlich in drei oder vier Stücke zerbrechen ließ. Die Trommeln schlugen. Die Menge grölte. Da gab es Megären, die wie wahnsinnig ihre Brüste entblößten. Weiter hinten spielte man sich auf, trampelte herum. Viele hatten getrunken. Niemand befand sich mehr in seinem Normalzustand. Die Hysterie aller war so groß, daß niemand in der Lage gewesen wäre, genau zu erzählen, was denn wirklich geschehen war. Und deshalb bemerkte niemand, daß Ruhl flink und behende eines der zerbrochenen Glasstücke in seinen Ärmel gleiten ließ, während das andere vor die Füße eines unbedeutenden Mannes fiel: Pierre Amaury, der von seinem kleinen Sohn Raoul begleitet wurde, steckte es rasch in seine Tasche. Dann machte sich Ruhl an die übrig gebliebenen Scherben und zerhämmerte das Glas zu Pulver. Die Menge war im Rausch. In heutiger Sprache würde man sagen, daß Ruhl eine Show abzog. Hier nun sind die beiden erhaltenen Stücke: das von Ruhl und unseres. Früher waren sie beide im Besitz meiner Familie. Die Reliquiare wurden 1840 im Auftrag von Raoul Amaury angefertigt, der einen detaillierten Bericht über diese Ereignisse hinterlassen hat, genau wie sein Vater."

„Bei der ersten Reliquie ist alles klar", sagte der Bischof. „Ihr Vorfahre hat sie selbst aufgesammelt. Aber warum hat er sie nicht dem Staatsanwalt Dessain de Chevrière übergeben, wie es der König 1819 verlangt hatte?"

„Aus Mißtrauen. Raoul Amaury hatte zunächst einige Teilchen gebracht, die von dem Hauptstück abgesplittert waren. Dann sah er, wie alles vor sich ging, die Betrügerei des Abbé Seraine, die nicht nachkontrollierten Zeugenaussagen, da hat er den Rest behalten. Er hatte kein Vertrauen."

„Und dann?"

„Dann blieb er weiterhin mißtrauisch. Wir haben seine Vorsicht von Generation zu Generation in unserer Familie weitervererbt. Und es scheint, als hätten wir recht gehabt."

„Aber Ruhl? Warum hat er so gehandelt? Das paßt nicht zu dem, was wir ansonsten über ihn wissen."

„Für Nelly."

„Nelly?", wiederholte der Bischof überrascht.

„Nelly Ruhl", fuhr der junge Amaury fort. „Die Nichte des Konventsabgeordneten. Die leibliche Tochter seines Bruders. In den ausschweifenden Tagen der Revolution war sie gewissermaßen in Ruhls Arme gefallen; und Ruhl, der dreißig Jahre älter war als sie, war immer bestrebt, sie durch irgend etwas Unerwartetes zu überraschen, um sie nicht an den Altersunterschied denken zu lassen. So etwas ist klassisch. Die Zeit eignete sich gut dazu und sie profitierte davon. Für sie vergoß er mehr Blut als irgendein anderer. Er ließ Köpfe rollen, um sie in Staunen zu versetzen, einfach weil sie darum gebeten hatte. So entledigte sie sich ihres Vaters, der gekommen war, um ihr Vorwürfe wegen ihres Benehmens zu machen. An der Hinrichtung nahm sie in der ersten Reihe und in großer Garderobe teil. Ruhl überschüttete sie mit Gold, mit Schmuck aus Plünderungen oder Unterschlagungen. Am Arm von Collot d'Herbois paradierte sie am Fest der Göttin der Vernunft halbnackt durch Notre-Dame. Und, verzeihen Sie mir, Monseigneur, sie empfing bei Ruhl Gäste, bekleidet mit einem Meßgewand und servierte ihnen Champagnerwein in gestohlenen Meßkelchen. Sie war immer an seiner Seite. Auch in Reims war sie bei ihm, und nur um sie zu verblüffen hatte er ein Stück der Heiligen Ampulle verschwindenlassen. Man weiß nicht, was dann zwischen ihnen geschah. Es war aber so, daß Ruhl am nächsten Tag allein nach Paris abreiste und Nelly noch einige Tage in Reims blieb. Dann verschwand sie spurlos. Raoul Amaury war noch ein Kind, aber nicht auf den Kopf gefallen. In einer Erklärung, die er hinterlassen hat, erzählt er, und zwar unter Eid, daß er gesehen habe, wie Ruhl die Reliquie in seinen Ärmel gleiten ließ. Und er war auch ein mutiges Kind. Er hatte in der Kalesche des Konventsabgeordneten Ruhl eine sehr schöne junge Frau bemerkt. Am nächsten Morgen ging er, so bald er konnte, zum Verwaltungssitz des Départements und verlangte, „die Bürgerin, die mit dem Volksvertreter Ruhl zusammen war" zu sehen. Sie empfing ihn. Sie war allein. Er berichtet, daß er große Angst hatte. Tatsächlich setzte er sein Leben aufs Spiel. Er hatte etwas gesehen, das er nicht sehen sollte, und Nelly Ruhl hatte es erraten. Es fiel ihr nicht schwer, ihn zum Eingeständnis dessen zu bringen, aber über den Rest bewahrte er Stillschweigen. Dann, plötzlich, sagte sie: „Na gut, ja, ich habe es. Und was geht dich das an, du Rotzjunge?" Raoul Amaury war zwölf Jahre alt. Als er später von dieser Szene erzählte, sagte er, er sei sicher gewesen, daß Nelly ihm bewußt und freiwillig ein Geheimnis anvertraut habe. Die Gründe, welche die junge Frau dazu bewegten, kannte er nicht, und er sprach nur von der Gnade Gottes. Nelly fragte ihn nach seinem Namen. Er nannte ihn ihr. Sie entließ ihn mit den Worten: „Eines Tages finde ich dich wieder, Kleiner!“ Das war jedoch keine Drohung, und tatsächlich, sie fand ihn wieder. Im Januar 1840 – da war er sechzig Jahre alt – bekam er in Reims, wo er wohnte, ein Billet mit Nellys Unterschrift, in dem er gebeten wurde, unverzüglich nach Paris zu kommen, ins Kloster der Marienordensschwestern. Nein, sie war nicht Ordensfrau geworden, das nun doch nicht. Sie stand auch keineswegs im Rufe der Heiligkeit. Sie war alt und krank geworden, verfügte aber noch über einiges Vermögen und hatte sich dort als Pensionsgast eingekauft. Sie war schon lange vergessen und lebte dort unter einem anderen Namen. Über ihr Leben nach der Revolution vertraute sie Raoul nichts an, über die Schrecken hingegen, in die sie verwickelt war, verbreitete sie sich genüßlich und erklärte, daß sie wieder so handeln würde, nur mit viel weniger Hemmungen. Plötzlich sagte sie ihm: „Die Ärzte geben mir noch drei Monate. Ich habe keineswegs die Absicht zu beichten, ich will auch nicht auf erbauliche Weise sterben. Warum sollte ich? Man soll sich über Gott nicht lustig machen. Ich habe mich so gut amüsiert ...“ Zum Abschluß zog sie ein kleines Kästchen aus einer Schublade, übergab es Raoul und fügte hinzu: „Und ich werde mich jetzt wieder amüsieren! Nimm, Kleiner! Ich hatte es dir versprochen. Dafür habe ich es aufbewahrt.“ Aber sie amüsierte sich überhaupt nicht. Ganz im Gegenteil, aus ihrem Blick sprach eine unbezwingbare Rührung. Dann hatte sie bedeutet, daß sie allein sein wollte, und Raoul war gegangen. Zurück in Reims verglich er die beiden Bruchstücke der Heiligen Ampulle miteinander, jenes, das bereits in seinem Besitz war, und das, welches er von Nelly bekommen hatte. Sie paßten perfekt zusammen.“

Monseigneur Wurt hatte schweigend zugehört, das Erstaunen war ihm ins Gesicht geschrieben. Er wandte sich zu Dom Felix und sprach ihn dieses Mal, wie um zu zeigen, daß dies für ihn die Bedeutung einer Bürgschaft hatte, mit seinem Titel an.

„Eminenz, hätten Sie mir nicht Ihre Überzeugungen und die triftigen Gründe dafür geschildert, hätte ich große Mühe, das für wahr zu halten, was ich gerade gehört habe. Dann hätte ja auch diese abscheuliche Kreatur eine Rolle in Gottes Plan gespielt?“

„So wie wir in diesem Augenblick. Gott wacht darüber, daß Heiliges weitergegeben wird. Es fehlt nicht an Zwischenstationen, und die, von denen man es am wenigsten erwartet, bezeugen am besten Gottes Willen. Gibt es noch etwas, das wir Ihnen erklären können?“

„Ja doch", sagte Monseigneur Wurt. „Warum ist nach so vielen Vorsichtsmaßnahmen und nach so langem Schweigen im Jahre 1843 die Existenz dieser Reliquien beim Erzbistum bekanntgemacht worden? Denn sie wurden ja als authentisch anerkannt, und dies wurde in einem Protokoll beglaubigt." Die Frage war an Jean-Pierre Amaury gerichtet.

„Das Geheimnis lastete schwer", antwortete er. „Raoul Amaury fühlte den Tod nahen. Bevor er seinem Sohn das Geheimnis übergab, verspürte er das Bedürfnis, sich von einer anderen als seiner eigenen Autorität, vor allem von einer geistlichen Autorität bestätigen zu lassen, daß seine Aufgabe einen Sinn habe. Monseigneur Guerry, zu jener Zeit Generalvikar, war ein rechtschaffener Mann, stark und gut, vertrauenswürdig. Er war ein Freund der Familie und hielt es für ratsamer, uns auch weiterhin die Reliquien zur Aufbewahrung zu überlassen, statt sie im erzbischöflichen Palast zu verwahren. Das erklärt auch die Bemerkung ‚von unbekannter Herkunft', die in dem von Monseigneur Guerry 1843 unterschriebenen Protokoll steht. Die Spur war endgültig verwischt. Unter Louis-Philippe I., König der Franzosen, aber nicht König von Frankreich, gab es nämlich auch Sinnbildvernichter."

„Und doch", gab der Bischof zu bedenken, „verläßt Ihre Familie 1910 die Katakomben, im schlechtesten Augenblick, nämlich in der Zeit der radikal laizistischen Republik, um dem Kardinal Luçon, der von der ganzen Angelegenheit keine Ahnung hatte, eine der beiden Reliquien zu übergeben. Warum eine? Warum nicht beide?"

„Auch aus Vorsicht, Monseigneur", sagte der junge Amaury. „Das Risiko mußte halbiert werden. Kardinal Luçon hatte bewiesen, wozu er fähig war, als er 1906 aus seinem Amtssitz vertrieben wurde. Ihm konnte man vertrauen, seinen Nachfolgern vielleicht nicht. Deshalb hat mein Urgroßvater ein Reliquiar behalten, das, welches ich mitgebracht habe. Er hat niemandem etwas davon gesagt, nicht einmal Kardinal Luçon. Es wäre letztlich doch bekannt geworden."

„Zweifellos", schloß Dom Felix lakonisch. „Wir werden jetzt selbst alle Maßnahmen treffen, um das zu retten und weiterzugeben, was wir erhalten haben. Zuvor aber, Monseigneur, wollen wir beide die Überreste des Salböl miteinander vermischen, damit es wieder eins werde."

Mit entschuldigender Geste deutete Monseigneur Wurt auf seine ausgebleichte bläuliche Krawatte und die abgenutzten Revers seines grauen Straßenanzugs.

Dom Felix lächelte nachsichtig. „Das ist vielleicht gar nicht so wichtig, Monseigneur", sagte er im freundschaftlichem Ton. „Gerade eben haben Sie von den Katakomben gesprochen. In gewisser Weise befinden auch wir uns darin. Wieviele Priester haben Sie noch in der Diözese Reims, Etienne?"

„Einhundertzweiundzwanzig."

Die traurige Genauigkeit dieser Zahl ... Der Bischof hatte nicht nachdenken müssen. Genau das war sein großer Kummer.

„Und vor zehn Jahren?"

„Dreihundertfünfundzwanzig. Die Alten sterben weg."

„Wieviele haben Sie in diesem Jahr zu Priestern geweiht?"

„Einen einzigen, Hochwürden."

„Sehen Sie, die Katakomben ... das Königreich Frankreich ist nicht mehr von dieser Welt. Sehen Sie, Monseigneur, suchen Sie sich etwas aus, Sie finden dort alles, was Sie brauchen." Er zeigte auf ein halbes Dutzend alter Stolen, die an Garderobenhaken hingen. Monseigneur Wurt griff nach der einfachsten, die mit so zarter Stickerei versehen war, daß man die Motive kaum wahrnehmen konnte. Als er sie angesehen hatte, änderte er seine Meinung und warf seinen Blick auf eine schwere Goldstola, von nahezu westenartiger Breite, geschmückt mit Jungfrauen und Lämmern, die in flammenden Sonnen erstrahlten, mit allem, was an Prunk, an Wertvollem vorstellbar ist, ein völliger Kontrast und ein Angriff auf die liturgische Schamhaftigkeit der heutigen Zeit. Mit entschiedener Geste küßte er die Stola und legte sie um den Hals. Dom Felix durchsuchte seine Reisetasche, holte zwei weitere Gegenstände hervor und legte sie auf die Kredenz. Der eine war eine goldene Patene, der zweite eine silberne Phiole in Form einer Taube, deren Kopf den Verschluß bildete.

„Das habe ich aus Schottland mitgebracht", sagte er. „Einer unserer Brüder war früher Goldschmied der Königin. Er hat sich vom ersten Reliquiar inspirieren lassen." Dom Felix öffnete ein kleines Buch, das in blaues Leder eingebunden und mit goldenen Lilien verziert war. Er hielt es fest in der Hand.

„Wir werden gemeinsam die Gebete zur Weihe des heiligen Chrisams sprechen", sagte er zu Monseigneur Wurt. „Sie sind der gegenwärtigen Situation angemessen."

Dann las er:

„O Redemptor, stans ad aram, immo suplex infulatus pontifex, debitum persolvit omne, consecrato chrismate. [12]

Worauf Monseigneur Wurt antwortete:

„O Redemptor, consecrare tu dignare, Rex perennis patriae, hoc olivum, signum vivum, jura contra daemonum ..." [13]

Es folgte eine lange Allerheiligenlitanei, bei der sie niemanden ausließen, weder den heiligen Sinitius, noch den heiligen Rigobert, nicht die heilige Eutropia, nicht den heiligen Maurilius und natürlich auch nicht den heiligen Remigius, an den ein besonderes Gebet gerichtet wurde, welches der alte Mönch dem königlichen Rituale der Krönung entnommen hatte und das er mit geschlossenen Augen sprach. Denn er kannte es auswendig und das seit sehr, sehr langer Zeit:

„Als der heilige Remigius das heilige Öl vom Himmel erhalten hatte, heiligte er das erlauchte Volk der Franken zusammen mit dessen edlen König und spendete ihnen die Fülle der Gaben des Heiligen Geistes. Durch ein besonderes Gnadengeschenk erschien der Heilige Geist in Gestalt einer Taube, die dem Bischof das göttliche Chrisam vom Himmel herabbrachte. Bitte für uns, heiliger Remigius, auf daß wir würdig werden der Verheißungen Christi!“

Dann fuhr er wieder lesend fort:

„Ich exorziere dich, Öl, Geschöpf Gottes, bei Gott, dem allmächtigen Vater, der Himmel und Erde, das Meer und alles, was in ihnen ist, erschaffen hat: Jede Gewalt des Feindes, die gesamte Rotte des Teufels, jeder feindliche Angriff und jedes Blendwerk des Satans soll aus dir ausgetilgt und vertrieben werden ....“

Der Erzbischof von Reims beendete das Gebet und las die Textstelle, auf die Dom Felix mit dem Finger deutete:

„ ... damit du allen, die mit dir gesalbt werden, die Annahme an Kindes Statt durch den Heiligen Geist vermittelst: im Namen Gottes, des allmächtigen Vaters, und Jesu Christi, Seines Sohnes, unseres Herrn, der mit Ihm und dem Heiligen Geist lebt und herrscht von Ewigkeit zu Ewigkeit. Amen.“

Im Glockenturm der Kathedrale nebenan begann die Hauptglocke zu schwingen, ein Schlag, zwei Schläge, dann läutete sie. Andere Glocken stimmten nacheinander ein, zunächst die große Glocke, dann der klare und frohe Ton des ganzen Geläutes, alle Glocken zusammen. Der Bischof warf überrascht einen Blick auf seine Armbanduhr. Zu dieser Uhrzeit waren Kathedrale und Sakristei normalerweise verschlossen und verriegelt, niemand hatte Zugang zur elektrischen Schalttafel des Glockenturms. Regen trommelte auf das Pflaster des Vorplatzes der Kathedrale, und keiner der wenigen Fußgänger, die gerade vorbeigingen, hob den Blick zu diesem Bronzegeläut, das so plötzlich vom Himmel herniederkam. Diese Stadt wurde von Gehörlosen bewohnt. Ein junger Mann jedoch blieb stehen und hörte neugierig geworden zu. Dann ging ein Leuchten über sein Gesicht.

„Erinnern Sie sich noch an das Ritual des Exorzismus des heiligen Öls, Monseigneur?“, fragte Dom Felix.

Der Bischof warf ihm einen verlorenen Blick zu. Verzweifelt durchwühlte er sein Gedächtnis, meinte, sich zu erinnern, daß gehaucht werden mußte, aber wie? Und wer wäre auf den Gedanken gekommen, zu glauben, der Hauch eines Bischofs könne jetzt noch den Dämon vertreiben? Welcher Prälat hätte noch gewagt, sei es im geheimen, ganz für sich selbst, sich solchen Kindereien hinzugeben?

„Sind Sie gläubig, Etienne, mein Bruder?“

Monseigneur Wurt nickte zustimmend. Trotz der massiven Türen des Tresorraums drang das Geläut der Glocken, angeführt von der Hauptglocke, in seinen Kopf. Auf seinen Schultern lastete die goldene Stola mit all ihrem Gewicht.

„Dann hauchen Sie! Dreimal. Dreimal in Form eines Kreuzes.“

Der Bischof neigte sich über die beiden Glasscherben, blies die Wangen auf, hauchte ein erstes Mal im Namen des Vaters, ein zweites Mal im Namen des Sohnes und zum dritten Mal im Namen des Heiligen Geistes. Darauf tat Dom Felix das gleiche. Dann reichten sie einander die goldene Nadel, leerten minutiös jedes der geretteten Teilstückchen, legten das Glas völlig frei wie einen Knochen und füllten das gesamte Salböl in das neue Reliquiar. Dann, nachdem sie damit fertig waren, öffnete Dom Felix wiederum das kleine, in blaues Leder eingebundene Buch an einer Stelle, an der er ein Lesezeichen eingelegt hatte.

„Diese Mischung gereiche allen damit Gesalbten zur Entsühnung und zum heilbringenden Schutzmittel in alle Ewigkeit. Amen.“

Dann fiel er auf die Knie. So wie es seit der Morgenröte der französischen Monarchie vorgeschrieben ist, küßte er die wiedergefundene Heilige Ampulle und grüßte sie drei Mal jeweils in der Tonlage ansteigend, wie ein Freudenruf, wie ein Kriegsruf und etwas ungeheuer Lebendiges schwang in seiner Stimme: *„Ave! Sanctum Chrisma!“*

„Ave! Sanctum Chrisma!“, wiederholte Monseigneur Wurt.

Dann hatte die Erde alle beide wieder, und ohne Umstände ließ Dom Felix die silberne Taube in seine Tasche gleiten.

„Da ist sie am sichersten aufbewahrt. Amaury paßt auf mich auf. Ich habe kein Vertrauen in Ihren Tresor und noch weniger in Ihren Kanzler. Wir müssen Vorsichtsmaßnahmen treffen, damit das vollbracht wird, was zu vollbringen ich gekommen bin.“

„Genau, Eminenz, was das anbetrifft …“, brachte der Bischof schüchtern hervor.

„Sie dürfen nichts wissen, ich habe es Ihnen gesagt. Sie werden die Stadt verlassen."

„Ich kann durchaus wissen und vergessen, Hochwürden. Ich verspreche es bei den Evangelien. Erlauben Sie mir, Ihnen demütig zu assistieren. Sie sind allein. Kein Diakon, der dem Kardinal Felix Amédée dienen könnte. Lassen Sie mich diesen Dienst tun."

Die goldene Stola hing wieder an dem Garderobenhaken, Monseigneur Wurt war wieder in seinem Jahrhundert angekommen. In seinem grauen Anzug sah er ganz kümmerlich aus, wie ein altes Waisenkind, verschämt, verlassen.

„Damit ich wenigstens für etwas gut bin hier unten", murmelte er. „Sie haben mir die Hand gereicht, Hochwürden, und jetzt ziehen Sie sie wieder zurück. Haben Sie denn kein Vertrauen zu mir?"

Dom Felix zögerte. Er fühlte, daß ihn Mitleid für diesen gutwilligen Bischof erfaßte.

„Ich schätze Sie, und ich bin Ihnen sehr zugetan", sagte er.

Sein Blick bestätigte seine Worte. Und doch wurde der Graben zwischen beiden breiter, auf dessen anderer Seite Monseigneur Wurt sich in einem Nebel der Bedeutungslosigkeit entfernte.

„Bleiben Sie in Ihrem Zeitalter, Monseigneur", ergriff der Mönch wieder das Wort. „Dort können Sie nützlicher sein und die Dienste leisten, die man von Ihnen erwartet. Ich bin kein Bischof aus dieser Zeit. Das, was zu vollbringen ich gekommen bin, ist nicht aus dieser Zeit. Es gibt darin keinen Platz für Sie."

Dann las er die tiefe Trauer in den Augen des armen Wurt, und er fügte hinzu, aus Mitleid halb lügend: „Noch nicht ..."

Die Glocken der Kathedrale hatten aufgehört zu läuten.

„Es wird nach Ihrem Willen geschehen, Eminenz", sagte Monseigneur Wurt.

Oben auf der Treppe trafen sie wieder auf Fabrice, Priester und Kanzler der Diözese, der auf dem Flur im Erdgeschoß mit seinem Ärger kämpfte. Monseigneur Wurt betrachtete ihn traurig. Dieser da war auch aus seiner Zeit, und der Erzbischof von Reims wandte sich wieder dieser Zeit zu, wie ein Gefangener, der nach einem Traum aufwacht und hoffnungslos der Wirklichkeit gegenübersteht.

Philippe und seine Gefährten verließen die Maladrerie am nächsten Abend gegen elf Uhr. An der Freitreppe waren zwei große, äußerlich völlig unauffällige Limousinen von matter Farbe lautlos vorgefahren. Innen waren sie weniger unauffällig, Leder und Wurzelholz, mit stark getönten Scheiben von ungewöhnlicher Dicke, und unter der Motorhaube entwikkelten die Motoren eine beachtliche Anzahl von Pferdestärken, die in direkter Beziehung zu dem Gewicht dieser getarnten Monster stand. Die Chauffeure hatten die wappenbesetzten schwarzen Samtwesten der Jagdwächter gegen unauffällige Straßenanzüge getauscht. Auch der alte Herr hatte sich umgezogen, er trug einen unauffälligen, bequemen Anzug ohne irgendwelchen Firlefanz. Mit Philippe und Marie stieg er in das erste Auto, Odon de Batz, Josselin und Monclar in das zweite. Es sei daran erinnert, daß der alte Herr sich beim Eintreffen der jungen Leute nicht vorgestellt, Monclar ihn aber erkannt hatte. Er war einer der mächtigsten Industriellen Europas und verfügte über das vielleicht größte Vermögen in Frankreich, falls man das wirklich sicher wissen kann und wenn es nicht so ist, daß derjenige, der scheinbar der Allergrößte ist, nur eine Kreatur kosmopolitischer Finanzimperien ist. Der alte Herr jedoch, der Monsieur Ixe hieß, beherrschte ein kosmopolitisches Imperium.

Die Chauffeure hatten Anweisung bekommen, langsam zu fahren, und die beiden Wagen glitten in der Dunkelheit unter den Bäumen dahin, schluckten problemlos die Unebenheiten und Schlaglöcher der Waldwege ohne jede Vibration oder Erschütterung. Die Motoren machten keinerlei Lärm. Dem Wald wurde keine Gewalt angetan.

„Sie werden in Saint-Denis um zwei Uhr erwartet, Monseigneur", sagte Monsieur Ixe. „Sie können sich also Zeit lassen. Sie hatten sich gewünscht, nachts zu reisen, und in diesem Wald ist die Nacht am allerschönsten. Das ist eine französische Nacht, eine königliche Nacht. Madame, ist Ihnen nicht kalt?“

Durch die geöffneten Fenster drang die Winterluft in den Wagen; sie trug den Geruch von feuchtem Laub, von lebendigem Holz, von gefallener Rinde, von Moos und Humus mit sich.

„Überhaupt nicht“, antwortete Marie.

Sie war in ihren Umhang gehüllt, atmete tief, ihre Wangen waren rosig, ihr Blick strahlte und prüfte den dichten Wald, als suche sie dort sich selbst, und das war es wahrscheinlich auch, was sie suchte.

„In solchen Nächten passiert es mir, daß ich bete“, begann Monsieur Ixe erneut. „Ich schlafe wenig und schlecht. Wenn ich dann in der Maladrerie bin, stehe ich nachts auf, kleide mich an, gehe in den Wald und bete während ich ausschreite. Um die Wahrheit zu sagen, ich weiß nicht so recht, zu wem ich bete und warum. Ich bete nicht mit Worten. Ich kenne die üblichen Gebete nicht. Ich habe sie schon lange vergessen, und als ich sie neu lernen wollte, habe ich gemerkt, daß sie mich einengten. Wenn ich aber schweigend, ohne ein Wort zu sagen, einfach so im Winter durch den Wald gehe, dann habe ich das Gefühl, selbst ein Gebet zu sein, in das sich Gefühle mischen, die mich normalerweise nicht bewegen und die ich noch nicht einmal ausdrücken könnte. Mich erstaunt das selbst am meisten. Dinge, die mir unter allen anderen Umständen dumm und konventionell erscheinen würden, wie die Zugehörigkeit zu einer Familie, zu einer Religion, zu einem Land, zu einer Rasse; das Einhalten des gegebenen Wortes, die Begeisterung für eine eingegangene Verpflichtung, die Liebe einer Mutter zu ihrem Kind, die Pietät gegenüber Verstorbenen, die eigene Ehre, die Treue zu einem Herrn … Nun, ich habe keine Familie, keine Frau, kein Kind, keine Religion. Rasse und Land zählen in meinem Universum nichts. Ehre und Ehrenwort gelten nichts in dieser Welt des Geldes, die nur Beziehungen zwischen Kräften und Mächten kennt. Der Tod läßt mich völlig kalt, mein Tod wie auch der Tod anderer, und nie hatte ich einen Herrn. Noch weniger kenne ich Treue, nur Leute, die mächtiger waren als ich und die ich dann überholt habe, zerquetscht, manchmal auch vernichtet. Und doch steigen in mir alle diese Gedanken wie Gebete empor und machen mich zu so etwas wie einem Kind, mit einer Kinderseele und mit Kindergefühlen.“

„Warum sagen Sie mir das?“, fragte Philippe mit der Unkompliziertheit seines Alters.

„Weil Sie der König von Frankreich sind. Während Sie in der vergangenen Nacht unter meinem Dach schliefen, bin ich durch den Wald gegangen. Ich habe gebetet, auf meine Weise, und das hat mich zu Ihnen geführt. Mein Gebet hat die Form eines Gesichts angenommen, und dieses Gesicht war das Ihre."

Philippe schwieg. Dies mit achtzehn Jahren zu hören, verlangte mehr als Ernsthaftigkeit. Für ihn war es der Augenblick, sich an die letzten Ratschläge seines Vaters zu erinnern: „So ist das. Daran kannst du nichts ändern. Du bist nicht Herr deines Standes. Du hast keine andere Wahl, als dies anzunehmen. Du dankst nicht dafür. Die Treue zu deiner Person läßt keine Erklärung zu. Sie ist dir geschuldet, selbst wenn du sie nie erfährst. Du sollst deshalb nicht eitel werden. Aber spiegele keine Demut vor. Du bist zugleich alles und nichts. Sieh zu, wie du damit klarkommst, mein Kleiner ..." Er begegnete dem flammenden Blick seiner Schwester, welche die Worte des alten Herrn in den siebten Himmel gehoben hatten, und sagte stirnrunzelnd zu ihr: „Marie, irre dich nicht hinsichtlich des Königs." Dann wandte er sich zu Monsieur Ixe: „Monsieur, ich beanspruche nichts und niemanden. Wenn ich aus Reims zurückkomme, werde ich vielleicht wirklich der König von Frankreich sein. Vor Gott, nicht vor den Menschen. Niemand wird es wissen. Das ist eine Angelegenheit zwischen Gott und dem König."

Der alte Herr nickte zustimmend mit dem Kopf. Die Gefühle überwältigten ihn. „Genau so ordnet sich alles, Monseigneur. Sie haben mir den Frieden gebracht."

Sie hatten den Waldweg verlassen und waren von der Rüttelstrecke nun auf eine breite Teerstraße gelangt. Die ersten Verkehrsschilder tauchten auf. Sie fuhren in der weiten Bannmeile durch einige Schlafstädte, die man neuerdings in die Lichtungen hineingebaut hatte und die nun die uralten Wälder der Zisterzienser und Benediktiner von innen heraus auffraßen wie ein Krebsgeschwür, und so verschwand der Wald von Lichtung zu Lichtung schließlich ganz. Ein blaues Hinweisschild zeigte die Nähe der Autobahn an. Anscheinend diente es als Zielscheibe. Unter Dutzenden von Einschußlöchern, unter Graffitischmierereien, konnte man die Richtungsangabe erahnen.

„Die Grenze", sagte Monsieur Ixe. „Früher konnte man beinahe das ganze Land durchreisen, ohne den Schutz der Wälder zu verlassen. Die großen Wälder waren durch kleinere Gehölze miteinander verbunden. Heute hört es hier auf. Dabei haben wir noch einige Umwege gemacht, um uns einen Aufschub zu verschaffen. Diesen Weg fahre ich gewöhnlich. Normalerweise verliere ich an dieser Stelle alle Skrupel und Gewissensbisse, wenn man denn eingesteht, daß ich welche gehabt hätte. Nach dem Passieren dieses

Schildes, kein Pardon mehr! Jeden Morgen habe ich schon zehn neue Einfälle, wie ich die Masse ausquetschen kann. Die Armen sind Milchkühe. Die Reichen sind arme Dummköpfe. Der Markt ist riesig und seelenlos. Kennen Sie dieses Frankreich, Monseigneur?"

Philippe zögerte mit der Antwort. Das Königreich ist nicht von dieser Welt und war es nie. Früher wußte das jeder, instinktiv. Deshalb gab es den König. Er bekam seine Macht von Gott, er war die Verkörperung der Hoffnung, die von Herrscher zu Herrscher weitergegeben wird. Jetzt zählte nichts mehr: Vergangenheit, Gegenwart, selbst die Zukunft, alle diese sich überlagernden Erscheinungsformen Frankreichs, die sich seit dem Tode Ludwigs XVI. gegenseitig erstickt hatten, anstatt harmonisch eines aus dem anderen hervorzugehen, das heißt, nach dem Willen Gottes, wieder zu einer Planzeichnung des Königtums zu gelangen. Man wird sagen, daß dies sehr seltsame Gedanken für einen jungen Mann waren. Philippe Pharamond de Bourbon aber war kein gewöhnlicher junger Mann.

„Werde ich darin einen Platz haben?", fragte er schließlich. „Ich glaube nicht."

Dieselbe Mutlosigkeit, die ihn beinahe in der vergangenen Nacht mitgerissen hätte … Was war seine Aufgabe bei alledem? Er schloß die Augen und dachte an Jerôme Guillou, den kranken Kleinen, der irgendwo am Ufer der Loire auf ihn wartete, das zum Sterben verurteilte Kind, welches auf keine Heilung mehr hoffen durfte, es sei denn, durch den König.

„Aber warum haben Sie mich das gefragt?", begann Philippe wieder.

„Weil wir genau dieses Frankreich durchqueren werden, Monseigneur, und ihm immerhin ins Gesicht schauen. Wir sollten das nicht länger hinauszögern."

„Wie Sie meinen."

Monsieur Ixe beugte sich zu dem Schiebefenster, das den Innenraum des Autos teilte, öffnete es ein Stück weit und sagte zum Chauffeur: „Halten Sie an der Raststätte Belvédère. Treffen Sie die üblichen Sicherheitsvorkehrungen und benachrichtigen Sie den anderen Wagen, falls wir getrennt werden."

Auf der dunklen Limousine begann ein blaues Licht zu kreisen, zugleich lärmte der sonst leise Wagen und heulte mit einer kräftigen Polizeisirene.

„Ich nutze meine Privilegien", erklärte Monsieur Ixe. „Wir werden das brauchen."

Die beiden Wagen fuhren auf die Autobahnauffahrt und schufen sich mit dem Blaulicht und der Sirene Platz in dem zu dieser Stunde immer noch dichten Verkehr. Ganze Herden rauher Burschen aus allen Ecken und Enden Europas steuerten große brüllende Sattelschlepper, Supertanker, Containerfahrzeuge und Tankwagen, so groß wie Häuser. Zwischen ihnen schlichen kleine, graue, gehetzte Männchen, die an ihre Lenkräder gepiekst waren, wie Insekten auf einen Korken. Die Erinnerung an Jérôme Guillou begleitete Philippe. In diesem Moment war dieses Kind der einzige Untertan im Königreich und erhellte es mit seinem traurigen Lächeln.

Eine Viertelstunde später wurden die beiden hintereinander fahrenden Autos langsamer und fuhren auf die rechte Spur. Ein beleuchtetes Schild zeigte an: 'Raststätte Belvédère 1000 m'. Die Zufahrt führte sie an einer riesigen Tankstelle vorbei, die wie ein Raumschiff in einem Science Fiction-Film erleuchtet war. Im Wind knatterten Fahnen mit dem Firmenlogo und den Farben eines multinationalen Benzinkonzerns hoch oben auf einer beeindruckenden Reihe von Masten, und sie waren die einzigen, die wirklich zu dieser Betonlandschaft paßten, deren kantige Hügel sich soweit das Auge reichte bis über den Horizont hinaus erstreckten. Hinter der Superbenzin-Tränke lag die Futterkrippe, genauso gewaltig und leuchtend, wo bleiche menschliche Wesen mit geröteten Augen Tabletts eine lange Theke entlangschoben, die sie mit aufgetautem Tiefkühlfutter beluden, um sich danach an einen Tisch zu setzten, allein, stumm und austauschbar. Der Ort nannte sich in aller Einfachheit: ‚Zum Belvédère-Hof', was in gigantischen Neonbuchstaben verkündet wurde.

„Früher war hier wirklich ein Bauernhof“, sagte Monsieur Ixe. „Er gehörte meinem Vater, mit sechshundert Hektar Weizenfeldern, mit einem Jagdrevier, in das er Minister einlud, und einem Landschlößchen, auf dem ich geboren bin. Jetzt leben dort dreihunderttausend Menschen, wo früher zwanzig Knechte lebten. Mein Vater hatte früher als andere verstanden. Er hat alles plattgemacht. Er hat aufgebaut. Er hat es gut gemacht. Er hat nichts bedauert.“

„Und Sie?“, fragte Philippe.

Die Nase am Wagenfenster wie am Bullauge eines U-Bootes, das ozeanographische Forschungen durchführt, beobachtete er, wie dieses Tiefsee–Universum, bevölkert mit formlosen Kreaturen einer unbekannten zoologischen Art, an ihm vorbeizog.

„Bedauern? Nein, Monseigneur. Man kämpft nicht gegen die Masse. Im Gegenteil, man lernt, sie für sich zu nutzen. Das ist sogar eine extrem einfache Angelegenheit, wenn man nur ein für allemal vergißt, daß sie eine Summe von Individuen ist, was sie übrigens nicht mehr ist. Es wird nur die

Illusion geschürt, daß jeder sich von den anderen unterscheidet, und es gibt Leute, die genau daraus ihren Beruf gemacht haben: Illusionen zu schüren. Dafür werden sie sehr hoch bezahlt, und sie haben sehr viel Erfolg. Die Masse, das sind in Wirklichkeit hundert Personen. Jeder ist nur der präzise Widerschein von hunderttausenden von Individuen, die sich wie Klone gleichen. Das klappt ganz gut, mit den hundert Personen, die Ihnen aus der Hand fressen."

„Ich mag nicht, was Sie da sagen, Monsieur", sagte Philippe.

„Ich auch nicht, Monseigneur. Und genau deshalb brauche ich Sie. Kommen Sie."

Die beiden Wagen hatten weit hinten auf dem riesigen Parkplatz angehalten, am Rand einer Art Grünanlage, bepflanzt mit kränkelnden Bäumen und ausgestattet mit zerstörten Picknicktischen und unbrauchbaren Kinderspielgeräten. Zwei Meter hohe Mauerreste waren dort stehengelassen und sorgfältig befestigt worden als landschaftlich belebendes Element, wie es im geziert-anmaßenden Jargon der Zeit hieß. Die Fläche war mit haßerfüllten Grafitti besudelt. Eine kleine Steintafel war in die Mauer eingelassen und kündete: ‚Belvédère-Hof, 16. Jahrhundert'. Das war der höchste Punkt des Hügels. Sie gingen bis dorthin. Marie und die drei Jungen waren zu ihnen gestoßen. Einer der Leibwächter – Chauffeure ging voran, ein Sturmgewehr unter dem Arm. Vor ihnen lag im Rundblick, soweit das Auge reichte und sogar darüber hinaus, Paris, eine der am dichtesten bebauten und meist bevölkertsten Städte Europas. Auf der Hälfte der Anhöhe trennte ein hohes Gitter mit Stacheldraht das Belvédère von den ersten, tiefer unten liegenden Beton-Karnickelställen.

„Da unten wimmelt es, Monsieur", sagte der Mann mit der Waffe. „Wenn wir für einige Zeit Ruhe haben wollen, sollten wir uns ankündigen."

Monsieur Ixe bestätigte mit einem Nicken, und der Leibwächter schoß einige trockene Salven in die Luft, auf die der andere Chauffeur, der bei den Autos geblieben war, wie ein Echo mit weiteren Salven antwortete. Diese nächtlichen Detonationen lösten eine Lawine von Geräuschen und hastigen Bewegungen aus. Zuerst knallten Autotüren, dann galoppierten Absätze über den Zement. Stumm vor Verblüffung und Abscheu sah Marie im Halbdunkel große, grell geschminkte Frauen halbnackt mit zerzausten Haaren zu ihren Autos rennen, die man unmittelbar darauf starten hörte. Auch ein Rudel entblößter Zwitterwesen floh mit großen Sprüngen, wie Rehe. Das übliche Wild der Parkplätze ... Vier Vergewaltiger in einem gestohlenen Lieferwagen ließen von ihrem Opfer ab und verdrückten sich. Es folgten gut dreißig jugendliche Musterexemplare betonerner Menschheit, die um diese Stunde der Nacht dabei überrascht wurden, wie sie gerade dabei waren, den Platz in Beschlag zu nehmen und gute Gelegenheiten zu orten. Sie stürzten die Anhöhe hinunter und glitten wie Ratten durch Löcher im Zaun, um wieder auf ihr Territorium zu gelangen, wo sie niemals verfolgt wurden, und von wo sie nun ganze Litaneien an rauhen Beschimpfungen ausstießen.

„Bringt sie zum Schweigen“, befahl der alte Herr überdrüssig.

Der Leibwächter leerte ein ganzes Magazin und bestrich damit ausgiebig den Zaun. Man hörte erstickte Ausrufe, gefolgt von Jammerlauten und verängstigtem Getrappel, das sich im unbebauten Gelände vor den ersten Gebäuden verlor.

„Die hauen ab!“, stellte der Mann mit der Waffe munter fest.

Noch nie in seinem ganzen Leben hatte Philippe etwas derartiges gesehen oder gehört. Seine Rucksack-Streifzüge durch Frankreich hatten ihn nie an solche Orte geführt, er hatte sie immer gemieden. Er war vor der Wahrheit geflohen, und nun sprang sie ihm ins Gesicht.

„Was sind das für Leute?“, fragte er, ganz blaß geworden.

„Das ist der Haß“, antwortete Monsieur Ixe. „Der Haß und die Ansteckung durch den Haß.“

„Sind es viele?“

„Hunderttausende, zweifellos. Man weiß es in Wirklichkeit nicht. Sie sind der Abschaum der Masse. Sie gehen einfach aus ihr hervor.“

„Sind sie Franzosen?“

„Das hat keinerlei Bedeutung für sie.“

„Christen?“

Der alte Herr schüttelte den Kopf: „Sie sind nichts. Diese Worte sagen ihnen nichts. Sie kennen nicht einmal den Sinn von alledem.“

Philippe warf ihm einen betrübten Blick zu: „Warum haben Sie mich hierhergebracht?“

„Das war nicht zu vermeiden. Dies hier ist ein guter Aussichtspunkt auf eine Welt, die nicht die Ihre ist und über die ich Ihnen einiges zu sagen habe. Im Umkreis von dreißig Kilometern leben neunzehn Millionen Menschen. Niemand kennt Sie dort, Monseigneur. Keine einzige Tür würde sich Ihnen dort öffnen. Man würde Ihnen nicht einmal ein Glas Wasser anbieten. Ich hingegen habe auf hundertelei Arten dort überall Zugang, ich bin überall. Sie essen und trinken, was ich ihnen verkaufe. Sie kaufen, was ich für sie entwerfe, gebrauchen, was ich haargenau für ihren Gebrauch herstelle. Fast würde ich sagen: nach ihrem Bilde. Sie verschulden sich, damit ich verdienen kann, durch die Tricks meiner eigenen Banken. Sie lesen, was ich für sie drucke. Sie hören und sehen, was ich ihnen mitzuteilen und zu zeigen befehle, und die, welche in meinem Namen zu ihnen sprechen, halten sich für frei, frei durch bequeme Gewissensgymnastik. Im Namen dieses Prinzips erlaube ich sogar gewinnbringende Schändlichkeiten, was mir bisher niemand vorwirft. Es ist kurz nach Mitternacht, Monseigneur. Zu dieser Stunde, wenn die Kinder schlafen und nicht mehr auf ihre Eltern aufpassen, beschmutzten sich in 1.200.000 dieser Wohnungen – ich weiß das, denn man legt mir jeden Morgen den triumphalen Bericht vor – die Leute ihre Seele vor den Fernsehern. Sie suhlen sich in Bildern, die ihnen die Würde nehmen und die von Schuften in meinen Diensten bestellt, ausgeführt, interpretiert, gefilmt, programmiert, angekündigt und ausgestrahlt werden. Dieselben Bilder, im selben Augenblick kollektiv aufgenommen von Millionen Blicken. Die Masse. So wird sie gebrandmarkt wie Vieh, aber alle zugleich. So weit reicht meine Macht, Monseigneur. Leider …"

„Ich mag das nicht, was Sie mir da sagen, Monsieur", bemerkte Philippe zum zweiten Mal. „Und diese Leute, beten Sie niemals?"

„Niemals", antwortete Monsieur Ixe. „Diese Tähigkeit hat sich verloren."

„Aber worauf hoffen sie?"

„Durchkommen, ohne unglücklich zu sein. Am besten, ohne sich zu langweilen. Das deckt so ziemlich alle menschlichen Aktivitäten ab. Und die meisten schaffen das, in verschiedenen Abstufungen. Das genügt ihnen."

„Glauben sie an ihre unsterbliche Seele? An die göttliche Natur des Lebens?"

„Solche Worte berühren sie nicht einmal."

Philippe zögerte: „Ist das Ihre Schuld?", fragte er.

„Darüber habe ich nachgedacht", sagte Monsieur Ixe. „Gestern, als ich aus dem Wald zurückkam, als Sie noch schliefen, habe ich einige Maßnahmen getroffen, die auf den meisten Finanzplätzen den ganzen Tag über einigen Wirbel verursacht haben. Ich habe mich von ausnahmslos allen Aktivitäten zurückgezogen, die unter meiner Kontrolle waren. Das wird nichts ändern. Andere als ich werden kommen. Sie reißen sich jetzt schon um die Macht, von der ich mich freigemacht habe. Sie werden schlimmer sein als ich, und daran sind nicht so sehr sie selbst schuld, sondern ich. Die größte Fähigkeit der Masse ist heute, ihre eigene Erniedrigung hervorzubringen. Natürlich fragen sich jetzt alle, warum ich mich verdrückt habe, ohne irgendwen aus der Meute informiert zu haben. Man hat hundert Hypothesen aufgestellt, aber den wirklichen Grund wird niemand je erfahren, außer Ihnen und mir."

„Ich?", staunte Philippe.

Der alte Herr betrachtete ihn mit einer solchen Heftigkeit an innerer Erregung, daß diese den ganzen Verschleiß seiner Seele tilgte. In seinen Augen lag auch Ergebenheit und vieles andere mehr. Diesen Ausdruck sah man vor langer Zeit, zu Zeiten der Kapetinger, in den Augen der Franzosen, die sich unterschiedslos, seien sie Bauernlümmel oder Herren, ihrem König vorstellten.

„Sie haben meinen Weg gekreuzt, Sire", sagte Monsieur Ixe. „Es gibt keinen anderen Grund. Auch ich wollte nur durchkommen. Sie haben mir die Hoffnung wiedergegeben. Ich habe mich entschieden, Ihnen zu dienen, und endlich den zu lieben, dem ich diene. Sie wissen es vielleicht nicht, oder es ist nicht an Ihnen, sich daran zu erinnern, aber das Königtum ist die einzige annehmbare Form der Herrschaft über Menschen, weil es auf die Liebe gegründet ist."

Philippe legte seine Hand auf die Hand des alten Herren. Sein Hals war wie zugeschnürt. „Oh doch, ich weiß es", sagte er. „Wenn mein Vater dunklen Gedanken nachhing, wenn er sich sterbenseinsam fühlte, vergessen, verlassen, und Gott weiß, daß er es war, mein armer Vater, dann rezitierte er in sarkastischem Ton diesen Vers von Racine: ‚Will man mühelos geliebt sein, reicht es, König nur zu sein …'. Und dann fügte er hinzu: ‚Keine Liebe mehr, kein König mehr …', und ich glaube, das hat ihm das Herz gebrochen."

Er machte eine Bewegung auf die Beton-Bataillone hin, die angetreten waren, soweit das Auge reichte, auf die riesigen angestrahlten Wachtposten, die Paris von allen Seiten flankierten, auf diese unerbittliche Lichtergeometrie, in der sich ein Drittel der Bevölkerung seines Königreichs zusammenpferchte.

„Und mein Vater kannte diese Wüstenei noch nicht einmal! Was würde er an meiner Stelle sagen?"

Er stand einige Augenblicke schweigend und regungslos, dann fragte er traurig: „Mein Gott! Was habe ich da zu schaffen? Das hat alles keinen Sinn!"

Seine Bestürzung spiegelte sich auf den Gesichtern seiner Gefährten wider, die ihn schweigend und betroffen anschauten. Jetzt ritten sie nicht mehr am Ufer der Loire entlang, das war nicht mehr dieses grandiose und letzte Kinderspiel. In Wahrheit entdeckten sie gerade in diesem Augenblick, alle fünf, das unwiederrufliche Ende ihrer Jugendzeit. Jetzt waren sie auf der anderen Seite des Spiegels angelangt. Auf dem Parkplatz fuhr lärmend ein Lastwagen an. Vor dem Selbstbedienungsrestaurant parkten Autos. Andere fuhren ab und durchpflügten die Nacht mit ihren Scheinwerfern. Anscheinend hörte das laute Brummen der Autobahn niemals auf, und Monclar, Josselin und Odon de Batz sagten sich, daß dies ein unheilvoller Ort war, an dem das Königreich tatsächlich keinen Sinn hatte.

„Wie entscheidest Du, Monseigneur?“, fragte Odon de Batz mit scheinbar sorgloser Stimme. „Vielleicht sind wir etwas zu früh gekommen, das ist wahr. Man könnte bis zum Jahr 3000 warten. Wer weiß, ob dann das alles nicht schon wegrasiert ist?“

Hinter der gewollten Ironie in seinem Ton spürte man seine Hoffnungslosigkeit. Philippe antwortete nicht. Hatte er es überhaupt gehört? Er war wie hypnotisiert von diesem riesigen, nächtlichen Leuchtbild der großen Gebäude, so als ob er allein und hilflos einer großen Armee gegenüberstehe, die im Begriff war, loszumarschieren und ihn ins Nichts zurückzuschicken, ihn zu zermalmen, bis nichts von ihm übrigblieb, von ihm, Philippe Pharamond de Bourbon, König von Nichts.

Einzig Marie versuchte, die Stirn zu bieten. „Du bist der König! Du bist der König! Du hast gar nicht die Freiheit zu verzichten!“ Dann brach sie in Schluchzen aus und barg ihr Gesicht in den Händen.

„Sei still, Marie, ich flehe Dich an!“, sagte Philippe.

Der alte Herr, der ihn beobachtete, senkte niedergeschlagen den Kopf. Er hatte getan, um was man ihn gebeten hatte, aber war die Prüfung nicht zu schwer gewesen für den jungen Fürsten? Und wenn Bruder Ulrich sich getäuscht hätte? Wenn er die Seelenstärke dieses Jungen überschätzt hätte? Bruder Ulrich hatte sich eines Morgens auf der Maladrerie vorgestellt. Sie hatten beide lange miteinander gesprochen. Da Monsieur Ixe zögerte, und obwohl sie allein in dem Raum waren und niemand sie hören konnte, hatte der Mönch einige Worte auf ein Stück Papier geschrieben und hatte Monsieur Ixe gebeten, sie zu lesen. Dabei hatte er den Zeigefinger auf den Mund gelegt, um zum Schweigen zu mahnen, dann hatte er das Stück Papier ins Feuer geworfen, ohne es aus den Augen zu lassen, bis es vollständig von den Flammen verzehrt worden war. Es waren diese zwanzig Worte, die Monsieur Ixe völlig überzeugt hatten, ohne Zweifel dieselben, denen sich, wie erinnerlich, der Vater Abt von Saint-Benoît gefügt hatte, die den jungen Philippe zu Tränen gerührt und den Erzbischof von Reims umgewandelt hatten …

Und all das um schließlich an diesen Punkt zu gelangen, zu diesem blonden Knaben, der ganz verloren sein eigenes Land betrachtete, in dem nichts sich in ihm wiedererkannte und der wie zu sich selbst murmelte: „Mein Gott, warum hast Du mich verlassen?"

Philippe glaubte sich allein. Er war es nicht. Zur gleichen Zeit, im selben Augenblick beteten, eine Handvoll Mönche in Schottland, auf den Färöern, an den Hängen des Mont Ventoux, tief unten in einem Alpental und an anderen abgelegenen Orten Europas, in ihren eiskalten Kirchen knieend, daß Gott sie erhören möge. Wer weiß, ob nicht gar einige Bonzen in Tibet, einige Stammespriester der Hopi oder Vestalinnen des kaiserlichen Tempels von Ise, dort unten, auf ihren heiligen Bergen aus eigenem Antrieb, geistlichen Beistand leisteten? Auch ein junges Mädchen betete, Anne, die Augen im schwarzen Dunkel weit geöffnet, und Jérôme, das magere und blasse Kind, die durchscheinenden Hände gefaltet, und noch andere, die ein Traum aufgeweckt hatte und die, ohne recht zu wissen warum, den Weg des Gebets einschlugen, so wie man früher nach Compostella oder Jerusalem aufbrach, weil Gott es befahl. Mit geradem Rücken auf den Steinfliesen kniend, unempfindlich gegen Müdigkeit und Kälte, ganz allein in der Kathedrale von Reims, in der er sich für die Nacht eingeschlossen hatte, betete ein alter, altersloser Kardinal-Mönch mit dem Vertrauen eines Kindes. Schließlich betete auch Bruder Ulrich in Rom, im Wechsel mit den Ordensleuten von St. Athanasius am anderen Ende der Stadt. Bei ihm war ein Mann in weiß, der auf einem Betstuhl kniete, den Rosenkranz zwischen den Fingern. In einem Fenster im zweiten Stock des Palastes, das auf den verlassenen Petersplatz hinausging, brannte noch Licht.

An der Place Beauvau hielt auch Roth noch Wache. Aus dem Garten direkt unter seinem Büro, stieg wütendes Gequake empor. Judas war aufs höchste gereizt, vollführte einen Höllensabbath, und der Minister schwor sich, diese dreckige Kröte gleich am Morgen, nach Eintreffen der Gärtner, erschlagen zu lassen. Roth betete aber nicht. „Eine Frage des Repertoires", sagte er sich, aber er fühlte seinen Geist im Alarmzustand und sein Herz unerklärlich aufgewühlt in einem wilden und unvernünftigen Durcheinander. In genau diesem Augenblick ging das Licht aus, mit Ausnahme der Lampe, unter der er sich befand und die als einzige weiter leuchtete, während die Gartenlaternen, die Nachtdienstbüros und die Flure in Dunkelheit gehüllt waren. Roth öffnete die Vorhänge ein wenig und warf einen Blick in den Himmel. Der Himmel war rabenschwarz. Der riesige, gelbleuchtende Lichtschein über Paris, der die Hauptstadt dutzende Kilometer weit im Umkreis anzeigte, hatte sich verflüchtigt. Ein allgemeiner Stromausfall. Seltsamer Stromausfall, der alle Lichter der Stadt löschte und einzig und allein seine Lampe weiterleuchten ließ. Er stand auf, betätigte die Lichtschalter, welche die Decken- und Wandleuchten des Raums ein- und ausschalteten, die aber hartnäckig ausgeschaltet blieben, dann den Schalter seiner Lampe, die ihrerseits hartnäckig eingeschaltet blieb. Nachdenklich setzte er sich wieder und wartete.

Mehr als die nun doch sehr tiefe Dunkelheit verblüffte sie die Stille. Von der Autobahn kam kein einziger Laut mehr. Hatte sie je existiert? Dort, wo sie eigentlich hätte sein sollen, konnte man sie nicht einmal mehr erahnen. Auf dem Parkplatz hatte jeglicher Verkehr aufgehört, und selbst die Standlichter der Lastwagen waren erloschen. Von all den tausenden Geräuschen, die Siedlungen dieser Dichte, in denen die Bewegungen des Lebens nie aufhörten, selbst in der Nacht hervorbringen, hörte man nicht ein einziges, ein vereinzeltes, ein entferntes, weder die Sirene eines Krankenwagens noch ein Hundebellen, weder das durchdringende Knattern eines Mopeds noch das Rattern eines Zuges. Das gläserne Restaurant mit der Leuchtschrift ‚Zum Belvédère-Hof' war aus der Landschaft einfach wegradiert. Niemand ging hinein, niemand kam heraus, und da kein Licht leuchtete, konnte man überdies unmöglich wissen, ob diese traurigen Tablettschieber dort gewesen waren, die mit trübem Blick fade Nahrung auswählten. Die Lautsprecheranlage der Tankstelle mit ihrer synthetischen Konservenmusik war den beleuchteten Dächern über den Tanksäulen ins Nichts gefolgt, ebenso die Kasse, einem durchsichtigen Blockhaus, aus dem der Aufseher haßerfüllte Blicke auf alle diese Blechkutschen warf, die ihn zur Nachtwache zwangen. Man hörte selbst die Werbefahnen mit der den Jakobspilgern gestohlenen Muschel nicht mehr im Wind knattern. Ausradiert auch die endlos von allen Seiten sich überlagernden, abertausenden Lichtquellen, die funkelden Raubtierzwinger und diese ganze anonyme Unendlichkeit von Millionen elektrischer Augen, so warm wie menschliche Blicke, die noch eine Sekunde zuvor dem einsamen jungen Mann den Weg in sein Königreich verstellt hatten.

Und das Königreich war bewohnt.

Sicher, es schien nur wenig bevölkert. Nur wenige Lichter flackerten in der Ferne, sehr vereinzelt und verloren inmitten riesiger Weiten, die in ein noch tieferes Schwarz getaucht waren als der Himmel. Alles erinnerte an eine nächtliche Landschaft in den allerersten Zeitaltern, in denen nur winzige

Familienclans, Tagesmärsche voneinander entfernt, sich um das Feuer herum aneinanderdrängten, um die Schrecken der Nacht zu bekämpfen. Diese über das ganze Land verstreuten Zeichen menschlichen Lebens erfüllten eine heilige Funktion. Als seine Augen sich an die Dunkelheit gewöhnt hatten, zählte Philippe etwa dreißig Lichtpunkte in verschiedener Entfernung und Höhe, vielleicht sogar einige wenige mehr, denn ganz weit am Horizont, ganz vage, konnten einige die Dunkelheit kaum durchdrigen, ihre Botschaft jedoch kam an. Sie grüßten den König von Frankreich.

Den meisten jener Unbekannten, die da wachten oder genau in dieser Minute aufwachten und feststellten, daß das Licht des Zimmers, in dem sie sich befanden, inmitten der allgemeinen Dunkelheit weiterleuchtete, war das zunächst nicht bewußt, aber alle gingen alsbald zum Fenster und öffneten es, um die Nacht hereinzulassen. Die Luft war hoffnungsschwanger, erfüllt von unhörbaren Fanfaren. Gottes Gnade wurde darin spürbar, wie sonst wäre dieses Aufflammen einer spontanen Inbrunst aus wiedergewonnener Ehre und wiedergefundenem Glück erklärbar. Schon seit langer Zeit hatte die alles umhüllende Niedrigkeit in diesem Land jedes Bedürfnis nach Werten erstickt, alles Bedürfnis nach Liebe und jedes Bedürfnis danach, sein Leben dem anzuvertrauen, der das Vertrauen verdient. Vielmehr hatte man nun die Verachtung satt und war erschöpft vor Abscheu. Von jenen, die in dieser Nacht gewissermaßen wiederauferstanden, hatte vielleicht noch nicht einmal jeder Dritte, genaueres von einem Philippe Pharamond de Bourbon gehört, vom Abkömmling des heiligen Ludwig und Erben unserer Könige. Die anderen, die von seiner Existenz nichts ahnten, hatten sich ihn gewissermaßen ausgedacht. Sie erfanden einen König von Frankreich, auf die gleiche Weise wie jener Astronom, der einen Stern entdeckt hatte, obgleich dieser den Beobachtungsmöglichkeiten seiner Zeit unsichtbar blieb, einfach durch eine logische Schlußfolgerung, weil die Regelhaftigkeit der kosmischen Bewegungen es verlangte und weil ohne das Vorhandensein dieses Sterns an diesem Platz, den der Schöpfer aller Dinge ihm natürlich zugewiesen hatte, nichts einen Sinn ergab. Ihn erwarteten sie und ihre Blicke und Gedanken trafen sich zu einer Zeit der Nacht, in der keinerlei Licht wahrnehmbar war, in die aber Gottes Wille in diesem Augenblick einen jungen Mann hineingestellt hatte, von dem man nichts wußte, und der das monarchische Prinzip verkörperte.

„Dreißig!“, sagte Philippe verklärt. „Wenn diese den König so lieben wie ich sie liebe, dann halte ich tausend Jahre durch.“

„Einunddreißig“, verbesserte Monclar. „Hör doch!“

Dieses Mal war es kein Licht, sondern ein Ton. Eine weit entfernte, einsame Glocke, nach ihrem schrillen Ton offenbar recht klein, zweifellos eine Kapellenglocke, von irgendeinem unglücklichen Vorortpriester mit der Hand geläutet, der in dieser Wüste völlig verloren war und ganz erstaunt, in der Nacht so viel Lärm zu machen, während seine vergessene Kapelle, zu der niemand mehr ging, sich plötzlich mit Schatten füllte: die Herren von Brunoy, du Puiset, de Montlhéry, de Longpont, de Montigny, de Pierrefonds, d'Étampes, de Juvisy, de Corbeil, de Torfou, de Clermont, de Clichy, de Montfort, de Milly, de Joinville, die Äbte von Poissy, von Saint-Denis, von Saint-Germain, von Chaalis, von Val, von Maubuisson, alle die hohen Lehensmannen der ersten Kapetinger versammelten sich, ihrem König den Lehnseid zu leisten.

Auf dem Parkplatz startete ein großer Sattelschlepper. Die Beleuchtung der Raststätte ging wieder an, und ein holländischer Lastwagenfahrer, der nach einem Teller mit glibberigem Aufschnitt und einer Portion gipsartigem Camembert gegriffen hatte, vollendete seine unterbrochene Bewegung. Der Stromausfall hatte nur kurz gedauert. Genau 47 Sekunden, nach Angaben der Elektrizitätswerke, die sich darauf beschränkten, einen unerklärlichen momentanen Stromausfall in der Region Groß-Paris festzustellen. Die Presse übernahm diese Erklärung, und es gab übrigens auch keine andere Erklärung, denn niemand war mehr in der Lage, auch nur irgend etwas Übernatürliches zu vermuten, in diesem vormals christlichen Land, in dem beispielsweise die Bischöfe die Bittprozessionen abgeschafft hatten und die Gebete um Regen oder schönes Wetter, je nachdem. Augenscheinlich bemerkte niemand außer den Betroffenen selbst, daß einige wenige Lichtquellen von dem Stromausfall nicht betroffen worden waren. Man stellte sich daher keine Fragen, auch nicht darüber, daß es keinerlei Schäden gegeben hatte, keinen schweren Unfall nicht einmal einen kleinen, besonders in den Krankenhäusern – weshalb zwar eine Zeitung mit ihrer Schlagzeile titelte: ‚Ein Wunder', aber das war nur so eine Redensart. Das Wunder hatte zehntausende von Schutzengeln mobilisiert, die aber nicht daran dachten, einen Anspruch darauf zu erheben.

„Monseigneur, wie entscheiden Sie?", fragte Monsieur Ixe.

Philippe warf einen letzten Blick auf die Landschaft, auf diese Milliarden Kilowatt, auf diese riesige menschengemachte Sternenanhäufung, in der er sich beinahe verloren hätte. Er fühlte sich völlig friedvoll, heiter und glüklich. König von Frankreich zu sein nur nach dem Maßstab dieser Welt und zugleich aus Verzweiflung über diese deprimierende Realität darauf zu verzichten: genau das war das eigentliche Wesen der Versuchung, in die er gerade geführt worden war. Nur um Haaresbreite hatte er ihr nicht nachgegeben. Ab jetzt würde er nicht mehr zweifeln. Er hatte den Sinn der Prüfung verstanden. Er war König, ohne jeden Zweifel. Aber König eines aller materiellen Erscheinungsformen beraubten Königreichs. Von Seele zu Seele, alles andere würde folgen, zuallererst die Hoffnung …

„Auf nach Saint-Denis!“, sagte er. „Auf nach Reims!“

Auf dem ganzen weiteren Weg öffnete er den Mund nicht mehr. Marie saß nahe bei ihm und hielt seine Hand in der ihren. Der alte Herr wählte eine Telefonnummer und meldete sich: „Ixe …“

Dann beschränkte er sich auf's Zuhören. Zum Schluß lachte er leise und sagte: „Ja, eine Überraschung nach der anderen. Ich wußte auch nicht, daß Sie dabei sind.“

Er warf einen Blick auf den jungen Mann, der ganz in Gedanken versunken schien, und wählte eine zweite Nummer, meldete sich diesmal nicht mit Namen, sondern teilte seinem Gesprächspartner kurz mit, daß er ihn am ausgemachten Ort um zwei Uhr erwarte und jener das Vereinbarte mitbringen solle.

„Treffen Sie trotzdem Vorsichtsmaßnahmen“, fügte er noch hinzu bevor er auflegte. „Die Gegend ist nicht sicher.“

Kurz nach dem Autobahnkreuz Rungis wurde der Verkehr plötzlich langsamer. Auf einer Signalbrücke verkündete ein Leuchtband: ‚Unfall. In 1 km Stau'. Rote und blaue Lichter blinkten, und mehrere Polizeiwagen leiteten den Verkehr auf einen einzigen Fahrstreifen.

„Fahren Sie auf den Standstreifen“, befahl Monsieur Ixe dem Chauffeur.

Mit Blaulicht und Martinshorn fuhren die beiden Limousinen am Stau vorbei und riefen Wellen von unterdrücktem Haß hervor. Es war kein Unfall, sondern eine als Unfall getarnte Polizeisperre zur Personenüberprüfung. Autofahrer öffneten mit wutverzerrten Gesichtern den Kofferraum, schwerbewaffnete Polizisten überwachten die Aktion. Ein Polizeioffizier näherte sich dem Wagen. Ein Blick auf das Nummernschild vorne, ein weiterer auf die Plakette auf der Windschutzscheibe: er salutierte. Monsieur Ixe hatte die Seitenscheibe heruntergelassen und die Innenbeleuchtung angemacht, damit seine Anwesenheit sichtbar wurde. Als der Polizist Philippe und Marie sah, beide mit demselben Profil in einem Lichtkreis wie auf einer Medaille oder auf einer Münze, machte er eine unerwartete Bewegung: er nahm andächtig seine Uniformmütze vom Kopf.

Als auf der Place Beauvau und in ganz Paris das Licht wieder erstrahlte, war Pierre Roths erster Gedanke, bei der Generaldirektion der staatlichen französischen Elektrizitätsgesellschaft anzurufen, um zu fragen, was denn vorgefallen sei. Dann betrachtete er nachdenklich die Lampe, die als einzige während der gesamten Dauer des Stromausfalls auf seinem Schreibtisch gebrannt hatte, und änderte seine Meinung. Seine Frage hatte keinen Sinn. Keine Antwort aus dem technischen Bereich konnte dieses Geheimnis erklären, über das er sich inzwischen so seine Gedanken machte. In einem kleinen Notizbuch mit elektronischem Verschluß und Selbstzerstörungsmechanismus, das er immer bei sich hatte, schlug er unter dem Buchstaben T nach, wählte eine Telefonnummer auf seinem abhörsicheren Privattelefon, mit dem er telefonieren konnte, ohne von der Zentrale vermittelt zu werden.

„Monsieur Tibérien?", fragte er.

„Ich bin's, Henri", antwortete eine Kinderstimme. „Ich hole meinen Großvater."

Einige Augenblicke vergingen, während derer er mit dem Schalter der Lampe spielte, immer wieder ein- und ausschaltete, herauszufinden versuchte, ob sie einen Defekt hätte, aber sie funktionierte sofort bei jedem Schalten, und nichts leuchtete mehr, wenn er sie ausschaltete. Das Gespräch wurde aufgenommen.

„Herr Min ..." sagte Louis Tibérien.

„Keinen Namen bitte", schnitt Roth ihm das Wort ab.

„Ist nicht wichtig, ich habe Ihre Stimme wiedererkannt. Ich weiß, wer Sie sind."

„Monsieur Tibérien", fuhr Roth fort, „haben Sie in Saint-Denis vor zwei Minuten auch einen Stromausfall gehabt?"

„Ja, tatsächlich. Und nicht nur in Saint-Denis, in Saint-Ouen, in Argenteuil, überall."

„Und die Lampe in dem Zimmer, in dem Sie sich aufhielten, hat weitergeleuchtet, nicht wahr, während ansonsten das ganze Stadtviertel in Dunkelheit getaucht war?"

Kurzes Schweigen.

„Wer hat Ihnen das gesagt?", fragte schließlich Tibérien, ehemaliger Maurer in Saint-Denis, Nachfahre jenes anderen Tibérien, des reuigen Chefs der Erdarbeiter, die 1793 die Gräber der Könige aufgebrochen hatten.

„Niemand", antwortete der Minister. „Es ist so, daß dieselbe ... Gnade (bei diesem Wort hatte er gezögert) auch mir im selben Augenblick gewährt worden ist. Die Schreibtischlampe in meinem Büro ... Ich glaube, ich habe den … Vorgang (neuerliches Zögern seinerseits) und den Grund begriffen. Glauben Sie mir, Monsieur Tibérien?“

„Ich glaube Ihnen. Bei mir sind zwei Lampen angeblieben. Die im Wohnzimmer, wo ich gerade las, und die im Zimmer meines Enkels, der sofort aufwachte. Er ist in die Küche gegangen und hat das Küchenfenster geöffnet, von dem aus man die Basilika sieht. Es war tiefschwarze Nacht. Henri hat zu mir gesagt: ‚Der, den du erwartest, wird bald kommen, Großvater. Beeile dich!' Deshalb wollten wir gerade aus dem Haus gehen, als Sie anriefen.“

„Um diese Zeit ist die Basilika geschlossen. Wie wollen Sie hineinkommen?“

„Von meinem Vater habe ich einen Schlüssel zu einer Seitentür, von der man glaubt, sie sei unzugänglich. Sie führt zu den ehemaligen Ausgrabungen, aber es ist gefährlich, dort entlangzugehen. Ohne meinen Enkel würde ich es nicht schaffen.“

Gefährlich? Saint-Denis? – Der Innenminister wurde dafür bezahlt zu wissen, daß die Kriminalitätsrate in dieser königlichen Stadt eine der höchsten Frankreichs war. Im vergangenen Jahr hatte das Internat der Demoiselles der Ehrenlegion fortziehen müssen, die jungen Damen waren hinter ihren hohen Mauern, fünfzig Meter von der Basilika entfernt, belagert und gedemütigt worden. Nachts hatten sie nur unter dem ständigen Schutz einer Abteilung der Bereitschaftspolizei ruhig schlafen können. Auch hatte man begonnen, die Grabmale Ludwigs XII. und Franz I. abzubauen, um sie nach Paris, in ein friedlicheres Stadtviertel zu bringen. Die anderen würden folgen. Eine Geldfrage. Roth schaute auf die Uhr. Die Zeit drängte.

„Monsieur Tibérien, riskieren Sie nichts. Ich bin in einer halben Stunde, genau um ein Uhr fünfundfünfzig vor Ihrem Haus – er schaute in sein Notizbuch – in der Rue du Colonel-Fabien Nr. 7. Der, den wir erwarten, trifft um zwei Uhr ein.“

Er hatte gerade aufgelegt, als das Telefon wieder klingelte, wieder war es die private Leitung.

„Ixe“, sagte der Anrufer.

„Da sind Sie ja“, sagte Roth, „und genau zum vereinbarten Zeitpunkt. Bruder Ulrich hat mich bereits informiert. Um zwei Uhr, auf dem Kirchenvorplatz. Ich improvisiere, aber alles wird gutgehen. Aber trotzdem, Sie dort zu treffen, wenn man weiß, was für ein Mensch Sie sind, welche Überraschung!“

Am anderen Ende der Leitung wurde leise gelacht.

„Ja, eine Überraschung nach der anderen“, antwortete die Stimme von Monsieur Ixe, „ich wußte auch nicht, daß Sie dabei sind!“

Roth wechselte das Telefon, rief über die Leitung des Ministeriums die Bereitschaft an und bestellte seinen Wagen. Dann ließ er holterdipolter den Generalsekretär des Départements Seine-Saint-Denis in seinem Amtssitz wecken, dessen Präfekt am Vortag nach Mayotte versetzt worden war und der sich nun vor dem Hörer fast in den Staub warf, weil er mitten in der Nacht eine unverhoffte Chance auf eine Beförderung sah. Er stellte keine Fragen und versprach, daß alles in einer halben Stunde bereit sei, mit der gewünschten Diskretion, natürlich. Als Roth durch den Garten zu dem kleinen Innenhof im Anbau ging, wo sein Chauffeur ihn erwartete, hörte er nahe beim Becken schmutzig gurgelnde Geräusche, als ob ein Monster aus dem Wasser auftauchte.

„Brüll nur, Judas", zischte er zwischen den Zähnen hervor. „Morgen bist du tot."

Er stieg in das Auto und stellte zufrieden fest, daß trotz der späten Stunde sein ständiger Fahrer am Steuer saß, eine ihm ergebene Kreatur.

„Sie haben zwanzig Minuten, Ferrand, um mich zur Basilika Saint-Denis zu fahren."

„Fünf Minuten mehr als ich brauche, Herr Minister."

Mit quietschenden Reifen fuhr die antennenbestückte, graue Limousine durch die Einfahrt auf die Rue Cambacérès und dann auf den Boulevard Malesherbes.

Racado war allein am Steuer seines Wagens, legte den Gang ein und fuhr los. Er kannte die Gewohnheiten des Ministers sehr genau. Roth fuhr nie durch das große Gitter auf die Place Beauvau, sondern immer auf die Rue Cambacérès. Dort hatte Racado dank seines Dienstausweises problemlos parken können. Er fühlte sich ein wenig wie zu Hause in dieser Straße, die Tag und Nacht mit Polizisten vollgestopft war. Man konnte glauben, er sei dienstlich unterwegs, seinem Minister auf dem Fuße folgend. In Wirklichkeit hielt er einen recht großen Abstand ein und folgte dem Wagen nur von ferne. Er wußte ja, wohin Roth unterwegs war. Auch viele andere Dinge wußte er. Am Ende hatte er recht gut verstanden, wie und von wem er gesteuert worden war, und seitdem war er unglaublich wütend.

Bei der Porte de la Chapelle, in Höhe der Auffahrt auf die Nord-Autobahn, fragte Roth plötzlich: „Sind Sie bewaffnet, Ferrand?"

„Ich fahre nie ohne Knarre, Herr Minister. Sogar mit einer ganzen Auswahl."

„Geben Sie mir eine Ihrer Waffen, seien Sie so nett."

Am 21. Januar 1793 wurde François-Sylvain Renard, Vikar an der Madeleine-Kirche, vom Konvent beauftragt, die sterbliche Hülle des Königs nach dessen Hinrichtung in Empfang zu nehmen und die Beisetzung auf dem ehemaligen Friedhof der Pfarrei in der Rue d'Anjou zu leiten. Die gegebenen Anweisungen legten sogar die Menge des ungelöschten Kalks fest (genug, um einen Ochsen aufzulösen), die Tiefe des Grabs (zwölf Fuß) und untersagten, den Leib in einem Sarg zu beerdigen, damit er auf keinen Fall vor dem schnellen Verätzen, verursacht durch den Kalk, geschützt würde. Es wurde alles so geplant und geregelt, daß nichts mehr von König Ludwig XVI. übrig bliebe. Vertreter des Konvents, unterstützt von einem Friedensrichter, hatten nur die eine Aufgabe, den Leib des Königs nicht einen einzigen Moment aus den Augen zu lassen, damit nicht eine andere Leiche untergeschoben werden könnte; damit nicht der König mit der Ehre, die man ihm hier verweigerte, anderenorts bestattet würde; damit nicht vielleicht, später, eine öffentliche Verehrung einsetzen würde. Man hatte den König getötet. Auch die Erinnerung an ihn mußte getötet werden.

Man hatte jedoch Abbé Renard die Erlaubnis gegeben, die Gebete des Totenoffiziums zu sprechen. Der König ruhte in einem gewöhnlichen, weißen Holzsarg, in dem er vom Schafott zum Friedhof transportiert worden war. Er war mit einer weißen Pikee-Weste, einer Kniehose aus grauer Seide und mit Strümpfen bekleidet. Seinen Kopf hatte man zwischen die Beine gelegt. Der Sarg hatte keinen Deckel und die Neugierigen, die sich drängten, um den toten Tyrannen zu betrachten, wichen entsetzt zurück. Diese krankhafte Volksmenge wurde dadurch bekehrt. 1814 erklärte Abbé Renard vor der Untersuchungskommission, „daß dasselbe Pack, das kurz zuvor die Luft von seinen Flüchen widerhallen ließ, in größter andächtiger Stille die Gebete hörte, die für die Seelenruhe Seiner Majestät gesprochen wurden." Als dieser Mummenschanz endlich beendet war – es war kalt, die Kommissare froren jämmerlich – warf man die Leiche in den Graben, auf eine

Lagerstatt aus ungelöschtem Kalk, mit nicht mehr Respekt als für irgendwelchen Abfall, und den Kopf wie einen Ball hinterher. Dann schaufelte man über dieses entsetzliche Lager eine dicke Decke aus ungelöschtem Kalk, unter der der unglückselige König und auch der Anblick seines Leibes endlich aus den Augen der Vertreter der Nation verschwanden, die nun essen gehen konnten. Das ganze wurde mit einer Schicht Erde bedeckt, festgetreten, erneut aufgeschüttet, wieder festgetreten, mehrmals hintereinander. Die Totengräber, welche die Erde mit ihren Füßen feststampften, waren fröhlich, als ob sie einen Tanz aufführten.

Am 16. Oktober desselben Jahres 1793 wurde kurz nach halb eins die Leiche der Königin Marie Antoinette mit noch weniger Feierlichkeit zum selben Friedhof gebracht. „Der Sarg der Witwe Capet", ohne Deckel, wurde im Auftrag des Bürgers Hermann, Vorsitzender des revolutionären Tribunals, für sechs Livres bei einem gewissen Joly, einem Totengräber, gekauft. Auch der Königin hatte man den Kopf zwischen ihre Beine gelegt, und das stachelte den Pöbel, statt ihn erschauern zu lassen, zu den wildesten Beleidigungen an, solange bis der Körper der Unglücklichen ganz mit ungelöschtem Kalk bedeckt war. Was der Pöbel grölte, kann man nicht wiedergeben. In der auch in diesen Dingen doch recht reichen Geschichte unseres Landes findet sich nichts Abstoßenderes. Wenn es noch Nachfahren dieser Leute gibt, sollten sie erzittern bei dem Gedanken, in sich selbst ein noch so winziges Gen als Träger all dieser Niedrigkeiten zu entdecken. Nun, immerhin hatte man sich prima vergnügt, und fünfundzwanzig Livres bezahlte man der Bande von fröhlichen Burschen, die auf diesem zweiten Grab tanzten, damit die Erde gut verfestigt würde und damit unter dieser festen Schicht kein Stückchen königlichen Fleisches dem Kontakt mit dem ungelöschten Kalk entgehe.

Die Tänzer hatten sich umsonst abgemüht. Weil die Republik keinen Bedarf an Wissenschaftlern hatte, so hatte man auch niemanden gefunden, der das Rezept für diesen fürchterlichen Kuchen exakt hätte berechnen können. Der ungelöschte Kalk war feucht geworden, und das Festtreten der Erde hatte ihn komprimiert, und so verlor er seine Eigenschaften und bildete über den Leichen eine Art schützendes Gewölbe. Der Bürger Descloseaux, Rechtsanwalt und im Geheimen königstreu, dessen Haus sich in der Rue d'Anjou befand, war von Grauen erfüllter Zeuge dieses zweifachen Verscharrens gewesen. Sein Garten grenzte an den ehemaligen, jetzt nicht mehr benutzten Friedhof, auf dem man hastig auch weitere Opfer der Schreckensherrschaft begraben hatte. Er kaufte die ganze Parzelle, was großen Mut bewies. Um Neugierige abzuhalten, erhöhte er die Mauern, pflanzte Trauerweiden und Zypressen und versteckte so das königliche Gelände unter einem geschlossenen Blätterdach. Es wird erzählt, er habe in einem Salon seines Hauses die Portraits des Königs und der Königin wie in einem Oratorium aufgestellt. Die Weitergabe des Heiligen …

Im Jahre 1999 gab es ein gutes Dutzend von Descloseaux im Telefonbuch von Paris. Vielleicht hatte mitten in der allgemeinen Finsternis während des Stromausfalls auch bei dem einen oder anderen dieser Descloseaux eine Lampe geleuchtet und somit die Existenz hartnäckiger Königstreue über die Generationen hinweg bezeugt.

„Man muß die Bourbonen dafür loben, daß sie vom ersten Augenblick ihrer Rückkehr“, so schrieb Chateaubriand, „an Ludwig XVI. gedacht haben. Sie mußten sich seine Asche auf's Haupt streuen, bevor sie die Krone daraufsetzen konnten …“ [14]

Die Exhumierungen begannen bei eisigem Wetter am 18. Januar 1815. Es schneite heftig. Der Boden war gefroren. Vor Kälte und versteckter Hoffnungslosigkeit wie erstarrt, war der Herzog von Blacas, Minister des Königshauses, zusammen mit dem Bischof von Nancy, Groß-Spiritual, mit dem Kanzler Dambray, mit Chateaubriand und anderen Persönlichkeiten des Hofes anwesend und umgaben die Herzogin von Angoulême, Tochter Ludwigs XVI., die einzige Überlebende des Temple-Gefängnisses, Madame Royale. Ihr kam im Namen des Königs die entsetzliche Pflicht zu, ihren Vater und ihre Mutter zu identifizieren. Sie tat das mit steifer Würde und mit eher religiösem als töchterlichem Respekt. Man exhumierte einen König von Gottes Gnaden. Der Pakt war nicht gebrochen. Sie war dort, um davon Zeugnis abzulegen, und sie tat es auf ihre Weise, mit einem etwas schroffen Stolz. Alle Tränen ihres Leibes und alle Trauer ihrer Seele hatte sie im Temple erschöpft, als sie gerade fünfzehn Jahre alt war und man ihr den Vater, dann die Mutter und dann den Bruder nahm …

Zunächst legte man recht schnell die Grube Marie-Antoinettes frei. Die Gebeine der unglücklichen Königin waren gut erhalten, und man fand einige Kleidungsfetzen und auch ihre Strumpfbänder intakt wieder. Chateaubriand war in die Grube gestiegen und hatte die Gebeine untersucht. „Er erkannte den Kopf der Königin an dem Lächeln, welches dieser Kopf ihm in Versailles geschenkt hatte …“ [15]

Dann übergab er die Gebeine dem Herzog de Blacas, der sie dem Groß-Spiritual reichte, der sie wiederum in ein Behältnis legte, das man unter dem unergründlichen und starren Blick der Herzogin von Angoulême mit dem Wappen Frankreichs siegelte.

Erst am nächsten Tag, am 19. Januar, fand man den König an genau dem Ort, den die drei Zeugen des Jahres 1793 angegeben hatten: Descloseaux, Abbé Renard und der finstere Totengräber Joly, welcher, zweifellos um das Ausmaß an Falschheit, das der menschlichen Natur eigen ist, einzuhalten, bei der Untersuchungskommission Einspruch erhoben hatte, angesichts all der Verehrung, die er bezüglich Ihrer Majestäten trotz der dabei drohenden Gefahren bewiesen habe. Um jede Verwechslung mit anderen Opfern der Schreckensherrschaft, die ebenfalls auf dem Friedhof verscharrt waren, auszuschließen, untersuchte man den Boden im weiten Umkreis der Gruben, ohne aber benachbarte Gräber zu finden. Blacas stieg in die Grube. Er weinte. Der Herzog von Blacas war ein treuer Edelmann. Er hatte Ludwig XVI. gedient und war Ludwig XVIII. ins Exil gefolgt. Später folgte er auch Karl X. ins Exil und starb im Dienste des letzten Königs von Frankreich auf der gespenstischen Burg Hradschin in Böhmen. Blacas, der Fürst von Poix, der Herzog von Duras und der Graf von Brézé bildeten vom Boden der Grube aus eine Kette. Es schneite noch heftiger als am Vortag. Die Knochen gingen von Hand zu Hand, einige entglitten ihnen, weil sie zu Staub zerfielen oder zerbröckelten; und den Kopf, das königliche Haupt, mußte man mit aller Vorsicht aus einer harten Mischung aus Erde und Kalk freilegen. Die Herzogin von Angoulême schloß für einen kurzen Moment die Augen. Das war ihr einziger Moment der Schwäche. Eine zweite Kiste wurde gesiegelt und neben die erste gestellt, die seit dem Vortag im zur Trauerkapelle umgestalteten Salon der Familie Descloseaux auf sie wartete, Mann und Frau, König und Königin vor Gottes Angesicht, sozusagen das Königtum in seiner Gesamtheit. Trotz der sibirischen Kälte stand und wachte draußen eine große Menschenmenge die ganze Nacht hindurch, auch den folgenden Tag und ebenso die folgende Nacht, bis zum Morgen des 21. Januar, dem zweiundzwanzigsten Jahrestag des Martyriums König Ludwig XVI.

Im Tode haben die Bourbonen immer große Demut gezeigt. Seit Heinrich IV., dem ersten von ihnen, der über Frankreich regierte, hatten sie mit dem prunkvollen Geschmack der Valois gebrochen, die sich Grabmale wie Marmorpaläste hatten bauen lassen, mit Säulen und allegorischen Darstellungen und bevölkert von ihrem zweifachen Erscheinungsbild: nackt und in majestätischer Pose. Man legte ihren Sarg ganz einfach auf zwei gewöhnliche Böcke in der Bourbonengruft in Saint-Denis; schlechte Särge aus dauerhaftem Holz, eher Kisten, nicht zu vergleichen mit diesen Scheußlichkeiten der Tischlerkunst, die man heute auf den Friedhöfen dieses Landes vergräbt. Außer Ludwig XVI. und Ludwig XVIII., die in der Erde der Krypta begraben sind, befinden sich in der Bourbonengruft noch fünf Särge von Fürsten, die nach der Revolution gestorben sind, die der beiden Töchter König Ludwig XV., des Prinzen von Condé, des Herzogs von Berry und des Herzogs von Bourbon, fünf Särge auf Holzgestellen, so unauffällig wie möglich, die hinter dem Gitter beinahe mit der fast vollständigen Dunkelheit der Gruft verschmelzen. In der Nacht vom 20. auf den 21. Januar wurden auch die Überreste des Königs und der Königin in zwei gleiche Särge von bourbonischer Einfachheit gelegt. Ein Schild aus vergoldetem Silber, das an den Sarg des Königs geschraubt war, trug die Inschrift: *Hier ruht der Leib des erhabenen, vielvermögenden und ausgezeichneten Fürsten Ludwig, des XVI. seines Namens, durch die Gnade Gottes König von Frankreich und Navarra.*

Kein einziges Wort erinnerte an sein tragisches Ende.

Bei der Überführung des königlichen Paares nach Saint-Denis hingegen ließ man allen Prunk früherer Trauerzüge wieder aufleben. Das Datum, den 21. Januar, hatte man bewußt gewählt als eine Art Wiedergutmachung. Ludwig XVIII. hatte seinem Volk etwas zu sagen, er wollte den unantastbaren Wert von Symbolen wieder verdeutlichen. Man wischte die Einschübe Revolution und Kaiserreich fort und ließ sich für den Trauerzug von der alten Ordnung leiten: neu eingekleidete Truppen des gerade eben wiederhergestellten königlichen Hauses, graue und schwarze Musketiere, Dragoner der Königin, Husaren des Königs, die Leibgarden, der König und die Prinzen in acht Kutschen, der Wappenherold mit dem Stab und vier Herolde zu Pferd, schließlich der Leichenwagen, begleitet von dreißig Schweizergardisten, deren wiedererrichtetem Regiment an diesem Tag die Ehre erwiesen wurde, die man ihrer Treue schuldete. Im Inneren der Basilika Saint-Denis warteten die Vertreter der obersten Regierungsbehörden, zahlreiche ausländische Botschafter, Descloseaux und de Sèze, welcher Anwalt Ludwigs XVI. vor dem Konvent gewesen war, und vierhundert Demoiselles aus dem Mädchenpensionat der Ehrenlegion, das Napoleon in der angrenzenden ehemaligen Abtei eingerichtet hatte. Sie begannen jetzt ihre Rolle als historische Statistinnen, die sie in der Folgezeit mit mehr oder weniger Glück ausfüllen sollten, je nach Ausrichtung der jeweiligen Regierung. Die Herzöge von Angoulême und von Berry stiegen allein in die wiederhergestellte Gruft der Bourbonen hinab und warfen sich vor dem Sarg des Königs nieder.

„Endlich fand Ludwig XVI. seine Ruhe in Saint-Denis; Ludwig XVIII. seinerseits schlief im Louvre, und so begannen beide Brüder eine neue Ära von Königen und legitimen Phantomen: die vergebliche Restauration des Throns und des Grabs, von denen die Zeit schon jetzt die doppelte Staubschicht hinweggefegt hat." [16] Er hatte sich um ungefähr zweihundert Jahre geirrt ...

An diesem selben 21. Januar 1815 legte man im Garten der Descloseaux feierlich den Grundstein für eine Grabeskirche, später unter dem Namen Sühnekapelle bekannt, das vielleicht bemerkenswerteste Denkmal von Paris, sicherlich das verlassenste, denn alle Republiken haben darauf geachtet, sie verschlossen zu halten, sogar und vor allem jeden 21. Januar, von ganz seltenen Ausnahmen abgesehen. Chateaubriand liebte diesen eingefriedeten Ort, bestehend aus einer Reihe von Grabstätten, „der die Einbildungskraft ergreift und mit Trauer erfüllt".

Fast auf den Tag zwei Jahre später, genau am 18. Januar 1817, entdeckten um Mitternacht Erdarbeiter, die sich ohne Unterlaß seits sechs Tagen abwechselten, seit der Befehl gegeben worden war, mit Grabungen auf dem unbebauten und grasbewachsenen Gelände zu Füßen der Basilika St. Denis zu beginnen, wo in wildem Durcheinander im Oktober 1793 die Überreste von 170 Fürsten, darunter die meisten unserer Könige vergraben worden waren, auf Hinweis von Louis Tibérien hin, zwei ausgetrocknete und kompakte Ansammlungen von Gebeinen, jede etwa sieben Kubikfuß groß, das heißt zwei Blöcke königlichen Konzentrats von einem Kubikmeter siebzig. Monsieur de Dreux-Brézé, der die Unternehmung leitete, ließ um die beiden komprimierten Blöcke tiefe Gräben ausheben, um sie freizulegen und dann die Erde sorgsam, Schicht um Schicht, abzutragen. Er versicherte sich zunächst, daß er gefunden hatte, was er finden wollte, und schickte dann Boten zu den Tuilerien, um so die Kommissare und die Mitglieder des Königshauses herbeizurufen, welche bei der Bergung anwesend sein sollten, und die Pagen und die Schweizergarden, die in großer Uniform angefordert wurden, um die Gebeine herauszuholen.

Ebenso wie bei der Exhumierung Ludwigs XVI. und Marie-Antoinettes war es sehr kalt. Ein eisiger Regen fiel ohne Unterlaß. Die Nacht war extrem dunkel, das Gelände war völlig umgegraben, teilweise recht tief. Es war unmöglich, auch nur ein einziges Skelett vollständig zu bergen und nichts, was man wiedererkennen hätte können. Über die Ausgrabungen baute man Behelfsbrücken und Bretterstege, damit man sie wieder verlassen konnte, beleuchtet von Laternen, die ein schneidender Winterwind hin- und herschwenkte wie leuchtende Weihrauchfässer. Es war schauerlich. Am Seil der großen Glocke der Basilika Saint-Denis wechselten sich jeweils zwei Küster ab, und das Totengeläute endete nicht, solange das traurige Treiben währte. Die Pagen und die Schweizergarden, die weiße Handschuhe und einen schwarzen Trauerflor um den Arm trugen, sammelten die Gebeine, die ihnen die Erdarbeiter anreichten, sowie auch formlose Überreste in Grabtüchern. Dann gingen sie und legten oder schütteten diese in zwei große Kästen, um die herum bewaffnete Soldaten Ehrenwache hielten. Trauertrommeln wurden gerührt. Die seit zwei Jahren wiederhergestellte französische Monarchie feierte ihr eigenes Begräbnis.

Es gab zwei Gruben, jene, die die Überreste der Bourbonen enthielt, und die andere, Valois-Grube genannt, in der sich wie in einem Horrorpuzzle aus vermischten, unkenntlichen Fragmenten und Resten alle anderen Kapetinger, Karolinger, Merowinger, die in Saint-Denis beigesetzt worden waren, vermengten. Folglich waren es zwei Kästen, die in den Chor der Basilika gebracht wurden, wo man eilig an eine letzte Übertragung ging, die Bourbonen in einen riesigen Sarg, der für einen riesenhaften König, für einen Monsterkönig gemacht schien, und die anderen in vier Särge normalen Ausmaßes. Mehrere Priester wurden ohnmächtig. In seinen Memoiren berichtet Monsieur de Dreux-Brézé, daß er die Kleider, welche er in dieser Nacht trug, verbrennen ließ, obgleich er sie mehrfach gewechselt hatte. Kein Prinz war anwesend, was ihnen nicht zur Ehre gereicht, denn in ihrem Blut floß auch das Blut dieser vierzig Könige von Frankreich, die man in Saint-Denis ein letztes Mal in Särge legte und deren Andenken uns auferlegt, an ihre Namen hier nochmals zu erinnern: Dagobert I., Chlodwig II., Chlothar III., Pippin der Kurze und sein Vater Karl Martell, Karl II. der Kahle, Ludwig II. der Stammler, Karl III. der Einfältige, Ludwig III., Karlmann, Eudes, Hugo Capet, Robert II. der Fromme, Heinrich I., Ludwig VI. der Dicke, Philipp August, Ludwig VIII. der Löwe, Ludwig IX. der Heilige, Philipp III. der Kühne, Philipp IV. der Schöne, Ludwig X. der Zänker, Philipp V. der Lange, Karl IV. der Schöne, Philipp VI. von Valois, Johannes II. der Gute, Karl V. der Weise, Karl VI. der Wahnsinnige, Karl VII., Karl VIII., Ludwig XII., Franz I., Heinrich II., Franz II., Karl IX., Heinrich III., Heinrich IV., Ludwig XIII., Ludwig XIV., Ludwig XV. der Vielgeliebte …

Auch Chateaubriand hatte sich diesmal nicht herbemüht, dem der alte und kranke König Ludwig XVIII. auf eine Bemerkung, die er ihm gegenüber machte („Sire, ich glaube, die Monarchie ist am Ende …"), nach langem Schweigen antwortete: „Nun, Monsieur de Chateaubriand, ich bin da ganz Ihrer Ansicht." [17]

Als schließlich der Tag anbrach, verschraubte man die Deckel der fünf

Särge und brachte eine Tafel an, in die nur folgende Worte eingraviert waren: *Ihren Grabstätten entrissen, ihren Gräbern wiedergegeben.* Eine feierliche Messe wurde gelesen, dann brachte man die Särge in ihre jeweiligen Grüfte beiderseits eines kleinen unterirdischen Ganges, wo sie versiegelt und eingemauert wurden, wenige Schritte von der Krypta der Könige entfernt, in der König Ludwig XVI. und Königin Marie-Antoinette ruhten. Kurze Zeit darauf holte man die Überreste Ludwigs VII., der am zweiten Kreuzzug teilgenommen hatte, aus der Abtei von Barbeau bei Melun. Auch ihn hatte die Revolution nicht verschont. Auch er wurde in der Krypta zur Ruhe gelegt, unter einer einfachen schwarzen Marmorplatte, neben König Ludwig XVI., dessen direkter Vorfahre in der einundzwanzigsten Generation er war. Um ihm einen gebührenden Empfang zu bereiten, hatte man am frühen Morgen die Demoiselles der Ehrenlegion geweckt, die ihre besten Kleider angelegt hatten und um den geretteten König herum eine bewegende jugendliche Komparserie bildeten.

Aber wo waren die Damen von einst, die den jungen Prinzen empfangen sollten? Wohin waren sie gegangen mit ihren braven blauen Faltenröcken, ihren weißen Blusen mit den Spitzenkragen, ihren weißen Strümpfen und ihren bunten Zierbändern, die Demoiselles der Ehrenlegion, die ihn mit einem Knicks begrüßt hätten, den nur sie in Frankreich noch beherrschten, leicht dabei errötetend, so wie sie Ludwig XVIII. am Vorabend seiner zweiten Rückkehr in Paris begrüßt hatten, in dieser berühmten Nacht, als ihn in Saint-Denis auch das Laster begrüßte, vom Arm des Verbrechens gestützt, [18] was dann das Schicksal der Monarchie besiegelte …

Schon seit einem Jahr, seit dem Schuljahresbeginn 1998, hatte man diese allzu gut erzogenen jungen Mädchen nach Versailles verlegt, so gewalttätig, haßerfüllt und beständig war die Feindseligkeit, die sie in Saint-Denis umgab und von der die Institutsleiterin sagte, daß sie sogar die Luft verpestete, die sie atmeten, und sie sogar an der Berechtigung ihrer guten Erziehung zweifeln ließ. Die Busse des Instituts wurden beim Verlassen des Geländes, wenn der Mob dies verhindern wollte, mit Steinen beworfen. Die hundert Meter vom Hauptportal bis zur nächsten Metrostation waren eine unüberwindliche Entfernung für die Mädchen, selbst wenn sie sich zur Irreführung unter alten Regenmänteln verbargen. Man erkannte sie sofort, denn sie glichen tatsächlich niemandem mehr aus dieser Bevölkerung. Man zerschoß die Fensterscheiben ihrer Schlafsäle mit Steinschleudern und warf äußerst ekelhafte Gegenstände über die mit obszönen Inschriften beschmierten Mauern ihres Parks. Höllische Rodeos ließen sie nachts kein Auge mehr schließen, bis zu dem Tag, an dem ein Kommando zum Sturmangriff blies und gewaltsam mit Leitern in den Schlafsaal der Abschlußklasse eindrang. Die jungen Damen wurden nur durch das schnelle Eintreffen der Polizei aus höchster Not gerettet. Schweren Herzens mußte man also feststellen, daß ein weiteres Zusammenleben unmöglich war und die Demoiselles der Ehrenlegion in ihrem Haus in Saint-Denis, wo sie seit 200 Jahren beheimatet waren, nun ein Fremdkörper geworden waren. Das große und ehrwürdige Gebäude, das nichts anderes war als die ehemalige königliche Abtei, überließ man seinem Schicksal, und den Park machte man der Öffentlichkeit zugänglich, wie es der Bürgermeister schon lange im Namen der Bevölkerung forderte, der ungerechterweise keine Grünflächen zur Verfügung standen. Von diesem Augenblick an herrschte dort das Gesetz des Dschungels.

Die Basilika war ihrer natürlichen Ergänzung, an die sie einst angebaut war, beraubt und begann nun ihrerseits zu leiden. In den frühen Neunziger Jahren hatte man noch versucht, das Stadtviertel zu sanieren. Zunächst hatte man die Fläche des Rathauses verdoppelt, das seine Fundamente und seine alptraumhaften Parkhäuser mitten in die gallorömische Nekropole bohrte. Man schob seine Mauern aus Beton und nie geputztem Glas bis auf die Breite einer kleinen Straße an die Westseite der Basilika heran und beraubte so eines der wunderbaren Fenster der Vierung auf immer des Sonnenlichts. Bei dieser Gelegenheit wurde die Place Pierre de Montreuil, die der alten, umlagerten Basilika Raum schuf und ihr so etwas wie ein schützendes Vorfeld war, auf weniger als die Hälfte verkleinert. Wie vordringende Angriffstürme bei einer Belagerung umstanden den Rathaus-Block eine ganze Reihe scheußlicher Gebäude. Diese Gebäude gespickt mit Spitzfenstern, Vorsprüngen, Anbauten und Absätzen glichen, wenigstens was die Bemalung und kriegerische Eleganz anbetraf, gepanzerten Schiffen von früher. Deren Besatzungen hätten jedoch gemeutert, so sehr herrschten dort Unordnung und Nachlässigkeit, in dieser ganzen Betonwüste von Wohnungen und Büros, Geschäften und Fast-food-Restaurants im Erdgeschoß, mit Bürgersteigen, die von Abfällen aller Art starrten, derer die Straßenreinigung, die aus kräftigen und sehr eifrigen Afrikanern bestand, nicht mehr Herr werden konnte. Als erste hatten die Büros aufgegeben. Die weißen Kragen mit Krawatte und Weste verschwanden in mildere Gegenden; sie waren es leid, sich morgens und abends einen Weg zur Metrostation Saint-Denis-Basilique zu bahnen, mit dem äußerst unangenehmen Gefühl, fünf

Kilometer im Norden von Paris eine Grenze überschritten zu haben. Zahlreiche Büros wurden von Hausbesetzern in Beschlag genommen, so wie auch viele leerstehende Wohnungen, die ihre vormaligen Mieter ohne Bedauern verlassen hatten, um anderswo ein Leben zu versuchen, sobald sich die Möglichkeit dazu bot.

Die Basilika der Könige war eingekesselt.

Ihre Renovierung war gerade beendet, als die Attacken begannen. Zuerst waren es Schüsse mit Steinschleudern von den betonenen Belagerungstürmen auf die Fenster des Triforiums und die riesige Glasrosette des Westarms der Vierung. Es wurde nachts geschossen. Da die Urheber nicht zu ermitteln waren, befestigte man Außengitter an allen Fenstern der Basilika, insbesondere an denen oberhalb des Chorumganges des 12. Jahrhunderts, die von Suger stammten, der Abt von Saint-Denis, Ratgeber von König Ludwig VI. und Regent des Königreichs unter Ludwig VII. gewesen war. Gegenüber wechselte man das Kaliber der Bolzen, aber da das Gitter trotz allem die meisten Bolzen abhielt, wurde die alte Kirche nun am hellichten Tag von innen angegriffen. Eine Gruppe von Touristen, die sie gerade mit nach oben gerichteten Blick besichtigte, sah plötzlich eines der schönsten Fenster Sugers – die Wurzel Jesse, auf dem der Abt getreu dargestellt ist – sternförmig zerspringen, während ein Gedränge nahe der Tür zeigte, daß die Chaoten nach erfolgter Tat abhauten. Man entschied also, die Fenster nach und nach zu demontieren und durch weißes Panzerglas zu ersetzen. Dann war das Chorgestühl an der Reihe, das man das „Chorgestühl von Gaillon" nennt, ein wunderbares Meisterwerk aus dem 16. Jahrhundert, eine farbige Intarsienarbeit von unnachahmlicher Schönheit, welche die Sibyllen darstellt. Als man die Sibylle von Delphi verstümmelt vorfand – ihr Gesicht zerschlagen, ihr Kleid mit einem Messer zerhackt und das ganze Renaissance-Dekor unwiederbringlich zerstört – da mußte eine Entscheidung getroffen werden. Da das „Chorgestühl von Gaillon" sich im Chor befand und somit außerhalb des Bereichs der Grabmale, die bewacht waren und für deren Besichtigung man bezahlen mußte, entschloß man sich, es ebenfalls zu demontieren und in einem Museum in Paris wegzuschließen. Die Kathedra des Bischofs, nahe am Altar, mit ihrem bischöflichen Wappen und ihrem Baldachin, blieb dort ganz einsam stehen. Im Übrigen nahm der Bischof von Saint-Denis, der ein einfacher Mann war, dort niemals seinen Platz ein. Er verwaltete melancholisch eine Diözese, deren Bevölkerung in dem Ausmaße wuchs, wie die kleine Herde seiner Gläubigen stetig abnahm.

Trotz dieser Verheerungen konnte man die Basilika 1999 noch besichtigen. Auf Warnungen in ihren Hotels hin mieden die Touristen die Metro und kamen in Touristenbussen auf dem Kirchenvorplatz an; von Monat zu Monat wurden es jedoch weniger. Das konnte man keinesfalls den robusten und unwirschen Frauen von den Antillen vorwerfen, die im Auftrag der Generaldirektion der Museen während der Öffnungszeiten über die Grabmale unserer Könige wachten, ein wenig wie posthume Schweizergarden, weiblich und von schwarzer Hautfarbe. Sie nahmen ihren Auftrag sehr ernst und weigerten sich, Eintrittskarten für die Besichtigung der Grabmale zu verkaufen, wenn ihnen ein Gesicht nicht gefiel, und dafür hatten sie einen Blick. Hinter dem Schalter ihres Wachhäuschens lagen sie auf der Lauer und schossen wie Furien hervor, wenn jemand auch nur den kleinsten Versuch machte, das Drehkreuz in betrügerischer Absicht ohne Eintrittskarte zu überwinden. In diesem Bürgerkrieg hatten sie sich für eine Seite entschieden.

Die zähesten dieser Ebenholz-Amazonen hießen Rose und Rachel, zwei Schwestern. Jede wog hundert Kilo, mit Händen wie Teppichklopfer, Bizeps wie Zuckerrohrschneider, Stiernacken und mit dieser erstaunlichen Schnelligkeit der Bewegung, die bei Dicken manchmal überraschend wirkt, darüber hinaus niemals krank, niemals abwesend, ein Verzweiflungsfall für die Gewerkschaften. Sie wechselten sich ab. War die eine im Wachhäuschen, patrouillierte die andere wie ein Sturmpanzer an dem die Gräber abschirmenden Gitter entlang, und so hatten sie in der Treue zu den französischen Königen die höchste Rechtfertigung für ihr Exil, so weit von den heimatlichen Kokospalmen, gefunden. Rose konnte die komplette Liste der Könige aufsagen, ohne einen einzigen zu vergessen, mitsamt ihren Regierungszeiten. Manchmal packte es sie, und dann hielt sie mit ihrer vibrierenden Negerinnenstimme eine ganze japanische Reisebusladung wie versteinert in ihrem Bann. Wenn sie mit Karl X. (1824 – 1830) geendet hatte, schloß sie im Tone niederschmetternder, tiefster Verachtung und mit der Hand durch die Luft wischend: „Und dann kommen die Republiken …“ Außerdem hatte sie ein gutes Gehör. Wenn ein Lehrer am anderen Ende des Bereichs der Grabmale sich erlaubte, seinem Rudel Burschen beim soziokulturellen Herumvagabundieren die üblichen Geschichten von der Gewaltherrschaft der Könige von Frankreich einzutrichtern, von den Haftbefehlen, von der Bastille, von ihrer wahnsinnigen Verschwendungssucht, die das Volk verarmen ließ, dann fand der Unvorsichtige blitzschnell an seiner Seite so etwas wie einen herangaloppierenden Elefanten, der ihn mit einem Schulterstoß zum Schweigen brachte und sich an die begeisterten Burschen wandte mit den Worten: „Ihr kleinen Schwachköpfe! Jetzt erklär' ich euch das mal ..." So manch einer aus dem Haufen entdeckte am Ende dieser muskelbepakkten Darstellung sein Herz für die Monarchie. Es war also noch nicht alles verloren. Rose ließ auch nicht zu, daß man sich anders als durch respektvolles Flüstern in der Krypta verständigte, in der unter einer schmucklosen schwarzen Platte König Ludwig XVI. ruhte, umgeben von Ludwig VII., Ludwig XVIII., Louise von Lothringen, der Gemahlin Heinrichs III., und von der Königin Marie-Antoinette. Wegen der dort herrschenden Dunkelheit stiegen nur wenige Besucher in die Krypta hinunter, aber wenn es nach Rose gegangen wäre, hätte sie die Besichtigung gänzlich untersagt. Touristen, die laut sprachen oder sich dumme Bemerkungen erlaubten, sahen aus dem Halbdunkel eine Art riesiges Phantom auftauchen, dessen weiße Zähne wie Scheinwerfer aus einem schwarzen Gesicht leuchteten, und hörten eine erzürnte Baßstimme, drohend wie ein entferntes Gewitter: „Seien Sie still und beten Sie! Hier ist das Grab des Königs, den die Franzosen ermordet haben ..." Auch Kopfbedeckungen gerieten in Bewegung. Wer auch immer sich dem Königsgrab näherte und einen Hut auf dem Kopf sitzen hatte, tat gut daran, ihn augenblicklich nach der ersten Aufforderung abzusetzen, eine zweite gab es nicht. Die meisten gehorchten, und die, welche sich anschikkten, zu protestieren, entschlossen sich augenblicklich zur Flucht, wenn sie das Monster mit den Füßen scharren hörten wie ein Rhinozeros, das gleich zum Angriff losstürmen wird. So war Rose.

Wenn man sie mit Martha und Maria vergleichen will, so glich Rachel von beiden Schwestern eher Maria. Jeden Morgen, wenn sie ihren Dienst in der noch menschenleeren Basilika antrat, war ihre erste Handlung, daß sie eine frische Blume auf dem Grabmal König Ludwigs XVI. niederlegte. Das war gar nicht so einfach. Sie mußte auf dem Hin- und Rückweg über das Gitter klettern, das den königlichen Raum umschloß. Wegen ihrer Korpulenz und ihres Gewichts behalf sie sich mit einem Fußbänkchen, das sie zu diesem Zweck mit herunterbrachte. Wenn sie diese Turnübung beendet hatte, kniete sie sich vor das Gitter, gegenüber den Gräbern, und betete bis zum Eintreffen der ersten Besucher, die ihren Atem und ihre Schritte anhielten, gepackt von so etwas wie einem religiösen Bammel beim Anblick dieser hingestreckten dunklen Masse. Dort fand man sie eines Herbstmorgens 1998, mit einem Cuttermesser im Rücken und den Hals von einem Ohr zum anderen aufgeschlitzt. Den Schuldigen fand man natürlich nicht. Die Untersuchung erkannte auf Rache irgendeines Rowdys, der von den beiden furchterregenden Schwestern wohl ein wenig zusammengestaucht worden war.

Unterschwellig gab man zu verstehen, dies sei wohl auch die unausweichliche Strafe für Rachels systematische Verweigerung, mit sich reden zu lassen. Das völlig verschreckte Personal trat in Streik, und als es die Arbeit wieder aufnahm, beschloß es, sich einen Dreck um irgend etwas zu kümmern und sich auf den Verkauf von Eintrittskarten zu beschränken, ohne das Wachhäuschen zu verlassen, das verstärkt und gepanzert worden war. Plünderungen ließen nicht auf sich warten. Mehrere Figuren wurden mit dem Hammer bearbeitet. Majestätisch oben auf seinem Kenotaph kniend, verlor Franz I. seine gefalteten Hände und seinen Kopf, das gleiche widerfuhr Ludwig XVI. und Marie Antoinette ein zweites Mal, deren knieende Statuen sich an einem abgelegenen Platz hinten im südlichen Arm der Vierung befanden. Die Generaldirektion der Museen faßte klug, aber ohne eigene Meinung zum Sachverhalt den Entschluß, die Grabmale nach Maßgabe des vorhandenen Kreditrahmens an andere Orte zu verbringen. Ludwig XII. ging als erster, und zum Zeitpunkt dieses Berichts wird Franz I. gerade demontiert. Die Könige von Frankreich seit Dagobert in der Basilika von Saint-Denis, waren verjagt worden, und gingen nach Paris zurück.

Die Krypta der Bourbonen hingegen schien die Zerstörungswut der Banden nicht anzuziehen. Dort gab es nichts Spektakuläres zu zerschlagen, und vielleicht war es auch so, daß die Grabsteine aus schwarzem Marmor und die Erinnerung an Rachel, deren Blut auf den Fliesen vergossen worden war, den wütigen Wölfen einen letzten Funken Respekt abnötigten, wenn es nicht die Anwesenheit Roses war, die ständig auf einem Fußbänkchen nahe beim Gitter an den Gräbern saß, eine Lampe in der Hand und eine Schrotpistole am Gürtel, die der Konservator des Museums angesichts der Zustände zu übersehen beschlossen hatte.

Rose hatte die Stelle ihrer Schwester eingenommen. Sie versorgte nun jeden Morgen das Grab Ludwigs XVI. mit Blumen. Sie traf als erste ein, ging als letzte fort, verließ die Krypta nicht mehr, machte unbezahlte Überstunden, verbrachte dort ihre freien Tage, und wenn man es ihr gestattet hätte, dann hätte sie auch gerne dort geschlafen, wie ein treuer Hund zu Füßen seines Herrn. Mittags saß sie auf ihrem Bänkchen und verspeiste ein riesiges Sandwich, und bat den König, ihr den Mangel an Etikette nachzusehen. Infolge des Schmerzes um die Schwester, die sie verloren hatte, war sie noch dicker geworden. Sie war wirklich monströs, in das Halbdunkel geduckt, das alles wegwischte, was menschlich an ihr war, und dieser Anblick einer Negerin, die aus dem Jenseits zu kommen schien, ermutigte die Besucher nicht unbedingt, sich länger dort aufzuhalten. Die Königskrypta war wie verlassen, und Rose blühte dort auf. Die Zweisamkeit mit Ludwig XVI. erfüllte sie mit unausprechlichem Glück. Sie hatte sich sogar ein Herz gefaßt und zu ihm gesprochen. Sie nannte ihn „Sire, mein König …“, und im Laufe der Stunden hielten die beiden stille Konversation, wie ihre Phantasie es ihr ermöglichte. Sie war des Königs letzter Untertan, und sie wurde länger angehört als eine Herzogin beim *petit lever* Seiner Majestät. Der König hatte sie übrigens zur Marquise gemacht, und am Hof wurde allgemein anerkannt, daß diese Sklaventochter den Haushalt des Königs perfekt führe. Jeden Morgen und jeden Abend fegte sie die Platten der Krypta, wachste den Marmor des Grabs und polierte ihn, bis ihr der Atem wegblieb, bis der Marmor in der Dunkelheit glänzte wie ein vertrauter und weit entfernter Sternenhaufen, eine Art Astralleib des Königs. Rose kamen auch prosaische Gedanken. So wusch und bügelte sie täglich sorgsam die weiße Pikee-Weste und die Strümpfe des Königs, die immer öfter ausgebessert werden mußten. Und dann zerfloß sie in Tränen bei dem Gedanken, daß in genau diesen Kleidern der König vom Diesseits ins Jenseits übergegangen war. Beten tröstete sie. Das Ende des Tages verlief friedlich. Rose spielte eine Partie Skat mit dem König, gab sich liebenswürdig alle Mühe, zu verlieren, denn der Arme spielte ziemlich schlecht. Um fünf Uhr klingelte es, das Museum wurde geschlossen. Rose stand auf, faltete ihre einhundertzwanzig Kilo zu einem elefantesken Knicks und sagte: „Einen guten Abend, Sire, mein König, bis morgen …“ Und immer antwortete der König: „Einen guten Abend, Rose. Und Danke für Ihre gute Gesellschaft.“ An diesem Abend jedoch fuhr sie zusammen: der König hatte wirklich geantwortet. Sie hatte wahrhaftig den Ton seiner Stimme gehört.

Nachdenklich ging sie nach Hause, in den Norden von Saint-Denis, zwanzig Minuten zu Fuß von der Basilika entfernt. Auf dem Weg machte sie ihre Einkäufe. Während sie unaufmerksam auf den Fernseher schaute, verdrükkte sie eine große Portion gesalzenen Kabeljaus mit Kartoffeln. Dann ging sie in Gedanken versunken zu Bett, wobei sie einen untröstlichen Blick auf das leere Nachbarbett in dem kleinen Zimmer warf, das sie mit ihrer Schwester geteilt hatte. Lange lag sie im Dunkeln, hellwach. Hatte sie wirklich die Stimme des Königs gehört? Schließlich schlief sie ein. Das Licht ließ sie aufschrecken. Die beiden Lampen in ihrem Zimmer brannten, und sie hatte sie doch beide ausgeschaltet, daran erinnerte sie sich genau. Die kleine Uhr an der Wand zeigte viertel nach ein Uhr morgens. Sie öffnete die Gardinen, dann die Fensterläden. Die Straße war in tiefste Dunkelheit getaucht, so wie die ganze Stadt, wie auch der Vorstadtgürtel, von Argenteuil bis Bobigny. Der Stromausfall dauerte 47 Sekunden, die sie unbeweglich an ihrem Fenster verbrachte, von mystischer Erregung ergriffen, die ihre enorme Brust mit Ergriffenheit erfüllte. Der König rief sie. So zog sie sich warm an, steckte den Schrotrevolver in die Tasche und hielt ihn dort fest umklammert, stieg ihre fünf Etagen hinunter und schlug wieder den Weg zur Basilika ein, Kinderlieder vor sich hin summend …

Wenn man an den Rang und die erstaunliche Unterschiedlichkeit der handelnden Personen dieser Nacht denkt, dann war das wahrhaftig ein äußerst seltsames Treffen.

Rose traf als erste ein. Auf dem Weg hatte sie keine Menschenseele getroffen, nicht einmal den Streifenwagen des Polizeihauptkommissariats von Saint-Denis mit den vergitterten Fenstern, der manchmal nachts seine Routine-Runde drehte, willentlich blind und taub. In der herrschenden Stille, in der sie nichts als ihre eigenen Schritte hörte, fragte sie sich verstört, was denn da fehlte, was man normalerweise aus Gewohnheit am Ende gar nicht mehr wahrnahm. Aber ja! Es war der Lärm der Motorräder der jungen Rowdys, die ebenfalls durch die Straßen patrouillierten und auf Beute aus waren oder lärmende Rodeos fuhren, einfach um ihre Gegenwart zu demonstrieren. Die Wölfe hatten auf die Jagd verzichtet. Der Vorplatz der Basilika lag verlassen, und die Polizeistation im Erdgeschoß des Rathauses war verriegelt wie ein Verlies. Die Polizisten hatten die eisernen Vorhänge heruntergelassen, kein Licht drang heraus.

Rose begab sich unter den Schutz des mittleren Portalvorbaus, lehnte sich an die große, geschlossene Tür und wartete.

Kurz nach der Ankunft in Saint-Denis ließ Roth seinen Wagen an der Kreuzung der Rue de Stalingrad mit der Rue Vaillant-Couturier halten, genau in Höhe einer anderen antennenbestückten Regierungslimousine, die anscheinend dort als Wachposten mit brennendem Standlicht abgestellt war. Ein Mann saß am Steuer. Roth öffnete die Tür einen Spalt breit.

„Kommen Sie eine Minute“, sagte er.

Der andere gehorchte. Es war der Generalsekretär des Départements Seine-Saint-Denis, auf dem Weg, zum Präfekten aufzusteigen.

„Und?“, fragte Roth.

„Ich habe getan, was Sie von mir verlangt haben, Herr Minister. Von jetzt an bis Tagesanbruch gibt es keine wachhabenden oder diensttuenden Sicherheitskräfte in der Stadt, vor allem nicht im Stadtviertel der Basilika – so wie Sie es gesagt haben. Es war ehrlich gesagt überhaupt nicht schwer, und man hat mir keine Fragen gestellt. Hier sündigt niemand aus Übereifer. Das Kommissariat hat die Polizeistreifen eingestellt, sie ließen sich nicht lange bitten. Die Gendarmen rücken nachts in den Risikozonen nur auf speziellen Befehl des Präfekten aus, und dementsprechend habe ich das Vorgehen natürlich erschwert. Und was die städtischen Wachen am Rathaus betrifft, die verstecken sich schon lange nachts, damit sie nicht vor ihrem eigenen Schatten Angst kriegen. Darauf können wir uns verlassen: sie werden taub, blind und stumm sein."

„Perfekt", sagte Roth. „Und der Schlüssel?"

„Sie haben mich erst vor einer halben Stunde angerufen, Herr Minister", betonte der schlaue Beamte, der zunächst einmal daran interessiert war, sich selbst gut zu verkaufen und deutlich zu machen, daß er in so kurzer Zeit ein Wunder vollbracht hatte. „Das Hauptportal der Basilika ... wem sollte ich das erklären? Mitten in der Nacht? Und wie?"

Tatsächlich, wem könnte man die Unmöglichkeit erklären, dachte Roth, daß ein Sohn Frankreichs seinen Einzug in die königliche Basilika von Saint-Denis durch eine versteckte Hintertür hält, sondern einzig und allein durch den großen, zentralen Vorbau schreiten muß, durch die weit geöffneten Portalflügel, genau in der Verlängerung der Straße und des Faubourg Saint-Denis, auf dem alten Königsweg. Sicherlich niemandem und schon gar nicht diesem kleinen Angsthasen, frisch von der Verwaltungsakademie, der in seinem politischen Misthaufen scharrte und der weder Herz noch Verstand hatte, sich eine solche Sache auch nur vorzustellen.

„Ich kenne und schätze Sie, Herr Präfekt", sagte Roth unerschütterlich. „Sie haben bestimmt eine Lösung gefunden."

Der zukünftige Präfekt lächelte selbstgefällig: „Zu dieser Uhrzeit hatte ich wenig Möglichkeiten. Der Bischof ist alt. Er geht früh zu Bett, und es gibt Umgangsformen, die man respektieren muß. Er hätte mich zum Museumskonservator geschickt. Und was hätte ich zum Konservator sagen sollen, nachdem ich ihn um ein Uhr dreißig in der Frühe aus dem Bett geholt habe? Sie haben mir ja keinen Grund angegeben, Herr Minister ..."

Paß auf, Kerlchen, dachte Roth, wenn du hier den Schlaueren spielen willst ... „Fahren Sie bitte fort", sagte er trocken.

Der andere zog seine Trumpfkarte: „Die Feuerwehr von Saint-Denis! Ich habe denen gesagt ..."

Roth sah auf die Uhr: „Das ist Ihre Angelegenheit. Fassen Sie sich kurz."

Der Generalsekretär holte einen flachen Schlüssel mit einem roten Schlüsselanhänger aus seiner Tasche. „Das ist der Schlüssel zu dem Mechanismus, der den Handgriff an dem Riegel blockiert, der das Portal verschließt. Den Riegel kann man nur von innen bedienen. Ich habe gesagt, daß mir das genügt. Der wachhabende Brandmeister schien überrascht, hat aber nichts gesagt, ich habe nämlich die Quittung selbst unterschrieben."

Roth entfaltete ein Taschentuch, wischte damit den Schlüssel gründlich ab und wickelte ihn dann darin ein.

„Eine Frage, Herr Minister. Decken Sie mich, wenn es Ärger gibt?"

„Ich versichere Ihnen, es wird keinen Ärger geben, Herr Präfekt. Für Sie wird es sein, als wäre nichts geschehen, und übrigens verspreche ich Ihnen, daß Sie nicht lange in Saint-Denis versauern werden. Natürlich decke ich Sie, aber das wird nicht nötig sein. Merken Sie sich aber unbedingt, daß Sie mich heute nacht nicht gesehen haben, darauf bestehe ich, verstanden? Sie können jetzt nach Hause fahren. Ich will Sie hier nicht mehr sehen. Ich habe ihre private Telefonnummer. Bleiben Sie bitte in Reichweite ihres Telefons. Gute Nacht. Ich lasse Ihnen den Schlüssel morgen bringen."

Verwirrt und sich etwas unbehaglich fühlend, startete der Generalsekretär und fuhr die Rue de Stalingrad hinauf, in Richtung Präfektur.

„Endlich bin ich ihn los", sagte der Minister. Dann wandte er sich an seinen Fahrer: „Ferrand, haben Sie die rue du Colonel-Fabien auf Ihrem Plan gefunden? Ja? Dann los. Es wird Zeit."

Einige Sekunden später schaute der Fahrer in den Rückspiegel und meldete: „Ich glaube, wir werden verfolgt, Herr Minister. Was soll ich tun? Das übliche Manöver?"

„Tun Sie nichts. Fahren Sie weiter. Ich ahne da so etwas."

Racado seufzte zufrieden. Mit seinem Nachtsichtfernglas hatte er die Limousine des Präfekten erkannt. Da der Präfekt entlassen war, mußte es der Generalsekretär sein. Diesmal hatte er den Braten gerochen. Sein Funkgerät, das auf die Frequenz des Polizeihauptkommissariats Saint-Denis eingestellt war, blieb hartnäckig stumm. Alle Polizeistreifen waren wieder eingerückt. Der Minister spielte sein Stück solo und hatte sich der Zeugen entledigt. Mehrfach hatte Racado nach seiner Rückkehr aus Saint-Benoît versucht, ihn telefonisch zu erreichen, und immer hatte eine Sekretärin ihm geantwortet, der Minister werde ihn zurückrufen, wenn er ihm etwas zu sagen hätte. Roth hatte nie zurückgerufen. Das war seine Art, ihm mitzuteilen, daß ihm der Fall entzogen worden war, jedoch ohne die Sache zu erwähnen und völlig ohne Spuren. Hatte es überhaupt einen Fall gegeben? Das Dossier war bei Roth. Das konnte der Ex-Jesuit abhaken. Von seinem tollen Abenteuer in Saint-Benoît konnte nichts genutzt werden. Alles heiße Luft. Man hatte ihn wie einen Kasper losgeschickt, damit er sich von Mönchen teeren und federn ließ, die dann verstummt waren. Und wer hatte sie vor ihm gewarnt? Der Minister, natürlich. Racado konnte die Angelegenheit hin und her überlegen, er fand keine andere Antwort. Aber wer hatte Pierre Roth umgedreht? Warum? Wie? Lag es nicht eher in Pierre Roths Charakter, seine Meinung zu ändern und das im Geheimen zu tun? Vielleicht gab es eine Erklärung ... Racado erinnerte sich an eine Unterhaltung, als der Minister versuchte, die Absichten des kleinen Bourbonen zu erraten – er hatte richtig geraten – und zu ihm gesagt hatte: „Sehen Sie, nach allem, was ich von ihm weiß, und wenn ich mich an seine Stelle versetze ..." Damals hatte Racado darüber gelächelt. Die Vorstellung war derartig skurril. Da hatte der Minister hinzugefügt, und er schien keineswegs zu scherzen: „Wissen Sie, Jacinthe, was mir mit achtzehn Jahren alles im Kopf herumschwirrte? In dem Alter kann man so herrlich bescheuert sein ..." In diesem Satz mußte der Schlüssel zum Verständnis des Ganzen liegen. Die Rückkehr des Ideals, die Rückkehr dieses Alters, alles, was der Ex-Jesuit haßte. Und er haßte großzügig, dieser Jacinthe, und dieser Haß war ein guter Mutterboden, eine unerschöpfliche Quelle ... Dieses Mal würde er ihn nicht verpassen, diesen engelsgleichen, reinen, königlichen Jüngling!

Er mied die Kathedrale und die Place Pierre de Montreuil und parkte sein Auto in einer kleinen, abgelegenen Gasse hinter dem ehemaligen Gebäude der Ehrenlegion. Zu Fuß gelangte er, immer an den Mauern entlang, auf den Vorplatz der Kathedrale. Seine Kreppsohlen machten keinerlei Geräusch. Er beschloß im Schutze eines Zeitungskiosks, der nur noch aus einem schwarzen Gerippe bestand, Stellung zu beziehen. Er nahm die Örtlichkeiten in Augenschein. Es war niemand zu sehen. Da hörte er Schritte. Eine fest eingemummte, dicke Negerin ging an ihm vorbei, ohne ihn zu bemerken und stellte sich wie ein Wachposten unter den Vorbau des gegenüberliegenden Hauptportals. Das war seine erste Überraschung in dieser Nacht.

In der Rue du Colonel-Fabien Nr. 7 mußte Roth nicht klingeln. Außerdem gab es keine Klingeln mehr, alle Klingelknöpfe waren herausgerissen worden. Auf dem beschmierten und zerkratzten Klingelbrett war kein einziger Name lesbar. Die Briefkästen waren so oft aufgebrochen worden, daß sie jetzt nur noch gähnende Gerippe waren. Zwei nie gereinigte Abfallbehälter stanken. Schon lange hatte die Eingangstüre ihr Glas verloren, man ging hindurch, ohne sie zu öffnen. Das Schild, das die Loge der Hausmeisterin bezeichnete, war mit kurzen Inschriften in mehreren Sprachen und unterschiedlichen Schriften verziert, nach Art des Steins von Rosetta, und eine kurze Bemerkung in französischer Sprache lieferte den Schlüssel zum Verständnis des Unverständlichen: *Ich f... sie,* (die Hausmeisterin). Nachdem das ihr zugedachte Schicksal somit feststand oder sie vielleicht auch schon ereilt hatte, hatte die Unglückliche ihre Siebensachen gepackt und war nicht ersetzt worden. Ihre Loge war aufgebrochen worden, und nun war sie mit alten Verpackungen, zerbrochenen Flaschen, gestohlenen und zerstörten Einkaufswagen angefüllt. Roth beförderte eine Spritze mit einem Fußtritt in diese Kloake zurück. In der Eingangshalle gab es kein Licht mehr, die letzte Glühbirne hing zerbrochen an der Decke. Der Schein einer Taschenlampe zeigte, daß jemand die Treppe herunterkam: ein alter Mann und ein Kind. Der Mann war sehr gepflegt gekleidet. Sein schwarzer Anzug von unmodernem Schnitt gab ihm das altmodische Aussehen eines Arbeiters am Sonntag, aber der elegant um den Hals geschlungene Schal verwischte diesen Eindruck, ein Schal von makellos weißer Wolle. Roth schüttelte ihm die Hand.

„Können Sie denn hier in Frieden leben, Monsieur Tibérien?", fragte er erstaunt.

Mit einer beredten Geste bedeutete der alte Maurer, daß ihm diese triste Umgebung nichts ausmache. „Äußerlichkeiten", sagte er. „Was ist das schon im Vergleich zu den vergangenen Jahrhunderten, zu den kommenden Jahrhunderten? Das wesentliche liegt woanders. Wir haben Zeit."

„Aber trotzdem, wie steht es Tag für Tag um Ihrer beider Sicherheit?", beharrte Roth.

„Das ist Henris Angelegenheit."

Mehr bewegt als verwirrt betrachtete der Minister den kleinen Burschen mit den leuchtenden Augen und lächelte zurück. Für sein Alter war er klein, eher schmächtig und sah nicht nach zehn Jahren aus.

„Ich kenne Fouad, und Fouad kennt mich", sagte der Junge mit seiner frischen und kristallklaren Stimme. „Wenn ich rede, hört er mir zu. Er hat immer die Krypta respektiert. Zu mir ist er korrekt."

„Wer ist Fouad?"

Das Kind antwortete nicht.

„Und wird er heute nacht ‚korrekt' sein?"

„Er hat es mir versprochen. Hören Sie doch."

„Ich horche", sagte der Minister, „aber ich höre nichts."

„Wenn Sie in Saint-Denis wohnen würden", sagte nun der alte Tibérien, „würden Sie sofort verstehen. Eine so tiefe Stille, das passiert sonst so gut wie niemals. Für heute nacht haben sie die Belagerung aufgehoben. Die Straße ist frei. Folgen Sie mir."

Sie überquerten das, was früher die Ausgrabungen zwischen den neuen Gebäuden des Rathauses und dem nördlichen Arm der Vierung gewesen war. Dort hatte man zwischen den ebenerdigen Mauerflächen aus der Merowingerzeit einen Platz geplant, man hatte einige Gitter gesetzt und Wege trassiert. Dann war kurz vor Vollendung der Arbeiten die Rückwärtsbewegung gekommen, so wie eine Offensive am Ende ihrer Kräfte wieder zurückweicht, sich in allgemeine Auflösung verwandelt, weil die Nachhut schlaff geworden ist und die Anarchie um sich greift. Der Platz war nie fertiggestellt worden und blieb sich selbst überlassen. Fast zu Füßen der großen verwundeten Rosette war eine kleine Seitentür, von einem unkrautbewachsenen Sandhaufen halb versteckt. Tibérien öffnete sie mit seinem Schlüssel, und das machte keinerlei Geräusch, denn er schmierte das Schloß regelmäßig. Roth schaute auf seine Uhr: fünf Minuten vor zwei.

„Wir müssen uns beeilen", sagte er. „Der Prinz wird um zwei Uhr am Hauptportal sein."

In seiner Stimme lag so viel echte Freude, daß er, als er sich so reden hörte, wußte, er würde nun niemals mehr umkehren. Von nun an hatte er keine Zeichen mehr nötig. Jetzt manövrierte „man" ihn nicht mehr. Er hatte selbst, allein, zu glauben begonnen. „Komm", sagte er zum kleinen Henri, und das Kind nahm seine Hand.

Im Inneren der Basilika traten, sowie sich ihre Augen an die Dunkelheit gewöhnt hatten, die liegenden Grabfiguren der Könige aus ihren Schatten heraus. Die Tür, durch die sie unter dem dem Chor vorgelagerten Gewölbejoch eingetreten waren, führte zum Grabmal der Königin Clémence, Tochter Karls I. von Ungarn und Gemahlin Ludwigs X., Königs von Frankreich. Steinerne Schleier umgaben das friedvolle Gesicht der Königin, Strahlen des Mondlichts verloren sich mit seltsamen, wechselnden Bewegungen darauf und unterstrichen ihre Schönheit. Dieses Gesicht hatte eine unsterbliche Seele. Die Kunst des Bildhauers allein hätte wohl kaum genügt, ein solches Glück durch den blinden Blick einer Statue durchscheinen zu lassen, in dem man ganz offensichtlich die Freude des ewigen Lebens lesen konnte. Im Jenseits hatte Königin Clémence nie aufgehört, über das wunderbare Frankreich zu herrschen, und sie hatte ihre Statue gewissermaßen als Double hinterlassen, um so von der Fortdauer der Monarchie und des Königreichs zu zeugen. Während sie zwischen den Grabmalen weitergingen, ließ Tibérien mit seiner Taschenlampe das eine oder andere Gesicht eines Königs aus der Nacht auftauchen, die Stirn umkränzt mit der offenen Krone der fränkischen Könige, das Antlitz friedvoll, oft ein Lächeln auf den Lippen und Pierre Roth in dem Bemühen, seine Gefühle einzuordnen, dachte, daß dies christliche Gesichter waren, und daß dieses Geheimnis verlorengegangen war. Das ist das Wunder der Statuen von Saint-Denis. Nichts ist schlecht geraten, alles ist schön, alles ist groß, alles ist sublim und unersetzlich. Keinen Augenblick kann man daran zweifeln, daß diese Könige, diese Königinnen, diese kindlichen Prinzen, diese jugendlichen königlichen Ritter, diese unbefangenen und verwegenen Prinzessinnen, die mit fünfzehn Jahren Mütter, mit zwanzig Jahren Regentinnen und mit dreißig Jahren tot waren, sich von den anderen Sterblichen unterschieden, als Gesalbte des Herrn und von Gott Gesegnete …

Sie kamen an dem gewaltigen zweiflügeligen Hauptportal an, und Roth suchte in der Dunkelheit den Handgriff des Mechanismus, der den Riegel betätigte. Tibérien deutete mit dem Strahl seiner Taschenlampe darauf. Roth reichte ihm den Schlüssel mit dem roten Schlüsselanhänger.

„Bitte sehr“, sagte er, „diese Ehre kommt Ihnen zu.“

Dann mußten sie mit aller Kraft gegen die beiden Flügel drücken, um sie öffnen zu können. Durch den Spalt, der sich auftat, tauchten zwei riesige schwarze Hände auf, dann zwei Arme wie dicke Hebel, schließlich so etwas wie ein Stier, bis zu den Nüstern eingemummt, der laut schnaubend zuerst den einen, dann den anderen monumentalen Torflügel mit den Schultern aufschob, bis sie bebend gegen die Puffer schlugen.

„Rose!“, rief der kleine Henri freudig. „Ich wußte, daß du hier sein würdest.“

„Ich war auch sicher, mein Süßer, daß ich dich hier treffen würde. Aber nicht diesen Herrn Minister. Was tut der hier? Ich weiß, wer er ist. Ich habe ihn im Fernsehen gesehen.“

Voller Mißtrauen kniff sie ihre großen runden Augen zusammen, als sie Roth anschaute.

„Er ist ein Freund des Königs, Rose“, vermittelte Tibérien, der sie gut kannte.

Gerade waren zwei Wagen auf der Place Pierre de Montreuil angekommen, bald gefolgt von einem dritten, identischen Wagen. Früher war die königliche Basilika die ganze Nacht durch Scheinwerfer angestrahlt worden, dann hatte man darauf verzichtet, weil das Vandalismus provozierte. Als die Autos vorfuhren, tauchten ihre Scheinwerfer die drei Portale der Fassade in helles Licht und beleuchteten Christus, der auf dem Tympanon letztes Gericht hielt. Kein Bewohner von Saint-Denis, den Bischof vielleicht ausgenommen, verstand mehr den genauen Sinn dieser Szene, die sich überdies täglich veränderte, weil sie von verschiedenen Geschossen zerschlagen wurde.

„Rose! Da ist er!", rief der kleine Henri, sobald er die Autos bemerkte.

Wenn man mit leiser Stimme laut rufen kann, dann war es genau das, was das Kind gerade getan hatte. Begeisterung, Jubel, Glück, alle diese Gefühle explodierten in ihm, aber die innere Bewegung erstickte seine Stimme.

„Da ist er!", wiederholte Rose. „Aber wer ist das?"

Und Roth hörte sich murmeln: „Der König."

Bei diesen Worten raste Rose wie eine Bombe in die Kathedrale. Von dem Wachhäuschen der Generaldirektion der Museen und wenig später aus der Sakristei hörte man ein großes Durcheinander, Glasklirren und eine reiche Auswahl an Kraftworten in kreolischer Sprache aus Martinique. Roses Finger hatten sich in Pinzetten und ihre Fäuste in Hämmer verwandelt, und damit bearbeitete sie die elektrischen Schalttafeln. Bald erstrahlte Licht aus all den Lichtquellen, die von Spezialisten für die Beleuchtung historischer Gebäude in dem riesigen Kirchenschiff geschickt versteckt worden waren, ein Erbe einer friedlicheren Zeit, und die königliche Basilika begann in der Nacht zu erstrahlen. Die Schatten der großen Renaissance-Grabmale, die noch nicht abgebaut worden waren, jene der drei Herzöge von Orléans, von Franz I. und von Claude von Frankreich, von Heinrich II. und Katharina von Medici, von Maria von Bourbon Vendôme verfielfachten sich auf Wänden und Pfeilern und sogar als Reflexionen auf den großen Fenstern, in herrliche Silhouetten zerlegt, diese Könige und Königinnen, die oben auf ihren Kenotaphen knieten, und all die Figuren von Trauernden, Betenden, Heiligen oder Aposteln, und so viele allegorische Statuen, die ihr steinernes Gefolge bildeten. Durch das Spiel von Licht und Schatten schienen die Statuen, hundert an der Zahl, sich erhoben zu haben und erfüllten Chor und Joche mit ihrer fast spürbaren Gegenwart.

Und inmitten dieser königlichen Menge, in einer nahezu sakramentalen Stille, hielt Philippe Charles François Louis Henri Jean Robert Hugues Pharamond de Bourbon seinen Einzug in die Basilika von Saint-Denis. Er blinzelte mit den Augen wie ein Kind, das plötzlich das Leben entdeckt.

All diese Toten sprachen nun endlich zu ihm.

Versteckt hinter dem Zeitungskiosk auf der anderen Seite des Platzes, genau gegenüber dem dreifachen Portal, beobachtete Racado den Kirchenvorplatz. Zuerst traute er seinen Augen nicht. Roth war da, natürlich, aber was völlig unfaßbar schien, war die Tatsache, daß der erbarmungslose Minister an seiner eigenen Hand, die niemals irgendeine herzliche Geste gezeigt hatte, einen kleinen Jungen hielt, der noch nicht einmal erschrocken schien, was noch erstaunlicher war. Im Gegenteil, das Kind lächelte mit jenem irritierenden Lächeln der steinernen Engel, und Racado ertappte sich dabei, wie er die Schlägertypen des Konvents beneidete, die so vielen Engelsstatuen an unseren Kathedralen die Köpfe abgeschlagen hatten, um dieses Lächeln auszulöschen, diese Beleidigung der Vernunft.

Dann stieg aus dem ersten Wagen dieses andere Ohrfeigengesicht, dieser Cherub eines Bourbonen, eingehüllt in seinen Reiterumhang, seine lockigen blonden Haare umrahmten sein Gesicht, als ob er sich schon für den heiligen Ludwig hielt. Seine Schwester Rührmichnichtan folgte ihm, genauso gekleidet, heiliger Zwilling, und sie ließ ihrem Bruder den Vortritt, so respektvoll, als ob es sich um einen Herrscher handelte! Als sie die Kirche betraten, neigte sie sich zu dem kleinen Jungen und küßte ihn. Racado hörte jemanden sagen: „Welch eine hübsche Prinzessin!“, und jemand anders fügte hinzu: „Sie verläßt ihren Bruder nie …“. Racado hob irritiert die Schultern. Dann versuchte er, die beiden Blödmänner auszumachen, die gesprochen hatten, denn die Stimmen waren ganz nah gewesen. Er suchte den ganzen Platz mit seinen Augen ab, besonders den Bürgersteig und die Gebäudevorsprünge in der Nähe des Kiosks, fand aber keine Menschenseele. Wenn die beiden sich davon gemacht hatten, dann hatten sie sich sehr schnell davon gemacht.

Das war seine zweite Überraschung in dieser Nacht.

Alsbald wurde er wieder abgelenkt durch das Auftauchen von Monsieur Ixe, den er, zufrieden aufatmend, auf den ersten Blick erkannte. Die Angelegenheit wurde nun wirklich pikant. Sie wurde so richtig saftig. Er hatte schon einen Minister, den tadellosen Pierre Roth höchstselbst, und nun präsentierte sich ihm einer der mächtigsten Männer Frankreichs auf dem Silbertablett, ein Mann, von dem man wußte, daß Parlamentsabgeordnete, ein guter Teil der Regierungsmitglieder und sogar, so sagte man, die engere

Familie des Präsidenten von ihm abhängig waren. Rasch machte er einige Fotos mit einem winzigen Apparat, einem der neuesten Schmuckstücke der Polizei, mit Infrarotsichtgerät und hochempfindlichem Film. Das alles würde ein Riesenaufsehen erregen. Der kleine Bourbone bekäme die Presse auf die Fersen, und in diesem einen Punkt konnte man sich auf sie verlassen: davon würde er sich nicht mehr erholen. Das war noch viel besser, als ihn zu töten. So wie das Feuer das Wasser scheut, so hat das Heilige von den westlichen Medien alles zu befürchten. Eine kleine Runde noch und dann weg. Man würde ihn niemals wiedersehen … So dachte Racado jubilierend und machte noch weitere Fotos. Jetzt betraten die drei Jungen, die er zum ersten Mal im aufreißenden Nebel an den Ufern der Loire gesehen hatte, die Basilika. Ja, sie waren es, mit ihren dreckigen kleinen Fressen reiner junger Männer, nach Vollkommenheit stinkend und im festen Glauben, mit einer Seele ausgestattet zu sein, deren Reinheit man keinesfalls mit gemeinen Gedanken beflecken durfte. Und dann war da gar noch ein vierter, auf abstoßende Weise den drei anderen ähnlich, der aus einem später angekommenen Wagen ausstieg, unter dem Arm ein langes Futteral von der Art, wie sie die alten Knacker, mit den Baskenmützen unter dem Arc de Triomphe mit sich herumschleppen, um darin ihre Fahnen einzurollen, wenn die Zeremonie beendet ist. Eine Oriflamme [19], das fehlte gerade noch! Warum keine Montjoie, wo sie doch schon dabei waren. Dann wäre der Aufzug vollständig …

Jetzt war niemand mehr auf dem Kirchenvorplatz. Alle waren im Inneren der Kathedrale verschwunden, und Roth war wohl seiner selbst und der Vorkehrungen, die er getroffen hatte, so sicher, daß er es noch nicht einmal für nötig gehalten hatte, das Portal wieder schließen zu lassen, dessen beide Flügel in Licht gebadet weit offen standen. Ebenso menschenleer lag der Platz da. Racado verließ sein Versteck. Jetzt war der Augenblick gekommen, das Geschehen in der Kathedrale von nahem in Augenschein zu nehmen. Er würde sich schon zu verbergen wissen. Er kannte die Örtlichkeiten gut. Nach drei Schritten auf dem Bürgersteig vernahm er das Raunen einer Menschenmenge, als ob sich der Platz gefüllt hätte. Zuerst war es kaum wahrnehmbar, Stimmen, die zu leise waren, als daß man sie hätte verstehen können, ein dumpfes und beständiges Fußgetrappel, erstickte Ausrufe, dann, in anderer Tonfärbung, so etwas wie freudvolles Murmeln, mit dieser Spannung, die die Seelen ergreift, wenn tausende von Menschen wissen, daß sie dieselbe Hoffnung teilen. Ihm schien sogar, daß einige beteten. Er glaubte, es sei eine akustische Halluzination, weigerte sich, nach einer Erklärung zu suchen, und da er nicht ängstlich war, begann er, den Platz zu überqueren. Eine Stimme sagte freundlich zu ihm: „Sie sehen doch, daß sie nicht durchkommen, lieber Herr, hier sind zu viele Leute …"

Vor ihm stand ein Wald aus Rücken, Männer, Frauen, junge Leute, Väter trugen ihre Kinder auf den Schultern, alle standen auf den Zehenspitzen oder suchten eine Lücke zwischen zwei Köpfen, um das Hauptportal der hell erleuchteten Basilika besser sehen zu können. Racado spürte, daß er den Verstand verlor und drängte sich brutal in die Menschenmenge. Er war sicher, daß sie sich in nichts auflösen würde, wie eine Fata Morgana in der Wüste. Da fühlte er mit seinem ganzen Körper die Festigkeit, die Dichte, die solide Weichheit, ja, sogar den Geruch von Schweiß und feuchter Kleidung, es hatte nämlich zu schneien begonnen. Kopflos beharrte er auf seinem Vorhaben, drängte wie ein Besessener, schlug mit den Fäusten, schlug mit der Stirn gegen diese Menschenmauer. Von ihm angerempelt, drehte der Mann, der bereits zu ihm gesprochen hatte, sich wütend um: „Mann, was ist denn mit Ihnen los?"

In dem Gesicht, das in der Dunkelheit kaum zu erkennen war, glaubte er seine eigenen Züge zu erkennen, und floh voller Entsetzen. Eine leichte Schneedecke lag nun auf dem Platz, jungfräulich, ohne irgendwelche Spuren, inmitten unendlicher Stille.

Die Leiche des Polizeihauptkommissars Hyacinthe Racado, genannt Jacinthe, wurde zwei Tage später, schlaff dahintreibend, von einem Boot der Wasserpolizei aus der Seine gefischt. Am Vortag hatte man sein Auto mitten auf der Alexander-III.-Brücke, am Fahrbahnrand abgestellt, gefunden. Die Abteilung für allgemeine Nachforschungen ließ die Filmrolle entwickeln, die man in dem wasserdichten Gehäuse des Fotoapparats gefunden hatte. Der Film war, wie der Schnee auf der Place Pierre de Montreuil, jungfräulich …

In dem Futteral, das Bohémond herbeigebracht hatte, befand sich keineswegs eine Oriflamme. Es handelte sich auch nicht um Montjoie, das uralte Banner der Kapetinger-Könige, das der König vom Hauptaltar von Saint-Denis holte, bevor er an die Spitze seiner Armee trat. Es war in Azincourt verlorengegangen. Bis vor einigen Jahren wurde die Erinnerung an Montjoie zur Erbauung der Touristen durch eine erbärmliche Theaterfundus-Kopie bewahrt, die in der Vierung der Statue Ludwigs XVI. gegenüber ausgestellt war. Dann war sie gestohlen worden …

Das Futteral war aus schwarzem Leder, mit einem Innenfutter aus Velours. Unten war es enger als oben und es war mit einer kleinen Kordel aus Goldfäden verschlossen. Fünf Buchstaben waren in das Leder eingeprägt, gleichfalls aus Gold: PH.REX. Nicht einmal ein Hauch von Patina lag auf dem Ganzen. Es war erst kürzlich angefertigt worden. Allein Bohémond und Monsieur Ixe, der es ihm übergeben hatte, kannten den Inhalt.

Es war „Iocosa spata“: das Schwert Karls des Großen, das Schwert des Sacre.

Philipp ging zwischen den steinernen, liegenden Grabfiguren umher. Er war noch nie zuvor in Saint-Denis gewesen. Er neigte sich über diese Könige und Königinnen, um ihrem Blick begegnen zu können, nannte sie sogleich halblaut bei ihrem Namen, in einer Art freudiger Inbrunst. Er lächelte Clémence von Ungarn an, berührte das reine und sanfte Gesicht von Blanche de France, der Tochter des Heiligen Ludwig, leicht mit der Hand, und sprach den Namen einer anderen Blanche, jener von Bretagne, vor der zartgliedrigen Statue einer sehr jungen, unbekannten Prinzessin aus. Aber vor den gekrönten Königen, Robert dem Frommen, Heinrich I., Ludwig VI., Philipp dem Kühnen, Johann II., blieb er einen Moment regungslos stehen, nichts an ihm bewegte sich, als würde er selbst zu Stein, der Sohn dieser Könige, eine gleichsam aufrecht stehende, liegende Grabfigur, Jahrhunderte entfernt, ihnen gleich für alle Ewigkeit. Das war nur die Folge seiner leidenschaftlichen Aufmerksamkeit und intensiven Neugier, gleichwohl blieb es anrührend. Hätte er sich ebenfalls auf den Boden gelegt, mit gefalteten Händen, friedlichem Gesichtsausdruck, inmitten dieser Grabmale, dann hätte er seinen natürlichen Platz im Kreis dieser Dynastie, zu der er gehörte, eingenommen, König aus dem Geschlecht der Kapetinger wie alle anderen, in erstaunlichem Gleichklang, auch wenn er der letzte in dieser Generationenfolge war. Aber er hatte kein Schwert. Die Statue Philipps III. hielt ihres in der geschlossenen Faust, während die andere Hand friedvoll auf seiner Brust ruhte. Das Schwert von Ludwig VI., dem fünften König aus dem Geschlecht der Kapetinger, lag – einst zum Kampf gezückt – wohlweislich an seiner Seite, von den Falten seines steinernen Kleides teilweise verdeckt. Jenes von Charles d'Anjou, dem Bruders des heiligen Ludwig, war zerbrochen. Er war König von Neapel und Sizilien, Schein-König von Jerusalem einhundert Jahre nach dem Fall der Heiligen Stadt, nomineller Kaiser des Lateinischen Kaiserreichs, Trugbild eines Kreuzfahrers, der sich imaginären Thronen widmete, der bewegendste von allen, mit seinem stumpfen und zerbrochenen Schwert und seinem Wappenschild mit der Königslilie an der Hüfte, als König ein Versager, Rohentwurf eines Königs nur. Philippe hielt sich an seiner Ruhestätte länger auf. Eine Stimme riß ihn aus seinen Gedanken.

„Monseigneur …“

Er wandte sich um. Es war Bohémond. Er hielt ihm seine auf Brusthöhe ausgestreckten Hände entgegen, auf deren geöffneten Handflächen das Schwert Karls des Großen, von seinem Futteral befreit, ruhte. Ohne es zu wissen, hatte der junge Mann eine fast priesterliche Stellung eingenommen. Aus der Scheide mit der Königslilie ragte die Kreuzstange mit dem geflügelten Doppeladler und der karolingische Knauf mit der Goldschale in Form eines heraldischen Doppelvogels und strahlte im hellen Licht. Die Lapislazuli-Augen der Drachen glänzten so intensiv, daß das Funkeln der Saphire, der Topase und der Amethyste der Scheide dagegen verblaßte. Philippe streckte die Hand aus und berührte den Griff. Seit Karl dem Großen hatten vierzig Könige am Tage ihrer Salbung von diesem Schwert Besitz ergriffen. Einer übergab es dem nächsten, von Sacre zu Sacre, gewissermaßen als Weitergabe göttlichen Willens. So vergingen einige Augenblicke, dann zog Philippe seine Hand zurück.

„Ich dachte, es sei im Louvre“, sagte er.

Die Antwort kam von Monsieur Ixe. Er stand ein wenig beiseite, hinter den drei anderen Jungen und Marie, bei Tibérien, Roth und dem kleinen Henri. „Dort war es, Monseigneur. Dort ist es nicht mehr. Rechtmäßig gehört es Ihnen, von König zu König Ihnen übertragen. Es wurde Ihnen zu Unrecht weggenommen, und nun ist es Ihnen zurückgegeben worden.“

Philippe sagte nichts. Nichts in seinem Blick verriet, ob er überrascht war. Er dankte auch nicht. Worte seines Vaters kamen ihm in den Sinn: „Die Treue zu deiner Person ist dir geschuldet. Dies soll dir nicht zur Eitelkeit gereichen, aber du wirst auch nicht danken …“. Er sagte ganz einfach zu Bohémond: „Behalte es bis Reims in deiner Hut.“

Und das Schwert verschwand in seinem Futteral.

„Ich würde trotzdem gerne wissen, flüsterte Roth Monsieur Ixe ins Ohr, „wie Sie das hinbekommen haben?“

„Die leichteste Sache der Welt. Es genügte, die erforderlichen Mittäter zu bezahlen. Ich hatte eine Kopie machen lassen von einem ausgezeichneten Fälscher in Antwerpen. Vor einer Woche haben wir das Schwert ausgetauscht unter dem Vorwand eine Expertise erstellen zu lassen. Bitte, sprechen wir nicht mehr darüber …“

In dem Beinhaus zuhinterst in der Gruft entdeckte Philippe den elenden engen Gang, in dem drei Dynastien und die Überreste von einhundertsiebzig Fürsten, darunter die meisten unserer Könige, abgelegt waren, und er warf zunächst einen traurigen Blick auf den schlecht gefegten Boden, auf den absplitternden Marmor der Mauern, auf die eingravierten Namen, die immer unkenntlicher wurden. Er bemerkte die Abwesenheit jedes religiösen Zeichens in diesem dunklen Loch. Kein Grablicht leuchtete. Kein Kreuz für diese christlichen Fürsten, keine Altarplatte, an der man wenigstens eine Messe zur Erinnerung an die königlichen Verstorbenen hätte zelebrieren können. Keine Aufforderung zu innerer Sammlung. Man hatte dort eine Leere geschaffen, so, als ob diese Knochenhaufen dort aus rein verwaltungstechnischen Gründen aufbewahrt würden, unnütz und bedeutungslos, so wie alte verlassene Archive. All das atmete Verachtung, Gleichgültigkeit und Vergessen. Philippe betete laut ein Vaterunser und ein Ave Maria, und er betete allein, denn ein König ist auch ein wenig Priester. Die anderen antworteten „Amen". Dann erhob er die Stimme, laut und klar: „Wenn ich zurückkomme", sagte er, „ich oder einer meiner Nachfahren, dann werden die Gräber Tag und Nacht von Offizieren in Uniform bewacht werden, die sich mit gezogenem Säbel abwechseln. Der Wachwechsel wird sich nach dem alten militärischen Zeremoniell vollziehen. Jeden Morgen wird eine Messe gelesen werden. Ich werde eine Flamme entzünden lassen, die niemals erlischt. Jeden Morgen wird das Beinhaus mit einem Kranz aus frischen weißen Lilien geschmückt. Um eine Distanz herzustellen, die einen gewissen Respekt hervorruft, werden die Besucher nicht weiter als bis zu einem Gitter vorgelassen, das ich anbringen lasse. Ich werde einen Gouverneur der Königsgräber von Saint-Denis ernennen und einen Kaplan im Range eines Bischofs. An jedem 21. Januar wird auf dem Vorplatz der Basilika feierlich, in Anwesenheit aller Behörden, aller Mitglieder der Ständevertretungen, der gesamten Regierung und mit allen militärischen Ehren die Liste der Könige von Frankreich verlesen, die hier bestattet sind. Hundert Kanonenschüsse sollen dann abgefeuert werden. Ich werde dem Volk die Erinnerung und den Respekt vor der Erinnerung zurückgeben. Ich …"

Dann schwieg er verzweifelt, ermaß die Realitätsferne seiner Worte und den unüberbrückbaren Graben, der sie von der Wirklichkeit trennte. Natürlich würde er nichts von alledem tun. Dies war nur eine Art Gebet, ein Königsspiel, ein jugendlicher Gruß an die Symbole, eine heftige Regung von Herz und Seele, um seine Schwäche und seine Einsamkeit zu überhöhen. Welche Notwendigkeit gab es, König zu sein? König von wem? König von was? Im Namen dieser verlassenen Gebeine, in einer zum Museum umfunktionierten Krypta? Verzichten. Reims den Rücken zukehren. Vergessen. Sich damit begnügen, irgendwie Franzose zu sein … Das war seine letzte

Versuchung. Demütig murmelte er „Ihr, die Ihr dort in den Gräbern liegt, wenn Ihr irgendeinen Einfluß dort oben habt, dann helft mir. Ich bitte Euch, erhaltet mir den Glauben."

Philippe verharrte schweigend vor dem mit einer einsamen Blume geschmückten Grab Ludwigs XVI. Tatsächlich gab es in der Krypta sechs Gräber, sechs Platten aus schwarzem Marmor, ohne Inschriften, absolut identisch, jeweils zwei nebeneinander: Ludwig VII. und Königin Louise von Lothringen, Ehefrau und Witwe Heinrichs III., Marie-Antoinette und Ludwig XVI., schließlich König Ludwig XVIII., dessen Grab neben einem anderen, absolut identischen Grab lag, das aber die Besonderheit hatte, leer zu sein. Man hatte es anläßlich einer kürzlichen Renovierung der Krypta dort angelegt, fraglos aus Gründen der Symmetrie.

Diese Platte faszinierte Philippe mehr als diejenige, unter der Ludwig XVI. ruhte. Aus welcher bizarren Blindheit heraus, ihrem Sinn für Ästhetik gereichte es zur Ehre – denn insgesamt machten die sechs Gräber einen sehr würdigen Eindruck – hatten die Architekten der Republik dieses leere Grab vorgesehen, dieses verfügbare und bereitete Grab, dieses Grab des unbekannten Königs, das wirkte, als ob es auf ihn warte, auf ihn hoffe. Zweifellos hatte niemand daran gedacht. Philippe konnte seine Gedanken nicht davon losreißen. Er hatte von seiner Existenz und von seiner Lage gewußt. Robert von Bourbon, sein Vater, hatte ihm damals davon erzählt, kurz bevor er das Flugzeug bestieg, in dem er den Tod fand. Hatte er eine Vorahnung gehabt? Noch am Vorabend seines Abflugs, als er das leere Grab erwähnte, das für einen letzten König bereit war, hatte er mit seinem ihm eigenen Spott zu seinem Sohn gesagt: „Ich lasse es Dir gerne. Für mich besteht keine Aussicht, je dort begraben zu werden. Du wirst dort besser deinen Platz finden als ich selbst es gekonnt hätte …". Und es war wirklich so, daß dieses sechste Grab nach der Anwesenheit eines Königs zu rufen schien, als ob die Liste nach einhundertsiebzig Jahren eben doch noch nicht definitiv geschlossen sei. Philippe Pharamond, König von Frankreich, gesalbt zu Reims, bestattet in Saint-Denis … Vielleicht ging es genau darum, um einen Anfang und ein Ende, und die Art und Dauer des Weges zwischen Reims und Saint-Denis zählten nichts. Nichts …

So überlegte Philippe, wie von Schwindel ergriffen, beim Anblick dieses leeren Grabes. Er war an diese Fluchten ins Innere seines Selbsts gewöhnt, während er versuchte, das Bild seines Schicksals zu erhaschen, das langsam immer tiefer sank, bis es unerreichbar wurde. Marie, die ihn gut kannte, ging zu ihm und berührte seinen Arm mit der Hand. Er schreckte aus seinem Traum auf. Zugleich sagte sie mit aller Energie und aller Überzeugung, die sie schon immer an den Tag gelegt hatte, leise zu ihm: „Zuerst mußt Du König werden, Philippe. Dafür bist du geboren. Dahin führt dich Gott. Du hast auf dieser Welt keine andere Wahl. Alles andere hat keine Bedeutung."

Es war halb drei Uhr morgens. Um fünf Uhr wurde er in Reims erwartet, bevor die Stadt erwachte und die Straßen sich bevölkerten. Odon de Batz kam, um ihn daran zu erinnern. Philippe kniete vor den Gräbern nieder, sprach ein Vaterunser und ein Ave Maria.

„Beim Blut König Ludwigs XVI. …", sagte er.

Und er bekreuzigte sich.

Er hatte den Schritt getan.

Eine frische Stimme erhob sich in der Krypta vibrierend, freudig und entschlossen: „Es lebe der König!"

Es war der kleine Henri Tibérien, das Gesicht vor Aufregung ganz rot. Nur ein Kind konnte sich trauen, dies in der Begräbnisstätte der Könige zu rufen und so das Band wiederherzustellen zu all diesen Toten, so wie man früher rief: „Der König ist tot! Es lebe der König!" Philippe neigte sich zu ihm und legte beide Hände auf die Schultern des Jungen.

„Mein kleiner Ritter von Saint-Denis …", sagte er langsam, mit einem Lächeln, aber in seinem Blick lagen Respekt und Zuneigung und auch so etwas wie ein triumphierendes, geheimes Einverständnis.

Dieses Kind hatte ihn zum König gemacht so wie jenes andere, dort unten, der kleine Jérôme Guillou, der an der Schwelle des Todes auf ihn wartete …

„Sire, Sire", stammelte Henri, unfähig, drei Worte aneinanderzureihen.

Rose zerdrückte mit dem Handrücken eine Träne auf ihrer Wange. Sie hatte sich kaum gezeigt und hielt Abstand, blieb im Dunkel, verschlang diesen jungen Mann mit den Augen, als sei er der aus seinem Grab wiederauferstandene König Ludwig XVI. Sie war ganz und gar nicht mehr lächerlich. Jetzt war sie wieder in der Welt der Lebenden, und darüber weinte sie vor Freude.

„Sire, mein König …", hauchte sie und achtete darauf, daß man sie nicht hören konnte.

So war sie vollkommen verblüfft, als Philippe beim Verlassen der Krypta ganz nahe an ihr vorbeiging und mit einer anmutigen Neigung des Kopfes zu ihr sagte: „Guten Abend, Rose. Und Danke für Ihre treue Gesellschaft …"

Draußen schneite es nicht mehr, der Schnee begann bereits zu schmelzen.

Auf dem beleuchteten Vorplatz warteten, mit den Fahrern am Steuer, die drei schweren Wagen, zwei hatten sie aus der Maladrerie hierhergefahren, und der dritte hatte Bohémond aus Paris abgeholt.

„Wir sehen uns in der Maladrerie wieder, Monseigneur", sagte Monsieur Ixe. „Ich werde dort auf Sie warten."

Nach kurzem Zögern fragte er: „Sie werden Ihre Ansicht nicht ändern?"

Damit spielte er auf Philippes ausdrücklichen Willen an, sich allein mit seinen ersten Gefährten nach Reims zu begeben. Mit einer Geste verneinte der junge Mann. Das war eine Angelegenheit zwischen Gott und ihm. Er wollte keine Zeugen bei dem Sacre, und diese Haltung offenbarte viel eher Demut als Hochmut. Wer wußte, ob die Gnade ihn wirklich anrühren würde? War er ihrer überhaupt würdig?

„Und wann werde ich Sie wiedersehen, Monseigneur?", fragte nun Pierre Roth.

„Niemand kann Ihnen da eine Antwort geben, Herr Minister. Sie müssen Vertrauen in die Vorsehung haben."

„Ich weiß, Monseigneur", sagte Roth. „Ich weiß, ich kenne die Zeichen ..."

Philippe, Marie und Odon de Batz stiegen in den ersten Wagen, Monclar, Josselin und Bohémond in den zweiten. Der dritte nahm Monsieur Ixe mit. Nachdem er das Doppelportal der Basilika von innen verschlossen hatte, steckte Roth den Schlüssel ein. Rose löschte sorgfältig die Lichter, und dann verließen sie die Kathedrale durch die kleine Seitentür. Nicht weit davon entfernt, in der Nähe des Platzes, wartete der Wagen des Ministers. Roth brachte die beiden Tibériens noch vor ihre Tür, dann brachte er Rose nach Hause. Während der Fahrt sagte er zu ihr: „Rose, Sie haben mich heute nacht nicht gesehen. Sie haben überhaupt niemanden gesehen. Niemand ist in der Basilika gewesen. Sie selbst waren auch nicht dort."

Rose stimmte durch heftiges Kopfnicken zu: „Ich habe verstanden", sagte sie mit ihrer guten, vollen, singenden Stimme. „Die Geschichte mit Herodes geht wieder los."

Roth dachte einen Augenblick nach, kramte in seinem Gedächtnis und sagte: „Genau das. Genau das ist es ..."

Es war drei Uhr morgens. In der dunklen Basilika lächelte die Statue der Clémence von Ungarn immer noch selig. Draußen waren Schritte zu hören, Stiefel auf dem Pflaster. Ein Motorrad knatterte los, dann ein zweites. Mehrere Fenster krachten in Stücke, als wären sie von dicken Hagelkörnern getroffen. Clémence von Ungarn war entstellt, sie lächelte nicht mehr. Sie war im Gesicht getroffen worden, eine Stahlkugel hatte ihr einen Mundwinkel weggeschossen.

Der Waffenstillstand war vorbei.

Sieben Stunden später stieg der allmächtige Minister Pierre Roth mit ebenso undurchdringlicher Miene wie immer vor der Freitreppe des Elysée-Palastes aus dem Wagen. Der wöchentliche Ministerrat. Der Auftrieb der Exzellenzen. Die Diener und ihr großer blauer Regenschirm. Die republikanische Routine.

Der Tischüberwurf auf dem Ratstisch war nicht grün, sondern blau wie die Regenschirme. Als Staatsminister und Innenminister saß Roth zur Rechten des Präsidenten. Hinter seiner üblichen Maske mit starren Gesichtszügen, die Hände vor sich auf dem Tisch gekreuzt, den Rücken gerade und regungslos, der Blick jedoch immer wachsam, umherschweifend und suchend, in welche Augen eines kleinen Ministers er sich bohren sollte, der sich dann ängstlich fragte, warum er in Ungnade gefallen war – hinter dieser Maske träumte Roth in Wirklichkeit. Ein Ministerrat dient zu gar nichts. Schon bevor man Platz nimmt, ist das Kommuniqué bereits fertig. Gekocht wird woanders. Jeder Minister sagt sein Verslein auf. Der Präsident dankt, gibt zu bedenken, stellt richtig, unterstreicht, vervollständigt, faßt zusammen und zeigt Prioritäten auf. Alles nur Spiegelfechterei. Pierre Roth sprach am Ende der Ministerratssitzung, so war die Rangfolge. Ernennungen, Gesetzesvorhaben, Berichte, er las mit eintöniger Stimme. Plötzlich aber änderte sich seine Stimme. Sie hatte einen Unterton von völlig unüblicher Fröhlichkeit, als er laut und deutlich ankündigte:

„Herr Präsident, ich habe die Ehre, Ihnen meinen Rücktritt einzureichen. Hier ist der Brief, den ich verfaßt habe. Er ist auf morgen datiert, auf elf Uhr. Bis dahin werde ich, wie es üblich ist und wenn Sie es nicht anders anordnen, die laufenden Angelegenheiten erledigen."

Alle warteten wie versteinert.

„Kann man Ihre Beweggründe erfahren?", fragte der Präsident mit matter Stimme.

„Aus persönlichen Gründen", sagte Roth.

Mehr konnte man nicht aus ihm herausbringen, und man kam überein, daß die Neuigkeit nicht vor dem nächsten Tag veröffentlicht werden sollte.

Der Präsident schloß die Sitzung.

„Du schuldest mir trotzdem eine Erklärung", flüsterte er Roth ins Ohr. „Ich erwarte Dich in meinem Büro."

Roth zuckte unmerklich mit den Schultern: „Wenn Sie wünschen, Herr Präsident."

Das Büro war in der ersten Etage, mit drei Fenstern zum Garten hin. Roth ließ seinen Blick durch den Raum schweifen. Die mit Goldfäden umstickte Fahne war an ihrem Platz, so wie auch das ganze Dekor der Macht. Auch der Hund fehlte nicht, ein Windspiel, der in direkter Linie aus den Hundezwingern Franz I. abstammte. Wie lange diente er diesem Mann? Vierzig Jahre! Und erst heute entdeckte er … Plötzlich packte ihn ein Lachanfall.

„Warum lachst Du?", fragte der verdutzte Präsident.

„Über Dich! Du hier drin!", antwortete Roth. „Du wolltest eine Erklärung, hier ist sie. Ich finde Dich einfach lächerlich …"

Früher kam der König zwei Tage vor der Krönung in Reims an …

Wenn man davon ausging, daß die dunkle Winternacht, die die Stadt umhüllte, noch zum vorherigen Tag gehörte, da das Leben noch nicht wieder begonnen hatte, so brach Philippe nicht mit dieser Sitte.

Um fünf Uhr morgens hatten die beiden Wagen den Kanal überquert, waren die verlassene Rue Libergier hinaufgefahren und hatten, einer nach dem anderen, auf dem Vorplatz der Kathedrale angehalten. Die nächtliche Beleuchtung der Fassade war abgeschaltet. Nur einige Straßenlaternen brannten zu Füßen dieses steinernen Waldes, dessen Wurzeln im Morgengrauen des 5. Jahrhunderts gepflanzt worden waren. Das dreifache Portal, in Dunkel gehüllt, verkündete die drei Zeitalter der Schöpfung. Oben, über dem mittleren Portal, dem Hauptportal, dem Krönungsportal, unter der Rosette mit den schlafenden Farben, die bald erwachen würden, konnte man die gekrönte Muttergottes erahnen, die Schutzherrin der französischen Könige. Auf beiden Seiten der Portale stehen, erhöht auf Säulenabsätzen, wie eine Art heiliger Miliz, riesige Statuen mit edlen Gesichtern und heiterem Ausdruck: Ritter, Soldaten, Prälaten mit Mitren, Engel und Heilige, Könige und Königinnen aus dem Stamme Juda, und im Vergleich zu ihnen erschien die einsame Silhouette eines schwarzgekleideten Mönches, trotz seiner hohen Gestalt, eher klein, der unbeweglich mitten auf dem Vorplatz stand. Es war der Kardinal Felix Amédée. Er hatte eine Stola angelegt. Zu Philippe, der aus dem Wagen gestiegen war, sagte er:

„Sire, Sie müssen dort niederknien."

Philippe gehorchte und kniete sich auf die erste der fünf Stufen zur Vorhalle, die der Mönch ihm gewiesen hatte.

„Sie werden sich mit meinem Brevier begnügen müssen, Sire, aber es enthält die Evangelien."

Und er hielt es ihm geöffnet hin, damit der junge Mann es küsste. Dann hob er seine gefalteten Hände und sagte:

„Domine, salvum fac Regem. Et exaudi nos in die invocaverimus tibi. Oremus. Quaesumus, omnipotens Deus, ut famulus tuus Rex noster Pharamonus, qui tua miseratione suscepit regni gubernacula …“ [20]

Es folgten zwei weitere Orationen, welche die vier Jungen, die mit Marie etwas abseits aufrecht standen, mit großer Andacht vernahmen. Ihre Gesichter waren wie die Gesichter der steinernen Statuen des Portals.

„Sie können sich jetzt wieder erheben, Sire“, begann Dom Felix von neuem. „So beginnt es, so hat es immer begonnen. Dem Erzbischof von Reims kam es immer zu, den König von Frankreich an der Schwelle seiner Kathedrale zu empfangen, so, wie es seit den ersten Krönungen gehalten wurde.“

Dann, in vertraulicherem Ton: „Aber Sie müssen auf den Teppich verzichten, Philippe. Wir haben wirklich nichts mehr. Früher kam der König zwei Tage vor der Krönung in Reims an Am Vesle-Tor wurde er vom Gouverneur der Provinz und den städtischen Offizieren empfangen. Die Truppen der Garnison und die Bürgermilizen bildeten eine Gasse. Man hatte Triumphbögen errichtet, und eine unzählbare Menge rief „Es lebe der König!“ Der Herrscher war von Fürsten und Prinzen umgeben, von den hohen Würdenträgern des Königreiches, von den Mitgliedern seines Hauses und den Edelleuten seiner Garde. Auf dem Kirchenvorplatz erwartete ihn der Erzbischof, in Pluviale und Mitra, mit vielen Bischöfen und den Domherren des Domkapitels, in Anwesenheit des päpstlichen Legaten. Der König kniete sich auf einen Teppich, und der Erzbischof reichte ihm Weihwasser und das Evangelienbuch zum Kusse. Nach den Eigengebeten wurde ein Te Deum gesungen. Später dann wurden Kanonen abgeschossen, die Glocken läuteten. Und danach zog der König sich ins erzbischöfliche Palais zurück, wo seine Gemächer bereitet waren …“

Dom Felix machte mit den Armen eine Bewegung, die den Kirchenvorplatz und den ganzen, verlassenen Platz in der zur Neige gehenden Nacht einschloß. Die Ruhe hatte eine winterliche Reinheit. Keine Spur von Melancholie oder Bedauern in Blick und Stimme des Mönches. Man konnte, im Gegenteil, eine Freude darin ausmachen, die nicht gekünzelt war. Er fuhr fort:

„Heute natürlich nichts davon. Wir sind allein, und zwar ganz allein, mein lieber Philippe. Die Glocken bleiben stumm, die Truppen sind abwesend, die Domherren schlafen in ihren Gräbern, die Masse weiß nichts von Ihrer Existenz und kennt nicht einmal Ihren Namen, aber die Orationen werden genügen. Gott ist es, an den wir uns wenden. Die Fürsten Ihrer Familie leben wie gewöhnliche Menschen, und die Würdenträger des Königreichs haben den König schon seit langem verlassen. Wir hingegen haben Marie, und Sie, meine lieben Jungen. Was die königlichen Gemächer anbetrifft – er lächelte leicht amüsiert – Sie werden ohne sie auskommen müssen. Der erzbischöfliche Palast ist nun ein Museum, und der Erzbischof hat nur noch Büros, die übrigens bis morgen geschlossen sind. Aber der König wird zu Hause sein, Philippe, in dem Haus von Freunden, welches ganz nahe von hier liegt. Gehen wir ..."

Sie gingen zu Fuß.

Die beiden Wagen, die sie hergebracht hatten, hatten sich nicht lange aufgehalten. Die Fahrer waren angewiesen worden, sich bis zum nächsten Tag vergessen zu machen, und Odon de Batz hatte sie für vier Uhr früh zum nämlichen Ort, vor dem Portal, bestellt.

Der Fahrer des ersten Autobusses der Linie A sah im Lichtkegel seiner Scheinwerfer diese fünf jungen Leute, die sich beeilten und einen großen, schwarzgekleideten Mönch begleiteten, der die Kapuze seiner Kutte über den Kopf gezogen hatte. Langsam wachte die Stadt auf. Die Cafés zogen ihre Metallgitter hoch. Fenster erhellten sich, und die Ampeln blinkten nicht mehr gelb, sondern schalteten auf rot und grün. Von der anderen Seite des Kanals stieg ein andauerndes leises Dröhnen auf: die autobahnähnliche Umgehungsstraße bevölkerte sich.

Sie liefen etwa zehn Minuten und flohen diese erwachende Welt. Sie gingen durch die engen Straßen des alten Reims, zumindest was davon nach den barbarischen Bombardements zweier Weltkriege übriggeblieben war. Hinter einer hohen Mauer, in die eine altertümliche Pforte eingelassen war, standen Bäume. Der Mönch klopfte mit dem Finger mehrere Schläge, wie ein Erkennungszeichen, dagegen. Jean-Marie Amaury öffnete.

„Es wäre wohl an der Zeit, ein wenig zu schlafen", sagte Dom Felix und schaute auf seine Uhr. „Wir treffen uns um elf Uhr. Sire, bitte ruhen Sie sich aus."

Zehn Minuten später schlief Philippe in einem kleinen, geschmackvoll möblierten Zimmer mit kahlen Wänden. Er hatte seit vierundzwanzig Stunden kein Auge zugetan.

Als er fünf Stunden später erwachte, saß der Mönch an seinem Bett, ein in blaues Leder mit goldenen Königslilien eingebundenes Buch in der Hand.

„Bleiben Sie liegen, Philippe", sagte er. „Sie haben noch fünf Minuten Pause. Ich werde Ihnen vorlesen."

Das Fenster ging auf einen umschlossenen Innengarten. Es schien eine strahlende Wintersonne. Aufrecht und schweigend stand Monclar hinter dem Sessel des Mönchs, sein kleines Goldkreuz vor der Brust. Dom Felix öffnete das Buch und las.

„Gegen sieben Uhr morgens hatten sich die weltlichen und geistlichen Pairs versammelt und beauftragten den Bischof und Herzog von Laon und den Bischof und Grafen von Beauvais, den König aus dem erzbischöflichen Palais zu holen. In vollem bischöflichen Ornat zogen die beiden Prälaten in Prozession zum Palais, vor ihnen zogen die Domherren, der Großkantor und der Kantor, angeführt vom Marquis de Dreux, dem Großzeremoniar. Im Saal des Palastes angekommen, schlug der Kantor mit einem Stab an die Zimmertür des Königs. Der Großkämmerer, der Herzog von Bouillon sagte, ohne die Tür zu öffnen: ‚Was verlangt ihr?' Der Bischof von Laon antwortete: ‚Den König'. Der Großkämmerer gab zurück: ‚Der König schläft'. Wenn der Kantor zum zweiten Mal geklopft, der Bischof ‚den König' verlangt und der Großkämmerer die gleiche Antwort gegeben hatte, sagte der Bischof von Laon beim dritten Mal, nachdem der Kantor geklopft und der Kämmerer ebenso geantwortet hatte: ‚Wir verlangen Ludwig XVI., den Gott uns zum König gegeben hat'. Sogleich öffneten sich die Türen, und der Großzeremoniar führte die Bischöfe von Laon und Beauvais zu Seiner Majestät, der auf einem Prunkbett ruhte. Sie neigten sich tief, um den König zu grüßen, dann reichten sie ihm Weihwasser, und nachdem sie die gewöhnlichen Gebete gesprochen hatten, halfen sie Seiner Majestät, sich von seinem Bett zu erheben ..."

Kardinal Felix Amédée ließ das Buch auf seine Knie sinken.

„So begann es für König Ludwig XVI.", sagte er, „nach dem Ritus des Sacre, der seit dem Sacre Karls IX. in Kraft war. Die Zeremonie ist gewichtig, symbolschwer und über alle Maßen beladen. Ihre vormalige Einfachheit hat sie verloren. Der König ist kein ritterlicher König mehr. Man mißt dem Dekor mehr Bedeutung zu, als der Reinheit seiner Seele. Das Gottesgnadentum ist mit zu viel Theaterpomp aufgedonnert. Hören Sie, wie es weitergeht ..."

Er öffnete das Buch wieder an der Stelle, an der er die Lektüre unterbrochen hatte und die mit einem Lesezeichen gekennzeichnet war.

„Nach Anhören der Oration sitzt der König, angetan mit einem Kleid aus Silbergewebe, auf dem Rand seines Bettes. Wenn er sich erhebt, stützt ihn der Bischof von Laon am rechten Arm, der Bischof von Beauvais am linken. Der Zug setzt sich in Bewegung. Zur rechten des Königs die Großoffiziere seines Hauses; der Fürst von Soubise als Großmeister; der Herzog von Bouillon als Großkämmerer, zu seiner linken der Marschall de Duras als Erster Kammerherr, und der Herzog von Liancourt als Großmeister der Garderobe, alle vier in Pair-Gewändern, mit Grafenkronen auf dem Haupt. Vor dem König die beiden Hauptleute der Garden, der Marschall von Noailles zur rechten und der Fürst von Bauveau zur linken. Davor der Fürst von Lambesc, dessen Aufgabe es ist, die Schleppe des königlichen Mantels zu tragen, usw., usw."

Am Ende übersprang er Zeilen, gereizt und ungeduldig, so etwa in dem Tonfall, in dem man ‚und papperlapapp' sagt.

„Und Monsieur de Miromesnil in der Funktion des Kanzlers ... Und der Marschall de Clermont Tonnerre, in Pair-Gewändern, mit Grafenkronen auf dem Kopf, Operettenkonnetabeln mit gezogenem Schwert ... Und die bedächtigen Ritter vom Heiligen Geist, die Marschälle de Mouchy, de Muy, de Contades, de Broglie, de Nicolaï, die sich hassen und wochenlang für die allen ersichtliche Ehre intrigiert hatten, die Krone zu tragen, das Szepter, die Main de justice ... Und die Grafen de Sourche, de Nantouillet, de Wattronville, die Herzöge de Cossé, de la Vrillère, de Rohan, d'Uzès, de Luynes, de Gramont, de Mortemart, d'Harcourt, de Praslin, de Lorges, de La Rochefoucauld, wunderbar, alle verkleidet, herausgeputzt, wie für einen Ball hergerichtet, eine richtige königliche Türkenszene ... Alle diese Leute haben Sie verlassen, Philippe. Schon damals glaubten sie an nichts mehr. Sie haben Sie seit langem vergessen. Sie sind dahin gegangen, wohin das Geld geht. Sie haben ihre Titel unter vier Republiken, unter einer Karikatur von Kaiserreich und unter einer Kramladen-Monarchie klingen lassen, aber sie haben nicht einmal den kleinen Finger gerührt, um ihren letzten König von Gottes Gnaden, Karl X., zu verteidigen ... Fürchten Sie nicht Ihre Einsamkeit, Philippe, nein, danken Sie dafür. Sie wird schwindelerregend königlich sein. Mit Ihrer Schwester Marie und Ihren vier Gefährten werden sie jetzt weniger einsam sein als König Ludwig XVI., als er in Anwesenheit all dieser Leute sein Zimmer verließ ... Monclar wird sie begleiten.

Die beiden Jungen wechselten einen Blick. Monclar neigte den Kopf, wie ein Gruß, der bedeutete: 'Du bist der König. Ich bin dein Freund'.

Der Mönch erhob sich.

„Einen Augenblick noch, Sire. Es ziemt sich, daß Sie das folgende Gebet noch im Bett hören; es ist für das Erwachen des Königs am Morgen des Krönungstags vorgesehen. Lange bevor die Zeremonien so aufgebläht wurden, holte man damit unsere Ritter-Könige tatsächlich aus tiefem Schlaf, denn sie hatten nachts lange gewacht, ganz wie Eure Majestät ..."

Er legte die Kardinalsstola an, dann fuhr er fort.

„*Oremus. Omnipotens sempiterne Deus, qui famulum tuum Pharamonum Regis fastigio dignatus es sublimare, tribue, quaesumus, ei, ut ita huius saeculi cursu multorum in commune salutem disponat, quatenus a veritatis tuae tramite non recedat. Per Dominum Nostrum Jesum Christum* ...“[21]

„Amen“, antwortete Monclar.

Dom Felix schaute sich im Zimmer um. Die Kleider, die Philippe am Vortag getragen hatte, lagen über einem einfachen Stuhl, sowie frische Wäsche, die aus einer Satteltasche entnommen war. Der schwarze Umhang hing an einem Kleiderhaken, und an der Kopfwange des Bettes hing ein Rosenkranz. Kein Geld, keine Münze auf dem kleinen Nachttisch. Auch keine Brieftasche, keine dieser vielfachen Fesseln, die jeder mit sich herumschleppt und von denen niemand sich heute löst. Dom Felix schien mit dem Ergebnis seiner Überprüfung zufrieden zu sein. Sein Blick verriet eine gute, heitere Laune, und so war er schon den ganzen Morgen aufgelegt.

„Schätzen Sie diese Einfachheit, Philippe. Kein königlicher Mantel. Kein silbernes Nachtkleid. Sie können sich jetzt erheben. Draußen, vor Ihrer Tür, werden Sie keine Schweizer oder Schottische Garden finden, nicht einmal den Schatten eines Herolds, und keinen anderen Bischof außer mir. Das sind wir alles los. Jetzt verlasse ich Sie. Und dann wird Monclar Sie geleiten.“

Das Haus, das sie aufgenommen hatte, gehörte der Familie Amaury. Früher hatte es dem Erzbistum gehört und als Unterkunft für kirchliches Personal gedient, dann hatte die Revolution ein Behelfsgefängnis daraus gemacht, in das sie Verdächtigte einpferchte. Nacheinander wurde es Soldatenheim, Schule, Waisenhaus, im Ersten Weltkrieg Ambulatorium und Krankenstation der Vinzentinerinnen, der Urgroßvater von Jean-Pierre Amaury hatte es nach dem Waffenstillstand gekauft, um dort seine Büros einzurichten, die durch die Bombardements zerstört worden waren. In den achtziger Jahren hatte der enorme wirtschaftliche Aufschwung in der Champagne die Verlagerung der Büros in geeignetere Gebäude, ganz aus Stahl und blauem Glas, mit sich gebracht, aber die Amaurys hatten das Gebäude erhalten; sie planten, es zu einem Hotel für Touristen, die Liebhaber alter Gemäuer waren, umzubauen. Schließlich hatte Jean-Pierre Amaury sich dort niedergelassen, nachdem er es in seiner ursprünglichen Einfachheit hatte wiederherrichten lassen. Besonders liebte er den Garten, in dem duftende Linden wuchsen und an dessen anderem Ende eine kleine, nicht mehr benutzte

Kapelle stand, die dank der Vinzentinerinnen und dank der Ehrfurcht der Amaurys vor der Religion ihren nicht greifbaren sakralen Charakter behalten hatte, der an Orten verbleibt, an denen gebetet oder das Meßopfer gefeiert worden ist, so wie auch der Geruch nach Rauch in Räumen verbleibt, in denen man Feuer gemacht hat. Von ihrer ursprünglichen Bestimmung jedoch war fast nichts übriggeblieben, außer einem mit der Mauer verbundenen Altarstein und einigen leeren Nischen für Statuen. Stattdessen prasselte ein Feuer in einem ziemlich großen Kamin, vor dem einige ansehnliche, rustikale Möbel, zwei Paar Stühle, eine Bank und ein massiver Tisch standen, sowie ein Stuhl mit hoher, gerader Lehne, schwer, solide, ausladend und hoch, mit breiten hölzernen Armlehnen, die ungeschickt geschnitzt, Wappenvögel darstellten und dem Stuhl eine Art ländlicher Majestät verliehen. Früher standen die Herren des niederen Adels auf Stühlen wie diesem väterlich den Mahlzeiten vor, die sie zusammen mit ihren Aufsehern und ihren Arbeitern einnahmen. So war es, das Königtum jener Zeiten.

Philippe durchquerte den Garten und blieb von einem plötzlichen Eindruck ergriffen, stehen.

„Was tust Du?“, fragte ihn Monclar.

„Ich betrachte die Sonne. Sie fehlt mir. Seit zehn Tagen sind wir unterwegs, und fast immer nachts. Saint-Benoît, Saint-Denis, alles nachts. Nachts sind wir in Reims angekommen, und heute nacht, in der Kathedrale, nun ja, dann wird es wieder Nacht sein … Bin ich eigentlich zur Nacht verurteilt?“

„Sieh’ doch: es stimmt nicht. Du bist in Reims, und die Sonne scheint.“

Durch die nackten Äste und Zweige der Bäume drang sogar ein wenig Wärme, und die Sonne zeichnete Mosaiken aus lebendigem Licht auf die Kieselwege. Aber die hohen, efeubewachsenen Mauern warfen ihre schwarzen Schatten und erinnerten daran, daß der Ort abgeschlossen war und in seiner Abgeschlossenheit verschanzt. Philippe schaute sich um.

„Du hast recht“, sagte er. „Die Sonne scheint, und ich bin der König dieses Gartens.“

Nachdenklich fügte er hinzu: „Der Garten meines Vaters in Pully war noch viel kleiner. Mit zehn Schritten hatte man ihn durchquert. An einem Sonnentag gingen mein Vater und ich darin herum, und er sagte mir: ‚Dies hier ist Flandern und Artois …‘“ Dann drehte er sich um, zeigte auf ein Beet: „Lothringen, Elsaß, Burgund … Was glaubst Du, wo hast Du gerade deine Füße? In der Provence! Philippe. In der Provence …“ Er nahm mich einige Schritte weiter mit: „Und hier ist das Languedoc, Béarn, Navarra …“ Er nannte die alten Provinzen, ohne auch nur eine auszulassen, bis hin zum Aunis und den Dombes, die ich nur so schwer behalten konnte. Er lächelte traurig. Mein armer Vater ..."

Monclar betrachtete ihn einen Augenblick lang mit unendlicher Zuneigung.

„Philippe", sagte er und öffnete ihm die Tür der Kapelle ...

Er berichtigte sich: „Sire, die Zeit vergeht. Man wartet auf Sie."

Als er eintrat, erhoben sich alle. Die Behendigkeit, mit der Kardinal Felix Amédée sich zu seiner vollen Größe aufrichtete, zeugte mehr noch von seiner geistigen Frische als von der Beweglichkeit seiner Gelenke, die für sein Alter wahrhaft erstaunlich war. Die Intensität seines Blickes bestätigte diesen Eindruck, während der Kardinal dem jungen Mann den beschriebenen Stuhl bezeichnete, der mit protokollarischer Genauigkeit vor den anderen Sitzen stand, wie ein Thron. Marie hatte auf einem Stuhl, ein wenig hinter ihrem Bruder, Platz genommen und dahinter saßen auf beiden Seiten, auf den Stühlen und auf der Bank, Odon de Batz, Josselin, Bohémond und Monclar, der sich gerade wieder zu ihnen gesellt hatte. Jean-Pierre Amaury, der Hausherr, stand mit verschränkten Armen hinten im Raum und betonte durch seine Zurückhaltung, daß, obwohl Philippe unter seinem Dach wohnte, in erster Linie Seine Majestät hier zu Hause war, und daß er lediglich über die Sicherheit des Königs zu wachen habe.

„Nehmen Sie bitte Platz, Sire", sagte Dom Felix.

Er selbst blieb jedoch stehen. In einer vertrauten mönchischen Haltung, die Hände in den weiten Taschen, die von seinem Skapulier verdeckt waren, fuhr er fort: „Sie sind jetzt seit zwei Jahren mein Schüler, seit dem Tod Ihrer Eltern. Nun kommt es mir zu, Ihnen Ihre letzte Lektion zu geben, und das wird die über Ihr Sacre sein. Das Sacre muß man lernen, Philippe. Nicht, daß es sich um Theater handle, selbst wenn einige unserer Könige es als solches auffaßten in den letzten dreihundert Jahren der französischen Monarchie, sondern weil nichts Sie heute nacht von Ihrer inneren Sammlung ablenken soll, zu der wiederum Sie nicht gelangen können, ohne eine perfekte Beherrschung des Zeremoniells. Alle unsere Könige haben das lernen müssen, wenngleich es bei den letzten von ihnen auch ein wenig auf die leichte Schulter genommen wurde. Ludwig XV. wurden Puppen vorgeführt, mit denen man vor seinen Augen alles ablaufen ließ. Nun, es stimmt, er war gerade zwölf Jahre alt. Puppen waren es auch bei Ludwig XIV., aber diese Puppen waren lebendig und die Höflinge schlugen sich darum, vor dem König die Rolle des Königs zu spielen. Ludwig XVI. hatte mehr Bedenken, Karl X. jedoch arbeitete mit einem Plan, mit Hilfe von Zeichnungen, die man ihm zeigte. Er hat geschlampt. Zu ihrer Entlastung muß gesagt werden, daß das Zeremoniell lastend und aufgeblasen schwülstig war, und daß es übertrieben viele Teilnehmer gab, weil alle Großen des Königreiches bedient werden wollten, unter dem Vorwand, dem König zu dienen. Das wird nicht Ihr Schicksal sein, Philippe. Wir kehren zur Einfachheit zurück, nach dem Rituale Karls V., dessen Text wir besitzen. Von Schreiber zu Schreiber, von König zu König wurde es weitergegeben seit den Zeiten König Ludwigs VII. ..."

Er machte Monclar ein Zeichen, und dieser brachte einen Stuhl herbei. Der Mönch setzte ich Philippe gegenüber.

„Unser Vorgehen für die Krönung heute nacht in der Kathedrale ist also folgendes, auch wegen der geringen Zahl der Teilnehmer. Früher errichtete man eine Tribüne, damit die Menge der Zeremonie folgen konnte. Eine Tribüne werden wir nicht brauchen, Sire, Gott wird unser einziger Zeuge sein."

Dann öffnete er ein großes, flaches Buch, das neben ihm auf dem Tisch lag. Es war ein Buch von nur etwa zwanzig Seiten, in blaues Leder eingebunden, mit der Lilie, mit großen roten und schwarzen Buchstaben, mit Zierbuchstaben und mehrfarbigen Buchmalereien, und auf dem Buchdeckel las man eine Goldgravur:

RITUS
DER SALBUNG UND KRÖNUNG
DES KÖNIGS VON FRANKREICH

Dom Felix überflog die ersten beiden Seiten mit den Augen. Er hatte schon seine Vorstellung. Er kannte das Buch auswendig. Schon seit Jahren las er es immer wieder. Dieses Buch hatte ihn nie verlassen.

„Gleich zu Beginn werden wir kürzen", kündigte er gutgelaunt an. „Sie werden ohne die Bischöfe von Laon und Beauvais auskommen, Philippe, die uns schon heute morgen im Weg herumgestanden wären, mit den Reliquien, die sichtbar um ihren Hals hingen, als ob es sich um persönliche Auszeichnungen handelte, die sie sich durch persönliche Verdienste erworben hätten, und auch ohne die drei anderen, genauso heilig ausgestatteten Kirchenfürsten, die Bischöfe von Noyon, von Langres und von Châlons. Wir werden sie nicht vermissen, um so weniger, als ich mir kaum vorstellen kann, daß der Episkopat dieses Landes sich auf die Vergangenheit einläßt und uns heutzutage drei Kirchenfürsten delegiert …"

Mit einem breiten Lächeln schloß er diesen Punkt ab: „Ich werde sie also allesamt vertreten!" Dann fuhr er fort: „Ich werde auch selbst die drei ersten Orationen beten, die sehr, sehr schön sind. Ihre Gefühle dürfen Sie nicht zeigen, Philippe. Sie sind der König. Aber hören Sie sie genau an. Die dritte wird Ihnen alle Gnaden spenden, die Sie brauchen werden: ‚Herr unser Gott, der Du weißt, daß das Menschengeschlecht aus eigener Kraft und Tugend nicht fortdauern und nicht fortbestehen kann, gewähre uns die Gnade, daß Dein Diener Philippe Pharamond, der nach Deinem Willen über Dein Volk herrschen soll, von Deiner Gunst und Hilfe gestärkt werde, damit er denen nütze und als Vorbild diene, denen er vorangestellt ist. Durch Jesus Christus, unseren Herrn …' Sie antworten ‚Amen'."

„Amen", antwortete Philippe, und in den Klang seiner Stimme mischten sich die Stimmen von Marie und den Jungen.

Dom Felix beugte sich über das Buch.

„Ah!", rief er aus, „die Domherren der Kathedrale! Und sie sind nicht allein, bei ihnen ist eine ganze Klerisei von Birretträgern, Ceroferaren, Weihwasserkesselträgern, Ministranten in Rauchmänteln, von Mitraträgern, Stabträgern, von Akolythen, Kantoren, Musikern, sie nehmen viel Platz ein, sie bedeuten das ganze irdische Gewicht der Kirche, sie sind zu zahlreich, sie bilden einen Wall, beinahe könnte man Gott vergessen … Sie haben Glück, Philippe. Sie werden frei von Domherren sein. Sie sangen eine schöne Antiphon, nun wird Marie an ihrer Stelle sie singen. Haben Sie sie gelernt, Marie?"

Noch einmal erhob sich Maries reine und kristallreine Stimme. Die Silben jedes einzelnen Wortes waren zugleich voneinander gelöst und miteinander verbunden, in einer Art fließender Ergriffenheit, die sowohl vom Sinn der Worte als auch von der Vollkommenheit der Stimme ausging. Es war eine Himmelfahrt der Töne, ein weiter Flug von Seele und Herz. Der Kardinal schloß die Augen und lauschte: „Herr, der König freut sich in deiner Kraft …"

Als das beendet war, wurde allen klar, daß man nun, nach dem Vorbild des Kanons der Messe, in das Mysterium des Sacre eingetreten war.

Dom Felix ergriff wieder das Buch und las.

„Wenn die Heilige Ampulle eintreffen soll … sollen in einer Prozession die Mönche des heiligen Remigius mit der Heiligen Ampulle herbeikommen, die der Abt mit großer Ehrerbietung zu tragen hat ... Der König soll einige seiner Barone aussenden, die ihr schützendes Geleit geben ..."

Er hob den Kopf und schaute nacheinander jeden der vier Jungen an.

„Diese Stelle habe ich Euch schon erklärt", sagte er. „Diese Herren waren vier an der Zahl. Sie waren mit Ihrer Ehre und ihrem Leben für die Heilige Ampulle verantwortlich, und das war nicht immer ein leeres Wort. Früher blieben sie als Geiseln in der Abtei Saint-Remi, wo die Ampulle aufbewahrt wurde, damit sichergestellt war, daß der König die Ampulle, die ja nicht ihm gehörte, sondern Gott, nach der Salbung wieder zurückgab. Später dann bekamen sie das Recht, die Heilige Ampulle von der Abtei zur Kathedrale zu begleiten. Sie geleiteten sie zu Pferd, auch der Abt. Das waren die Zeiten der Ritter ... Die Mönche von Saint-Remi werden wir vermissen. Vergeblich würden wir ihre Schatten in der eisigen Schönheit ihres Kapitelsaales suchen, den man zu einem Museum herabgewürdigt hat. Aber keinesfalls kommen wir ohne die vier Herren der Heiligen Ampulle aus ..."

Er streckte seinen Arm zu dem Tisch hin, auf dem verschiedene Objekte ausgelegt waren, und berührte mit den Fingern das silberne Reliquiar, wie um sich zu vergewissern, daß es da sei, jenes Reliquiar, welches schon beschrieben worden ist: in Form einer Taube, deren Kopf als Verschluß dient.

„Keine Heilige Ampulle, kein König ...", begann er wieder. „Odon, Monclar, Josselin, Bohémond, Euch kommt es in dieser Nacht zu, sie von dem Ort, an dem wir jetzt sind, zur Kathedrale zu geleiten. Auch Ihnen, lieber Amaury. Diese Ehre wird Ihnen zu recht zuteil, durch Familientradition und durch den Willen Philippes, den er mir gegenüber ausgedrückt hat. Sie sind doch noch bewaffnet?"

Amaury bejahte mit einer Geste. Wie zwei Tage zuvor am Bahnhof, als er Dom Felix abholte, trug er unter seiner Weste einen Revolver in einem Halfter.

„Sie werden sie sicher nicht benutzen müssen", sagte der Mönch, und Schalk blitzte aus seinen Augen, „aber so wahren wir wenigstens das Symbol. Das wird unser einziges Zugeständnis sein."

Dann wandte er sich an Philippe und schaute wieder in das Buch:

„Die Heilige Ampulle soll dann, wie es der Brauch ist, zum Altar gebracht werden. Der König erhebt sich ehrerbietig ..."

So erhob sich Philippe.

„Dann werden drei Orationen Sie zum Gelöbnis führen. Ich bitte den Herrgott, daß ganz besonders diese zu einem Teil Ihrer selbst werde, wenn ich sie bete: 'Allmächtiger und ewiger Gott, der Du in Deiner unermeßlichen

Güte angeordnet hast, daß die Reihe der Könige von Frankreich gesalbt und geheiligt werden soll …'"

Er unterbrach die Lektüre und hob mit lauter Stimme hervor:

„Angeordnet! Philippe. *Angeordnet*. Diese Oration stammt vom heiligen Remigius, der sie tatsächlich bei der Salbung Chlodwigs, durch göttliche Eingebung geleitet, zum ersten Mal formulierte. Indem er den König von Frankreich salbt, tut der Erzbischof von Reims nichts anderes, als der Anordnung Gottes zu gehorchen, und der König hat keinerlei andere Freiheit als die, diesem Befehl zu gehorchen."

„Gott hat es befohlen, Hochwürden", sagte Philippe, „und ich begebe mich in Seine Hand."

In diesem Moment zerriß ein zuckender Schmerz die Brust des alten Kardinals. Dom Felix schloß die Augen, um den Schmerz in sich einzuschließen, und um sich nichts anmerken zu lassen. Es dauerte nur einen Augenblick, währenddessen er murmelte: „Herr, ich bitte Dich, gewähre mir die Zeit, es zu vollenden …" Als er sich wieder gefangen hatte, fragte er:

„Sire, haben Sie Ihren Eid vorbereitet? Dies ist jetzt der Augenblick. Jetzt muß er geleistet werden. Sie erinnern sich, daß ich Ihnen gesagt habe, daß die Kirche dem König früher auferlegte, die Bewahrung und Erhaltung der Privilegien für jeden Bischof persönlich zu versprechen, aber ich sage es Ihnen nochmals: die Salbung ist kein Handel zwischen der Kirche von Frankreich und dem König. Die Kirche ist lediglich Fürsprecherin. Der König steht ganz allein vor Gott."

Philippe zog ein von ihm selbst geschriebenes Papier aus der Tasche. „Deshalb bin ich Ihrem Rat gefolgt, Hochwürden. Das Versprechen an die Bischöfe habe ich nicht beibehalten, und ich habe mich an dem ältesten Text des Königseides orientiert."

Er las: „Im Namen Jesu Christi verspreche ich dem christlichen Volk, das mir untertan ist: Erstens, daß durch unseren Eifer und unsere Sorge das gesamte christliche Volk der Kirche Gottes zu allen Zeiten den wahren Frieden bewahren soll.

Item, daß ich Raub und Plünderung und jegliche Ungerechtigkeit verbieten werde.

Item, daß alle meine Urteile und Befehle gerecht und barmherzig sein sollen, damit der milde und barmherzige Gott mir seine Barmherzigkeit gewähren möge.

Alles, was ich gesagt habe, bestätige ich durch meinen Eid. So wahr Gott und die heiligen Evangelien mir helfen."

Er hatte mit klarer, lauter Stimme gesprochen. Er war nicht steckengeblieben. Er hatte jedes Wort einzeln gesprochen, so daß jedes Wort sinnbeladen und von seinem Willen geleitet seinem Mund entströmte.

„Gut“, lobte der Mönch. „Sie werden auf dieses Evangelium schwören und es dann küssen. Sie dürfen nicht vergessen, Philippe, daß die Lippen Ludwigs XVI. es berührt haben, so wie die Lippen von sieben Königen vor ihm, seit König Heinrich II. ...“

Dabei zeigte er auf ein mittelgroßes, sehr altes und abgenutztes Buch auf dem Tisch, welches deutlich jenen traurigen Anblick von Dingen aufwies, die dem Übelwollen von Menschen ausgesetzt sind. Der Einband war abgerissen worden, die Aufschlagseiten zerrissen. Es war das Böhmische Evangeliar. Hier soll nicht erzählt werden, da die Geschichte sich ihrer Auflösung nähert, auf welche Weise dieses heilige Buch aus dem Tresor des Konservators der Stadtbibliothek in Reims, worin es eingeschlossen war, an jenem Tag entnommen worden war, um danach nie wieder dorthin zurückzukehren, und wie der erst kürzlich ernannte Konservator das Verschwinden erst nach mehreren Monaten bemerkte, als er im Vertrauen auf einen Ausleihbeleg von außergewöhnlicher Typographie an die Vatikanische Bibliothek schrieb, um die Rückgabe dieses nun weit über die übliche Ausleihzeit hinaus zurückgehaltenen Objektes anzumahnen und die erstaunliche Antwort eines außerhalb jeden Verdachtes stehenden Prälaten erhielt, der ihm mitteilte, daß niemals um diese Ausleihe gebeten worden und der Ausleihbeleg gefälscht war ...

„Und nun, Philippe,“ sagte Kardinal Felix Amédée, „nähern Sie sich bitte diesem Tisch. Die königlichen Insignien für das Sacre befinden sich hier. Von den Insignien Karls des Großen bleibt Ihnen nur das Schwert, die anderen sind neu gearbeitet und passen zu Ihrer Demut.“

Das war zweifellos der Augenblick, in welchem Philippe sich ganz Gott anheimgab, wie er es vorher gesagt hatte, und nun zum König wurde, nicht wie man neue Kleider überzieht, sondern durch eine heftige Regung seines Herzens. Und wahrhaftig, dafür hatte er ungeheuren moralischen Mut beweisen müssen. Denn was sollten letztlich diese vergangenen Symbole diesem 18jährigen jungen Mann aus Fleisch und Blut in diesem letzten Jahr dieses Jahrhunderts bedeuten, der sich der Realitäten dieser Zeit voll bewußt war; was sollten ihm Ring, Szepter, Main de justice und Krone bedeuten, nutzlos gewordene Abzeichen einer lachhaften Majestät, wenn er nicht gerade im rechten Augenblick alle notwendigen Gnaden bekommen hätte, um mit großartigem Mut eben nicht hoffnungslos an sich selbst zu zweifeln, im Angesicht des schwindelerregenden Auseinanderklaffens zwischen dieser Welt, in der er lebte, und dem, was er darin darzustellen sich entschlossen hatte? Er zweifelte überhaupt nicht. Mit ruhigem und sicherem Blick nahm er im Geiste von jedem dieser Objekte Besitz, eines nach dem anderen, und er zeigte keinerlei Erstaunen, sie vor und für sich ausgebreitet zu sehen. Nachdem er seine Betrachtung beendet hatte, wandte er sich zu Dom Felix und sagte: „Ich höre, Hochwürden."

„Erinnern Sie sich vielleicht", begann der Mönch, „an das Szepter und die Main de justice?"

„Ich verstehe nicht, Hochwürden."

„Versuchen Sie, sich zu erinnern, Philippe. Sie hatten noch nicht ihre endgültige Form, und Sie waren noch ein kleiner Junge …"

Nichts war bescheidener als diese beiden Insignien, die nicht aus Metall, sondern aus Holz bestanden, und zwar ohne wertvolle Einlegearbeiten oder Ornamente, zwei Stäbe von verschiedener Länge, der eine, das Szepter etwa einen Meter lang, und der andere, die Main de justice, etwa fünfzig Zentimeter, äußerst einfach, und sogar stümperhaft gearbeitet; das Szepter endete in einer Lilie, und die Main zeigte drei ausgestreckte Finger, den Zeige- und den Mittelfinger, den Daumen ein wenig angewinkelt und die beiden anderen Finger auf der Handfläche. Die seitlichen Blätter der Lilie waren ziemlich unsymmetrisch, und dem Daumen an der Main de justice mangelte es völlig an Eleganz. Offensichtlich war es die Arbeit eines Amateurs, aber dieser Amateur hatte sich mit rührend gutem Willen und mit bewegender Sorgfalt daran gemacht, den geheiligten Charakter beider Objekte herauszuarbeiten, und das war ihm paradoxerweise perfekt gelungen. Und da erinnerte Philippe sich. Er war wohl fünf oder sechs Jahre alt gewesen. In dieser Zeit hatte sein Vater, um der Langeweile endloser, unnützer Tage zu entgehen, auf der Bank im Garten von Pully gesessen, ein Stück Holz in der Hand, dem er geduldig mit dem Messer zu Leibe rückte und ihm die ungefähre Form eines Bootes, eines Pferdes, eines Autos oder einer Puppe gab, um es dann mit einem melancholischen Lächeln den Zwillingen zu schenken. Diese Gewohnheit und das Gefallen daran hatte er schon aufgegeben, als er sich doch eines Tages wieder auf seine Bank setzte und zwei gleichmäßige und gerade Stäbe vorbereitete, die er von einem Nußbaum abgesägt hatte; aber als Philippe ihn diesesmal fragte, was er denn da schnitzte, hatte der Fürst ihm geantwortet: „Das ist ein Geheimnis …"

„Ich sehe, daß Sie es jetzt wissen, Philippe", begann Dom Felix wieder. „Das ist in der Tat das Werk Ihres Vaters. Er hat wohl beides mehrfach neu begonnen, und er hat sich mit verzweifelter Begeisterung in die Arbeit verbissen. Kurz bevor er in jenes Flugzeug stieg, hat er mich gebeten, beide zu segnen. Das habe ich auch getan. Dann hat er sie mir gegeben und gesagt: ‚Das ist für Philippe …'"

Er hielt inne und schaute aus den Augenwinkeln auf den jungen Mann, der einen kurzen Kampf gegen die auf ihn einstürmenden Gefühle focht, und als der Kampf gewonnen war, fuhr er fort: „Die Krone hingegen kommt aus meiner Abtei in Schottland. Sie wurde für Sie entworfen von einem unserer Brüder, der einst Juwelier der Königin war. Im Kloster Iona haben wir eine beachtliche kleine Goldschmiedewerkstatt, und darin wird seit 597 gearbeitet, seit das Kloster von einem Gefährten des hl. Kolumban gegründet worden ist. Aus dieser Werkstatt stammten die Kronen der ersten Könige der Angeln und der Pikten, die sich Schottland streitig machten, und auf diese Weise begann die Religion in ihren Eselsköpfen Fuß zu fassen. Ihre Krone, Sire, ähnelt diesen Kronen."

Diejenige auf dem Tisch erinnerte tatsächlich in nichts an die schweren halbkugelförmigen Schmuckstücke der Valois und der Bourbonen, beladen mit unendlich vielen Edelsteinen, und auch in nichts an die strengeren, lediglich vier große Lilien tragenden Kronen der ersten Kapetinger. War es überhaupt eine Krone? Eher so etwas wie ein rundes Metallband ohne aufwendige Verzierung.

„Unsere alten Könige", begann der Mönch wieder, „Pharamond, Chlodwig, Chlotar, Chilperich, bis hin zum luxusliebenden Dagobert, trugen keine Kronen zur Schau. Sie begnügten sich mit einfachen Reifen oder goldenen Diademen, die sie während des Kampfes um ihren Helm legten. Dieser Reif hier ist nicht einmal aus Gold, sondern aus feuergeschmiedetem Eisen, wie die Krone der Langobardenkönige. Wenn Sie ihn aber von nahem betrachten, sehen Sie eingravierte silberne Lilien, vier an der Zahl. Das ist sehr wohl die Krone des Königs von Frankreich. Sie sollten sie anprobieren, Sire …"

Der junge Mann zögerte.

„Es ist ja nur eine Probe, Philippe", drängte der Mönch und lächelte. „Was, wenn Sie Ihnen auf die Nase rutschte?"

Als Philippe die Krone aufgesetzt hatte – sie paßte genau um seine Stirn und umfaßte eng seine blonden Haare – da murmelte der alte Kardinal, von Glück überwältigt, ganz im Stillen, schweigend, in sich selbst hinein: „Mein König …" Zugleich vernahm er hinter sich ein ersticktes schwaches Schluchzen. Jetzt kämpfte Marie gegen Gefühlsstürme an. Die vier wie Statuen wirkenden jungen Männer hätten stehenden Fußes ihr Leben gegeben …

Philippe legte die Krone behende zurück auf den Tisch. Dom Felix, der in seiner Seele lesen konnte, entdeckte dort nicht eine Spur von Hochmut.

„Sie müssen nun den Ring anprobieren“, sagte er. „Am vierten Finger Ihrer rechten Hand.“

Der Ring war ein verkleinertes Abbild der Krone, ein einfacher, eiserner Kreis mit silbernen Lilien. Er ist ein Zeichen für das königliche Priestertum, ein Zeichen der freiwilligen Zustimmung zur Knechtschaft. Philippe betrachtete ihn einen Augenblick, drehte ihn um den Finger, sichtlich ergriffener als beim Aufsetzen der Krone. Nachdenklich zog er ihn wieder vom Finger und legte ihn mit offensichtlichem Respekt langsam wieder auf den Tisch.

„Fahren wir fort“, sagte Dom Felix und schaute in das große blaue Buch. „Die Insignien werden von den Pairs des Königreiches in einer Prozession, geleitet von den Diakonen und den Edelleuten, den sechs mitratragenden Kirchenfürsten zum Hochaltar gebracht, begleitet von den sechs weltlichen Pairs in Mänteln, gefolgt von Pagen, derer da waren: der Herzog von Burgund, der Herzog von der Normandie, der Herzog von Aquitanien, der Graf von Toulouse, der Graf von Flandern, der Graf von Champagne, alle tragen ihrem Rang entsprechende Kronen. Ein Jahrmarkt der Eitelkeiten … Bei der Krönung des unglücklichen Ludwig XVI., wie bei der Krönung der anderen Bourbonen auch, gab es bereits seit langer Zeit in Frankreich keinen erblichen Herzog von Burgund, von Aquitanien und von der Normandie mehr, keinen Grafen von Toulouse, von Flandern, von Champagne. Damit der alte Ritus der Krönung befolgt werde, wurden sie von Fürsten dargestellt, nach der Art lebender Puppen, die vor den Augen Ludwigs XIV. und danach heftige Kämpfe um Hackordnung und Vortritt austrugen, bei denen der Herzog von Chartres und der Herzog von Orléans haßerfüllt dem Fürsten von Condé und dem Fürsten von Bourbon auf die Füße traten. Auch diesbezüglich haben Sie Glück, Philippe. Wir werden sie nicht bemühen. In den verschlungenen Zweigen Ihrer Familie habe ich dreiundsechzig Fürsten von Geblüt gezählt, und während meiner seltenen Aufenthalte bei meiner Cousine Marie-Edmée von Savoyen habe ich wohl einige davon kennengelernt. Stellen Sie sich nur alle heute nacht hier vor! Nach dem Vorbild ihrer Urgroßonkel Chartres, Orléans, Condé, Bourbon wären sie sich gegenseitig höchst gemein auf die Füße getreten. Glücklicherweise hätten wohl die meisten von ihnen, bis auf zwei oder drei, kaum die Reise nach Reims unternommen, um hier ihre Pflicht zu erfüllen. Alles das hat seine Bedeutung, Sire, Ihre vier treuen Gefährten werden Ihnen unendlich besser dienen.“

Der Kardinal ergriff wieder das große blaue Buch und blätterte die Seite um.

„An dieser Stelle folgt eine lange Oration, während der Sie zum Hochaltar hinaufschreiten. Die ersten Worte lauten: ‚Herr unser Gott, unergründlicher Schöpfer der Welt und des Menschengeschlechts, Herr der Mächte und Gewalten, Erhalter des Königreiches, der Du von Ewigkeit her König aller bist ...' König aller, und auch Ihr König, Sire. Das ist klar, das ist eindeutig, das ist großartig! Darin ist alles enthalten, was man über das Sacre wissen muß."

„Ich werde mich daran erinnern", sagte Philippe.

„Sodann werden Sie ausgestreckt vor dem Altar liegen, wie der Priester bei der Priesterweihe, und ich werde desgleichen tun, nahe bei Ihnen ... Möge es dem Himmel gefallen", fügte er beinahe fröhlich hinzu, „daß meine alten Gelenke es erlauben und daß mich die Kräfte nicht verlassen werden (er dachte an den Dolchstich von vorhin ...). Monclar und Odon werden mir assistieren. Mit Gottes Hilfe schaffe ich es. Dann erheben wir beide uns wieder. Dann sind Sie an der Reihe, Bohémond. Stellen wir uns vor, wir seien am Altar ..."

Der Junge trat an den Tisch heran, nahm das Schwert aus seinem Futteral und reichte es dem Kardinal, der es dann an Philippe weiterreichte. Philippe hielt es, wie es richtig war, den Knauf in der geschlossenen Faust, die Spitze in die Höhe, so, wie der Ritus es vorschreibt.

„Dieses Schwert stammt von Karl dem Großen, Philippe", begann der Mönch wieder, „und ich werde dieselben Worte an Sie richten, die auch er vernommen hat: ‚Sire, empfanget dieses Schwert mit dem Segen Gottes, auf daß Ihr durch Ihn in der Kraft des Heiligen Geistes allen Euren Feinden widerstehen und sie vertreiben könnt, sowie auch alle Feinde der Heiligen Katholischen Kirche; auf daß das Königreich, welches Ihnen übertragen ist, erhalten und die Heerscharen Gottes sowohl bewahren als verteidigen könnt, durch die Fürsprache des unbesiegbaren Triumphators, unseres Herrn Jesus Christus ...'"

Wieder blätterte er eine Seite weiter.

„Dann wird die Antiphon ‚Sire, empfanget Stärke ...' gesungen. Marie?"

„Ich kann sie auch, Hochwürden."

Wieder sang sie, und wieder geschah so etwas wie ein Wunder. Philippe stand dort, aufrecht, das Krönungsschwert in der Hand, in Pullover und Samthose, mit entblößtem Haupt, aber es war, als ob Maries Stimme ihn umhüllte wie die Falten eines himmlischen Mantels: „Sire, empfanget Stärke und Tapferkeit und haltet die Nachtwache des Herrn, Eures Gottes, so daß Ihr wandelt auf Seinen Wegen, Seinen rechten Kult, Seine bezeugten Taten und Seine Urteile bewahret und daß Gott Euch, wo immer Ihr auch seid, Kraft und Stärke verleihe".

Dom Felix' Augen folgten dem Text im Buch. Am Schluß fügte er hinzu: „Das Schwert wird Bohémond übergeben, Sire, denn Sie haben es seiner Obhut anvertraut. Er empfängt es kniend, und bis zum Ende der Messe wird er es vor Ihnen hertragen ... Der Ritus gebietet mir, vor dem Augenblick der Salbung noch Worte an Sie zu richten, die ich um Ihrer Willen fürchte."

Er zögerte. In einigen Stunden würde die Zeremonie des Sacre beendet sein, und er würde wieder in sein abgelegenes Kloster weit hinten auf den Hebriden reisen, wenn Gott ihm die Zeit dafür ließ, und Philippe würde sich wieder auf den Weg zu seiner Insel machen, so, wie er gekommen war, ausgenommen die Gnade des Sacre, genauso einsam, genauso arm, genauso bloß aller Dinge und Leute, ein vergessener König, ein nomineller König ... Welch unpassenden Ton würde doch dieser dröhnende Tadel an Gott hervorrufen, wenn in den Zeilen 275 bis 290 des Ritus der Herr in höchst kriegerischen Ausdrücken gebeten würde, dem König Pharamond zu gewähren, ‚stark zu sein unter allen Königen, um über seine Feinde zu triumphieren, um Aufstände zu unterdrücken, heidnische und abtrünnige Nationen zu unterwerfen; seinen Feinden mit seiner Macht und der Stärke seiner königlichen Würde ebenso Furcht und Schrecken einzuflößend, wie gegen die Fürsten und Herren seines Königreiches milde, liebenswert und gütig zu sein: so daß er von allen gefürchtet und geliebt werde ...' Bis zu diesem Augenblick hatte Dom Felix nicht gezweifelt. Er hatte nicht *überlegt*. Aber selbst wenn er es bei bloßer Symbolik beließ, war es dann nicht trotzdem eine verblendete Anmaßung, bei Gott auf diese Weise für diesen armen und schwachen Nachkömmling zu bitten? ...

Der Nachkömmling selbst nahm ihm die Entscheidung ab.

„Aber ich habe diese Worte doch gelesen, Hochwürden. Ich kenne sie. Warum sollte ich an ihnen zweifeln? Vielleicht könnte es anderswo, irgendwo, existieren, das Königreich Frankreich? Ich werde es schließlich finden, und wenn ich es erst bei meinem Tod entdecke."

Insgeheim dankte Kardinal Felix Amédée Gott. Vor ihm hatte sich ein Abgrund aufgetan, und der Abgrund war geschlossen worden. Gerade und eben lag nun der Weg vor ihm, der zum Sacre führte. Keinerlei Hindernis stand ihm nunmehr entgegen. Um die Bewegung zu verbergen, die ihn ergriffen hatte und die ihn nur langsam verließ, steckte er die Nase in das Buch.

„Wir wollen fortfahren", sagte er. Dann las er: „Das Chrisam wird auf einer geweihten Patene zum Altar gebracht ... (das wird Ihre Aufgabe sein, Monclar ...) und der Erzbischof öffnet die Heilige Ampulle, die ebenfalls auf den Altar gelegt wird. Und mit einer goldenen Nadel entnimmt er ein wenig des vom Himmel gesandten Öls, und mit dem Daumen vermischt er es sorgfältig mit dem Chrisam, welches auf der Patene vorbereitet worden ist, um den König zu salben, der als einziger aller Könige dieser Welt das glanzvolle Vorrecht hat, mit dem Chrisam gesalbt zu werden, welches mit dem vom Himmel gesandten Öl gemischt ist, und auf ganz andere Weise als die anderen Könige. Und hier beginnt die Litanei ..." Glauben Sie an die Fürsprache der Heiligen, Philippe?

„Ja, ich glaube daran, Hochwürden."

„Nun denn", verkündete Dom Felix freudig, „nach der Jungfrau Maria, zu der wir zuerst beten, rufen wir vierundfünfzig weitere Heilige an, und, wenn wir den heiligen Chor der Engel, deren Zahl Legion ist, den heiligen Chor der Bekenner, den der Martyrer und den der Jungfrauen, die wir ebenfalls bemühen, nicht zu vergessen die Gefährten des heiligen Nicaise, des ersten Bischofs von Reims, die des heiligen Dionysius und des heiligen Mauritius, die auch in der Litanei angerufen werden dazuzurechnen, so sind das nicht gerade wenige! Vielleicht wird das der einzige Augenblick in Ihrem ganzen Leben sein, Philippe, wo Sie wahrhaftig nicht einsam sind. Um zu schließen, werde ich in ihrer aller Angesicht also sprechen: ‚Daß Du Deinen hier anwesenden Diener, der zum König gekrönt werden soll, segnen wollest, wir bitten Dich, erhöre uns'. Das werde ich dreimal wiederholen, aber beim zweiten Mal werde ich sagen: ‚segnen und erheben ...', und beim dritten Mal schließlich: ‚segnen, erheben und weihen ...' Denn, Sire, Sie werden geweiht, *bevor* Sie gekrönt werden."

Er legte das Buch zurück auf den Tisch und fügte nachdenklich hinzu: „Welches Volk würde das heute zulassen? Welcher Herrscher würde das mitmachen, ohne wenigstens die Reihenfolge umzukehren? Louis-Philippe I., König der Franzosen, kappte es um die Hälfte: er wurde gekrönt, aber nicht geweiht ..."

„Ich bin König von Frankreich", sagte Philippe.

„Ich werde Sie also neunmal salben, Sire. Das Haupt, die Brust, den Nacken zwischen den Schultern, dann beide Schultern, die Armgelenke, und schließlich beide Hände. Früher – und das wissen Sie ja, weil wir darüber schon gesprochen haben – früher trug der König vor dem Altar eine seidene oder linnene Tunika, die versehen mit kompliziert angeordneten

Öffnungen – Knopflöchern ähnlich – mit Ringen und Bändern, vom Erzbischof geöffnet wurde, damit er die Salbung auf der Haut vornehmen konnte, nach der die Tunika von den Pairs des Königreiches dann wieder verschnürt werden konnte. Da lächeln Sie. Sie finden das ..." „lächerlich", erklärte Philippe. „Ich stelle mir jedenfalls vor, daß ich mit diesem Löcherhemd ziemlich schlecht gekleidet aussähe, welches ich im übrigen nicht besitze und welches Marie nur mit größten Mühen zuschneiden, nähen und richten könnte ... Sie ist eine ebenso schlechte Schneiderin wie Köchin, wie Sie, Hochwürden, sicherlich schon bemerkt haben."

Und alle brachen in Lachen aus. Es war so etwas wie ein Innehalten, eine willkommene Pause nach den langen Momenten der Anspannung aller Fasern ihrer Seele, ihrer Herzen, ihrer Gedanken. Auch Dom Felix lachte.

„Alleluja!", verkündete er. „Und wie wollen Sie es regeln, Philippe?"

„Wie Chlodwig! Ich ziehe meinen Pullover und mein Hemd aus."

Die höchst anachronistische Vorstellung eines bärtigen und langhaarigen Chlodwig in gerippter Samthose, der sich im Jahr 496 einen dicken, blauen Wollpullover über den Kopf zieht, erheiterte sie noch einen Augenblick, dann wurden sie wieder ernst, während Dom Felix erklärte, daß Chlodwig I. tatsächlich genau auf diese Weise, mit entblößtem Oberkörper, nur mit einer schweiß- und schmutzstarrenden gallischen Reiterhose bekleidet, in Reims vor dem heiligen Remigius gestanden hatte, und daß die meisten Könige von Frankreich bis zur Zeit der ersten Kapetinger es ihm gleichgetan war. Hugo Capet empfing die Königssalbung in Reims am 3. Juli 987 mit nacktem Oberkörper.

„Es sind sehr lange Orationen, Philippe", begann der Kardinal wieder. „Vierzehn Jahrhunderte französischer Monarchie beweisen ihre Wirksamkeit und Kraft. Sie sollen sie aufmerksam und gesammelt hören, denn kein unnützes Wort ist darin, und jedes dieser Worte bindet Sie auf ewig. Die Oration zur Weihe des Königs, die den Salbungen unmittelbar vorausgeht, ist und bleibt der schönste und vollendetste Text der alten Königsliturgie. Sie dürfen die Erinnerungen an das Gottvertrauen Abrahams, die Milde Moses', die Stärke Josuas, die Demut Davids und die Weisheit Salomos nicht für eitles klerikales Geschreibsel halten. Das sind die ältesten Söhne des Bundes, Priester und Könige zugleich, die ersten, die Gott mit seinem Zeichen gesiegelt hat, damit sie ein Menschenvolk leiten sollten. Und wenn ich in der kommenden Nacht Ihre Hände salbe, dann werde ich nicht ohne heiligen Schauder jene Worte aussprechen, die Sie auf ewig mit Gott und seiner Schöpfung verbinden."

Er brauchte nicht in das Buch zu schauen, als er die Oration vortrug:

„Mit heiligem Öl sollen diese Hände gesalbt sein, so wie Könige und Propheten mit heiligem Öl gesalbt wurden, und so, wie Samuel David zum König salbte: auf daß Ihr gesalbt und geweiht sein möget und König dieses Königreiches, welches Gott Euch verliehen hat zu Herrschaft und Regierung …"

Dom Felix schwieg nachdenklich, und alle respektierten sein Schweigen. Schließlich fügte er hinzu: „Dann ist alles vollbracht. Alles, was dann noch folgt, geht hiervon aus. Von diesem Moment an werden Sie König sein."

Dann wechselte er den Ton: „Haben Sie Handschuhe, Philippe?"

Der junge Mann antwortete, er habe keine. Auch diese Vorstellung belustigte ihn. Hatte Chlodwig Handschuhe getragen?

„Also überspringen wir die Segnung der Handschuhe, die an dieser Stelle vorgesehen ist", fuhr der Kardinal frohgemut fort. „Mir ist das recht. Das waren nur königliche Fisimatenten. Der König zog die Handschuhe über, die ein Herzog ihm mit großem Pomp herbeibrachte, und kurz darauf zog er den Handschuh von seiner Rechten wieder ab, damit der Erzbischof von Reims ihm den gesegneten Ring an den vierten Finger stecken konnte, woraufhin er ihn wieder überzog, um ihn kurz darauf wieder abzuziehen und später noch öfter, wenn ihm die Pairs die Hand küßten … Wir werden es etwas leichter angehen lassen."

Er erhob sich. „Ich werde die vorgeschriebenen Orationen beten, dann stecke ich Ihnen den Ring an, dann übergebe ich Ihnen das Szepter, dann die Main de justice, durch die, wie ich es sagen werde, Ihr die Gerechtigkeit lieben und das Unrecht hassen werdet, denn der Herr, Euer Gott, hat Euch mit dem Öl der Freude gesalbt, nach dem Vorbild dessen, den Er vor aller Zeit durch die Salbung über alle anderen gesetzt hat, Jesus Christus, unseren Herrn …'"

Dann nahm er wieder das Buch zur Hand und rief: „Odon de Batz! Monclar! Josselin! Bohémond!"

Die vier jungen Männer traten vor und stellten sich zu Philippe. Die Gesichtszüge des Kardinals waren jetzt angespannt, die Nasenflügel waren zusammengekniffen und seine Hände zitterten leicht.

„Lesen Sie uns bitte diesen Abschnitt vor", bat er Monclar. „Meine Augen werden langsam müde."

Der Junge las: „Nach dieser Oration werden alle Pairs vom Erzbischof namentlich aufgerufen. Wenn sie aufgerufen und anwesend sind, nimmt der Erzbischof die Königskrone vom Altar und hält sie allein über das Haupt des Königs. Wenn das geschehen ist, fassen alle Pairs die Krone mit den Händen und die Pairs allein halten sie. Bevor er dem König die Krone auf das Haupt setzt, spricht der Erzbischof, während er die Krone ziemlich hoch vor dem Haupt des Königs hält, folgende Oration: ‚Sire, empfanget die Krone des Königreichs im Namen des Vaters, des Sohnes und des Heiligen Geistes; auf daß Ihr den Erzfeind verachtet, die Ansteckung durch alle Laster meidet und so Gerechtigkeit, Barmherzigkeit und Klugheit liebet, gerecht, barmherzig und fromm lebet, um schließlich von unserem Herrn Jesus Christus die Krone des ewigen Königreichs zu erlangen. Empfanget also die Krone …'"

Dom Felix unterbrach ihn.

„Danke, Monclar, das ist genug. Wir wollen mit unseren Kräften haushalten. Habt ihr alles verstanden, ihr vier? Sollen wir die … (er zögerte bei dem Wort) Bewegungsabläufe wiederholen?"

Philippe betrachtete die Krone auf dem Tisch, er zögerte sichtlich, aus Respekt, aus einer gewissen Zurückhaltung religiöser Natur heraus, sie ein weiteres Mal aufzusetzen, bevor die Zeit dafür gekommen war. Er schaute auf seine Gefährten, und dann antwortete er: „Das wird nicht nötig sein, Hochwürden. Wir wissen Bescheid. Ich weiß Bescheid …"

„Nun denn, kommen wir zum Schluß", sagte der Kardinal. „Mir bleibt noch, Sire, Sie feierlich zu segnen. Dann werde ich Sie an die Hand nehmen und zu Ihrem Thron führen, der nur ein bescheidener Sitz sein wird. Dann lege ich Mitra und Hirtenstab ab – Monclar, Sie bleiben in meiner Nähe … und dann werde ich Sie umarmen, Sire, so wie der Ritus es vorschreibt. Zum Schluß werde ich mich zu dem riesigen, leeren Kirchenschiff umwenden und mit lauter Stimme rufen: ‚Ewig lebe der König!'"

Er nahm Philippe bei den Schultern, zog ihn einen Augenblick an sich und murmelte hinhauchend, denn er war sehr ergriffen, und das alte Herz in seiner Brust schlug unregelmäßig: „Philippe, mein Kind, ewig lebe der König …"

Als er sich wieder gefaßt hatte, schloß er: „Dann werde ich eine Messe lesen, an der Sie teilnehmen werden, Sire, und ich geleite Sie bis zum Vorplatz der Kathedrale, wie es dem Erzbischof von Reims und niemandem sonst zukommt. Es wird gegen vier Uhr morgens sein. Und dann … und dann … werden wir uns niemals wiedersehen."

Und als Philippe den Mund öffnete, um einige liebevolle Worte zu sagen, die ihm spontan einfielen, hielt ihn der Mönch mit einer heftigen Bewegung zurück.

„Nein, Philippe. Wir werden uns nicht wiedersehen. Ich möchte zu Hause sterben, in Iona."

Nach kurzem Ausruhen trafen sie alle zusammen, um Nachtwache zu halten, schweigend, im Verborgenen ihrer Seelen betend. Es wurde Nacht. Kurz vor ein Uhr früh fuhr Jean-Pierre Amaury sie in einem großen Wagen durch die verlassenen Straßen von Reims bis zum Hauptportal der Kathedrale, wo Ritter, Soldaten, die Prälaten, Könige und Königinnen von Juda, Engel, Apostel und Heiligen im Dunkeln in Andacht versunken schienen.

Als er sie kommen sah, unterbrach der Engel seine Andacht und lächelte …

Philippe Charles François Louis Henri Jean Robert Hugues Pharamond de Bourbon wurde am 3. Februar 1999 in Reims unter dem Namen Pharamond durch Seine Eminenz, Kardinal Felix Amédée aus dem Orden des heiligen Benedikt, gemäß bekannter Dispositionen Erzbischof von Reims und Legat Seiner Heiligkeit des Papstes, wie er Seiner Majestät beim Pontifikal-Segen mitteilte, zum König von Frankreich gekrönt, in Anwesenheit der Prinzessin Marie de Bourbon, Schwester des Souveräns, und seiner Gefährten Odon de Batz, Monclar, Josselin, Bohémond, sowie Jean-Pierre Amaury, der dies später bezeugte.

Die Zeremonie dauerte drei Stunden, von ein Uhr bis vier Uhr morgens. Nur drei Stimmen erklangen während dieser Zeit, die des Kardinals, die des Königs während des Eides, und die Stimme Maries während der Antiphonen; ansonsten herrschte eine außerordentliche Stille von eigentümlicher Intensität, als ob in dieser riesigen, leeren Kirche eine große Menschenmenge die Luft anhielte. Kein Laut war zu vernehmen, außer den drei Stimmen und, beim Ein- und Auszug, das Knarren des Hauptportals und die Schritte auf den Bodenfliesen der Kathedrale. Die Orgel blieb stumm, die Glocken unbeweglich, mit Ausnahme einer einzigen, sehr weit, tausende von Kilometern entfernten, winzigen, schrillen Glocke im Glockenturm eines fast aufgegebenen maronitischen Klosters, die urplötzlich zu läuten begann, zu läuten im Gedenken an die fränkischen Könige. Dieses war das einzige Zeichen, in dieser Nacht, in Frankreich und auf der ganzen Erde, daß ein König gekrönt und geweiht worden war. Ganz offenbar schien die Vorsehung, nach vielen Bemühungen, sich nicht mehr sehr dafür zu interessieren. Man könnte sich fragen, ob nicht die Existenz Pharamonds II. im Mythos auf die Existenz von Pharamond I. traf, des vorgeblichen Stammvaters der Dynastie, verloren in den geisterhaften Nebeln der alten Vorstellungswelt des Volkes.

Indessen erfuhren einige die Neuigkeit auf den üblichen Wegen und in normalen Zeitabständen. Roth erfuhr sie um zehn Uhr morgens, das heißt eine Stunde, bevor er sein Ministerium endgültig verließ. Sie erreichte ihn aus Châlons-sur-Marne, über sein verschlüsseltes Fax, und nachdem er es gelesen hatte, ließ er das Papier schnell in seinem Aktenvernichter verschwinden. Das war seine letzte Amtshandlung. Wer hätte schließlich irgend etwas verstanden? In Abwesenheit seines zwei Tage zuvor zu den Kanaken versetzten Präfekten informierte ihn der Generalsekretär des Départements Marne (Präfektur: Châlons, Unterpräfektur: Reims ...), daß er auf seine Bitte hin während der Nacht diskret die Kathedrale hatte überwachen lassen, daß man tatsächlich um ein Uhr die Ankunft einer großen Limousine beobachtet hatte, ferner Licht, aber keinerlei Lärm innerhalb des Gebäudes, dann um vier Uhr die Abfahrt zweier identischer großer Wagen, in denen acht Personen Platz genommen hatten, welche aber auf Weisung des Ministers nicht identifiziert worden waren. Dies sei jedoch kein Grund, sich Sorgen zu machen, denn Monseigneur Wurt selbst, der Erzbischof von Reims, hatte am frühen Morgen dem Generalsekretär persönlich am Telefon erklärt, er habe die drei Stunden mit einigen Gläubigen im Gebet am Hochaltar seiner Kathedrale verbracht, aus besonderer Verehrung für den heiligen Blasius, den Bischof von Sebaste in Armenien, gestorben als Märtyrer im Jahre 316; laut Heiligenkalender ist sein Fest am 3. Februar. Es gebe also gar keinen Grund, die nächtliche Frömmigkeit eines Bischofs verdächtig zu finden, der im übrigen immer einen löblichen republikanischen Eifer an den Tag gelegt habe ...

Roth verließ pfeifend sein Ministerium. Er schüttelte nur eine Hand, die seines Gärtners, in der er einen Fünfhundert-Francs-Schein hinterließ. Der Gärtner hatte ihm gesagt: „Judas krrrk, Herr Minister ..."

Zurückgezogen in einem kleinen Landhaus tief in der entvölkerten Creuse, durch einen Aliasnamen und durch eine große Sonnenbrille geschützt, die er aufsetzte, sobald er aus dem Haus ging, bereitete er sich darauf vor, zu warten ...

Faragutt erfuhr die Nachricht durch das Telefon, aus dem Munde Monclars, der seit ihrer Abreise für die Verbindung mit der Insel sorgte. Froh, glücklich, stolz und zufrieden war er, der gute alte Faragutt. Vielleicht nicht wirklich bewegt, jedenfalls nicht der schwindelerregenden religiösen Bedeutung des Ereignisses angemessen, so, als ob noch etwas fehle. Er fragte, wann der König heimkehre, und erhielt von Monclar die Antwort, daß der

König sich von der Maladrerie aus noch am selben Tage auf den Weg mache, daß aber niemand sagen könne, wie lange die Reise dauern würde, am wenigsten der König selbst.

Im Haus St.-Athanasius in Rom war auch Bruder Ulrich von Monclar informiert worden, hatte mit größter Aufmerksamkeit zugehört und nur gesagt: „Wir wollen Gott danken. Wir werden beten ..."

Zwei Tage später war Dom Felix wieder ins Kloster Iona zurückgekehrt und hatte sich ins Bett begeben müssen. Er hatte seine Kräfte überanstrengt. Der Arzt verordnete ihm völlige Bettruhe, wenn er, wie er es wollte, noch einige Gnadentage leben wollte. Er ließ sich einige Bücher, sein Brevier, seinen Rosenkranz und Trinkwasser in seine Zelle bringen, denn er war fest entschlossen, nicht zu gehen, bevor Gott sein Werk vollendet hätte.

Nichts hatte sich geändert, außer dem Wetter, das abscheulich geworden war, und die Richtung, in die sie ritten, von Osten nach Westen, auf demselben Weg, den sie gekommen waren. Sie waren auf verschiedenen Wegen über Land und auf morastigen Schneisen durch den Wald geritten. Ohne nach Saint-Benoît zurückzukehren, waren sie bei Meung wieder auf die Loire gestoßen und schnell zwischen den Dämmen des Flusses verschwunden, wo sich endlos in wilder Einsamkeit Sandinseln und Untiefen inmitten einer winterlichen Vegetation abwechselten. Der Fluß führte kleine Eisstücke, der Nordwind blies bösartig und der Schnee, der von Zeit zu Zeit fiel, hatte eher die Festigkeit von Graupel. Die Nüstern der Pferde stießen dichten Dampf aus. Kein Sonnenstrahl drang durch die tiefen, schwarzen Wolken.

Philippe hatte ein Höllentempo vorgelegt. Sobald sich eine Möglichkeit zum Galopp zeigte, setzte er sich an die Spitze und drängte vorwärts, düster und stumm. Das waren nicht mehr jene fröhlichen Galoppritte, in die sie sich noch vor kurzem dicht an dicht gestürzt hatten, vor Glück laut lachend, das Herz erfüllt von der Aufregung des Rennens, als Marie rief: „Vorwärts! Vorwärts!“ und ihre Haare im Wind flogen, sondern es war eher ein wütendes Hetzen, eine agressive Verbissenheit, die sie in gestrecktem Galopp oft gefährliche Ritte riskieren ließ. Im Galopp sprangen sie über enorme gefällte Baumstämme, statt um sie herum zu reiten. Philippe fiel mehrfach vom Pferd, stand mit zusammengebissenen Zähnen und grimmigem Blick wieder auf.

„Wir kommen nicht voran! Wir kommen nicht voran!“, erklärte er nervös.

Abgesehen von diesen bitteren Bemerkungen bezüglich der vermeintlichen Langsamkeit ihres Vorankommens hörte man seine Stimme nicht mehr. Auch Marie konnte kein Wort aus ihm herausbringen. Wenn sie rasteten, setzte er sich auf einen Baumstumpf, entfernt von den anderen, ganz in seinen großen schwarzen Umhang eingehüllt, und verleibte sich schweigend die Nahrung ein, die einer der jungen Leute ihm brachte, meistens irgendein Sandwich und einen Becher Wasser, sie machten nämlich kein Feuer dazu, das hätte ihr Vorankommen behindert. Sobald die Pferde sich etwas erholt hatten, brachen sie wieder auf. Sie trafen auf keine Menschenseele, durchquerten Blois und Tours in den frühen Morgenstunden im Schnee, indem sie das Flußbett benutzten, längs der verlassenen Uferböschungen, unter stummen Brücken hindurch. Und selbst am Tage schien auch das Land, außerhalb der Städte, völlig leer zu sein, zumindest das, was sie sahen, wenn sie sich unten am Fluß in ihren Steigbügeln aufrichteten, jenseits der Grenzen einer anderen Welt. Nachts bedeckten sie eine alte Steinhütte ohne Dach, die sie irgendwo am Ufer entdeckten, mit einer Zeltplane und schliefen erschöpft einen traumlosen Schlaf. Philippe hingegen schlief nicht. Er wachte lange im Dunkeln, mit offenen Augen, ergriffen von einer existentiellen Angst, die sich seiner Gedanken bemächtigte und, was er noch unendlich viel schlimmer fand, auch seiner Seele. Vergeblich betete er schweigend, mit verzweifelter Inbrunst, während seine Gefährten ruhten. Die Angst wollte nicht weichen. Gott schuldete ihm eine Antwort, und der Augenblick dafür kam näher.

Nicht weit vom Schloß Villandry entfernt, welches am Morgen des dritten Tages dieses unbändigen Rennens aus dem eiskalten Nebel auftauchte, bemerkte er, wie Odon de Batz sich über eine Karte im Maßstab 1:20.000 beugte und fragte mit veränderter Stimme:

„Wir kommen bald dort an, oder?“

„Wir kommen *wo* an, Sire?“

„Zunächst einmal, nenne mich nicht ‚Sire‘! Was weißt Du davon?“

Odon warf ihm einen erstaunten Blick zu, ging aber nicht auf die Bemerkung ein.

„Ich frage dich, ob wir wohl bald hier herauskönnen“, begann Philippe wieder. „Mir scheint, daß wir nicht weit entfernt von dieser Rampe längs des Deichs sind, die wir auf dem Hinweg hier heruntergeritten sind. Und wenn wir heruntergeritten sind, dann werden wir ja wohl auch wieder hinaufreiten können? Das war der direkteste Weg.“

„Noch zwei Kilometer, stimmt“, antwortete Odon lakonisch.

Der Fluß hatte seinen winterlichen Niedrigwasserstand, zerfloß in mehrere verschiedene Arme, die sich dann wieder vereinigten und wieder trennten, durch riesige Sandbänke, auf denen man in anderen Zeiten eine ganze Kavallerie hätte aufstellen können. Zum ersten Male seit drei Tagen deutete

Philippe ein Lächeln an, während ein feiner Regenbogen auf dem dunklen Himmel ein übergroßes Tor von einem Ufer zum anderen bildete.

„Vorwärts! Vorwärts!", rief er und sein Pferd galoppierte los.

Hoch spritzte glitzerndes Wasser auf, als sie durch die Untiefen sprengten, alle sechs in einer Reihe, und die Hufe ihrer Pferde berührten kaum den Sand. So erreichten sie nach kurzer Zeit und ganz außer Atem die Rampe, die Odon angekündigt hatte und die sie nun im Sturm nahmen. Erst oben auf dem Deich hielten sie inne, am Rand einer unbefestigten Straße, die Pferde bäumten sich auf und wieherten. Sie erkannten den Ort sofort wieder.

„Hier ist es", sagte Philippe zu Odon. „Und jetzt befehle ich dir, an der Spitze zu reiten, uns zu führen und nicht einen Meter von dem Weg abzuweichen, den wir gekommen sind."

Er nahm seinen Platz ganz hinten ein, ließ Marie und seinen Gefährten den Vortritt. Sein Pferd folgte gehorsam. Er verschloß sich wieder in seinem Schweigen, während seine Angst langsam die Fesseln löste, mit denen sie ihn erstickte.

Odon de Batz zögerte keinen Augenblick. Ohne auch nur einmal auf die Karte zu schauen, fand er den richtigen Weg, nie mußten sie umkehren. Genau hier waren sie vorbeigekommen. Ihr Gedächtnis erkannte die Orientierungspunkte wieder, eine vom Blitz getroffene Ulme mitten in einem Feld, das rostweinende Kreuz einer Kreuzigungsgruppe, das Asphaltband einer Nationalstraße, bei deren Überquerung sie die Zügel der Pferde festhalten mußten, ein Dorf hinter einem Erdwall, in der Ferne eine Stadt, die sich hinter ihren Vororten halb versteckte, eine kleine romanische Brücke über einen Bach, das wütende Bellen eines angeketteten Hofhundes, auf irgendeinem Bauernhof, und nach einem Ritt von etwa einer Stunde dann endlich die verlassene Scheune, in der sie geschlafen hatten und deren Dach sie nach einer Biegung ausmachten, der Brunnen, aus dem sie Wasser geschöpft hatten, der Hof, in dem sie ein großes Feuer angezündet hatten, an dem das unglückliche Kind sich gewärmt hatte ... Sie stiegen von den Pferden.

Ein riesiges rot-silbernes Motorrad war am Rand des Weges aufgebockt.

„Er ist da, ein wenig weiter hinten", sagte Jeannot, der, seinen Helm unterm Arm, auf sie wartete.

Ja, er war wirklich da, im Schutz des Scheunenvordachs, aber in welchem Zustand war der arme Junge ... Er lag ausgestreckt auf einer Bahre, eingehüllt in eine Decke, die ein Nichts zu umhüllen schien, so mager war er geworden, so wenig lebendigen Körper beanspruchte er noch auf dieser Welt; er hatte kaum die Kraft, sich auf einen Ellenbogen zu stützen. Sein Gesicht war das eines verhungernden kahlköpfigen Äffchens, die Augen aber waren die eines Kindes, und sie leuchteten voller ungebändigter Hoffnung.

„Danke ... daß Sie ... früher gekommen sind", sagte er. „Einen Monat ... hätte ich ... nicht mehr durchgehalten ..."

Nach jedem Wort rang er nach Luft. Seine Stimme war fast nicht vernehmbar.

„Jérôme ... Jérôme Guillou", sagte Philippe. „Ich hatte es versprochen."

Wenn die Nächstenliebe einen Sinn hat, dann bewies sie es in dieser Minute. Philippe beugte sich über das Kind. Alle Angst hatte ihn verlassen. Er legte beide Hände auf Jérômes Stirn und sagte zu ihm: „Der König berührt dich, möge Gott dich heilen ..."

Die uralte Wunderkraft der Könige von Frankreich nach ihrem Sacre. Der Heilige Ludwig hatte hunderte von Unglücklichen geheilt. Nach und nach war diese Kraft schwächer geworden, sie schwand von König zu König, bis sie zu Beginn des Zeitalters der Aufklärung ausgesprochen zweifelhaft geworden war ... „Der König berührt dich, möge Gott dich heilen", hatte Philippe Pharamond, der König von Frankreich, gesagt.

Gott macht keine halben Sachen, und es ist eine große Freude, dies zu erzählen. Welcher Schriftsteller in diesen Zeiten eines knauserig bemessenen Glaubens und unendlich großer theologischer Vorsicht hat jemals das Glück gehabt, dies mit seiner Feder aufzuzeichnen. Das Kind erhob sich. Es war ebenfalls blond, und seine blonden Locken umrahmten seinen Kopf wie ein wohlgeformter Helm. Erstaunt betrachtete es seine Hände: noch am Vortag hatte er sich in seinem Elend damit vergnügt, die Knochen unter der durchscheinenden Haut zu zählen. Sein Gesicht strahlte vor Glück.

Das nämliche Glück verspürte im selben Augenblick der Kardinal Felix Amédée mit durchdringender Heftigkeit. Der Bruder, der ihm mittags seine Bouillon brachte, mußte ihm noch nicht einmal die Augen schließen. Der Kardinal hatte sie selbst im Augenblick seines Hinscheidens geschlossen, und er hinterließ denen, die ihn als Toten sahen, das Geschenk eines unauslöschlichen Lächelns.

Josselin holte die Pferde. In der Ferne erklang Glockengeläut.

„Wir reiten dorthin", sagte Philippe.

Und so begann seine lange Reise ...

Anmerkungen

[1]: Aigues-Mortes: 1241 errichteter französischer Mittelmeerhafen; Ausgangspunkt für den 6. und 7. Kreuzzug. – Anspielung auf das Schicksal des hl. König Ludwig. Beim 6. Kreuzzug eroberte er Damiette (Ägypten), beim 7. Kreuzzug starb er vor Tunis an der Pest. (S. 31)

[2]: Königstreue Aufständische, die in den 90er Jahren des 18. Jahrhunderts von der revolutionären Regierung brutal bekämpft und besiegt wurden. (S. 36)

[3]: Chateaubriand, *Le Génie du Christianisme.* (S. 43)

[4]: Eines der Regalia („instruments du Sacre") des französischen Königs, in Szepterform, von einer Segens- bzw. Schwurhand bekrönt. (S. 46)

[5]: Von François Ier (*1494, Kg. 1516-1547) 1530 als humanistisch-methodische Ergänzung zur theologischen Fakultät der Pariser Universität begründete wissenschaftliche Akademie. (S. 47)

[6]: Wörtlich „ohne Kniehose", bezieht sich auf das Tragen von boden-langen Hosen durch die Revolutionäre, im Gegensatz zur Mode des Ancien Régimes, wo knielange Bundhosen mit Wadenstrümpfen aus Seide oder Wolle die Regel waren, wurde schließlich syn-onym für „Revolutionär" und im Ausland auch z.T. für „Revolutionssoldat". (S. 51)

[7]: Haßgesang während der Französischen Revolution, in dem u.a. zur Ermordung des Königs und der Adligen aufgerufen wurde. (S. 51)

[8]: In den 90er Jahren in Frankreich verbreitete Bildschirmtexteinrichtung. (S. 53)

[9]: Nebenfluß des Dnjepr, beim Übergang über die Beresina erlitt die französische Armee unter Napoleon vom 26.-29. Nov. 1812 schwerste Verluste. (S. 82)

[10]: Französischer Schriftsteller, 1337 – 1410, Priester und Sekretär am englischen Hof. (S. 109)

[11]: Einer der größten, reinsten und wertvollsten Diamanten aller Zeiten, wurde von Philippe d'Orléans, „Regent" Frankreichs während der Minderjährigkeit Ludwigs XV. (1715-1722/23), zunächst für seine Privatsammlung erworben und dann, als Geschenk, der „privaten" Krone des jungen Königs aus Anlaß seiner Weihe 1722 eingefügt. Aus eher praktischen Gründen (Gewicht!) hatte zumal in der Neuzeit jeder französische König während der Weihehandlung zwei Kronen, neben der „Staatskrone" (Couronne de Char-lemagne, Couronne d'État) eben auch die „Privatkrone". Jene Ludwigs XV. ist im Louvre erhalten. (S. 129)

[12]: Erlöser, innig flehend, nimmt der Bischof am Altar, in des heiligen Chrisams Weihe, seines hohen Amtes wahr. (S. 156)

[13]: Erlöser, Du verleihe hohe Weihe, Herr des Himmels, Jesu Christ, diesem reichen Friedenszeichen, wider Satans Trug und List. (S. 156)

[14]: Chateaubriand, Mémoires d'outre-tombe, livre 22e, chap. 25. (S. 180)

[15]: Chateaubriand, livre 4e, Chap. 9 und livre 22e, chap. 25. (S. 180)

[16]: Chateaubriand, Mémoires d'outre-tombe, livre 22e, chap. 25. (S. 183)

[17]: Chateaubriand, *Mémoires d'outre-tombe*, livre 23e, chap. 20. (S. 184)

[18]: Chateaubriand, *Mémoires d'outre-tombe*, livre 23e, chap. 20. (S. 185)

[19]: Von Louis VI 1124 zum ersten Male geführte königliche Feldstandarte (eigentlich jene der Herzöge der unteren Normandie) aus roter Seide; im 13. Jh. wurde dieses Instrument mit mehreren legendären Vorgängern gleichgesetzt (Konstantin, Karl der Große) und schließlich Chlodwig zugeschrieben; nach ihrem Verlust 1304 wurde eine Kopie in Saint Denis aufbewahrt; das „Erheben der Oriflamme" durch den König galt als offizieller Kriegsbeginn und Auf-bruch zum Feldzug; in der Neuzeit kam sie außer Gebrauch. (S. 202)

[20]: Herr, rette den König. Und erhöre uns an dem Tag, an dem wir dich anrufen. Wir bitten Dich, allmächtiger Gott: Dein Diener, unser König Pharamond, der durch Deine Huld des Reiches Steuerruder übernahm … (S. 213)

[21]: Lasset uns beten. Allmächtiger ewiger Gott, nachdem es Dir gefallen hat, Deinen Diener Pharamond zur Würde des Königtums zu erheben, gewähre ihm, wir bitten Dich, daß seine Herrschaft seinen Untertanen zum Guten gereiche, und daß er niemals vom Wege der Gerechtigkeit und der Wahrheit abweiche. Durch Unseren Herrn Jesus Christus … (S. 217)

Aus unserem weiteren Angebot

GK Chesterton

Kugel und Kreuz

Mit Kugel und Kreuz (The Ball and the cross) erschien der letzte noch nicht auf Deutsch veröffentlichte Roman G.K. Chestertons. Lange war dieses Werk diesseits und jenseits des Ärmelkanals in Vergessenheit geraten. Doch der Leser bemerkt schnell, welchen weiteren Schatz des literarischen Genies er in den Händen hält: ein Chesterton-Vademecum, das vieles aus den nahezu einhundert Büchern des geistreichen Engländers im handlichen und vergnüglichen Format bereit hält, eine Faustiade voller Humor und bissiger Ironie, ein Feuerwerk der Bonmots und Paradoxa, eine Kaskade von pointierten Repliken und Dialogen, eine intellektuelle Brandstiftung, die dazu angetan ist, das Irrenhaus einer falschen Welt hinwegzufegen.

Kugel und Kreuz ist ein Roman, in dem Chesterton mit literarischem Talent katholische Überzeugungen mit einer kraftvollen Handlung verschmilzt. Ein Christ und ein Atheist, die über eine Blasphemie miteinander in Streit geraten, verfallen auf ein Duell, um ihren religiösen Konflikt auszufechten. Die staatstragenden Mächte erkennen schnell die Gefahr, die von dem Prinzipienstreit zweier Individualisten in einer prinzipienlosen Welt ausgeht, und verwehren beiden den Kampf. Erscheinen die Widersacher anfangs als skurrile Käuze, die in absurde Händel verstrickt sind und die man bestenfalls für verrückt erklären sollte, so zeigt sich im weiteren Verlauf, dass Letzteres viel eher auf die Richter, Ordnungshüter, Denunzianten, braven Dorfbewohner und perfiden Anstaltsverwalter zutrifft, letztlich auf eine verkehrte Weltordnung mit all ihren Verdrehungen und Verirrungen. Auf der abenteuerlichen Flucht vor dem lähmenden Zugriff der Obrigkeit, die die beiden Kontrahenten quer durch England treibt, wird aus dem immer wieder aufgeschobenen Säbelduell ein nie endendes Rededuell. Paradoxerweise vereint es die Flüchtlinge gegen ihre unerbittlichen Verfolger, die ihnen gerade das nehmen wollen, was beide als das sie Verbindende erkennen lernen.

Chesterton spielt nicht nur in seinem atemberaubenden Fahrerflucht-Kapitel, sondern während der gesamten narrativen Tour de Force virtuos mit Beschleunigungspedal und allerlei mysteriösen Hebeln, um sein Romanvehikel in halsbrecherische Fahrt oder zeitweiligen Stillstand zu versetzen.

Dieses Werk beeindruckte nicht zuletzt Papst Johannes Paul I. so sehr, daß er Chesterton einen Brief schrieb. In seiner Sammlung fiktiver Briefe gibt er die zentrale Sequenz des ersten Kapitels – quasi die zentrale Frage des Buches – zunächst wörtlich wieder, um Chesterton anschließend recht zu geben und dessen Schlußfolgerung weiter auszuführen.

Bonn, nova & vetera, 252 Seiten, Hardcover
ISBN 978-3-936741-46-9, Preis 24,- EUR